KB062222

삼국지

장정일

6

장정일 삼국지 6

저자 장정일

1판 1쇄 인쇄 2004. 11. 17.
1판 5쇄 발행 2005. 1. 10.

발행처 김영사
발행인 박은주

등록번호 제406-2003-036호
등록일자 1979. 5. 17.

경기도 파주시 교하읍 문발리 출판단지 514-2 우편번호 413-834
마케팅부 031)955-3100, 편집부 031)955-3250, 팩시밀리 031)955-3111

값은 표지에 있습니다.

ISBN 89-349-1545-5 04820
89-349-1539-0(전10권)

독자의견 전화 02)741-1990
홈페이지 http://www.gimmyoung.com
이메일 bestbook@gimmyoung.com

좋은 독자가 좋은 책을 만듭니다.
김영사는 독자 여러분의 의견에 항상 귀 기울이고 있습니다.

삼국지

장정일

6

삼국의 정립

김영사

[등장인물]

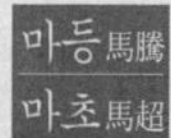

마등 馬騰 / **마초** 馬超 서량 태수 마등은 변방이라는 지리적 이점을 반동탁 · 반조조 운동의 동력으로 이용하려 했던 사람이다. 한마디로 요약하면 변방의 충의지사. 이런 부류의 사람은 우직하여 회유나 설득이 먹혀들기 힘들다. 아버지 마등이 조조의 독수에 걸려 죽자, 장남 마초가 유비에게 귀순하여 부친의 반조 운동을 이어간다.

유장 劉璋 서천의 영주. 장수와 유표처럼 우유부단했던 인물로 많은 충신들의 제지에도 불구하고 서천을 종씨인 유비에게 넘긴다. 아무도 믿을 사람이 없는 혼란한 시대에 패도(覇道)로부터 자신을 지켜줄 사람이라고 여겼던 유비로부터 그는 과연 위안을 찾았을까?

장송 張松 유장의 모사로 방통과 마찬가지로 누추한 용모를 가졌으나, 외모와 달리 박학다식하고 대세를 보는 식견이 뛰어났다. 유장이 조조에게 장송을 사신으로 보냈을 때, 그는 직접 그린 서천의 지도를 품고 갔으나 조조가 박대하여 돌아오는 길에 유비에게 바쳤다.

법정 法正 원래 유장의 수하에 있었으나 장송과 함께 서천을 유비에게 바칠 계략을 짰다. 유비가 서천을 터전 삼아 촉을 건국하기까지 그는 여러 차례 중요한 계책을 바쳤다. 방통과 법정의 이른 죽음은 인재가 많지 않았던 촉나라의 큰 손실이었고, 그것을 메우지 못한 결과가 제갈량의 과로사로 나타났다. 촉의 경쟁자였던 위나라가 곽가를 38세에 잃는 손실을 입었음에도 많은 모사들이 그의 공백을 메운 사례와 대조적이다.

장로張魯 한중의 영주. 오두미도(五斗米道)의 교주였던 조부와 부친을 계승하여, 종교적 계율로 백성을 다스리고자 했다. 조조가 직접 군사를 몰고 한중을 침략했을 때 창고에 있는 곡물을 모두 태워 없애고 떠나자는 동생을 만류하고 자물쇠를 채워 봉인을 한 뒤 후퇴한 일은, 조조에게 깊은 인상을 남겼다.

여몽呂蒙 주유 · 노숙에 이어 오나라를 맡은 전략가. 노숙의 친구였던 그는 어린 시절에 글을 전혀 읽지 않아 무식했으나 손권이 공부하기를 권한 다음부터 책을 읽기 시작했다고 한다. 그러던 어느 날 노숙이 여몽을 만나 "박학 영명하여 이제는 어제의 여몽이 아니다"라고 칭찬하자 "선비는 사흘만 헤어져 있어도 눈을 비비고 다시 봐야 한다[士別三日 卽更刮目相對]"고 응대했다. '괄목상대'란 고사성어는 바로 이 일화에서 나왔다.

좌자左慈 조조를 희롱한 도사. 손책을 화병으로 죽게 한 우길은 허구의 인물이지만 좌자는 『후한서』에 기록되어 있는 만큼 실제 인물로 보아도 좋다. 애꾸눈에 절름발이였던 신체조건과 거침없이 왕을 조롱하는 파천황적인 모습에서 권력을 희롱하는 축제 광대의 전형을 볼 수 있다.

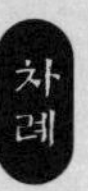

차례

6 삼국의 정립

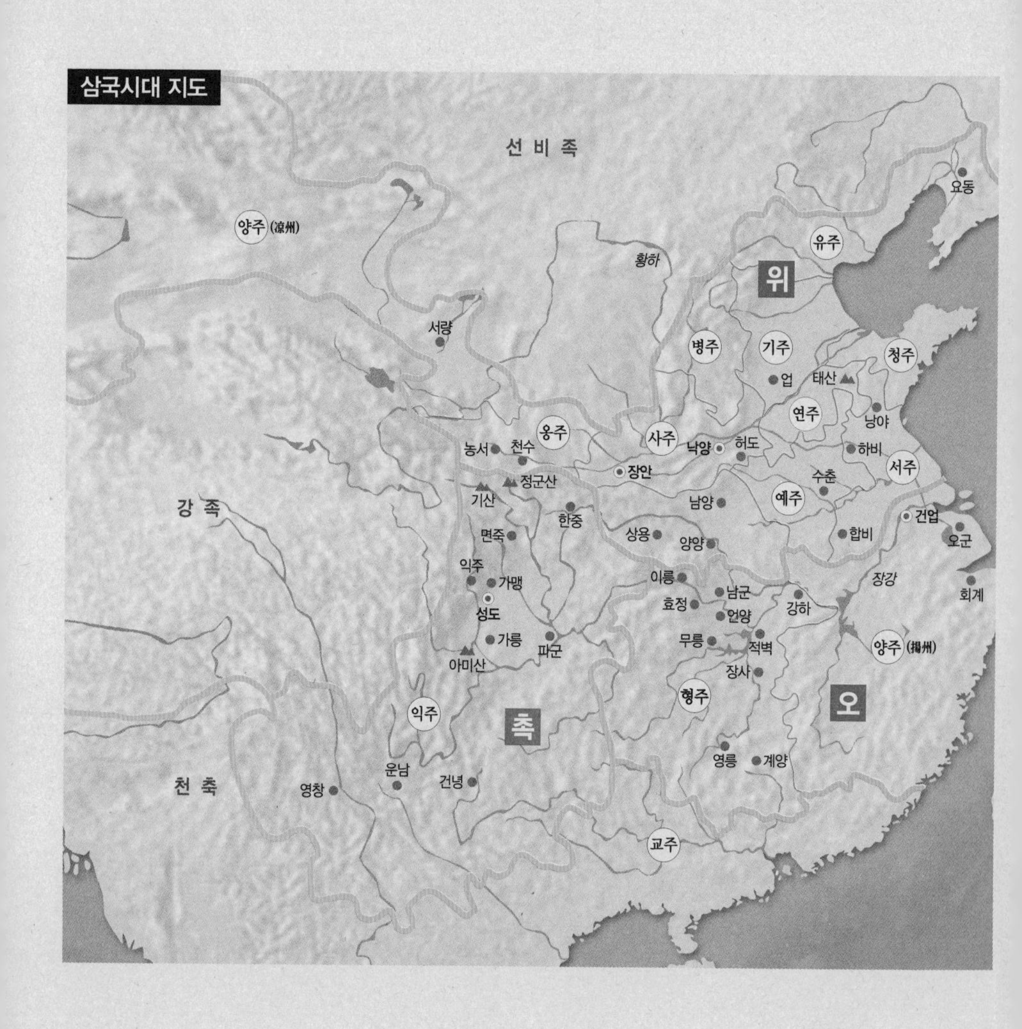
삼국시대 지도
선 비 족
양주(涼州)
황하
유주
위
요동
서량
병주
기주
청주
업
태산
연주
낭야
옹주
사주
농서
천수
낙양
허도
하비
장안
서주
정군산
수춘
기산
남양
예주
건업
한중
면죽
상용
양양
합비
오군
강 족
익주
가맹
이릉
장강
회계
성도
남군
효정
강하
언양
가릉
파군
무릉
적벽
양주(揚州)
아미산
장사
형주
오
익주
촉
운남
영릉
계양
천 축
영창
건녕
교주

주유의 죽음

제갈량의 계략에 넘어간 주유는 끓어오르는 노기를 누그러뜨릴 수가 없었다. 부하들이 말에서 떨어진 주유를 부축해 황급히 배로 옮겼다. 주유는 배에 오르며 유비와 제갈량이 어디 있는지 물었다. 그러자 한 병사가 머뭇거리며 말했다.

"유비와 제갈량은 사태를 지켜보기 위함인지 산에 올라가 있습니다."

주유는 노발대발하며 소리쳤다.

"내 이놈들을 절대로 용서하지 않겠다!"

주유가 분을 참지 못하고 누워 있을 때 손권의 아우 손유가 찾아왔다. 주유는 백만 원군을 얻은 기분이었다. 손유를 맞이한 주유는 자초지종을 이야기했다.

"걱정하지 마십시오. 이제 우리는 놈들을 물리칠 수 있을 것입니다."

손유가 주유를 위로했다. 다소 안정을 찾은 주유는 군사들에게 적군을 향해 나아갈 것을 호령했다. 그들이 적 가까이 갔을 때, 유봉과 관평이 제갈량의 명에 따라 미리 진을 친 다음 군사를 거느리고 수로를 막고 있었다. 주유는 다시 당황했다. 이때 날아든 편지 한 장은 주유를 더욱 흥분시켰다. 바로 제갈량에게서 온 편지였다.

한의 군사 중랑장 제갈량이 동오의 대도독 공근에게 올립니다. 시상에서 헤어진 후 지금까지 만나뵙지 못했습니다. 제가 듣기로 서천을 점령하려 하신다는데 그것은 불가능한 일로 보입니다. 그 이유는 익주의 백성들이 강골할 뿐 아니라 서천의 지형이 험하고 군사력도 막강하여 스스로 방위할 능력을 갖추고 있기 때문입니다. 돌아가십시오. 괜히 만리나 되는 먼길을 나서서 공을 세우려 하는데, 오기나 손무라도 승리하지 못할 것입니다. 중요한 것은 조조가 적벽대전의 패배를 잊지 않고 호시탐탐 복수의 기회를 노리고 있다는 사실입니다. 공이 군사를 일으켜 원정에 나선 틈을 타 조조는 강남을 공격할 것입니다. 그래서 제가 이를 보고만 있을 수 없어 한 말씀 아뢰는 것이니, 이를 헤아려주시면 다행이겠습니다.

주유는 편지를 읽고 나서 길게 한숨을 쉬었다. 아무리 제갈량이 미워도 그의 말이 모두 맞다는 것을 인정하지 않을 수 없었다. 주유는 부하에게 붓과 먹을 가져오게 하여 손권에게 올리는 글을 썼다. 그리고 장수들도 불렀다. 주유는 장수들을 물끄러미 바라만 볼 뿐 말문을 열지 않았다. 모든 장수들의 목젖이 울렁거리고 있었다. 장수들은 주유의 입에서 무슨 이야기가 나올지 초조했던 것이다. 드디어 주유가 입을 열었다.

"나는 충성을 다하여 나라에 보답하려고 했지만 이제 나의 천명이 다한 것 같습니다. 부디 장군들은 주공을 잘 섬겨 내가 이루지 못한 대업을 이루도록 하십시오."

주유는 말을 마치더니 곧 기절했다. 장수들은 놀라 응급처치를 했지만 주유의 의식은 쉬이 돌아오지 않았다. 한참 후에 눈을 가늘게 뜬 주유는 허공을 우러르며 탄식했다.

"아, 천지신명은 주유만 세상에 나게 할 일이지 어찌하여 또 제갈량을 세상에 보냈단 말인가!"

그는 절규했다. 그렇게 큰 소리로 울부짖던 주유는 곧 절명하고 말았다. 그때 주유의 나이 겨우 36세였다. 장수들은 적지에서 주유의 장례를 치렀다. 장례 후 장수들은 손권에게 사람을 보내 주유의 유서를 전했다. 주유의 유서를 전해받은 손권은 자신의 분신이라 여기던 주유가 죽었다는 소식을 듣고 대성통곡했다. 주유는 손권에게 올리는 유서를 통해 노숙에게 큰일을 맡길 것을 당부했다.

재주가 없는 저를 각별히 아껴주시며 군사를 거느리게 하신 주공의 은혜를 어찌 잊을 수 있겠습니까? 그러나 삶과 죽음은 예측할 수 없습니다. 소생은 뜻을 다 펴지 못하고 죽음 앞에 이르렀으니 이 맺힌 한을 어찌하겠습니까! 현재 조조는 북쪽에서 호시탐탐 우리를 엿보고 있고, 유비는 비록 우리에게 의지하고 있는 듯하지만 마치 한 마리 새끼 호랑이를 키우고 있는 격이니 앞으로 어찌 될지 걱정입니다. 따라서 지금 조정의 대신들은 먹지 않고 일할 때이며 주공께서는 근심으로 세월을 보내리라 여겨집니다. 노숙은 충직하고 믿음이 가는 신하인 만큼 어떤 일을 당하더라도 실수 없이 소생의 빈자리를 지킬 것입니다. 그리고 한창 나이에 혼자 몸이 될 저의 처 소교를 부탁드립니다. 처와 제 자식들에게 오랫동안 함께 하지 못해 미안하다는 제 마음을 꼭 전해주십시오. 사람은 죽음 앞에 서야 바른말을 한다고 했습니다. 굽어 살피시어 나라를 잘 이끄시길 기원하겠습니다.

손권은 주유의 유서를 읽고 흐느끼며 말했다.

"주유는 후일 왕위에 앉힐 만한 재목이었는데 그가 죽었으니 이제 누굴 믿고 의지해야 하는가? 유서에서 밝힌 노숙을 발탁해 그를 따를 수밖에 없지 않은가."

손권은 곧바로 노숙을 도독에 앉히고 주유의 시신을 옮겨 장사지내게 했다. 이 시간 형주에 있는 제갈량은 밤에 하늘에서 큰 별이 떨어지는 것을 보며 혼자 중얼거렸다.

"결국 주유가 죽고 말았구나."

제갈량은 날이 밝기를 기다려 이 사실을 유비에게 알렸다. 유비는 즉시 사람을 보내 진위를 파악하게 했다. 사실을 확인한 그는 제갈량에게 물었다.

"주유는 이제 죽었고, 앞으로 어떻게 될 것 같습니까?"

"답은 간단합니다. 주유를 대신할 인물은 노숙밖에 없습니다. 소인이 다시 별자리를 살펴보니 큰 별들이 동방으로 모이고 있었습니다. 동방으로 가서 주유를 문상하고, 강동 주변을 돌아보면서 주공을 도

혼절하는 주유. 보통 주유가 젊은 나이에 죽은 것은 지나친 경쟁심으로 스스로 몸과 마음을 소진한 탓이라고 하는데, 정사에 묘사된 주유는 "성격이 너그럽고 도량이 넓어 누구에게나 호감을 샀다" 고 되어 있다. 기존의 『삼국지』는 제갈량을 지나치게 치켜세운 나머지 주유를 평가절하하는 우를 범한 것이다.

와줄 선비를 찾아 우리 주변을 넓히도록 하겠습니다."

"동오의 군사들이 공을 해치지나 않을까 걱정입니다."

"주유가 생존해 있을 때도 괜찮았는데 주유가 죽은 지금 무슨 걱정이 있겠습니까?"

제갈량은 곧바로 조운에게 500명의 군사를 거느리라 명하고 제물을 갖추어 주유의 문상 길에 나섰다. 제갈량은 배 위에서 손권이 이미 노숙을 도독에 앉히고 주유의 영구는 시상으로 운반되었다는 전갈을 받았다. 제갈량은 즉시 시상으로 향했다. 제갈량이 시상에 도착하자 노숙이 예를 갖춰 제갈량을 맞았다. 주유의 측근들이 제갈량을 죽이려 했지만 가까이서 조운이 칼을 차고 계속 수행하자 감히 달려들지 못했다. 제갈량은 주유의 영전에 제물을 바친 다음, 직접 술을 부어 올리고 땅에 꿇어앉아 제문을 읽었다.

공근이시여, 이처럼 요절하시다니! 오래 살고 못 사는 것이 하늘에 달렸다고는 하지만 이 슬픔을 어떻게 표현해야 할지 모르겠습니다. 진정으로 소생이 슬픔을 가눌 길 없어 잔을 바치니 혼백이라도 계시다면 너그러이 받아주소서. 당신께서 공부에 몰두하던 젊은 시절에는 백부(손권의 형인 손책의 자)를 사귀며 의를 소중히 여기고 재물을 가벼이 보며 집까지 내어놓지 않았습니까. 또 약관에는 뜻을 만 리에 펴며 강남에 할거하시지 않았습니까. 장년에는 멀리 파구까지 진압해 유표를 두려움에 떨게 하고 역도를 정벌하기도 했습니다. 수려한 몸은 아름다운 소교와 짝을 이루어 한나라 신하의 사위가 되시니 당대 조정에 나아가기에 부끄러움이 없으셨습니다. 당신의 기품은 강직하여 볼모를 주지 말라고 했고, 처음에는 날개를 펴지 않았지만 마침내 웅비를 펼쳐 힘차게 날기도 했습니다. 당신이 파양에 머물 때 장간이 찾아와 설득했으나 흔들리지 않았습니다. 당신은 뛰어난 재주와 계략으로 적벽대전에서 화공법으로 적을 물리쳐 약한 힘으로 강자를 내몰기도 했습니다. 공은 한창 뜻을 펼치실 나이에 사라지셨습니다. 공은 충성심과 영명하신 기개가 넘치는 30대의 젊은 나이에 세상을 하직하셨지만 그 이름은 백세까지 남을 것입니다. 당신을 애도하는 소인의 마음은 창자가 뒤틀리는 듯하고 간담이 떨어지는 듯합니다. 하늘은 빛을 잃어 깜깜하고 군사들은 모두 절망감에 사로잡힌 듯하며, 주공도 그 슬픔을 가누지 못합니다. 소인은 비록 재주가 없지만, 당신의 재주를 빌리고 꾀를 얻어 오나라를 도와 조조를 물리치고 한 황실을 받들며 유 황가를 안락으로 이끌 것입니다. 아, 공근이시여! 우리를 삶과 죽음으로 이렇게 갈라놓은 것이 누구입니까. 그대의 곧은 정절은 잊을 수 없습니다. 혼백이라도 있으시다면 이 슬픈 마음을 널리 헤아려주소서. 이제 천하에 나를 알아줄 사람이 없으니 오직 애통할 뿐입니다. 아, 비통함이여!

제갈량은 제문을 다 읽은 후 땅에 엎드려 통곡했다. 제갈량의 눈에서 눈물이 용솟음쳤다. 이를 지켜본 장수들이 수군거리기 시작했다.

"공근과 공명은 원수지간처럼 보였는데 뭔가 통하는 구석이 있었나 보구먼. 사람들이 서로 사이가 좋지 않다고 한 것은 뭘 모르고 한 소리였나 봅니다."

노숙도 제갈량이 진심으로 슬퍼하는 것을 보고 혼잣말을 되뇌었다.

'주유가 한 발짝만 더 물러나 공명을 바라보았다면 이 지경이 되지는 않았을 텐데. 그 스스로 죽음을 재촉하는 꼴이 되고 말았구나.'

제갈량은 문상을 마치고 힘없이 걸어나왔다. 그러나 그 발걸음에는 결연함이 배어 있었다. 이런 제갈량의 모습을 오래전부터 지켜보는 사람이 있었다. 제갈량이 배에 오르려 할 때 누군가가 조심스럽게 제갈량의 앞에 나타났다. 그는 얼굴이 잘 보이지 않을 만큼 삿갓을 깊게 눌러 쓰고 검은 띠를 두른 도포 차림에 흰 신을 신고 있었다. 그는 제갈량에게 다가와 제갈량의 어깨를 툭 치며 허공을 향해 큰 웃음소리를 날렸다.

"당신은 주유의 화를 돋워 죽여놓고는 오히려 조문하러 나타났구려."

제갈량이 놀라 바라보니 방통이었다. 제갈량은 매무새를 가다듬고 방통을 바라보며 역시 크게 웃었다. 두 사람은 서로 손을 잡고 배에 올라 지난 이야기로 시간 가는 줄을 몰랐다. 제갈량은 헤어지면서 방통에게 한마디 말을 건넸다.

"손권은 자네를 좋은 자리에 불러 쓰지 않을 것이네. 만일 무슨 일이 생기면 형주로 와서 함께 유비를 돕는 것이 어떻겠나? 유비는 어질고 덕이 많아 자네가 닦은 학문과 재주를 헛되게 하지 않을 것이네."

방통이 고개를 끄덕였다. 방통과 굳게 손을 맞잡고 작별인사를 나눈 제갈량은 곧바로 형주로 돌아왔다. 방통은 제갈량과 헤어진 후에도 오나라에 머물러 있었다. 그러던 어느 날 방통에게 기회가 왔다. 노숙이 손권에게 방통을 천거한 것이다.

"저 노숙은 재주가 있는 사람이 아닙니다. 그런데 주도독이 잘못 알고 천거했으니 기실 중책을 수행하기에는 크게 모자라는 사람입니다. 그래서 이 나라와 주공을 위해 한 사람을 천거하겠습니다. 그 사람은 천문에 능통할 뿐 아니라 지리와 전략에도 밝아 관중이나 악의에 뒤지지 않고, 손빈과 오기에도 맞설 수 있는 걸출한 인물입니다.

주유 도독도 생전에 여러 차례 그를 칭찬했고 공명도 그의 재주를 높이 사고 있습니다. 그를 한번 불러보실 생각이 없으십니까?"

손권은 크게 기뻐했다.

"그 사람이 누구신고?"

손권의 물음에 노숙이 대답했다.

"방통이라는 사람입니다. 자는 사원이며, 도호는 봉추 선생이라 합니다."

"나도 그 이름은 오래전에 들은 적이 있습니다. 한번 만나보고 싶습니다."

노숙은 바로 방통을 불러 손권에게 소개했다. 손권은 유심히 방통을 살폈다. 짙은 눈썹과 못생긴 들창코, 검은 얼굴, 그리고 짧은 수염은 손권에게 그다지 좋은 인상을 남기지 못했다. 손권이 방통에게 물었다.

"공은 평생 학문을 했다는데 주로 어떤 것을 공부하셨습니까?"

"특별히 한 것은 없고 적당히 놀아가며 했습니다."

방통은 한껏 여유를 부렸다.

손권이 다시 물었다.

"주유와 비교할 때, 공의 재주와 학문은 어느 정도입니까?"

방통이 피식 웃더니 조롱기 섞인 어조로 대답했다.

"저의 재주와 학문을 주유의 것과 비교하십니까? 주유와는 크게 다릅니다."

손권은 방통이 주유를 깔보는 듯하자 불쾌해져 방통에게 말했다.

"물러가십시오. 공이 필요하면 다시 부르겠소. 그때 만나 이야기를 나눕시다."

방통이 한숨을 쉬며 나갔다. 방통이 나간 후 노숙이 손권을 찾아가 물었다.

"주공께서는 왜 방통을 쓰지 않으십니까?"

"그는 오만한 사람입니다. 미친놈을 불러 어디다 쓰겠소."

"지난 적벽대전 때 그가 연환계를 건의해서 큰 성과를 거둔 것은 알고 계시지요?"

"그때는 조조가 실수를 했을 뿐이지 방통의 공은 아닙니다. 나는 그를 결코 불러들이지 않을 생각입니다. 오만한 사람은 자신의 오만 때문에 사물을 정확히 판단하지 못하는 법입니다."

노숙은 자리를 털고 나와 방통과 마주앉았다.

"지금 우리 주공께서 쓰지 않는다고 섭섭해 마시고 잠시만 기다리십시오."

방통은 한숨만 쉴 뿐 아무런 대답도 하지 않았다. 그러자 노숙이 다시 물었다.

"혹시 오나라를 위해 몸을 바칠 뜻이 없는 것은 아니지요?"

아무 대답이 없는 방통에게 노숙이 다시 물었다.

"하기야 공과 같이 세상을 다스릴 재주를 지닌 분이 어디에 간들 뜻을 못 펴겠습니까? 앞으로 무슨 계획이라도 있으신지요?"

"조조에게로 갈까 합니다."

방통은 무심한 표정으로 이야기했다. 노숙이 근심을 감추지 못하며 답했다.

"그것은 어두운 그늘에 밝은 구슬을 던지는 격입니다. 차라리 형주의 유황숙에게 가시는 것이 나을 것입니다. 그는 공을 반드시 중용할 것입니다."

"나도 그렇게 생각하고 있어요. 조조에게 간다는 말은 농담이었습니다."

"제가 유황숙에게 추천의 글을 써드릴까요? 만일 공께서 유비를 보필하게 되면 우리 주공과 힘을 합하여 조조를 물리칩시다."

"내가 평생을 두고 품은 생각입니다."

방통은 노숙의 편지를 들고 형주로 향했다. 제갈량은 지방 고을을 순찰하느라 형주에 없었다. 그러나 유비는 오래전부터 방통의 이름을 들어왔기에 그를 불러들였다. 방통은 유비에게 예만 갖추고 절은 하지 않았다. 유비는 불쾌했다. 특히 방통의 용모가 마음에 들지 않았다.

"먼 곳에서 오시기가 힘들지 않았습니까?"

방통은 노숙의 편지를 보이지 않고 유비의 말에 답했다.

"유황숙께서 전국의 현사를 두루 초청하신다는 말을 듣고 찾아왔습니다."

"형주와 초나라는 이제 안정되어 공에게 권할 자리가 없습니다. 혹시 이곳에서 동북쪽으로 130여 리 떨어진 뇌양현이라는 고을의 현령 자리가 비었는데, 그 자리라도 가시겠습니까? 나중에 이곳에 자리가 생기는 대로 즉시 중용하겠습니다."

방통은 유비가 자기를 인정하지 않자 불현듯 재주와 학문으로 그를 사로잡아야겠다는 생각이 들었다. 하지만 제갈량이 없다는 사실을 깨닫고 현령 자리에 갈 것을 밝히고 물러났다.

방통은 현령에 부임한 후 일은 등지고 술로 세월을 보냈다. 날이 갈수록 송사가 쌓이고 행정이 삐걱대자 백성들의 불만이 터져나왔다. 형주에서 기반을 확고히 다지기 위해 정사에 심혈을 기울이던 유비의 귀에 이 소문이 들어갔다. 유비가 가만있을 리 없었다. 그는 몹시 화가 나 속으로 외쳤다.

'오만 방자한 놈이 함부로 내 법도를 흔들고 있구나.'

유비는 방통을 그냥 두어서는 안 되겠다고 생각하고 장비를 불러 명을 내렸다.

"사람을 몇 명 데리고 가서 형주 관내에 있는 모든 현을 둘러보고 오게. 혹 공무에 소홀하거나 불법을 저지르거나 일을 공정하게 처리하지 않아 백성들에게 피해를 주는 자가 있으면 엄중히 신문하게. 혼자서는 힘들 테니 손건과 함께 가서 일을 처리하도록 하게."

장비와 손건이 왔다는 소식을 듣고 뇌양현의 관리와 군사, 백성들이 모두 마중을 나왔다. 그런데 정작 앞서 나와야 할 현령 방통의 모습이 보이지 않았다. 장비가 한 관리에게 물었다.

"현령은 왜 보이지 않느냐?"

관리 하나가 불만에 찬 듯 고했다.

"이곳 현령어른은 부임하신 지 100여 일이 지났지만 그 동안 정사는 뒷전이고 매일 술만 마시고 계십니다. 오늘도 어제 마신 술 때문에 아직 일어나시지 못했습니다."

장비는 그 소리를 듣자 벼락같이 화를 내며 당장 방통을 체포하려 했다. 그러나 매사에 사려가 깊은 손건이 장비를 말렸다.

"방통은 사리에 밝고 식견이 높은 분입니다. 어떻게 된 영문인지 좀더 확실히 알아본 후에 만일 잘못이 드러나면 그때 죄를 물어도 늦지 않을 것입니다."

장비는 손건의 말을 듣고 현청으로 들어가 현령을 불러오도록 명했다. 잠시 후 방통이 아직 술에서 깨어나지 못한 듯 풀어진 매무새에 의관도 갖추지 않은 차림으로 나타났다. 장비는 방통을 보자 더욱 화가 치밀어 소리쳤다.

"아니, 오만불손도 어느 정도지 당신을 현령으로 삼아준 우리 형님을 어떻게 보고 감히 공무를 이따위로 본단 말이오!"

장비의 꾸짖음에는 아랑곳없이 방통은 껄껄껄 웃으며 되물었다.

"공무를 이따위로 보다니요? 도대체 무얼 가지고 그러는지 알 수가 없으니 설명을 좀 해주시지요."

"댁은 이곳 현령에 부임한 지 100여 일이 지났어요. 그런데 듣자하니 일은 뒷전이고 매일 술에 절어 있다니 그게 공무에 임하는 관리의 올바른 자세란 말이오?"

방통은 별것 아니라는 듯, 시답잖은 표정으로 대답했다.

"몇 시간이면 끝날 일을 100여 일이나 걸려 처리할 게 뭐 있습니까? 잠시만 기다려주세요. 내가 한 치의 틀림도 없이 일을 끝마칠 테니 말입니다."

방통은 아랫사람들을 불러, 100여 일 동안 미뤄두었던 정사를 모두 처리할 테니 하나도 빠짐없이 문건을 내놓으라고 지시했다. 곧 몇 명의 관리들이 나서서 몇 수레나 되는 송사 문서들을 현청으로 실어 날랐다.

방통은 송사에 얽힌 백성들을 당 아래에 세워놓고 문서를 넘기며 그 자리에서 일일이 잘잘못을 가려내는데, 한 사람 한 사람에 대한 판결이 한 치의 착오도 없이 진행되었다. 이를 지켜보던 관리들이나 재판 받는 백성들이나 모두 감탄했다. 100여 일 동안 밀렸던 공무를 반나절도 되지 않아 끝내버린 방통이 붓을 던지며 장비를 향해 말했다.

"보세요. 내가 정사를 그르친 일이 있습니까? 조조와 손권의 일도 손바닥 보듯 하는데 이까짓 100리도 안 되는 고을의 일로 허송세월 하란 말입니까?"

장비는 자신감이 넘치다 못해 오만하기 그지없는 방통이 내심 아니꼬웠으나 그의 실력은 가히 탄복할 만한 것이어서 상석에서 내려와 방통에게 사과하지 않을 수 없었다.

"저의 좁은 소견으로 선생의 고명하심을 몰라보고 실례가 많았습니다. 돌아가는 즉시 유비 형님께 선생을 더 높은 자리에 추천하겠습니다."

그러자 방통은 한 통의 편지를 장비에게 건네주었다. 장비가 그것을 펼쳐보더니 깜짝 놀라며 물었다.

"아니, 이건 노숙이 선생을 우리 형님께 천거한 내용이 아닙니까? 왜 이제야 이 편지를 내놓으십니까?"

"유황숙께서는 누구보다 사람을 잘 알아보신다기에 그게 굳이 필요할까 싶어 내놓지 않았지요."

장비는 겸연쩍은 웃음으로 얼버무리며 손건을 보고 말했다.

"공이 성질 급한 나를 말리지 않았다면 큰 인재를 잃을 뻔했습니다."

다른 현의 순시 업무까지 모두 마치고 형주로 돌아온 장비는 맨 먼저 방통의 이야기를 꺼내더니 그가 보통 사람이 아니라는 것을 예를 들어가며 설명했다. 유비는 장비의 말을 듣고 방통을 새롭게 보기 시작했다.

"사람의 외모만 보고 내가 가볍게 판단을 했으니 참으로 부끄러운 일이다."

혀를 차는 유비에게 장비가 방통이 준 노숙의 추천서를 내놓았다.

방통은 그저 형식적으로 주어지는 작은 일을 맡을 인물이 아닙니다. 그에게 보다 큰일을 맡기시어 뛰어난 재능을 유감없이 발휘할 수 있도록 하십시오. 외모로 그를 판단하시어 그의 능력을 과소평가한다면 결국 다른 사람이 그를 취하게 될 테니 그것은 안타까운 일이 아닐 수 없습니다.

유비는 노숙의 편지를 읽고 자신의 용렬함을 스스로 책망했다. 그때 제갈량이 왔다는 소식이 전해졌다. 유비는 그를 반갑게 맞이하고 함께 자리에 앉았다. 제갈량이 먼저 물었다.

"방통이 어떻게 지내고 있는지 알아보셨습니까?"

유비가 돌려서 대답했다.

"뇌양현을 다스리게 했는데 그 동안 정사는 뒷전에 미뤄두고 술만 마시고 있더랍니다. 그래서 익덕을 시켜서 방통을 만나보게 하니, 사람이 아주 진국이라고 하더군요."

제갈량이 호탕하게 웃었다.

"방사원은 뇌양현 정도를 맡을 인물이 아닙니다. 그 사람이 지닌 학문의 깊이로 보나, 그릇으로 보나 그보다 10여 배는 되어야 그에게 걸맞지요. 제가 그를 천거하는 글을 써주었는데 주공은 아직 모르고 계신 듯합니다."

"좀 전에 노숙의 추천서만 보았을 뿐입니다. 선생이 보낸 글은 아직 보지 못했습니다."

"큰 물고기는 큰 물에서 놀게 해야 가치를 드러내는 법입니다."

유비는 당장 장비를 뇌양현으로 보내 방통을 모셔오도록 했다.

방통이 왔다는 전갈을 받고 유비는 관사 앞까지 나가 그를 맞이하며 신중치 못했던 자신의 행동을 사과했다. 유비를 다시 만나고서야 방통은 제갈량이 써준 추천서를 내놓았다. 거기에는 방통이 오면 바로 중임을 맡기라는 내용이 들어 있었다.

유비는 그제야 예전에 사마휘가 자신에게 들려준 말을 기억해내고는 웃음 지으며 말했다.

“예전에 사마휘가 ‘복룡과 봉추 두 사람 중에 한 사람만 얻어도 천하를 편안하게 할 수 있다’ 고 저에게 말해주었는데 이제 두 분을 다 얻었으니 한 황실은 반드시 다시 일어날 것입니다.”

유비는 곧 방통을 부군사 중랑장에 임명했다. 이로써 방통은 제갈량과 한 황실 부흥의 행보를 함께 할 동지가 되었다.

조조와 맞선 마초

유비가 제갈량과 방통 등의 막강한 실력자들을 참모로 삼아 군비를 증강하고 군량미를 늘리는 한편 머지않아 동오와 손잡고 군사를 일으킬 것이라는 소문이 허도까지 파다하게 퍼졌다. 조조는 그 소문을 듣고 측근들을 불러모아 남쪽 정벌에 대한 대책을 협의했다.

순유가 의견을 내놓았다.

"주유가 죽은 지 얼마 되지 않았으니 동오의 군사력에 구멍이 나 있을 것입니다. 그러니 먼저 손권을 쳐서 무너뜨린 다음 유비를 공격한다면 크게 어려움이 없을 것입니다."

순유의 대책에 조조가 고개를 갸우뚱거리며 말했다.

"하지만 지금 관서 지역이 몹시 걸린단 말이오. 우리가 남쪽 정벌에 나선 사이에 서량의 마등이 허도로 쳐들어오기라도 한다면 큰 문제가 아니겠소?"

가후도 한마디했다.

"그렇습니다. 아직 우리 군은 지난 적벽 싸움의 패전으로 사기가 많이 떨어져 있을 뿐 아니라 수전에 대비한 훈련도 충분치 못한 상태입니다. 유비와 손권을 물리치기 위해서는 좀더 실력을 키워야 합니다. 앞을 내다볼 때 차라리 관서쪽을 먼저 손에 넣는 것이 우리에게 유리할 것입니다."

가후의 말을 그럴듯하게 여긴 순유가 다시 말했다.

"서량쪽도 결코 만만한 군대가 아니니 정면으로 승부를 가리는 것은 자칫 위험할 수 있습니다. 제 생각으로는 서량 태수 마등에게 천자의 조칙을 내려 정남장군 칭호를 주고 손권을 치라는 명을 내리는 것이 좋을 듯합니다. 그런 다음 그를 허도로 불러들인 후 기회를 잡아 그를 제거해버리시죠. 급작스럽게 태수를 잃고 나면 서량도 당분간 혼란에 빠질 테니 그때를 틈타 관서를 평정하고 다시 기수를 남쪽으로 돌려 강남 지역을 제압하면 됩니다."

조조는 순유의 생각이 몹시 마음에 들었다. 그는 당장 사람을 보내 조칙을 내리고 서량 태수 마등을 불러들였다. 마등은 한나라 복파장군 마원의 후손이었다. 그의 아버지는 숙이라는 이름을 가진 자였는데 환제 때 간현위에 있었으나 중도에 관직을 박탈당하고 농서 지방을 떠돌아다니며 살았다. 그곳에서 강족들과 어울려 지내다 강족 여인을 만나 등을 낳았다. 강족은 중원에서 볼 때 서쪽 변경에 거주하는 유목민들이었다. 중국 본토 사람들은 그들을 이민족으로 여겼다. 강족은 광활한 벌판을 누비며 생활하는 민족답게 말을 잘 타고 전투에도 능해 중원 사람들은 언제나 그들을 경계하며 두려워했다.

마등은 키가 무척 큰데다 생김새 또한 굵직굵직했으나 타고난 성격이 온순하고 남을 잘 배려하는 성품이어서 주변의 많은 사람들이 따르고 존경했다.

영제 말년 강인들이 반란을 일으키자 그는 의병을 모집해 그들을 제압했고 초평 연간에는 적도들을 토벌하여 정서장군이 되었는데 사교성이 뛰어나 진서장군 한수와 의형제를 맺기도 했다. 마등은 황제의 조칙을 받고 아들 마초를 불러 의논했다.

“나는 지난날 역도 조조를 없애기 위해 동승과 함께 황제의 의대조를 받고 유현덕과 모의하던 중 조조에게 발각되었다. 이후로 동승은 불행하게 죽고 현덕은 변변히 힘을 기르지 못한 상태로 세월을 보냈다. 나 역시 이 척박한 서량으로 밀려나와 곤궁하게 지내다 보니 현덕에게 아무 도움도 주지 못했구나. 소문을 들으니 이제 현덕이 형주를 얻었다고 하던데 지난날 뜻을 같이했던 현덕을 도와 뜻을 펴보고 싶다. 그런데 황제의 조칙을 앞세워 조조가 나를 부르니 어찌해야 할지 마음을 정할 수가 없구나.”

마초가 대답했다.

“어쨌든 천자의 명이니 아버님께서는 허도로 가실 수밖에 없을 것입니다. 조조의 명은 천자의 명과 마찬가지이니 만일 거역한다면 문책이 따를 것입니다. 차라리 이 기회를 이용해 허도로 가셔서 지난날 이루지 못했던 일을 끝내시는 게 어떻겠습니까?”

조카 마대馬岱가 옆에 있다가 걱정스러운 목소리로 말했다.

“조조는 절대 있는 그대로를 믿을 놈이 못 되니 숙부께서 거기 가셨다가 혹시 화를 입지나 않으실까 두렵습니다.”

마초가 분이 섞인 목소리로 다시 말했다.

“이참에 차라리 아버님과 함께 우리 서량 군사를 이끌고 허도로 쳐들어가 조조를 없애버리는 것이 좋겠습니다."

"우리 서량의 군사는 조조가 쉽게 넘보지 못하는 강병이다. 너는 이 군사를 거느리고 서량을 지켜라. 나는 네 동생 휴休와 철鐵, 너의 사촌 대岱를 데리고 허도로 가겠다. 네가 서량을 지키고 너를 돕는 한 수가 있으니, 조조도 이쪽을 섣불리 침범하지는 못할 것이다."

마등의 분부에 마초가 근심스러운 듯 말했다.

"허도로 가시더라도 당장 가시지 말고 그곳의 동정을 충분히 살핀 후에 때를 골라서 들어가도록 하십시오."

"내 나름대로 대비책이 있으니 너무 걱정하지 마라."

마침내 마등은 허도로 향했다. 그는 자신의 군사 5천을 발탁하여 아들 마휴와 마철은 선봉에 세우고 조카 마대는 뒤를 맡게 한 후 진군했다. 그런 다음 허도 20여 리 밖에 이르자 군사와 말을 멈추게 하고 그곳에 주둔했다. 조조는 마등이 허도에 가까이 왔다는 소식을 듣고 문하시랑 황규黃奎를 불러 임무를 맡겼다.

"마등이 천자의 명을 받들어 남쪽을 정벌하기 위해 군사를 일으켜 이곳으로 왔다고 한다. 그대를 행군 참모에 임명하니 마등에게로 가서 그의 노고를 위로하라. 그리고 서량은 강남과 거리가 너무 멀어 양곡과 마초를 운반하기 힘들 테니 이곳 허도에서 지원하겠다고 일러라. 또한 내일 중으로 내가 대군을 보낼 것이니 이들과 협력하여 진군하라고 말하고, 내일 성안으로 들어오면 군량미와 말먹이를 내주겠다고 전하라."

조조의 영을 받은 황규가 마등을 찾아갔다. 이들은 먼저 남정에 대한 이야기를 주고받은 뒤 함께 술상을 마주했다. 몇 잔의 술을 돌려가며 마시고 나자 황규가 조조의 뜻과는 다른 속엣말을 털어놓았다.

"제 아버님 황완은 이각과 곽사 때문에 돌아가셨습니다. 그래서 내 마음에 지울 수 없는 한이 맺혀 있는데 또다시 천자를 우롱하는 역도를 만나 그 아래에서 몸을 굽히며 살고 있으니 참으로 한심한 일이 아닙니까?"

마등이 깜짝 놀라 물었다.

"천자를 속이는 역도라니요? 그게 누구란 말입니까?"

"누군 누구입니까, 조조지요. 몰라서 물으십니까?"

마등은 황규의 말을 듣자 불현듯 의심이 생겼다.

'이 사람은 조조의 사주를 받고 내 마음을 떠보기 위해 이런 말을 하는지도 모른다.'

"황공, 벽에도 귀가 있다고 했는데 어찌 그런 말을 함부로 입에 올리십니까?"

황규가 웃으며 말했다.

"공은 지난날 천자로부터 의대조를 받았던 일이 탄로나서 변방으로 쫓겨가다시피 한 것 때문에 그렇게 입조심을 하는 것입니까?"

마등은 황규의 얼굴을 보며 잠시 할 말을 잃었다. 그러나 곧 황규가 자기의 진심을 이야기하고 있음을 깨닫고 심중의 말들을 모두 쏟아놓았다. 황규도 사실을 얘기해주었다.

"조조가 내일 황제를 뵈라며 공을 성안으로 불러들일 텐데 그것은 분명 공을 해치려는 수작입니다. 그러니 공은 절대 성안으로 들어가지 마세요. 군사들을 정비하여 성밖에서 계속 대기하고 있다가, 조조가 성밖으로 나와 군사들을 둘러볼 때 그를 죽여버린다면 지난날 이루지 못했던 대사를 성취하게 될 것입니다."

두 사람은 이 일을 반드시 비밀에 부치기로 약속하고 헤어졌다. 집으로 돌아온 황규는 워낙 큰일을 앞두고 있는 탓인지 얼굴에서 긴장감을 지울 수가 없었고 다른 일도 손에 잡히지 않았다. 그의 부인이 이유를 물었으나 황규는 아무런 말이 없었다.

이때 황규의 첩 이춘향李春香은 황규의 처남인 묘택苗澤과 몰래 정을 통하는 사이였다. 묘택은 춘향을 자기가 차지하고 싶었으나 방법이 없어 애를 태우고 있었다. 그런데 황규의 거동을 심상찮게 여긴 춘향이 묘택을 만나 그런 사실을 털어놓았다.

"황시랑이 서량에서 온 마등이라는 자와 곧 강남 정벌에 나선다고 하지 않아요? 그런데 이상하게도 오후 내내 뭔지 모르게 불안해하는 것 같고 분을 삭이는 것 같기도 해요. 하여간 무슨 일을 꾸미고 있는 듯하다니까요."

춘향의 말을 듣고 묘택이 말했다.

"매형은 평소에도 조조의 군정에 대해 불만을 품고 있는 사람이야. 오늘 밤 그를 방에 들여 '사람들이 하는 말을 들어보니 유황숙은 후덕하고 인자로운데, 조조는 간사하고 포악한 인물이라 합디다. 그게 맞는 말입니까?' 라고 의중을 떠보도록 해. 그런 다음 그에게서 어떤 말이 나오는지 잘 들어두었다가 내게 일러줘."

그날 밤 황규는 춘향의 청으로 그녀의 방에 들었다. 춘향은 간단하게 술상을 봐놓고 그날따라 유달리 부드러운 말과 애교로 황규의 마음을 떠보려고 애썼다. 황규가 취한 듯 보이자 춘향은 묘택이 일러준 대로 황규에게 물었다. 이에 황규가 대답했다.

"너를 한낱 계집으로만 보았더니 보고 듣는 바가 남다르구나. 그래, 네가 들은 대로 조조는 간사한 역도놈이다. 나는 천자를 허수아비로 만들고 천하를 농락하는 조조 같은 자들에게 한이 맺힌 사람이다. 그래서 나는 조조를 없애버리려 한다."

춘향은 속에서 일어나는 놀라움을 감추기 위해 그의 뜻에 수긍한다는 듯 과장되게 고개를 끄덕이며 물었다.

"그 일로 장군의 목숨이 위태로워질 수도 있습니다. 소첩은 장군께서 일을 이루실 때까지 노심초사 마음을 놓지 못할 것입니다. 저는 장군께서 조금도 해를 입지 않으시고 대사를 성사시키도록 정성을 다해 하늘에 빌겠습니다. 그런데 그 교활한 조조를 죽이실 준비는 모두 마치셨는지요?"

춘향의 충절을 기특하게 여긴 황규는 동지나 만난 듯 앞뒤 가리지 않고 마등과의 계획을 그대로 얘기해버렸다.

"너는 아무 걱정 마라. 나는 이미 마등 장군과 대사를 치를 준비를 마쳤다. 내일 조조는 성밖으로 나와 마등의 군사를 사열할 것이다. 그곳이 조조의 장례식장이 될 것이야."

대사를 앞둔 황규는 그간의 중압감을 모조리 털어버린 듯 홀가분한 기분이 되어 금방 잠이 들었다. 춘향은 잠든 황규를 뒤로하고 묘택에게 가서 황규에게 들은 내용을 모조리 전해주었다. 묘택은 다시 조조를 찾아가 그 사실을 낱낱이 고해바쳤다. 조조는 자기를 시해하려는 마등과 황규의 계획을 듣고 그들을 역공격할 준비를 갖추었다. 그는 조홍 · 허저 · 하후연 · 서황 등을 불러들여 황규와 마등을 공격할 방법을 일러주었다.

이들이 영을 받고 모두 물러간 뒤 조조는 또 다른 휘하 장수들에게 황규의 가족은 남녀 노소 가릴 것 없이 있는 대로 잡아들이라는 명을 내렸다. 다음날 마등은 자기가 거느리고 온 군사들을 정비하여 사열할 준비를 마치고 조조가 나타나기를 기다리고 있었다. 이때 일련의 군사들이 붉은 깃발을 휘날리며 모습을 드러냈다. 마등은 드디어 조조가 사열을 받기 위해 성밖으로 나온 것으로 생각하고 그들을 향해 총공격을 명했다.

마등의 군사가 일제히 말을 몰아나가는 것과 동시에 상대편에서 갑자기 포성이 터지더니 붉은 깃발이 좌우로 크게 흔들렸다. 이를 신호로 조조군 쪽에서 수많은 화살이 회오리바람처럼 날아들었다. 마등이 몹시 당황하고 있는 사이 조조군의 무리에서 한 장군이 앞으로 뛰어나왔는데 바로 조홍이었다. 마등은 일이 사전에 탄로났음을 알아채고 말을 돌려 후퇴를 명령했다. 그러나 좌우에서 조조의 군사들이 터진 봇물처럼 밀려왔다. 왼쪽에서는 허저가, 오른쪽에서는 하후연이, 그리고 뒤에서는 서황이 군사를 이끌고 와서 포위해 들어왔다.

마등은 죽을 힘을 다해 포위망을 뚫으려 했으나 역부족이었다. 마등의 두 아들과 조카는 적의 포위망에 완전히 갇혀 무차별적으로 쏘아대는 화살에 만신창이가 되어 땅바닥에 나뒹굴었다. 조조는 서황이 잡아온 마등과, 전투가 시작되기 전에 금군을 풀어 잡아온 황규를 서로 대질시켰다. 고문으로 피투성이가 된 황규가 마등을 보고는 영문을 모르겠다는 듯 소리쳤다.

"내가 도대체 무슨 잘못을 저질렀단 말입니까?"

조조가 냉소를 머금은 채 묘택을 불러냈다. 묘택은 천연덕스럽게 춘향에게서 들은 이야기를 쏟아놓았다. 마등이 분에 겨워 있는 힘을 다해 묘택을 꾸짖었다.

"이 어리석은 놈아, 너는 계집에게 눈이 멀어 한 나라의 대사를 망쳐놓았다. 내가 끝내 역적을 죽이지 못하다니. 아, 이것이 실로 하늘의 뜻이었단 말인가!"

조조는 당장 마등을 끌어내 목을 치라고 명했다. 이로써 평생을 두고 조조를 멸하려 했던 마등의 긴 꿈은 허사로 돌아가고 말았다. 한편 묘택은 매형의 죽음에도 아랑곳 않고 조조에게 청했다.

"저는 포상을 원하지는 않습니다. 다만 바라는 것은 춘향을 저의 처로 삼고자 할 뿐입니다."

묘택의 말을 듣고 조조가 가당찮다는 듯 비웃으며 쏘아붙였다.

"너는 계집 하나 때문에 네 매형의 집안을 망쳐놓은 놈이다. 너같이 생각이 모자라는 놈을 살려두어봤자 무슨 쓸모가 있겠느냐?"

조조는 황규 일가는 물론 묘택과 춘향까지 시장바닥에 끌어내 목을 쳐 죽이게 했다. 조조는 강병인 서량 군사들을 얻기 위해 그들을 회유하는 말을 늘어놓았다.

"마등 부자가 내 손에 죽은 것은 그들이 모반을 했기 때문이다. 너희들과는 아무 관계가 없는 일이니 불안해할 것 없다. 내가 너희들의 신변을 보장해주겠다."

조조는 따로 사람을 보내 마대가 도망치더라도 더 이상 쫓지 말라고 명했다. 마등이 조조군에게 기습을 당하던 때, 마대는 군마 1천을 거느리고 후방을 맡고 있었다. 이미 마등이 조조군에게 붙잡혀간 후 간신히 몸을 피한 패잔병 하나가 마대에게 달려가 마등의 소식을 전했다. 마대는 별 도리 없이 도망치기로 마음먹고 장사꾼으로 변장해 어둠을 틈타 허도를 빠져나갔다. 계획대로 마등을 처치한 조조는 남쪽 정벌에 눈을 돌렸다. 조조가 휘하 모사들과 장수들을 불러 연일 이에 대한 계책을 논의하고 있는데 강남에서 소식이 들어왔다.

"유비가 서천을 취할 준비를 마쳤다고 합니다."

조조는 가슴에 일격을 당하는 느낌이었다.

"그것은 안 될 말이다. 유비가 서천을 손에 넣게 되면 날개를 다는 것과 마찬가지다. 대책이 없겠느냐?"

조조의 말이 끝나기를 기다렸다는 듯 한 장수가 나와 말했다.

"저에게 강남도 서천도 모두 승상의 수중으로 들어오게 할 계책이 있습니다."

그는 바로 치서시어사治書侍御史 진군陳群이었다. 조조는 그의 계책을 어서 듣고 싶어 다그쳤다.

"진군, 말해보시오."

"지금 강남의 형국은 유비와 손권이 처남 매부간이 되어 한집안을 이루고 있습니다. 그런데 유비는 지금 서천 공략을 목전에 두고 있으니 우리가 강남을 공략할 기회를 얻은 것입니다. 승상께서 이곳에서 일으킨 군사에다 합비의 병력을 합하여 강남을 공격한다면 손권은 반드시 유비에게 지원병을 청할 것입니다. 그러나 유비는 서천이 급하니 손권의 요구를 들어줄 리 없습니다. 유비군은 수적으로는 별 볼 일 없으나 장수 한 사람 한 사람의 기량이 워낙 뛰어나 그들의 도움을 받지 못한다면 손권도 그리 대단한 힘을 발휘하지는 못할 것입니다. 특히 주유마저 잃었으니 분명 군사력이 약해져 있을 것입니다. 그러니 지금 동오를 쳐부수는 일은 지난 적벽전 때와는 상황이 많이 달라 힘들 것이 없으리라 생각됩니다. 동오를 격파한 후 바로 서천을 취하십시오. 천하는 승상에 의해 하나가 될 것입니다."

진군의 말에 기분이 좋아진 조조가 맞장구를 쳤다.

"그대의 생각이 바로 내 생각이오."

조조는 더 이상 기다릴 것 없이 강남으로 쳐들어갈 준비에 돌입했다. 그는 허도에서 20만 대군을 일으키고 합비에도 연락을 취해 곧 강남으로 군사를 몰고 갈 것이니 군량미와 말먹이 풀을 충분히 비축해두라고 명을 내렸다.

조조의 움직임은 곧 손권에게도 전해졌다. 손권은 예상하지 못했던 바는 아니었으나 조조의 군사가 워낙 대군이다 보니 마음의 부담이 될 수밖에 없었다. 그는 급히 휘하 장수들과 참모를 불러들여 대책 마련에 부심했다. 수많은 전쟁을 겪어온 장소가 입을 열었다.

"가장 시급한 일은 노숙을 시켜 유비에게 지원병을 요청하는 편지를 쓰게 하는 것입니다. 유비는 노숙에게 신세 진 일이 많으니 그가 청하면 반드시 들어줄 것입니다. 더구나 유비는 주공의 처남이니 원군을 보내 함께 강남을 지키는 것은 당연한 일이지요. 유비가 나선다면 조조의 대군도 그리 큰 문제가 되지 않을 것입니다."

손권은 장소의 말을 듣고 곧바로 노숙에게 사람을 보내 유비에게 조조에 맞서 함께 싸울 것을 청하는 편지를 쓰도록 분부를 내렸다. 노숙은 손권의 지시대로 편지를 써서 유비에게 보냈다. 노숙의 글을 받은 유비는 일단 사자를 역관에서 쉬게 하고 사람을 보내 남군에 있는 제갈량을 모셔오게 했다. 제갈량이 도착하자 유비는 근심스러운 표정으로 노숙의 편지를 건넸다. 편지를 훑어본 제갈량이 말했다.

"동오도 우리도 조조를 막기 위해 군사를 일으킬 필요가 없습니다. 손가락 하나 움직이지 않고도 조조가 강남 땅에 한 발짝도 들여놓지 못하게 할 방법이 있습니다. 주공께서는 이 일로 걱정하실 것이 하나도 없으니 그저 편히 계시기만 하면 됩니다."

제갈량은 이렇게 말하고는 그 자리에서 노숙에게 보내는 답서를 써서 사신을 돌려보냈다. 노숙이 보낸 사신이 돌아간 후 현덕은 안심이 되지 않는 듯 제갈량에게 재차 물었다.

"강남을 겨냥해서 일으킨 조조의 군사 수가 20만이며, 더구나 합비에 주둔하고 있는 군사까지 합세할 것이라고 합니다. 군사는 저에게 가만히 있으라고만 하시니 그들을 물리칠 방법이 과연 무엇인지 알고 싶군요."

제갈량이 웃음 띤 얼굴로 대답했다.

"조조는 강남을 호시탐탐 노리면서도 서량의 군사를 가장 두려워하고 있습니다. 그런데 얼마 전에 조조가 서량 태수 마등을 죽였다니 그의 아들 마초와 그의 백성이 가만히 있겠습니까? 조조를 원수처럼 여기며 보복을 다짐하고 있을 것입니다. 주공께서는 예전에 마초의 부친 마등과 함께 조조를 없애려다 실패한 적이 있지 않습니까? 이제 마초에게 연합을 제의하는 글을 써보내 그로 하여금 허도를 치도록 한다면 조조가 어떻게 군사를 몰고 강남으로 내려올 엄두를 내겠습니까?"

유비는 '과연 공명이로구나' 하며 거듭 고개를 끄덕였다. 그는 시자에게 바로 붓과 종이를 가지고 오게 하여 마초에게 보낼 편지를 썼다.

한편 마등이 허도로 향하던 어느 날 밤 마초는 이상한 꿈을 꾸고 자리에서 벌떡 일어났다. 자기가 낯선 곳 눈 벌판에 누워 있는데 어디선가 호랑이들이 떼지어 나타나는 꿈이었다. 그 바람에 놀라서 깨어난 마초는 불길한 생각을 지울 수가 없어 가까운 장수들을 불러 꿈 이야기를 했다. 마초의 이야기를 듣고 누군가 말했다.

"그것은 좋지 않은 일이 있을 징조입니다."

마초가 말하는 사람을 보니 그는 교위 방덕龐德이었다.

"어째서 그런지 이유를 말해보세요."

"눈이 내리는 곳에서 호랑이를 만났으니 피할 도리가 없습니다. 게다가 호랑이들은 몹시 굶주려 있지 않겠습니까? 허도로 가신 태수님에게 무슨 일이 생긴 게 아닐까 걱정됩니다."

방덕이 말을 마치기가 무섭게 누군가 다 찢긴 옷차림으로 기어 들어오다시피 하며 울부짖었다.

"숙부님과 동생들이 모두 죽었습니다."

마초와 장수들이 깜짝 놀라 그를 살펴보니 마대였다. 마초는 절망감을 감추지 못하고 자초지종을 물었다.

"숙부께서는 허창성 밖에 진을 치고 계셨는데 시랑 황규라는 자가 찾아왔습니다. 두 분은 뜻이 맞아 함께 조조를 암살하려는 계획을 세웠는데 그 일이 그만 탄로가 나는 바람에 시장거리에서 참형을 당하시고 동생 둘도 모두 죽었습니다. 후방에 있던 저는 다행히 장사꾼으로 변장해 겨우 도망쳐올 수 있었습니다."

마초는 잠시 할 말을 잃고 자리에 털썩 앉더니 갑자기 의자에서 내려와 땅바닥에 무릎을 꿇고 대성통곡을 했다.

"내가 그 간악한 조조놈을 절대 그냥 두지 않겠다."

마초는 이를 갈며 복수를 다짐했다.

그는 휘하 장수들과 함께 군사를 재정비하고 전쟁에 쓸 무기와 말들을 점검했다. 이때 형주에서 유비가 보낸 사람이 왔다는 전갈이 전해졌다. 마초는 서둘러 그를 맞이하고 유비가 보낸 편지를 뜯어보았다.

이미 오래전에 시작된 한 황실의 불행은 요즘 조조가 천자의 눈을 가리고 전권을 휘두르며 백성들을 능멸함으로써 극으로 치닫고 있습니

서량의 마초가 한수와 만나 거병을 다짐한다. 한나라 시대 중원 사람들은 오늘날과는 달리, 의자에 앉아 생활하지 않았다. 의자 생활은, 그들이 '오랑캐' 라 천시하던 유목민족의 영향으로 변방과 전쟁터에서부터 보급되기 시작했다. 오늘날 중국의 모습은 여러 문명이 융화되어 이루어진 것이니, 과연 문화의 영역에서 여러 민족들은 서로 갈등하기보다 보완했던 셈이다.

다. 유비는 돌아가신 공자의 아버님과 함께 일찍이 황제 폐하의 밀조를 받고 조조를 죽이려 했으나 뜻을 이루지 못했지요. 지금에 이르러서는 부친 마등이 조조에게 치욕스럽게 죽임을 당했으니, 공자에게 조조는 같은 하늘 아래 함께 있을 수 없고 해와 달을 함께 바라볼 수 없는 철천지원수가 되었습니다. 만일 공자께서 부친의 뜻을 이어 서량의 강병을 이끌고 우측에서 조조를 공격하면 유비는 형주와 양주의 군사를 이끌고 나가 조조의 앞을 막아 싸우려 합니다. 조조를 무너뜨리고 그 잔당들을 타도하여 평생 맺힌 한을 풀고 한 황실 부흥에 작은 힘이나마 보태고 싶습니다. 그 동안 가슴에 쌓인 응어리를 어찌 몇 자의 글로 대신할 수 있겠습니까? 좋은 답서가 올 것을 기다리는 마음으로 그것을 대신하겠습니다.

유비의 글을 읽은 마초는 눈물을 흘리며 조조에 대해 대대적인 공격을 다짐하고 바로 답신을 써서 유비의 사자에게 보냈다. 마초가 곧바로 군사를 출동시키려는데 마등의 의형제인 한수가 마초를 만나고 싶다며 사람을 보내왔다. 마초는 한수가 있는 동헌으로 갔다. 마초를 보자 한수는 종이 봉투를 건네주며 조조의 편지라고 말했다.

마등은 어리석은 판단으로 죽음을 자초했소. 만일 장군이 앞을 내다보는 현명함을 지닌 분이라면 마초를 잡아 허도로 넘기시오. 그렇게 해준다면 나는 그에 대한 보답으로 장군을 서량후에 봉하겠소.

마초는 편지를 구기며 꿇어 엎드렸다.
"저희 형제를 잡아 허도로 가십시오."

한수가 마초를 일으켜 세우며 말했다.

"나는 네 아버지와 의형제를 맺은 사이다. 내가 어찌 너희 형제를 해칠 수 있겠느냐? 인륜이 뭔지도 모르고 날뛰는 저 조조놈만이 내 원수일 뿐이다. 네가 군사를 일으켜 조조와 싸우려 한다면 나도 마땅히 너와 함께 싸우겠다."

마초는 한수에게 크게 절을 하고 동헌을 빠져나왔다.

한수는 조조의 편지를 가지고 왔던 사자의 목을 베고 후선侯選 · 정은程銀 · 이감李堪 · 장횡張橫 · 양흥梁興 · 성의成宜 · 마완馬玩 · 양추楊秋가 지휘하는 8개 부대를 거느리고 출전했다. 한수가 거느린 8개 부대에 마초 수하의 방덕 · 마대가 이끄는 군사가 합류하자 반조조군은 금세 10만 대군이 되어 밀물처럼 장안을 향해 진군했다. 마초가 대군을 이끌고 장안으로 쳐들어온다는 소식을 들은 장안 군수 종요鍾繇는 이 사실을 급히 조조에게 알리고 자기는 서둘러 군을 소집하여 들로 나가 진을 쳤다.

드넓은 벌판에 서량 군사를 이끈 마대가 선봉에 서서 말을 달려 진격해오는 모습이 보였다. 종요는 기다렸다는 듯 군사를 몰고 나가 그들을 맞아 싸웠다. 빼어난 기마족답게 마대는 말 위에서 자유자재로 보검을 휘두르며 종요를 위협했다. 기선을 제압 당한 종요와 그의 군사들은 몇 차례 싸워보지도 못하고 패하여 달아났다. 마초와 한수는 대군을 몰아 어렵지 않게 장안성을 포위했다. 그러나 안으로 들어간 종요는 성문을 걸어잠근 채 어떤 응전도 하지 않았다.

장안은 원래 서한西漢의 수도였는데 예전부터 강족 등 이민족의 위협을 끊임없이 받아온 탓에 성벽이 유난히 단단하고 참호도 깊어 공격은 물론 성을 함락하는 것이 쉽지 않았다. 종요가 그 깊은 성안에

서량의 강한 병사들이 마초와 함께 출정에 오른다.
반고의 『한서(漢書)』에는 "서쪽 지방 출신 가운데
용맹한 장수가 많다" 고 나와 있는데, 이는 변방의 세력이
강성했음과 동시에 중앙의 통제를 기꺼이 받아들였음을
시사한다. 그러나 삼국시대에 이르러 이들 변방 세력은
스스로 중앙에 개입하고자 시도한다.

서 미동도 않자 마초는 열흘이 넘도록 성을 포위만 하고 있을 뿐 그곳을 점령할 뾰족한 방법을 찾지 못했다. 답답해하는 마초를 보고 방덕이 한 가지 계교를 생각해냈다.

"장안성의 흙은 초목이 자라지 못할 만큼 단단한데다 물맛도 짜서 아마 지금쯤 저 안의 백성들은 상당히 굶주려 있을 것입니다. 우선 포위망을 풀어 백성들을 밖으로 유인해내고 그 와중에 우리 군을 그곳으로 투입시키는 것이 좋을 듯합니다."

방덕은 그 이후의 대책들을 마초에게 마저 일러주었다. 방덕의 계책을 들은 마초는 기뻐하며 그의 말에 따르기로 했다. 바늘과 실의 관계처럼 늘 마초를 따라다니는 방덕은 남안군 원도 사람으로 마등 휘하에 있으면서 모반한 강족과 저족을 공격하여 수많은 공훈을 세운 사람이었다. 그는 마등이 가장 믿는 부하 장수이기도 했는데 마등이 죽자 마초와 함께 조조에 맞서 관서 지방을 지키는 대표적 인물이 되었다. 마초는 방덕의 말에 따라 곧 군사들에게 퇴군하라는 명령을 내리고 자신도 군마를 이끌고 뒤로 물러났다.

성루에서 서량군의 움직임을 지켜보던 종요는 혹 그들이 계책을 쓰는 것은 아닌가 경계하여 당장은 어떤 행동도 취하지 않았다. 그러나 그들이 멀리 후퇴해 간 것을 확인하고는 바로 성문을 열고 백성들이 자유롭게 바깥출입을 할 수 있도록 했다. 성문을 열고 5일이 지나자 다시 마초가 쳐들어온다는 보고가 날아들었다. 백성과 군사들은 황급히 성안으로 들어가고 종요는 다시 서둘러 성문을 걸어잠그고 굳게 지켰다.

이날, 밤이 깊어 자정이 지날 무렵 갑자기 서쪽 성문에서 불길이 치솟아올랐다. 성문을 지키고 있던 종요의 동생 종진鍾進이 놀라 불이 일어난 곳으로 달려갔다. 이때 갑자기 성곽 옆에서 누군가 말을 타고 달려나오며 종진을 향해 소리쳤다.

"나는 서량에서 온 방덕이다!"

종진은 엉겁결에 당한 일이라 제대로 저항 한번 못하고 방덕의 칼에 몸이 잘려 말에서 떨어졌다. 방덕은 여세를 몰아 성안으로 쳐들어가며 닥치는 대로 종요의 군사들을 쳤다. 이때를 맞추어 마초와 한수가 군마를 이끌고 밀물처럼 성안으로 들이닥쳤다. 종요는 저항할 힘을 잃고 성을 포기한 채 동쪽 문으로 도망을 쳤다. 마초와 한수는 장안을 함락해 군사들의 노고를 치하하고 공이 있는 자에게는 포상을 했다.

장안을 빼앗기고 도망친 종요는 동관에 진을 치고 조조에게 전령을 보내 장안이 적에게 넘어간 사실을 알렸다. 조조는 분을 삼키며 남쪽을 정벌하려던 계획을 취소하고 관서부터 제압하리라 마음먹었다. 조조는 조홍과 서황을 불러 명을 내렸다.

"두 장군은 지금 당장 군마 1만을 거느리고 동관으로 가라. 그곳에 현재 종요가 진을 치고 있으니 그를 대신해서 동관을 철통같이 지켜라. 열흘 이내에 내가 대군을 이끌고 그곳으로 가겠다. 만일 그 안에 동관을 잃는다면 너희들의 목을 베리라."

조홍과 서황이 조조의 영을 받고 떠나는 모습을 지켜보던 조인이 걱정 어린 목소리로 말했다.

"지금 조홍은 한창 혈기왕성한 나이인데다 급한 성격이라 실수라도 하지 않을까 염려됩니다."

"그렇기 때문에 서황을 딸려보내지 않았느냐? 나도 군량미와 말먹이가 충분히 갖추어지는 대로 저들을 뒤쫓아갈 것이다."

동관에 도착한 조홍과 서황은 종요를 대신해 성을 지키며 서량군의 동태를 살폈다. 마초는 군사를 거느리고 와 조조의 3대를 들춰내 갖은 욕을 퍼부으며 이들을 전쟁터로 끌어내려 했다. 보다 못한 조홍이 당장 군사를 이끌고 성밖으로 나가 싸우려 들자 서황이 극구 말렸다.

"승상께서 명령하신 바를 잊었습니까? 저들은 지금 어떻게 해서라도 우리를 성밖으로 끌어내 싸우게 만들 작정입니다. 승상께서 대군을 이끌고 온다고 하셨으니 그때까지만 참고 기다리십시오."

조홍은 마지못해 분을 가라앉히고 다시 성루에 올랐다. 그러나 날이 갈수록 마초의 욕설이 극에 달해 조홍의 가슴에 불을 질러댔다. 조홍이 말에 올라 창을 집어든 적이 한두 번이 아니었으므로 서황은 그를 말리느라 애를 먹어야 했다.

이처럼 팽팽한 긴장 속에 여드레를 보내고 아홉째 날을 맞았다. 이날도 조홍은 성 위에 올라 서량군의 동태를 살폈다. 그런데 뜻밖에도 군사들이 말에서 내려 풀밭에 앉거나 누워서 쉬고 있었고 그들의 모습이 하나같이 피곤에 지쳐 있는 듯했다. 조홍은 드디어 기회가 왔다고 생각하고 군사 3천을 급히 출동시켜 성문을 열고 서량군을 향해 진격했다. 뜻하지 않게 기습을 당한 서량의 군사들은 말과 무기를 챙길 틈도 없이 달아나기 바빴다. 조홍은 한층 자신감을 얻고 그들을 추격하는 데 열을 올렸다. 성안에서 양곡과 말먹이의 양을 점검하고 있던 서황은 조홍이 성문을 열고 서량군을 쫓아갔다는 말을 듣고 기겁하여 군사를 이끌고 조홍에게 달려갔다.

"장군! 즉시 돌아오시오. 복병이 있을지 모릅니다!"

그제야 정신이 번뜩 든 조홍은 말 머리를 돌려 왔던 길을 되돌아가려 했다. 그 순간 하늘을 뒤흔드는 함성과 함께 마대가 군사를 몰고 조홍을 향해 달려왔다. 조홍은 위기를 탈출하기 위해 죽을 힘을 다해 말을 몰았다. 그런데 또다시 좌우에서 마초와 방덕이 군사를 이끌고 달려오며 조홍을 궁지로 몰아넣었다. 조홍은 도저히 빠져나갈 길이 없자 서량군을 맞아 필사적으로 싸웠다. 그 와중에 조홍의 군사 태반이 목숨을 잃었다. 조홍은 서황의 군사들이 있는 힘을 다해 호위한 덕분에 목숨만은 건져 성안으로 몸을 피할 수 있었다. 그러나 그것도 잠시, 방덕이 이끄는 서량군이 성을 향해 맹공격을 퍼붓자 이들은 더 이상 견뎌내지 못하고 동관을 버리고 달아나고 말았다.

방덕은 계속해서 조홍을 추격했다. 방덕에게 혼쭐난 조홍은 정신없이 후퇴하던 중에 뒤따라오기로 약속했던 조조군의 선발대를 만났다. 조홍이 이제는 살았구나 싶어 한숨 돌리는데 어디선가 마초가 기병을 이끌고 나타났다. 마초와 방덕이 한덩이가 되어 조조군을 공격하자 조홍은 이들을 도저히 당해내지 못하고 다시 달아났다. 조인과 거리를 두고 따라오던 조조가 이 소식을 듣고 얼굴을 붉히며 조홍을 꾸짖었다.

"너는 겨우 열흘 동안 동관 하나를 지켜내지 못했으니 그러고도 대승상 휘하 장수라 할 수 있겠느냐!"

조홍은 머리를 조아리고 변명했다.

"적들이 그 동안 승상의 조상을 들먹이며 온갖 욕설을 퍼부었습니다. 그들이 그렇게 싸움을 걸어왔으나 저는 꿈짝도 하지 않았습니다. 그런데 아흐레 되는 날 적군의 동태를 보니 지치고 피로해 있는 것 같아 그 기회에 그들을 쳐부수려고 달려나갔다가 뜻밖의 사태에 빠지고 말았습니다."

조조는 조홍의 변명을 듣는 둥 마는 둥하더니 서황에게 얼굴을 돌려 그를 꾸짖었다.

"조홍이 아직 어리고 앞뒤 가리지 않는 급한 성격이 우려되어 장군을 함께 보낸 것인데 장군은 도대체 뭘 하고 있었단 말이오!"

서황은 그간 있었던 일을 고해바쳤다.

"그 동안 조홍 장군이 성밖으로 달려나가려는 것을 여러 차례 말렸으나 오늘은 말먹이와 군량미를 점검하느라 그가 성밖으로 나가는 것을 미처 알지 못했습니다. 뒤늦게 알고 쫓아나가 돌아오라고 소리쳤을 때는 이미 적의 간계에 빠진 뒤였습니다."

조조는 화가 머리끝까지 솟구쳐 당장 조홍의 목을 베라고 소리쳤다. 그러나 주위에서 조홍의 평소 기개를 두둔하며 말린 덕분에 조홍은 겨우 목숨을 구할 수 있었다. 잠시 머리를 식힌 조조는 군사를 정비하여 동관성으로 향했다. 성 앞에 이르자 조인이 조조에게 말했다.

"바로 동관성을 치기보다는 먼저 진영을 세워 군사들이 머물 자리를 만든 다음 공격하는 것이 안전할 듯합니다."

조조는 그 말에 따라 군사들을 동원하여 나무를 베어다가 세 개의 진영을 세우라고 명했다. 진지가 완성되자 오른쪽에는 하후연을, 왼쪽에는 조인을 배치하고 자신은 가운데 진영에 들었다. 다음날 날이 밝자 조조는 세 진영의 장수와 장교들을 불러모아 직접 거느리고 동관성으로 말을 몰아갔다. 이때 서량의 군사들도 조조군의 진지를 향해 달려오다 양쪽 군사가 중간에서 마주치게 되었다. 양편 군사들은 각각 포진하여 대치했다.

조조가 깃발 옆에 서서 맞은편을 바라보니 서량의 군사들은 하나같이 높은 기상을 지닌 사내다운 사내로 말 위에 앉은 모습에 기품이 있었다. 그들 중에서도 마초는 단연 두각을 나타냈다. 분을 바른 듯

하얀 얼굴에 눈은 별처럼 빛났다. 그는 은색 투구에 흰 상복을 입고 있었는데 그 자태에는 탐이 날 만큼 귀티가 흘렀다. 조조는 마초의 늠름한 모습에 반한 듯 속으로 찬사를 보내며 말을 몰아 앞으로 나가 그를 향해 소리쳤다.

"젊은 그대는 한나라 명장의 자손인데 어째서 조정을 배반하려 드는가?"

마초는 조조의 예상보다 공격적으로 나왔다.

"맞다. 나는 한나라 조정 명장의 자손이다. 그러나 너는 한나라 조정을 농락한 역적놈에다 내 혈육을 도륙한 원수다. 내가 너를 그냥 놓아둘 것 같으냐? 이 자리에서 너를 죽여 살점을 갈기갈기 찢어놓을 테다!"

마초는 곧바로 조조를 쳐죽일 듯 창을 꼬나들고 말을 거세게 몰아 나왔다. 이때 조조 뒤에 서 있던 우금이 마초에게 달려들었다. 둘이 어우러져 몇 번 창을 휘두르며 싸웠으나 우금은 마초를 당하지 못하고 물러섰다. 이를 지켜보던 장합이 말을 몰고 나왔으나 그 역시 역부족이었다. 뒤를 이어 조조의 진영에서 이통李通이 달려나왔다. 장수 둘을 물리친 마초는 지칠 줄도 모르고 이통과 맞붙어 싸웠다. 이통은 제대로 창을 써보기도 전에 마초가 던진 창에 심장을 맞고 그 자리에서 명이 끊겼다. 마초가 이통에게로 달려가 가슴에 박힌 창을 빼내 서량 군사를 향해 치켜들자 군사들은 일제히 조조군을 향해 진격했다. 기선을 제압 당한 조조군은 서량 군사의 기세 앞에 제대로 항전해볼 겨를도 없이 이리저리 흩어져 달아나기 바빴다.

마초를 선두로 방덕과 마대는 조조의 중군 진영으로 뛰어들어 닥치는 대로 찌르고 베어 죽이며 조조를 찾아 진지를 벌집 쑤시듯 했다. 조조는 거침없이 달려드는 마초군을 보자 몸을 피하기에 급급했다. 그런데 어디선가 조조의 간담을 서늘하게 하는 외침이 들려왔다.

"붉은 도포를 찾아라! 그놈이 조조다!"

그 소리를 들은 조조는 말에 더욱 세차게 채찍을 가하며 도포를 벗어 던져버렸다. 조조가 진영을 막 빠져나오려는데 또 뒤에서 외치는 소리가 들렸다.

"수염이 긴 놈이 조조다!"

조조는 당장 들고 있던 칼로 스스로 수염을 잘라버렸다. 그 모습이 또다시 서량군의 눈에 띄고 말았다.

"수염을 짧게 깎고 겉옷도 입지 않은 놈이 조조다!"

조조는 서량의 군사들에게 자신의 모습이 완전히 노출된 것을 알고 앞뒤 가리지 않고 죽을 힘을 다해 도망쳤다.

등 뒤로 자신이 구축해둔 진지가 아득히 멀어졌을 때 '이만하면 마초가 따라오지 못하겠지' 하고 안심하는 찰나, 어느 길로 쫓아왔는지 조조 뒤에서 마초가 군사를 거느리고 나타났다. 놀란 조조가 급하게 빠져나갈 길을 찾고 있는데 마초의 군사들이 조조를 호위하고 있던 장교들을 공격하기 시작했다. 그들은 혼비백산하여 조조를 남겨둔 채 뿔뿔이 흩어져 도망쳤다. 마초는 드디어 기다리던 때가 왔다는 듯 조조에게 점점 가까이 다가오며 소리쳤다.

"조조야, 이제 순순히 네 목을 내놓아라!"

조조는 절대로 그럴 수 없다는 듯 말도 버려둔 채 산속으로 달아났다. 수풀 사이로 몸을 숨기며 마초를 따돌리던 조조는 얼마 가지 못해 다시 마초에게 발각되고 말았다. 마초가 나뭇가지 사이로 보이는 조조의 몸통을 향해 재빠르게 창을 날렸다.

그런데 창은 아슬아슬하게 조조를 피해 나뭇가지를 맞혔다. 마초가 달려가 창을 다시 집어드는 순간 조조는 버려져 있는 말에 쏜살같이 올라타 줄행랑을 놓았다. 마초는 포기하지 않고 끝까지 조조를 추격했다. 산모퉁이를 돌아 마초가 달리는 말에 더욱 박차를 가하자 마침내 달아나는 조조의 뒷모습이 눈에 들어왔다. 마초는 오직 조조만을 바라보며 죽을 듯이 말을 몰았다. 그때 옆 산비탈에서 웬 장수가 군사를 이끌고 폭포처럼 쏟아져 내려왔다.

"어디 감히 우리 승상을 해치려 하느냐! 여기 조홍의 칼을 받아라!"

마초는 갑작스럽게 덤벼드는 조홍을 맞아 불꽃을 튀기며 싸웠다. 수십 차례 칼과 창이 부딪치는 동안 조홍은 점점 팔에 힘이 빠져 싸우기가 버거워졌다. 그 사이 조조는 말을 달려 이미 멀리 달아나버렸다. 조홍이 더 이상 칼을 휘두를 수 없을 만큼 지쳐 도망치려는데 하후연이 수십 기의 군마를 재촉하며 조홍에게 달려왔다. 조홍은 마초를 하후연에게 넘기고 달아났다. 계속되는 추격과 싸움으로 어느 정도 지친데다 하후연이 거느리고 온 군마의 수가 자신의 군사보다 많았으므로 마초는 하는 수 없이 말을 돌려 왔던 길을 되돌아갔다. 하후연도 마초가 워낙 강하다는 것을 알고 더 이상 추격하지 않았다.

그야말로 꼴사나운 몰골로 진영으로 돌아온 조조는 다행히 조인이 책柵(통나무를 땅에 박아 만든 울타리)을 이용해 결사적으로 적을 막아낸 덕분에 많은 군마가 남아 있어 그나마 위로가 되었다. 조조는 장막 안으로 들어가 지친 몸을 쉬며 말했다.

"오늘 조홍이 아니었다면 나는 마초의 손에 죽었을 것이다."

조조는 조홍에게 큰 상을 내린 다음 패잔병을 모으고 군마를 수습하여 진영을 재정비했다. 새롭게 진영을 구축한 조조군은 진지 주변에 참호를 깊게 파고 삼엄한 경계를 펼쳤다.

자기 진지로 돌아온 마초는 다시 군사들을 거느리고 조조의 진영에 와서 매일 싸움을 부추겼지만 그들은 꼼짝도 하지 않았다. 조조는 적이 어떤 모욕을 주더라도 나가 싸우지 말고 진을 굳게 지키기만 하라고 명했다. 얕보았던 적에게 혼쭐이 빠진 조조는 휘하 장수들에게 마초군을 무찌를 수 있는 묘안을 생각해보라고 명했다. 여러 가지 방법들을 의논한 장수들이 조조에게 간했다.

"서량 군사들은 대부분 긴 창으로 싸움을 합니다. 우리에겐 강한 활이 있는데 승상께서는 왜 그것을 아끼십니까?"

"적이 강하면 일단 피하는 것도 병법의 하나다. 그리고 이기는 것도 지는 것도 모두 우리 손에 달린 것이지 적이 어떻게 하기에 달린 것이 아니다. 적들이 긴 창을 쓴다고 고심할 필요가 없다. 우리가 나서서 싸우지 않는다면 저놈들이 갖고 있는 장창이 긴 막대와 뭐가 다르겠느냐? 저놈들은 싸우지 못해 안달이지만 우리는 오직 진영을 굳게 지키며 적들이 스스로 물러가기만 기다리면 된다."

조조가 이상하리만치 방비에만 신경을 쓰자 장수들은 모두 의구심이 생겼다.

"승상은 지금까지 모든 전쟁에서 어느 누구보다 앞장서 공격적으로 싸우셨는데 마초에게 쫓긴 후부터는 왜 저렇게 약해지셨는지 알 수 없는 일입니다."

누군가의 말에 모든 장수들이 고개를 끄덕였다.

며칠이 지나, 진영 주변을 수색하던 장교 하나가 조조에게 보고했다.

"마초가 군사 2만을 새로 투입시켰는데 그들은 모두 강족들이라 합니다."

그 말을 듣고 조조는 얼굴에 웃음을 머금으며 무슨 반가운 소식이라도 접한 듯 기뻐했다. 옆에 있던 장수들은 조조의 반응에 놀라 그에게 물었다.

"승상, 마초의 군사가 더 늘었다는데, 그것도 사납기로 소문난 강족이라는데 어찌 웃으십니까?"

"우리가 승리할 날이 가까워오니 그러는 것이다. 기다려보라."

3일이 지나 마초의 군사가 또다시 늘었다는 보고가 들어왔다. 조조가 이번에는 마치 승전이라도 한 날처럼 장중에서 작은 잔치까지 열었다. 조조가 잔칫상을 앞에 두고 술 몇 잔을 마시더니 장수들을 향해 말했다.

"마초가 비록 적이지만 내 눈에도 그는 죽이기 아까울 만큼 당당하고 지모가 뛰어난 인물이다. 내가 그를 당해내지 못한다고 속으로 비웃는 사람도 있을 것이다. 여러분 중에 만일 마초를 물리칠 좋은 계책이 있는 사람은 서슴없이 말하라."

서황이 말했다.

"승상께서는 마초를 대단히 높이 평가하시나 마초는 승상이 몹시 두려운 모양입니다. 자신의 모든 군사를 이곳 관상關上에 투입시키고 있으니 짚어보면 방비가 전무한 지역이 분명 있을 것입니다. 제 생각에 그곳은 하서河西 쪽일 듯합니다. 우리 중의 일부는 저들 모르게 포판진蒲坂津을 건너 그들이 돌아갈 길을 끊어버리고 나머지 일부는 곧장 하북河北을 친다면 적은 둘로 나뉘어 힘을 잃을 것입니다."

조조가 껄껄껄 웃으며 무릎을 쳤다.

"그것이 바로 내 작전이다!"

조조는 당장 서황에게 정병 4천을 주며 주령과 함께 하서를 공격하라고 명했다.

"장군은 하서를 치되 먼저 산골짜기에 매복해 있다가 내가 하북을 건너면 바로 공격하도록 하시오."

서황과 주령은 조조의 명대로 4천의 군마를 이끌고 하서로 출발했다. 조조는 다시 조홍과 조인을 불러 명했다.

"조홍은 포판진으로 가서 배를 준비하고, 조인 장군은 내가 위하를 건널 때까지 진을 확실하게 지키도록 하라."

이 같은 조조군의 움직임은 마초에게 바로바로 보고되었다. 마초는 참모들을 불러 대비책을 강구했다.

"조조가 또 꾀를 부리고 있습니다. 그놈은 지금 우리가 있는 동관은 공격하지 않고 하북을 건너 이곳과 후방의 퇴로를 끊어 우리 힘을 꺾어놓을 계산을 하고 있습니다. 그러니 우리는 북쪽 언덕을 막아야 합니다. 조조가 하북을 건너지 못하면 보름 안에 하동의 군량미가 바닥나서 군사들이 견디지 못할 것입니다. 그때를 놓치지 말고 하남을 공격하면 조조를 산 채로 잡을 수 있을 것입니다."

마초의 말을 듣고 있던 한수가 다른 안을 내놓았다.

"병법에 '적이 강을 반쯤 건넜을 때 공격하라'는 말이 있지 않나? 하북을 건너지 못하도록 할 것이 아니라 절반쯤 건넜을 때 공격을 하면 적에게 더 큰 손실을 입힐 수 있네."

마초가 기뻐하며 말했다.

"역시 경험이 많으신 숙부님은 다르십니다."

마초는 조조가 언제 강을 건너오는지 살피기 위해 장교급 병사 몇 명을 보냈다.

한편 조조는 군사를 3개 부대로 나누어 강어귀로 갔다. 마침 강변에는 아침해가 떠오르고 있었다. 그는 강 건너 북안에 진영을 세우기 위해 정규병을 뽑아 먼저 출발시키고 자신은 장수 100여 명의 경호를 받으며 강가 언덕에 서서 군사들이 물을 건너는 모습을 지켜보았다. 이때 누군가가 다급하게 외쳤다.

"마초가 나타났다!"

그 소리에 모든 군사들이 고개를 돌려 뒤를 돌아보니 서량 군사들이 병풍처럼 횡으로 줄을 지어 다가오고 있었다. 강을 건너기 위해 대기하고 있던 군사들이 그 모습을 보더니 서로 먼저 배에 오르려고 밀고 당기는 바람에 조조군의 대열은 아수라장으로 변했다. 조조는 그 모습을 보면서도 꼼짝도 않고 앉아 칼을 쓰다듬으며 침착하게 강을 건너라고만 말했다. 마초군의 말발굽 소리가 더욱 가까워졌다. 이때 한 장수가 배에서 뛰어내리며 조조를 호위하기 위해 달려왔다.

"적의 규모가 보통이 아닙니다. 어서 피하십시오!"

조조에게 어서 배에 오르기를 종용한 사람은 바로 허저였다.

"적이 가까워진 것이 뭐가 문제라고 이렇게 호들갑들인가!"

조조가 입속말을 하며 자리에서 일어나 앞을 보니 과연 마초는 금방이라도 손이 닿을 듯한 거리에 와 있었다. 다급해진 허저는 조조의 손을 잡아끌어 뱃전으로 달려갔다. 배는 벌써 뭍에서 몇 걸음 떨어져 강으로 흘러 들어가고 있었다. 조조와 허저는 옷을 적시며 물로 뛰어들어 간신히 배에 올랐다.

아직 강을 건너지 못하고 남아 있던 군사들이 조조가 탄 배에 오르기 위해 서로를 밀치며 물로 뛰어들었다. 군사들이 배에 매달리자 배는 속력을 내지 못하고 기우뚱거리기만 했다. 허저는 칼을 빼들고 군사들이 매달려 있는 뱃전을 마구 쳤다. 군사들은 피범벅이 된 손을 끌어안으며 배에서 떨어져나갔다. 그러자 허저는 전속력으로 노를 젓게 하여 강 한가운데로 달아났다. 마초가 강변에 이르렀을 때 조조가 탄 배는 이미 쫓아갈 수 없을 만큼 멀어져 있었다. 마초는 군사에게 명해 일제히 화살을 쏘도록 했다. 시위를 떠난 화살들이 조조의 배에 소나기처럼 쏟아졌다. 허저는 조조를 보호하기 위해 말안장을 우산처럼 받쳐들고 화살을 막아냈다. 마초가 당긴 화살은 날아가는 대로 명중해서 사공과 군사들이 배 위에 거꾸러졌다.

수십 기의 시체가 쌓이고 사공마저 노를 버린 채 죽어버리자 배는 방향을 잃고 흘러갔다. 배가 급류를 타기 시작하자 허저는 몇 명의 군사들과 함께 죽을 힘을 다해 노를 저으면서도 한 손으로는 여전히 말안장을 받쳐들고 조조를 보호했다. 배가 멀어지는데도 마초는 쉬지 않고 활을 당겨댔다. 이때 위남渭南의 현령인 정비丁斐가 남산 위에 서 있다가 조조가 위험에 처한 것을 보고는 진영 안에 있던 말과 소를 있는 대로 다 풀어놓았다.

우리를 빠져나온 소와 말이 이리저리 뛰어다니자 서량의 군사들은 말과 소를 붙잡는 데 정신이 팔린 나머지 조조를 죽이는 것은 잊어버리고 말았다. 그 사이에 조조와 허저는 간신히 북쪽 강가에 닿았다. 그들이 탔던 배의 갑판 위에는 화살이 겹겹이 쌓여 있었고 죽은 군사들의 시체가 햇빛을 받아 더 처참한 모습을 드러냈다. 허저 역시 온몸에 화살을 비껴 맞아 온통 상처투성이였다.

휘하 장수들이 조조를 야외 진영으로 안내하여 절을 하며 위로했다. 조조는 아무 일도 없었다는 듯 실쭉이 웃으며 말했다.

"오늘 내가 어린 것한테 혼쭐 당했구나."

허저가 주위 사람들에게 응급치료를 받으며 말했다.

"우리가 안전하게 피할 수 있었던 것은 누군가가 벌판에 말과 소를 풀어 적들의 관심을 그곳으로 돌렸기 때문입니다."

"그런 일이 있었단 말인가? 그 사람이 누구더냐?"

옆에 있던 장수 하나가 대답했다.

"위남의 현령으로 있는 정비입니다."

조조가 정비를 불러오라고 명하자 얼마 안 있어 그가 조조에게로 왔다.

"공이 나를 위해 그런 계책을 쓰지 않았다면 나는 적에게 사로잡혔을지도 모르오."

조조는 그를 크게 치하하고 전군교위에 임명했다.

정비는 조조에게 감사의 뜻을 표시하고 간했다.

"지금은 적이 퇴군했지만 내일 또다시 쳐들어올 것이 분명하니 그에 대비해야 할 것입니다."

"옳은 말이다."

조조는 마초의 공격에 대비해 진영을 구축하고 참호를 파되 어떤 방식으로 할 것인지 일일이 설명했다.

"지금부터 강을 따라 비밀통로를 만들어 적을 막을 수 있는 방어선으로 삼는다. 내일 적이 쳐들어오면 비밀통로 밖에 진을 치도록 하라. 진영 안으로는 깃발을 무수히 갖다꽂아 군사가 많은 것처럼 보이도록 하고 강변에는 깊고 길게 참호를 판 후 그 앞으로 진을 세워 참호를 가리도록 하라. 그리고 적을 진 쪽으로 유인해 참호 속에 몰아넣도록 하라."

한편 군사를 거두어 진으로 돌아온 마초는 한수를 만나 그날 있었던 일을 얘기했다.

"조조를 목전에 두고 놓친 일이 벌써 두 번째입니다. 상상할 수 없을 만큼 많은 호위병들이 조조를 겹겹이 에워싸고 있다는 말을 전부터 듣긴 했으나 실제로 싸워보니 참으로 실감이 났습니다. 오늘 조조를 안다시피 하고 배에 뛰어오른 그 장수가 누구인지 모르겠습니다."

한수가 고개를 끄덕이며 듣더니 마초에게 설명했다.

"조조는 호위군 선발에 특히 신경을 쓰는 사람이어서 그 수도 많지만 호위병 하나하나가 빼어난 무용을 지니고 있다고 들었네. 그가 전쟁터에 진을 칠 때면 항상 장막 앞에 두 명의 장수를 세우고 자기를 지키게 하는데 하나는 전위라는 자이고 하나는 허저라는 장수라네. 전위는 이미 오래전에 죽었으니 오늘 조조를 철통같이 호위한 사람은 분명 허저일 것이네. 허저는 천하가 알아주는 장사로 결코 쉽게 볼 인물이 아니지."

"허저라는 이름은 저도 오래전부터 들었습니다."

"그건 그렇고 이제 조조는 강을 건넜으니 분명 우리 군의 뒤를 공격해올 것이네. 그놈들이 진영을 만들면 우리가 공격하기 어려워질 테니 시간을 주지 말고 최대한 빨리 쳐들어가는 것이 상책이야."

마초가 물었다.

"제 생각이 틀린 것인지는 모르겠으나 북쪽 강변을 막아서 조조가 강을 건너지 못하도록 하는 것이 어떻겠습니까?"

"그것도 좋긴 하네만 너무 소극적인 대응이야. 지금까지 싸운 것으로 봐서 우리가 충분히 조조를 이길 수 있으니 지체하지 말고 공격하는 것이 하루라도 빨리 역적을 없애는 길일 것이네. 조카는 이곳을 지키고 나는 강을 건너가 조조와 싸우는 것이 어떨까?"

"숙부님 말씀이 옳으십니다. 그러면 방덕을 앞세워 숙부님을 호위토록 하십시오."

한수는 시간을 재촉해 방덕을 선봉장으로 삼아 군사 3만을 이끌고 하남으로 건너갔다. 이때는 조조가 이미 비밀통로를 만들고 진을 세워 적을 유인하라는 명령까지 마친 뒤였다.

방덕은 날쌘 기병 1천여 기를 이끌고 조조의 진영을 향해 기습적으로 쳐들어갔다. 이들은 강 연안으로 들어서자마자 하늘이 꺼지는 듯한 굉음을 내며 말과 함께 참호 속으로 빠져버렸다. 방덕은 조조의 계책에 걸렸음을 알고 있는 힘을 다해 참호 밖으로 기어나왔다. 참호 밖에는 조조군이 진을 치고 서량군을 맞아 싸우고 있었다. 그들은 방덕을 보자 일제히 그를 에워싸며 공격했다. 무예가 워낙 뛰어난 방덕은 있는 대로 적을 죽이며 포위망을 뚫고 나왔다.

그러나 한수는 조조군에게 포위되어 위기를 면치 못하고 있었다. 방덕은 거세게 말을 몰아 한수에게로 달려갔다. 이때 조조군 쪽에서도 조영曹永이 뛰어나와 방덕과 맞섰다. 방덕은 한칼에 조영을 벤 뒤 비수처럼 날아가 한수를 구하고 동남쪽으로 탈출했다.

조조의 군사들이 계속 방덕과 한수를 추격했으나 원군을 이끌고 달려온 마초를 당하지 못하고 후퇴했다. 마초와 한수가 진영으로 돌아와 군사를 낱낱이 살펴보니 두 장수를 비롯해 200여 명의 기병들이 참호에 빠져 희생되었다. 마초는 다시 작전을 짜기 위해 한수와 마주 앉았다.

"조조가 벌써 참호를 파고 우리를 유인할 줄은 몰랐습니다. 시간을 끌면 끌수록 조조는 단단하게 대비를 할 것이니 오늘 밤 당장 다시

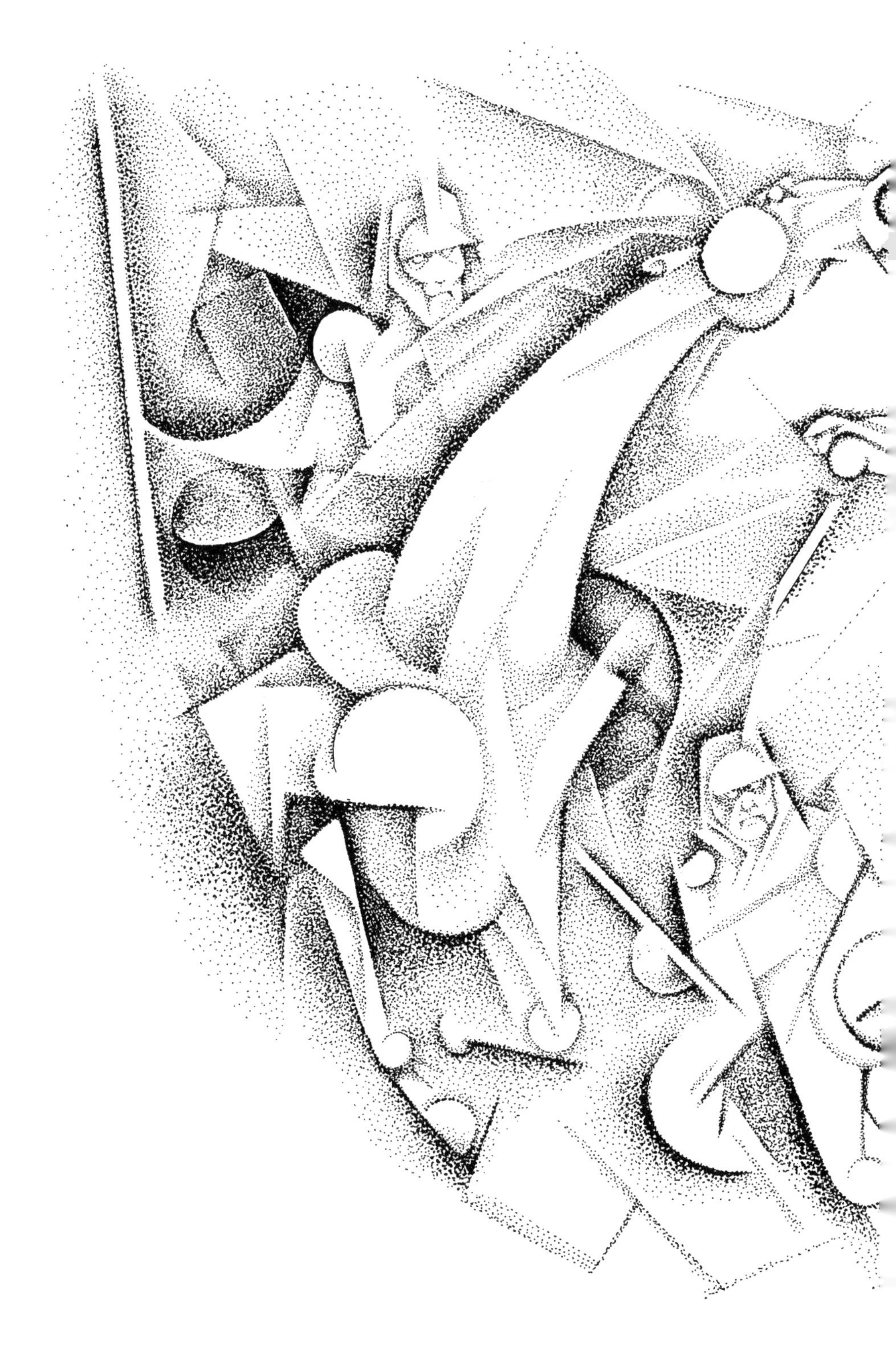

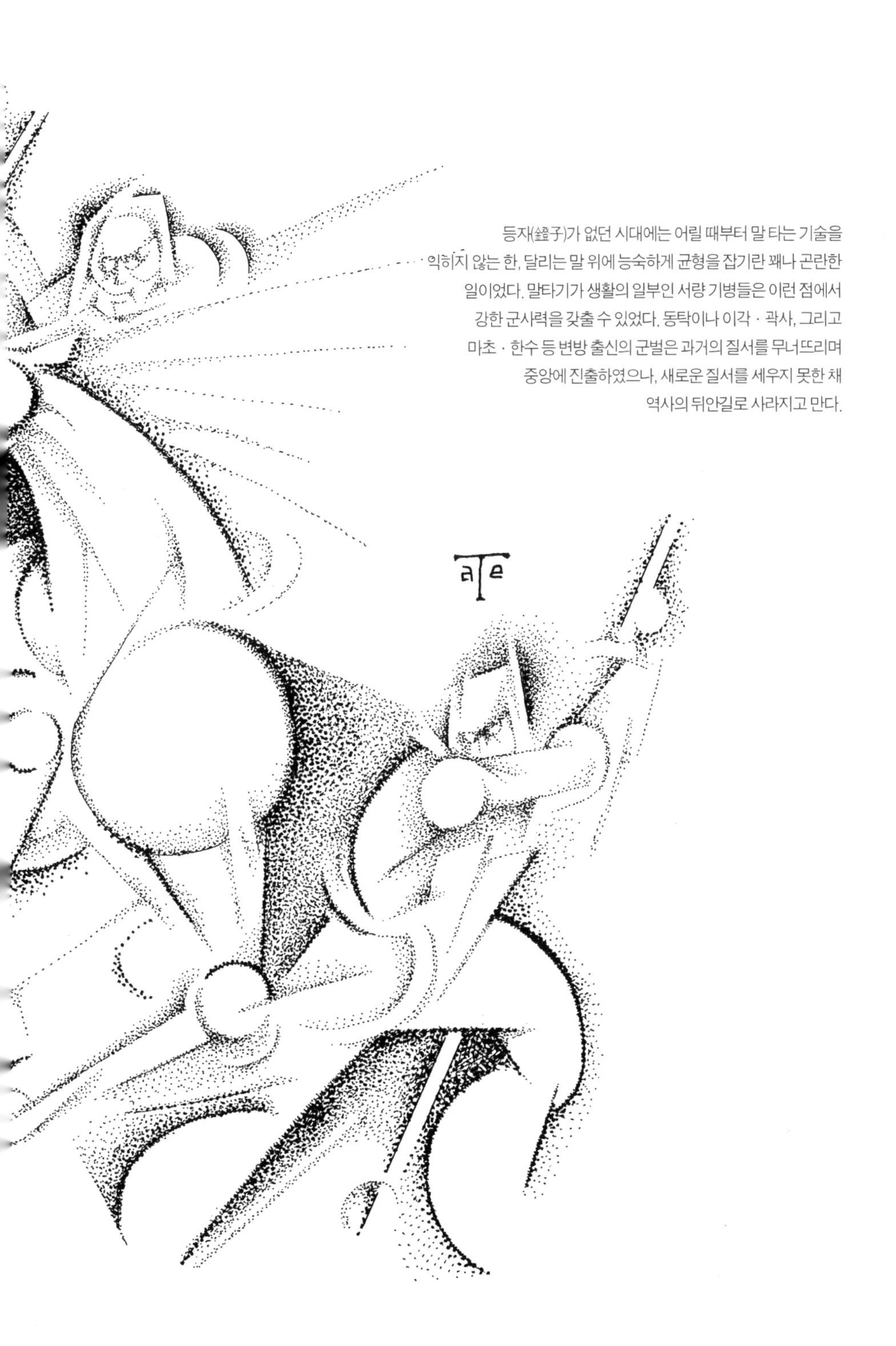

등자(鐙子)가 없던 시대에는 어릴 때부터 말 타는 기술을
익히지 않는 한, 달리는 말 위에 능숙하게 균형을 잡기란 꽤나 곤란한
일이었다. 말타기가 생활의 일부인 서량 기병들은 이런 점에서
강한 군사력을 갖출 수 있었다. 동탁이나 이각 · 곽사, 그리고
마초 · 한수 등 변방 출신의 군벌은 과거의 질서를 무너뜨리며
중앙에 진출하였으나, 새로운 질서를 세우지 못한 채
역사의 뒤안길로 사라지고 만다.

기습하여 적을 깨부수는 것이 어떻겠습니까?"

"나 역시 같은 생각이다. 오늘 밤 군사를 나누어 공격하도록 하자."

그날 밤 마초는 선봉에 서고 한수는 후군을 맡아 하북을 향해 다시 말을 몰았다.

한편 조조군은 위북渭北에 진채를 내리고 한창 작전회의를 하고 있었다. 조조가 휘하 장수들을 불러놓고 설명했다.

"놈들은 오늘 혼이 나서 되돌아갔으나 우리가 진을 완전히 다 세웠으리라고는 생각지 못하고 밤에 기습적으로 쳐들어올 것이다. 진영의 중앙은 모두 비우고 사방을 에워싸 병사들을 매복시켜두어라. 적이 몰려오면 포를 쏘아 신호를 보낼 것이니 바로 일제히 뛰어나와 마초를 사로잡도록 하라."

조조의 장막에서 나온 장수들은 각 장교들에게 명해 병사들을 매복시키도록 했다. 밤이 깊어 마초가 조조의 진지 가까이에 도착했다. 그는 장군 성의를 불러 수십 기의 기병을 거느리고 조조의 진을 염탐하고 오라고 분부를 내렸다. 성의는 기병을 이끌고 적진 안까지 들어갔으나 주위는 고요하기만 했다. 성의는 다소 안심하며 진영의 이쪽 저쪽을 살피다 중앙에 이르렀다. 이때 갑자기 포가 울리며 사방에서 조조군이 쏟아져나왔다. 성의는 바로 조조군에게 포위되어 하후연의 칼을 맞고 즉사했다.

마초가 이 사실을 보고받고는 군사를 3개 대로 나누어 1대는 자신이 맡고 2대는 방덕이, 3대는 마대가 맡게 하여 조조의 진을 향해 일제히 쳐들어갔다. 어둠 속에서 양 군사는 이리저리 어울려 치고 찌르는 육박전을 치렀다. 날이 밝도록 승부가 나지 않자 양 군사는 각기 군사를 물렸다.

이후로 마초는 위구에 진을 치고 하루도 빠짐없이 조조군을 공격했다. 조조는 마초와 싸우는 동안 남쪽 해안과 연결하는, 배로 만든 다리를 세 개나 설치했다. 조인에게는 달리 군사를 이끌고 가서 군량미 수레들을 연결하여 병풍처럼 진을 구축하라고 일렀다.

이 같은 조조의 움직임은 금세 마초의 귀에 들어갔다. 그는 마른풀을 엮어 홰를 만들게 한 다음 한수에게 군사를 이끌고 가 조인이 설치하고 있는 진영에 불을 놓도록 했다. 아직 다 완성되지 않은 진영 한쪽에서 불길이 치솟으며 한수의 군사가 물밀듯 쳐들어오자 조조의 군사들은 진영을 버려두고 도망치기 시작했다. 이들은 한수의 군사들이 더 이상 쫓아오지 못하도록 배로 만든 다리를 모두 끊어버렸다. 이렇게 하여 남쪽 해안에 진을 세우려던 조조의 시도는 수포로 돌아갔다. 이후로도 마초를 쳐부술 수 있는 계책이 뚜렷이 떠오르지 않자 조조는 마음의 부담이 커져갔다. 그러던 어느 날 순유가 한 가지 방법을 내놓았다.

"일단 이곳의 흙으로 단단하게 토성을 쌓아 적을 막고 다른 한편으로 공격을 시도하는 것이 어떻겠습니까?"

조조는 순유의 말을 듣고 군사 3만여 명을 동원해 흙을 날라다 성을 쌓아나갔다. 그러나 이것도 얼마 못 가 마초에게 알려져 그의 명을 받은 마대가 군사를 이끌고 와 모조리 부수고 뭉개는 바람에 중도에 그만두고 말았다.

조조나 마초나 별 승산 없이 날짜만 보내고 있었다. 어느덧 여름도 다 지나고 9월을 넘어서니 중원의 날씨는 늘 회색을 띤 채 차가운 바람을 토해냈다.

조조가 진지 내의 장막에서 걱정스럽게 앉아 앞일을 생각하고 있는데 휘하 장수 하나가 들어와 어떤 노인이 찾아와 그를 꼭 만나고 싶어한다고 전했다. 주변에서 말하기를 그는 화산에 은둔해서 살고 있는 누자백婁子伯이라고 했다. 장막 안으로 들어서는 그를 보고 조조는 보통 사람이 아니라는 생각이 들었다. 조조는 깍듯이 예를 갖추어 그를 맞이했다. 그는 초면인데도 마치 조조의 걱정거리를 훤히 알고 온 듯 말을 꺼냈다.

"제가 승상의 심복지환心腹之患을 타개할 계책을 일러드리러 왔습니다. 승상께서는 이렇게 좋은 시기에 왜 성을 쌓지 않고 있습니까?"

"저도 흙으로 성을 쌓고 싶으나 이곳은 모래땅이라 그것이 쉽지 않습니다. 혹 좋은 방법이라도 있으시면 충고 바랍니다."

조조가 간청하자 누자백은 빙그레 웃으며 대답했다.

"승상처럼 용병술이 뛰어난 분이 어찌 천시를 모르고 계십니까? 이제 이곳 날씨는 계속 춥고 비가 내려 북풍이 한 번만 거세게 불어도 흙이 얼어붙습니다. 지금이라도 군사들에게 흙을 운반해다 쌓게 하고 바람이 불면 곧장 물을 뿌려 얼게 하십시오. 그러면 승상께서 원하시는 대로 토성을 얻게 될 것입니다."

조조는 누자백에게 몇 번이나 감사의 말을 하고 상을 내렸으나 그는 모든 것을 사양하고 어디론가 떠나버렸다. 조조가 북풍이 불기를 하루하루 기다리는데 누자백이 다녀간 지 사나흘쯤 되는 날 귓가를 에는 삭풍이 몰아쳐왔다. 조조는 바로 군사들에게 명해 흙을 나르고 성을 쌓도록 했다. 성이 완성되자 그는 물을 날라다 모래흙으로 만든 성에 빠짐없이 뿌리도록 했다. 곧 물과 흙이 한데 엉겨 얼어붙기 시작했다. 하룻밤 만에 완성한 토성은 아침이 되니 어떤 흙으로 만든 성보다 단단하게 굳어 있었다.

이 소식도 역시 마초에게 들어갔다. 그는 실상을 살피기 위해 군사를 이끌고 조조의 진영으로 갔다. 마초는 조조의 솜씨를 보고 신의 도움을 받은 것이 아닌가 하고 놀랄 수밖에 없었다. 이튿날 마초는 대군을 이끌고 조조의 토성을 향해 진격해 들어갔다. 마초가 쳐들어온다는 소식을 듣고 조조는 말을 타고 진영 밖으로 직접 달려나왔다. 조조 뒤에는 허저 혼자 조조를 경호하며 말 위에 앉아 있었다. 마초군이 가까이 오자 조조는 큰 소리로 외쳤다.

"너희들은 내가 성을 쌓지 못하리라 기대했겠지만 하늘은 내 편이다. 나는 신의 도움으로 어젯밤에 토성을 완성했다. 늦기 전에 마초는 나와서 내게 항복하라!"

마초는 당치도 않다는 듯 조조를 사로잡기 위해 말을 달려 앞으로 나갔다. 그런데 조조 뒤에 있던 집채만한 장수가 조조 가까이 다가서며 마초를 쏘아봤다. 마초는 그가 허저임에 틀림없다고 생각하고 소리쳤다.

"너희 중에 호후虎侯라는 자가 있다고 들었는데 있으면 나와봐라!"

허저가 당장 달려나와 칼을 치켜들고 소리쳤다.

"내가 초군의 허저다!"

눈을 부라리며 뛰어나온 허저는 실로 배곯은 호랑이의 모습이었다. 마초는 순간 허저와 싸울 용기를 잃고 말을 돌려 진으로 돌아갔다. 조조도 허저와 함께 진영으로 돌아왔다. 별다른 전투도 없이 각자의 진영으로 돌아오자 양쪽의 군사들은 모두 이상하게 생각했다. 막사로 돌아온 조조가 장수들을 불러놓고 말했다.

"허저를 호후라고 말하는 것을 보니 마초는 우리 군에 대해 관심이 많은 모양이다. 그런 만큼 적들의 준비가 단단할 테니 그 점을 잊어서는 안 될 것이다."

그러자 허저가 당당하게 말했다.

"내일 반드시 마초를 사로잡아 승상께 바치겠습니다."

"마초는 만만한 사람이 아니오. 쉽게 보아서는 안 될 것이오."

"그놈이 이기나 제가 이기나 끝까지 겨뤄보겠습니다."

조조 앞에서 그렇게 장담한 허저는 내일 대장부답게 일대일로 나서서 승부를 가려보자는 내용의 편지를 써서 마초에게 보냈다. 허저의 편지를 받은 마초는 탁자를 치며 흥분했다.

"이놈이 사내라고 대우를 해주었더니 천지를 분간하지 못하는구나!"

마초는 거두절미하고 내일 죽음을 각오하고 나오라는 답서를 써서 허저에게 보냈다. 다음날 양쪽의 군사들이 나와 서로 대치했다. 마초는 군사를 3개 대로 나누어 왼쪽은 방덕이, 오른쪽은 마대가, 중군은 한수가 맡아 거느리게 한 후 창을 비껴들고 진 앞으로 나가 외쳤다.

"호치虎痴는 당장 내 앞으로 나오너라!"

마초를 지켜보던 조조가 여러 장수들이 들으라는 듯 말했다.

"마초를 보니 여포가 생각난다. 저놈은 여포에 못지않다."

조조의 말이 떨어지기가 무섭게 허저가 칼을 휘두르며 앞으로 달려나갔다. 마초 역시 창을 들고 돌진해 나왔다.

둘은 칼과 창에 불꽃을 튀기며 100여 차례를 겨루었으나 승부가 나지 않았다. 말이 먼저 지쳐 두 장수는 각자 자기 진중으로 가 말을 갈아타고 나와 다시 싸웠다. 이번에도 100여 차례를 싸우도록 승부가 나지 않았다. 성미가 급한 허저가 마침내 갑옷과 투구를 벗어던지고 나와 맨몸뚱이의 근육을 내보이며 마초와 붙어 싸웠다. 이를 지켜보던 양쪽 군사들은 모두 눈이 휘둥그레졌다.

허저의 등줄기를 타고 땀이 흘러내렸다. 두 사람 모두 절대 질 수 없다는 듯 있는 힘을 다해 싸웠다. 마침내 허저의 칼이 마초를 내리쳤다. 순간 마초가 빛처럼 몸을 피하면서 창으로 허저의 심장을 겨냥했다. 허저는 칼을 던지고 마초의 창자루를 잡았다. 둘은 서로 창을 차지하기 위해 온힘을 쏟았다. 그러다 힘에서 앞서는 허저가 밀고 당기는 것을 더 이상 참을 수 없다는 듯 기합을 내지르며 창을 부러뜨렸다. 반 토막이 난 창을 손에 쥔 두 장수는 드디어 난타전을 벌였다. 마초는 힘으로는 허저를 당할 수 없었으나 무예 실력에서는 허저를 앞섰다. 조조는 허저가 잘못될까 염려되어 하후연과 조홍을 내보냈다.

그것을 지켜본 마초군의 진영도 가만있을 리 없었다. 방덕과 마대가 당장 철기병을 이끌고 나왔다. 양쪽 군사는 서로 엉겨붙어 어지럽게 싸웠다. 거센 서량군의 공격에 조조군의 진영은 벌집 쑤셔놓은 듯했다. 그 사이에 허저가 팔에 화살을 두 대나 맞고 힘을 잃었다. 이것을 본 조조군이 당황해서 달아나기 시작하자 마초군은 이들을 따라 강변으로 몰려가 닥치는 대로 조조군을 시살했다. 길바닥에는 쓰러져 넘어진 조조군의 시체들로 넘쳐났다. 조조는 하는 수 없이 싸움을 중단하고 군사를 거두어 진으로 들어와 더 이상 싸우지 말고 토성을 잘 지키라고 명령했다. 마초 역시 군사를 돌려 위구로 돌아온 다음 한수에게 말했다.

"허저란 놈은 소문대로 호치였습니다. 한눈에 봐도 조조에 대한 충성심이 어느 정도인지 알 수 있더군요. 백치 같은 호랑이라……. 하하하!"

한편 이래저래 마초를 굴복시키지 못한 조조는 어떻게 하면 그를 깨부술까 고심하다가 서황과 주령을 불러 하서에 진을 치고 있다 기회가 오면 협공을 하라고 지시했다. 두 진영간에 어떤 움직임도 없는 가운데 며칠이 흘렀다. 조조는 수시로 성 위로 올라가 마초군의 동정을 살폈는데 하루는 마초가 수백 명의 기병을 거느리고 와서 자기 진영 바로 앞에서 보란 듯이 말을 휘몰며 훈련하는 것이 보였다. 조조는 분이 터지는 듯 투구를 바닥에 내던지며 투덜거렸다.

"마초 저놈이 살아 있는 한 나는 죽어도 묻힐 땅이 없을 것이다!"

조조의 모습을 안타깝게 지켜보던 하후연이 맞장구를 치며 울화통을 터뜨렸다.

"제가 지금 당장 싸우다 죽는 한이 있어도 기필코 마초를 쳐 죽여놓겠습니다."

하후연은 곧바로 성 아래로 내려가 군사 1천여 명을 이끌고 성밖으로 나갔다. 조조가 이를 말리려 했으나 이미 하후연은 말을 몰아 성문을 열고 나가고 있었다. 조조는 안심이 되지 않아 급하게 말을 몰아 진 앞에 나섰다. 훈련을 진두지휘하고 있던 마초는 하후연이 군사를 몰고 나오는 모습을 보더니 선봉과 후군을 각기 앞과 뒤로 물려 일자로 진을 치게 했다.

마초는 하후연을 맞아 싸웠으나 곧 진두에 조조가 서 있는 것을 보고는 그를 죽일 듯한 기세로 거세게 말을 몰아갔다. 무섭게 달려오는 마초를 본 조조가 자신을 잃고 도망치자 조조군의 대오는 순식간에 흩어져 난장판이 되었다. 정신없이 마초에게 쫓기던 조조 앞에 군사들이 나타나 그를 에워싸고 달아났다. 마초도 군사들이 조조를 호위해 가는 모습을 보고는 군사를 돌려 진지로 회군했다.

하지만 이때는 이미 서황 · 주령이 하서에 진지를 세우고 난 뒤였다. 마초는 이를 알고 한수와 의논했다.

"조조놈이 하서에 군사를 보내 진지를 세웠다고 합니다. 그렇다면 우리는 앞뒤에서 협공하는 것이 어떻겠습니까?"

한수와 함께 마초의 말을 듣고 있던 부장 이감이 나서서 말했다.

"지금은 전쟁하기에 적당한 시기가 아니니 차라리 화친을 맺고 군사를 거두었다가 내년 봄이 오면 다시 계책을 세워 싸우는 것이 좋을 듯합니다."

한수가 고개를 끄덕이며 말했다.

"내 생각도 이감과 같다. 너는 어떻게 생각하느냐?"

마초는 선뜻 결정을 내리지 못했으나 고민 끝에 한수에게 화친의 편지를 쓰게 하고 양추를 불러 사자로 가라고 분부했다. 한수는 바로 땅을 나누고 휴전을 하자는 내용의 글을 써서 양추를 통해 조조에게 보냈다. 양추가 전해준 글을 읽은 조조는 답을 유보한 채 그를 돌려보냈다. 조조는 어떻게 해야 할지 판단이 서지 않아 부심하다 가후를 불러 한수가 보낸 편지를 보여주며 대책을 물었다. 가후가 대답했다.

"지금까지 마초와 숱하게 싸웠지만 아무 것도 얻은 것이 없습니다. 그러니 이제 다른 방법을 모색해봐야 할 것입니다. 마초도 예전의 여포처럼 서량인의 특성을 고스란히 지니고 있어 속이 단순한 사람입니다. 전쟁에 임했을 때는 상대에게 속임수를 써도 괜찮다고 했습니다. 그러니 마초의 허를 찔러 이간계를 쓴다면 승산이 있을 것입니다. 우선 화친 제의에 동의하고 시간을 번 다음 마초와 한수를 싸우게 한다면 그들은 자중지란을 일으켜 패망을 자초할 것입니다."

조조는 속이 뚫리는 느낌이었다.

"나도 그 생각을 하고 있었어요. 과연 가후 선생답습니다."

조조는 바로 답신을 써서 마초의 진영으로 보냈다.

우리가 차츰 군사를 후퇴시키고 하서를 돌려주리다.

답서를 보낸 조조는 군사들을 시켜 뗏목으로 만든 다리를 걷도록 하고 퇴군하는 것처럼 보이도록 했다. 마초는 조조의 답장을 받았으나 안심이 되지 않아 한수와 협의했다.

"숙부, 조조가 우리의 화친을 받아들이긴 했지만 저놈은 워낙 간사한 놈이라 보이는 그대로 믿을 수가 없습니다. 어떤 상황에서도 대비가 필요한 놈이니 반드시 저놈들의 동정을 살펴야 합니다. 저와 숙부님이 책임지고 교대로 적을 살피도록 합시다. 오늘 저는 서황을 살필 테니 숙부님은 조조의 동태를 살피십시오. 그리고 내일은 그 반대로 하는 것입니다. 이렇게 하여 저놈들이 더러운 술수를 부리지 못하도록 해야 할 것입니다."

한수는 마초의 의견을 받아들이고 그날부터 각자 맡은 곳의 움직임을 살피고 와서 서로에게 보고했다. 이 같은 사실은 머지않아 조조에게 전해졌다. 조조는 가후와 마주앉아 기쁨을 감추지 못하며 말을 주고받았다.

"일이 이렇게 유리하게 전개될 줄 몰랐습니다."

조조의 말에 가후가 맞장구를 쳤다.

"네, 기대를 해도 좋겠습니다. 내일은 누가 우리를 살피러 오는 날입니까?"

조조가 여전히 얼굴에 웃음을 담고 말했다.

"내일은 한수입니다."

그러자 가후는 조조에게 내일 한수가 올 때쯤 해야 할 일을 일러주었다. 다음날 조조는 금박을 입힌 붉은 도포를 입고 무장을 하지 않은 차림으로 성밖으로 나갔다. 그러자 한수가 거느리고 온 군사들은 조조의 평상시 모습을 보기 위해 그에게 정신이 팔렸다. 잘 다듬어 올린 머리에 수염을 날리며 나온 조조의 모습은 누가 봐도 잘생긴 장년 남자의 얼굴이었다. 조조는 한수에게 시자를 보내 할 말이 있다고 전하게 했다.

한수가 시자의 말을 듣고 진 밖으로 나와 조조군 쪽을 바라보았다. 조조는 여러 장수들의 호위를 받고 있긴 했으나 전혀 무장을 하지 않은 차림으로 말에 올라 있었으므로 한수도 갑옷과 투구를 벗고 칼도 내려놓은 채 말을 타고 진 밖으로 나와 조조에게로 갔다.

조조는 가볍게 한수를 맞으며 먼저 입을 뗐다.

"옛정을 생각하면 진작 이렇게 만나뵈었어야 하는데 시대가 혼란스럽다 보니 전장에서밖에 뵙지 못합니다. 장군도 알고 계시겠지만 내가 장군의 부친과 함께 과거에 급제하고 그후로 그분을 친근한 숙부처럼 대하며 지냈어요. 또다시 장군이 벼슬길에 올라 우리는 한때 중앙에서 함께 청춘을 보내지 않았습니까? 그래, 지금 장군의 나이가 얼마나 되었습니까?"

조조의 부드러운 태도에 한수는 의아함을 감추고 애써 태연한 척하며 대답했다.

"마흔 살입니다."

"아하, 벌써 그렇게나 되었습니까? 하루빨리 세상이 태평을 찾아야 우리도 지난 이야기를 나누며 편안한 세월을 보낼 수 있을 텐데 말입니다."

조조는 여전히 한담을 꺼낼 뿐 군사에 관한 얘기는 전혀 하지 않았다. 둘은 헤어질 때까지 가벼운 이야기만 나누고 각자의 진영으로 돌아갔다.

한수와 조조가 만난 일이 마초의 귀에 낱낱이 들어가자 마초는 한수에게로 달려가 자초지종을 물었다.

"군사들에게 듣기로 오늘 조조는 전혀 무장을 하지 않고 나와 숙부님을 만났다고 하던데, 무슨 이야기를 했습니까?"

"지난 일들만 얘기했을 뿐, 귀에 담을 만한 얘깃거리는 없었네."

"군사에 관한 이야기는 한마디도 없었단 말입니까?"

"무슨 일인지 군무에 관해서는 한마디도 없었네. 그러니 나도 무슨 말을 꺼내겠나?"

마초는 한수의 태도가 의심스러웠다. 조조와 한수는 오직 적대적인 관계인 줄만 알았는데 알고 보니 과거가 통하는 사이였던 것이다. 마초는 이런 사실에 대해 은근히 질투가 나기도 하고 그들 사이가 혹 자신에게 불리하게 전개되는 것은 아닌가 하는 경계심마저 생겼다. 그러나 속 좁아 보이게 더 이상 꼬치꼬치 물을 수도 없어서 마초는 한수의 막사에서 물러나왔다.

진지로 돌아온 조조도 가후를 불러 그날 있었던 일을 빠짐없이 얘기했다.

"한수에게 내 뜻이 전해졌을까요?"

"한수의 마음을 누그러뜨릴 수는 있었겠지만 그것으로 둘 사이를 갈라놓기에는 모자랍니다. 그러나 승상과 한수가 한 장소에서 젊은 시절을 함께 보냈다는 사실은 마초의 가슴에 의심의 불을 당기기에 아주 좋은 빌미입니다. 이제 두 사람 사이에 싸움을 붙일 계책을 말씀드리겠습니다."

돌아가는 정황을 세심하고도 정확하게 읽어내는 가후에게 마음으로 찬사를 보내며 조조가 물었다.

"그 계책을 어서 말씀해보세요."

가후는 언제나처럼 찬찬히 설명했다.

"전에도 말씀드렸지만 마초는 단순하고 대담한 반면 자잘하고 세심한 일에는 약한 사람입니다. 승상께서 한수에게 편지를 쓰시되 군데군데 알아보기 힘든 글자를 쓰기도 하고 일부러 지우고 다시 쓴 흔적을 만들기도 해서 한수에게 보내십시오. 그리고 편지를 보낸 사실이 마초의 귀에 자연스럽게 들어가도록 하세요. 승상께서 한수에게 친필로 쓴 편지를 보낸 사실을 알게 되면 마초는 그게 무슨 내용인지 궁금해서 견디지 못할 것입니다. 그렇게 되면 결국 마초는 그 편지를 보게 될 것이고 그러다가 지우고 다시 쓴 흔적을 발견하게 되면 한수에 대한 마초의 의심은 더욱 커질 것입니다. 의심이 커지면 모든 것이 바로 보이지 않을 테니 오늘 승상께서 한수를 만난 일에 대해서도 몹시 석연찮은 마음을 가질 것입니다. 그렇게 해서 둘 사이가 느슨해진 것 같으면 한수 쪽의 장수들을 구슬려 한수와 마초를 더욱 이간질합니다. 그렇게 되면 비록 천하제일의 무예를 자랑하는 마초라 해도 우리 계책에 휘말려 패망을 자초할 것입니다."

"좋은 생각입니다."

조조는 가후가 시킨 대로 중요한 듯 보이는 부분은 썼다가 다시 지워가며 한 장의 편지를 완성해서 일부러 많은 사자를 시켜 한수에게 그것을 전하게 했다. 조조가 한수에게 편지를 보낸 사실은 어김없이 마초의 귀에 들어갔다. 마초는 마음속에서 불꽃처럼 일어나는 시기와 의심을 억누르고 태연을 가장하며 한수에게 물었다.

"숙부님, 오늘 조조로부터 편지를 받으셨다고 들었습니다. 숙부님께서 어련히 알아서 저에게 보여주시겠지만 지금은 조조의 동태에 촉각을 곤두세우고 있는 상황이니 기다리지 못하고 이렇게 달려와 그 편지를 보여주시기를 청합니다."

마초의 부탁에 한수는 당연한 듯 편지를 그에게 건네주었다. 조조의 편지를 읽은 마초는 이해할 수 없다는 듯 한수에게 물었다.

"숙부님, 그런데 이처럼 편지 군데군데를 지우고 다시 쓴 흔적들은 무엇입니까?"

"그건 내가 그렇게 한 것이 아니고 처음 받았을 때부터 그 모양이었네."

"아니, 초고를 그대로 보내는 것은 상식이 아닙니다. 전 도저히 납득할 수 없습니다."

의심이 짙게 깔린 마초의 말에 한수도 순간 화가 치밀어올랐다.

"조카, 무슨 말을 그렇게 하나! 그렇다면 내가 자네를 의식해서 일부러 지우고 고쳐 썼다는 말인가? 조조가 실수로 처음 쓴 편지를 그대로 보낸 것은 아닌가 하는 생각은 왜 못하는가?"

"다른 사람이라면 몰라도 조조는 그런 실수를 하지 않을 사람입니다. 정말 섭섭합니다. 저는 숙부님을 믿고 의지하며 함께 조조를 쳐부수자는 일념으로 싸워왔는데 숙부는 그리도 쉽게 딴마음을 품다니요?"

한수는 마초가 앞뒤 없이 따지고 들자 기가 차고 짜증이 났다. 그러면서도 마초가 단순하고 직선적이라는 것을 알고 있던 한수가 사태를 수습하려는 듯 말했다.

"그러면 내가 내일 조조와 만날 테니 그때 나를 뒤따라와서 보고 믿지 못하겠으면 창으로 나를 찔러 죽이게."

"예, 그렇게 하지요."

마초가 씩씩거리며 돌아가는 모습을 보고 한수는 한편 섭섭한 마음을 지울 수 없었다.

이튿날 한수는 자신의 측근들을 거느리고 진 앞으로 나섰다. 이때 마초는 몇몇 군사와 함께 진문 뒤에 숨어서 한수를 지켜보았다. 한수는 자신의 군사 하나를 조조 진영 가까이 보내 소리치게 했다.

"한수 장군께서 승상을 만나길 청합니다."

조조는 직접 나서지 않고 조홍을 시켜 뭔가를 일러 보냈다. 조홍은 30여 기의 군마를 거느리고 한수가 서 있는 곳으로 왔다. 그는 한수를 보자 허리를 굽혀 절하며 누가 들으라는 듯 목청을 높여 말했다.

"어제 저희 승상과 만나 하신 말씀에 실수가 없으시길 거듭 부탁드립니다."

조홍은 느닷없이 이렇게 말하고는 바로 말 머리를 돌려 자기 진영으로 가버렸다. 조홍의 말을 엿들은 마초가 화를 참지 못하고 창을 비껴들고 달려나와 한수를 덮치려 했다. 이감을 비롯해 한수를 호위하던 장수들이 나서서 마초를 말리고 두 사람을 화해시켜 진영으로 돌아왔다.

진중의 막사로 들어서자 한수가 억울한 듯 마초에게 답답함을 호소했다.

"이 사람 조카, 나는 결코 다른 마음을 품지 않았네. 나를 바로 보도록 하게."

마초는 한수의 말에 아랑곳없이 더 이상 그를 믿지 못하겠다는 말만을 남기고 자기 거처로 가버렸다. 자신의 말을 전혀 들으려 하지 않는 마초를 보며 한수는 안타까움 반, 괘씸함 반으로 심란해졌다. 이때 이감을 비롯한 휘하 장수들이 한수에게 왔다.

양추가 자리에 앉자 바로 입을 열었다.

"마초 장군이 너무 심하게 나오는 것 아닙니까?"

이감도 그 말을 거들었다.

"애초부터 마초 장군과 협력하는 것이 아니었습니다. 저렇게 자기밖에 모르는 위인이니 우리가 만일 조조에게 이긴다 해도 그 공을 알아주기나 하겠습니까? 모두가 자기가 잘나서 그렇게 된 줄 알겠지요. 그러니 더 이상 젊은 애한테 애꿎은 소리 듣지 마시고 조조에게 몰래 투항하는 것이 좋을 듯합니다. 조조는 판단이 밝은 사람이니 장군께서 투항하신다면 괜찮은 자리 하나쯤은 반드시 보장해줄 것입니다."

"나는 마초의 아버지와 의형제를 맺은 사이인데 조카를 돌봐주지는 못할망정 그를 배신해서야 되겠는가?"

양추가 말했다.

"마초가 자초한 일입니다."

옆에 있던 장수들도 한결같이 투항을 권유하자 한수는 마지못한 듯 물었다.

"그렇다면 어떻게 투항을 알리는 것이 좋겠소?"

양추가 기다렸다는 듯이 대답했다.

"장군께서 투항의 뜻을 전하는 편지를 써주시기만 하면 제가 가겠습니다."

한수는 그 길로 편지를 써서 양추에게 주었다. 양추는 곧바로 조조의 진영으로 가 한수의 편지를 전했다. 조조는 일이 일사천리로 진행되자 기쁨을 감추지 못하며 당장 한수를 불러들였다. 그는 한수에게 서량후의 벼슬을 내리고 양추를 서량 태수에 봉하고는 한수 휘하 다른 장수들에게도 각각 벼슬을 주기로 했다. 조조는 한수가 제안한 대로, 그날 밤 한수의 진영에 불을 놓는 것을 신호 삼아 마초를 협공하기로 했다. 한수에게로 돌아온 양추는 조조가 한 이야기를 그대로 전했다.

"장군께서 말씀하신 대로 오늘 밤 우리 진영에 불을 놓으면 조조군이 즉각 내응하기로 했습니다."

한수는 군사들에게 명해 장막 뒤편으로 마른나무와 풀을 쌓아 불지를 준비를 하라 이르고 측근 5명에게 무장을 하고 나오라고 지시했다. 그는 또한 표적을 확실히 하기 위해 밤에 연회를 열어 마초를 청하고 그 자리에서 마초를 없애는 것이 어떻겠냐는 의견을 내놓았다.

그러나 휘하 장수들 중에 일부는 마초가 이미 마음이 상해 있고 한수를 의심하고 있는 마당에 연회를 열어 초대하는 것은 오히려 일을 꼬이게 할 수 있다며 반대하고 나섰다. 그러는 사이 한수 쪽의 움직임이 모두 마초의 귀에 들어갔다.

마초는 단단히 무장을 한 후 방덕과 마대를 뒤에 세우고 은밀하게 한수의 장막으로 다가갔다. 그가 한수의 막사를 살피는데 안에서 여러 명이 수군거리는 목소리가 들려왔다. 마초는 귀를 기울여 그들의 이야기를 엿들었다.

"굳이 달리 준비할 필요가 있겠습니까? 그러다 괜히 마초가 우리 일을 알아차리면 곤란하니 당장 해치워버립시다."

aTe

순간 마초는 피가 거꾸로 치솟는 듯했다. 그는 칼을 빼들어 장막을 걷고 들어가 벼락같이 소리쳤다.

"이 쥐새끼 같은 놈들이 감히 나를 죽이려 하다니!"

막사 안의 사람들은 하나같이 소스라치게 놀라 마초를 올려다봤다. 이때 마초가 한수에게로 달려가 그의 얼굴 위로 사정없이 칼을 내리쳤다. 한수가 엉겁결에 왼팔을 들어 칼을 잡으려 했다. 순간 왼쪽 팔목이 잘려 땅바닥에 툭 떨어졌다.

한수가 거느린 5명의 장수들이 한꺼번에 칼을 뽑아들고 마초를 공격했다. 마초는 그들에게 밀려 장막 밖으로 뒷걸음질쳤다. 따라나온 한수의 장수들이 마초를 에워싸고 돌아가며 사생결단으로 달려들었다. 이때 방덕과 마대가 군사를 이끌고 와 한수의 군사들과 맞서 싸웠다. 마초는 다시 몸을 돌려 한수를 죽이기 위해 장막으로 뛰어들었다.

잘려나간 팔목에 간단하게 응급처치를 한 한수가 마초를 피하기 위해 몸을 일으키다 달려들어온 마초와 부딪쳤다. 마초는 끝장을 보려는 듯 한수에게 덤벼들었으나 심복들이 안간힘을 다해 한수를 구해 달아났다. 마초가 한수를 쫓기 위해 달려나오는데 장막 뒤쪽에서 갑자기 불길이 치솟더니 한수의 군사들이 일제히 몰려나와 마초군을 공격하기 시작했다.

마초는 분위기가 심상찮게 여겨져 곧바로 말 위에 올랐다. 그가 일단 군사들을 물려 진으로 돌아가려 하는데 사방에서 조조군이 쏟아

마초와 한수의 결별. 중앙 세력이 신흥 변방 세력의 강한 힘에 맞서는 방법은, 정면에서 싸우지 않고 측면에서 신흥 세력의 내부 갈등을 이용하는 이간책이었다. 동탁과 여포, 이각과 곽사, 그리고 마초와 한수가 이간책에 걸려 자멸의 길을 걸었다.

져나왔다. 허저 · 서황 · 하후연 · 조홍 등 조조의 맹장들이 총출동해서 각기 동서남북을 차지한 채 마초를 조여왔다. 마초는 방덕과 마대가 보이지 않자 날쌔게 포위를 뚫고 나가 위수 다리로 향했다. 그 뒤에는 기병 100여 명이 따랐다. 마초는 다리 위에서 기병들과 함께 포진하고 서서 적을 막기로 작정했다.

어느새 날이 밝고 있었다. 갑자기 다리 아래로 말발굽 소리가 들리더니 이감이 일련의 군사들과 함께 위수를 빠져나가고 있었다. 마초는 자기를 배반한 이감을 보고는 바로 창을 겨누며 그에게로 쫓아갔다. 이감은 마초가 따라오자 기겁을 하고 도망치기 시작했다.

이때 조조의 부장 우금이 마초를 발견하고 급히 활을 당겼다. 활은 바람 소리를 내며 마초에게로 날아갔다. 그러나 비명과 함께 말에서 떨어져 나뒹군 사람은 마초가 아니라 이감이었다. 마초가 등 뒤에서 시위를 당기는 소리를 듣고 재빨리 몸을 피하는 바람에 화살이 마초를 비껴나가 이감의 얼굴에 명중했던 것이다. 마초는 순간적으로 몸을 돌려 우금을 쫓았다. 그러나 얼마 안 가 조조의 군사들이 떼지어 몰려와 마초를 향해 집중적으로 화살을 날려댔다. 마초는 창대로 날아오는 화살을 막았다. 그러나 수적으로 우세한 조조군이 마치 한 마리 성난 호랑이를 포위하듯 겹겹이 마초를 포위해 들어갔다. 마초는 있는 힘을 다해 닥치는 대로 적을 찌르고 막으며 겨우 기병 수십 기를 모아 포위망을 빠져나갔다.

마초는 기병을 몰고 적진을 헤치며 하북으로 돌진했다. 그러나 얼마 못 가 조조군이 뒤따라와 화살을 퍼붓는 바람에 기병을 모두 잃고 혼자 살아남아 말을 달려 포위망을 뚫고 나갔다. 조조군도 쉬지 않고 마초를 뒤쫓았다. 그때 누군가가 쏜 화살이 마초의 말에 가 박혔다.

순간 말이 놀라 날뛰는 바람에 마초는 땅에 떨어져 뒹굴었다. 그는 기다시피 하며 화살을 피해 앞으로 나갔다. 이제 조조군에게 붙잡힌 몸이나 다름없었다. 막다른 곳에 다다른 듯 마초가 괴음을 지르며 미친 듯이 도망을 치는데 어디선가 한 무리의 군사가 나타나 마초를 호위했다. 방덕과 마대였다. 이들은 거느리고 온 군사들에게 조조군과 맞서 싸우라 명하고 마초를 말에 태우고 쏜살같이 서북쪽으로 도망쳤다. 마초를 놓쳤다는 소식을 들은 조조는 분통을 터뜨리며 장수들에게 명했다.

"반드시 마초를 잡아오라! 그놈의 머리를 가져오는 자에게는 상금 1천 금과 1만 호의 가옥을 거느리게 할 것이며, 또한 사로잡아 오는 자에게는 대장군 벼슬을 내리겠다."

조조의 영이 떨어지자 수많은 장수들이 공을 세우기 위해 마초를 뒤쫓았다. 마초는 도망치는 동안 보병을 거의 조조군에게 뺏기고 기병 수십 기만을 거느리게 되었다. 그는 조조군의 거센 추격에도 불구하고 방덕 · 마대와 함께 가까스로 농서의 임조臨洮로 달아났다. 이들은 모두 지칠 대로 지쳐 있었으나 말을 모는 솜씨는 실로 타의 추종을 불허했다. 조조는 직접 안정까지 마초를 쫓아갔으나 마초가 이미 멀어진 것을 알고 더 이상의 추격을 포기하고 군사를 거두어 장안으로 돌아왔다.

조조는 그제야 마초를 척결하겠다는 생각을 접고 이곳의 일을 정리한 후 허도로 돌아가기 위해 여러 장수들을 불러모았다. 그 자리에서 조조는 약속대로 한수를 서량후에 봉했다. 한수는 마초에게 왼팔을 잃어 더 이상 장수로서의 생명은 끝난 것이나 마찬가지였다. 그리고 양추와 후선에게는 열후의 벼슬을 주어 위구를 지키게 하고 군사들을 수습하여 허도로 돌아갈 준비를 했다.

이때 양주 참군參軍 양부楊阜가 조조를 만나러 왔다. 조조가 양부를 맞아들여 찾아온 이유를 물었다.

"겪어보셔서 아시겠지만 마초는 여포 못지않은 기량을 가진 인물에다 강족들이 그를 추앙하고 있습니다. 승상께서 이 기회에 그 도당들의 뿌리를 뽑지 않는다면 후에 농상隴上 지역 일대가 그의 무대가 될 것입니다. 승상께서는 이렇게 돌아가지 마시고 내친김에 그들을 완전히 소탕하십시오."

"나도 아쉬움이 많으나 그게 그리 쉽지 않은 것 같소. 그리고 남쪽도 견제를 해야 하니 이곳에 무작정 머무를 수가 없어요. 나 대신 공이 이곳을 잘 지켜주시오."

양부는 조조의 명을 받들어 위강을 양주 자사의 자리에 앉히고 기성에 군사를 주둔시켜 마초가 이 지역을 넘보지 못하도록 굳게 막으리라 다짐했다. 또한 양부는 임지로 떠나면서 장안에 많은 군사를 주둔시켜줄 것을 청했다. 조조는 그렇게 하겠노라고 말하고 양부를 돌려보냈다. 양부가 가고 난 후 조조와 여러 장수들이 모여 이번 전쟁에 대해 평가하는 자리를 가졌다. 장수들이 조조에게 물었다.

"승상의 한 발 앞선 용병술은 늘 저희들을 놀라게 했습니다. 이번도 예외가 아니었는데, 처음 마초가 동관에 쳐들어왔을 때 위북이 막혀 있었는데도 하동에서 풍익을 공격하지 않고 오직 동관만을 지키며 시간을 보냈습니다. 하북을 건너가 진을 치게 한 이유는 무엇이었습니까?"

조조가 웃음 띤 얼굴로 설명했다.

"마초가 동관을 지키고 있는데 내가 기수를 돌려 하동을 손에 넣게 되면 그들은 분명 군사를 동원해 강 어귀 곳곳을 지키려 들었을 것이다. 그렇게 되면 우리가 어떻게 하서를 건널 수 있었겠느냐? 그래서 나는 동관 점령에 총력을 기울이는 것처럼 했다. 그러자 내 의도대로 적은 남쪽만 단단히 지킬 뿐 하서는 간과하질 않았더냐? 내가 서황과 주령을 하서로 보내 진을 치게 한 것도 그 때문이었다. 내가 북쪽 강을 건넌 후 보잘것없는 수레와 나무를 모아 진영을 만들고 토성을 쌓아 적을 견제하는 데 주력하는 것처럼 보인 것도 적이 우리를 만만하게 여기도록 유도한 계책이었다. 우리를 쉽게 보면 저들은 방비에 소홀해질 것이 아니냐? 나는 그 틈을 타 이간계를 써서 적을 물리칠 수 있었던 것이다. '적을 교란시켜놓은 뒤 공격하라' 는 손자의 말을 따른 것이다."

장군들이 하나같이 고개를 끄덕이더니 다시 물었다.

"우리가 동관에서 패하고 어렵게 진을 치고 있었을 때 승상께서는 적의 숫자가 불어나는 것을 보고 기뻐하셨는데 그 이유는 또 무엇이었습니까?"

"서량은 중원과 멀 뿐 아니라 그쪽의 군사들은 험악한 지세를 이용해 강병을 자랑하고 있으니 평정하기가 어려운 곳이다. 그들은 원래 한 곳에 모여 정착하고 사는 족속들이 아니기 때문에 어디든 한 군데 모아놓으면 서로 경쟁하느라 각자의 뜻이 엇갈리고 지리멸렬해지리라 생각했다. 이간질하기가 더 수월해진다는 말이다. 그러면 우리의 공격도 백배의 효과를 낼 것이라는 생각에 웃음이 나왔던 것이다."

장수들은 입을 모아 조조에게 찬사를 보냈다.

"승상의 지모는 따를 자가 없습니다."

조조는 희색이 만면한 얼굴로 답했다.

"여러분들이 있어 가능한 일이 아니었겠소?"

조조는 공이 있는 장수들과 군사들을 일일이 가려내 포상을 하고 하후연을 장안에 남게 하여 당분간 그곳의 일을 맡아서 처리하도록 영을 내렸다. 하후연은 자기 책임하에 풍익 고릉 사람 장기張旣를 장안의 행정 수뇌로 삼았다.

익주를 바치려는 장송

조조가 관서를 제압하고 허도로 돌아오자 헌제는 성밖까지 마중을 나가 그를 맞았다. 이후로 조조는 더욱 기고만장하여 어전에 들 때 헌제를 향해 절을 하지 않는 것은 물론이고 신을 벗는 일조차 없었다. 또한 칼을 옆에 찬 채 어전에 들 수 있도록 윤허를 받아냈다. 이것은 전한시대의 승상이었던 소하蕭何 이후 처음 있는 일이었다.

중원의 조조가 하늘을 찌를 듯한 권세를 누리고 있다는 소문은 한중까지 퍼져 한녕漢寧 태수 장로張魯의 귀에도 들어갔다. 한중은 지세가 워낙 험한 탓에 중앙에서 이곳을 정복하여 통제하지 못하고 장로를 한녕 태수로 삼아 매년 조공을 바치게 했다.

장로의 가계를 보면, 조부 장릉張陵 때부터 서천의 곡명산에서 도술을 익히고 그것을 책으로 엮어 사람들을 따르게 했다. 장릉이 죽은 후에는 그의 아들 장형張衡이 아버지의 뒤를 이어 도술로 사람들을 사로잡았다. 또한 장형이 죽은 후로는 장로가 대를 이어 조부 때부터 펼친 도학의 세계를 사람들에게 전파했다. 그는 자칭 오두미도五斗米道의 수령이 되어 도학을 배우려는 제자들을 거느렸는데 이들은 신의와 성실을 도의 근본으로 삼아 남을 속이는 일을 가장 큰 죄로 여겼다. 장로는 서량의 마등이 조조에게 죽임을 당하고 마초마저 크게 패해 임조로 달아났다는 소식을 듣고 근심이 되어 그의 측근인 제자들을 불러 앞일을 의논했다.

"서량의 마등까지 손을 보았으니 조조는 머지않아 이곳 한중을 침범할 것이다. 나는 앞으로 한녕의 우두머리가 되어 군사를 일으켜 조조와 싸울 것을 각오하고 있는데 여러분의 생각은 어떤가?"

염포閻圃가 먼저 입을 열었다.

"대비를 철저히 하면 조조도 겁날 것이 없습니다. 한천은 10만여 호의 가옥이 있고 물자나 양곡 모두 풍부합니다. 더구나 지형이 험해 이곳에 오랫동안 살지 않은 사람들은 적응하기 힘든 지역이기도 합니다. 최근 마초가 패한 후 수만 명의 서량 군사들이 자오곡을 통해 우리 한중으로 들어오고 있습니다. 제 생각에는 익주의 유장이 무능하니 서천의 41주를 손에 넣은 다음 태수께서 왕위에 오르신다면 천하의 조조도 능히 무찌를 수가 있을 것입니다."

장로는 손뼉을 치며 좋아했다. 그는 당장 동생 장위張衛와 협의해서 군사를 일으켜 서천을 치기 위한 훈련에 들어갔다.

서천의 유장이 이 소식을 들었다. 원래 유장은 한나라 노공왕의 후예인 유언劉焉의 아들이었다. 유언은 장제 때 경릉의 관리로 부임하여 거기에서 자손을 번창시켰다. 이후 유언은 익주목이 되어 익주를 다스리다 병으로 죽고 그의 아들인 유장이 익주를 맡았다. 유장은 익주목이 된 후 장로의 어머니와 동생을 죽인 일이 있어 늘 장로를 경계해왔다.

유장은 방희龐羲를 파서巴西 태수에 명하고 장로를 막도록 했다. 장로의 움직임을 정탐하던 방희는 그가 군사를 훈련시켜 서천을 침범하려 한다는 사실을 알아내고 유장에게 바로 알렸다.

마음이 약하고 우유부단한 유장은 방희의 보고를 받자 무척 부담스러웠다. 그는 서둘러 참모들을 불러들여 대책을 세웠다. 유장이 불러모은 관료들 중에 한 사람이 나서며 말했다.

"주공께서는 너무 심려치 마십시오. 저의 재주가 보잘것없으나 세 치 혀로 장로가 감히 우리 서천을 넘보지 못하도록 하겠습니다."

말로써 장로를 막아내겠다고 나선 사람은 별가別駕인 장송張松이었다. 그는 유난히 앞이마가 튀어나온데다 코가 비뚤어지고 키도 난쟁이를 겨우 면할 만큼 단구여서 처음 보는 사람은 외모만으로 그를 깔보기 일쑤였다. 유장이 장송을 보며 물었다.

"공은 어떤 생각을 갖고 있기에 몇 마디 말로 장로를 막아낸다는 것인지 설명해보시오."

"조조가 중원을 평정했다는 것은 누구나 알고 있는 사실입니다. 그는 이미 오래전에 여포 · 원소 · 원술을 제압하고 최근에는 관서의 마초까지 물리쳤다고 하니 그의 기세를 당할 자가 없을 것입니다. 주공께서 조조에게 바칠 예물을 준비해주신다면 제가 직접 허도로 가 그를 만나겠습니다. 조조는 마초를 물리쳤으니 분명 한중도 염두에 두고 있을 것입니다. 제가 할 일은 그런 그의 심중에 한중을 수중에 넣으라고 불을 붙이는 것입니다. 조조가 쳐들어간다면 장로가 무슨 여력으로 서천을 넘보겠습니까?"

유장은 장송의 말이 그럴듯하여 온갖 진귀한 예물을 마련해 장송에게 주었다. 장송은 비밀리에 서천의 지도를 만들어 품에 넣고 시자 몇 명과 함께 허도로 갔다. 이 일은 형주의 제갈량에게도 알려졌다. 서천을 염두에 두고 있던 제갈량은 벌써부터 서천 중심부에 그의 수하들을 풀어놓고 호시탐탐 그곳의 소식을 캐내고 있었던 것이다. 제갈량은 장송이 허도로 떠났다는 소식을 듣고 자기도 바로 허도로 사람을 보냈다.

허도로 간 장송은 역관에 머무르며 승상부의 조조를 만나려고 몇 번이나 시도했으나 며칠이 지나도록 아무런 연락이 없었다. 장송은 일을 더 이상 늦출 수 없어 승상부 관리에게 뇌물을 주며 조조를 만날 수 있도록 주선해달라고 부탁했다. 뇌물의 힘이었는지 장송은 역관에 머문 지 3일 만에 조조를 만날 수 있었다. 조조는 마지못해 나온 듯한 얼굴로 당상에 나와 앉아 장송의 절을 받았다.

"듣자 하니 네 주인 유장은 최근 몇 년 동안 조공을 올리는 실적이 저조하다고 들었다. 그 까닭이 무엇인지부터 말해보라."

"북으로 향하는 길이 험준하고 도적들이 설치는 바람에 제대로 조공을 바칠 수가 없습니다."

조조는 불쾌함이 역력한 얼굴로 장송을 나무랐다.

"아니, 내가 중원을 평정한 마당에 도적떼라니, 그게 무슨 말이냐?"

장송은 조금도 주눅 들지 않고 되물었다.

"동남쪽에는 오나라의 손권이 버티고 있고 북에는 장로가 세력을 과시하고 있으며 서쪽에는 형주의 유비가 있습니다. 아직 천하를 평정하려면 갈 길이 먼데 태평세월이라니요?"

조조는 기가 막혔다. 사신으로 왔다는 자가 생긴 것도 영 마음에 들지 않는데다 말까지 함부로 지껄이고 있으니 부아가 치밀어 앉아 있을 수가 없었다. 그는 곧 더 이상 얘기하고 싶지 않다는 듯 자리를 박차고 일어나 나가버렸다. 그러자 주위에 있던 관료들이 장송을 질책했다.

"이것 보세요. 사신으로 온 사람이 어찌하여 그렇게 무례한 말을 한단 말이오? 승상께서 멀리서 온 당신의 노고를 생각해서 문제 삼지 않으신 듯하니 다행으로 알고 돌아가시오."

장송은 피식 웃으며 말했다.

"이곳은 우리 서천과 풍토가 다른 모양입니다. 주변이 오직 아첨꾼들로 둘러싸여 있으니 말입니다."

장송이 하는 양을 지켜보고 있던 누군가가 소리쳤다.

"보자보자 하니 참으로 우스운 작자가 아닌가? 서천에는 충신들만 모여 있고 이곳에는 아첨꾼만 있다는 말이 아니냐!"

장송이 고개를 돌려 그를 보았다. 그린 듯 가는 눈에 흰 얼굴이 고매한 분위기를 풍기는 양수楊修였다. 그는 태위 양표의 아들로 조조 휘하에서 재무를 담당하고 있었다. 그는 학문이 깊을 뿐 아니라 언변도 뛰어난 재주꾼으로 소문난 사람이었다. 그래서인지 그의 눈에는 웬만한 선비들이 우습게 보였다. 양수는 그의 뛰어난 직관력으로 장송이 뭔가를 품고 온 사람임을 눈치챘다. 양수는 아무도 모르게 장송을 서원으로 청했다. 승상부에서 호통치던 모습과 달리 양수는 깍듯한 예의로 손님을 대하며 장송과 마주앉았다.

"촉에서 오시려면 길이 험하고 먼데 오시느라 수고가 많으셨겠습니다."

장송 역시 예의를 갖추어 대답했다.

"주공의 뜻인데 어딘들 가지 못하겠습니까?"

"중원은 촉과 워낙 멀리 떨어져 있어 그곳 사정을 아는 바가 별로 없습니다. 촉의 분위기는 어떤지 듣고 싶습니다."

"촉은 장강이 가로지르고 웅대한 산맥들이 연이어 있어 산이 깊고 숲도 울창합니다. 촉의 옛 이름은 익주인데 익주는 유별난 땅입니다. 그곳은 한때 한고조 유방이 항우에게 쫓겨 근거지로 삼았던 곳이기도 합니다. 익주로 가는 길은 하늘로 오르기보다 더 힘들다고들 하죠. 그곳은 오래전부터 오랑캐들의 근거지가 되기도 했던 곳이지요. 그러나 익주 땅의 지름은 3만여 리나 되고 큰 강을 끼고 있어 땅이 비옥하고 산림이 울창해 홍수가 나거나 가뭄이 들어도 별 피해가 없는 곳입니다. 그러니 시가지에는 가옥들이 빽빽하게 들어차 있고 특산물도 풍부해 백성들은 의식주 걱정을 모르고 살고 있습니다. 또한 익주에서 허창으로 나가는 교두보인 관중은 동쪽의 함곡관, 남쪽의 무관, 북쪽의 소관, 서쪽의 산관 등 네 관문의 중앙에 위치하고 있는데 그곳은 장안과 더불어 전한 시대의 중심지이기도 했습니다."

장송의 자세한 설명에 양수는 몹시 흥미롭다는 듯 입맛을 다시며 물었다.

"그렇다면 그곳의 명사 중에는 어떤 사람이 있습니까?"

"어떻게 일일이 다 말씀드리겠습니까마는 우선 꼽자면 문文에는 시에 뛰어난 상여相如가 있고 무武에는 복파伏波 장군이 있습니다. 또한 의술에는 중경仲景이라는 자가 천하의 명의로 알려져 있으며 점술가로는 군평이 있지요. 유가 · 도가 · 음양 · 법法 · 명名 · 종횡縱橫 · 잡雜 · 농農 등의 9가와 유 · 불 · 선 3교는 말할 것도 없고 어떤 분야에서건 뛰어난 인재들이 워낙 많아 모두 열거할 수가 없습니다."

양수의 질문이 계속되었다.

"그럼 공의 주공인 유장의 휘하에는 공과 같은 참모들이 몇이나 됩니까?"

"문무를 겸해 지모와 용맹이 뛰어난 충신들이 100여 명이 넘습니다. 저는 이름을 거론할 정도도 못 됩니다."

양수는 장송이 촉에서 어느 정도의 위치에 있는지 알고 싶어졌다.

"공은 지금 어떤 직책을 맡고 계십니까?"

"별가의 책임을 맡고 있는데 저에게는 과분한 자리이지요. 공은 조정에서 어떤 일을 맡고 있습니까?"

"저는 현재 승상주부로 승상부의 재무를 담당하고 있습니다."

장송은 자못 안타까운 표정을 지으며 양수를 떠보았다.

"공께서는 역대부터 한나라 조정을 보필한 명문가의 후예이신데 어째서 천자를 내버려두시고 조승상 아래에서 몸을 굽히고 계십니까?"

"시대가 변하고 있습니다. 지금 저는 승상 밑에 있긴 하나 그분은 제게 이 나라의 군정과 재정에 대한 중임을 맡기셨습니다. 조승상의 발전은 지금이 끝이 아닙니다. 그분을 잘 모시면 언젠가 저도 더 큰 일에 중용되리라 믿고 이렇게 지내고 있습니다."

장송이 말없이 웃으며 물었다.

"공께서는 무엇을 보고 조승상이 그렇게 뻗어나가리라 믿으시는지 모르겠지만 제가 보기에는 그렇지 않습니다. 조승상은 허장성세에 능할 뿐 학문에 있어서는 공맹에 어둡고, 무에 있어서도 손 · 오의 병법 겉자락만 알 뿐 보잘것없는 지식을 가지고 임기응변으로 써먹을 뿐입니다. 그가 승상 자리에 오른 것도 강압에 의한 것이지 순리에 따라 된 것이 아닙니다. 그런 자 밑에서 무슨 발전을 기대하신다는 것입니까?"

"공은 벽지에 계시면서 조승상을 깎아내리는 소문만 들으신 것 같습니다. 그분이 지닌 재능의 참모습을 대하시면 마음이 달라질 것입니다."

양수는 시자에게 서가에 가서 책 한 권을 가져오라고 명했다. 그는 시자가 가지고 온 책을 장송에게 보였다. 그것은 『맹덕신서』라는 제목의 책으로 조조가 그때까지 전해져오는 병법을 총망라해서 정리한 다음 『손자병법』의 양식을 본떠서 엮은 책이었다. 장송은 그 책을 들어 처음부터 끝까지 한번 쭉 훑더니 내려놓으며 물었다.

"그런데 저에게 이 책을 보여주는 까닭이 무엇입니까?"

"공께서는 저희 승상이 허장성세에 능할 뿐이라고 하셨는데 실로 그렇다면 이런 책을 어떻게 저술하셨겠습니까?"

장송이 너털웃음을 터뜨리며 말했다.

"이 정도의 글로 승상의 재능을 자랑하시니 제가 민망스러울 따름입니다. 이 책에 나오는 내용은 우리 촉에서는 삼척동자도 줄줄 외우고 다니는 것입니다. 이런 책을 두고 어떻게 신서新書라는 제목을 붙일 수 있는지 모르겠습니다. 내용을 보니 조승상은 그야말로 표절의 달인입니다. 이것은 이미 전국시대에 알려지지 않은 작자가 써놓은 것을 그대로 베낀 것 아닙니까?"

장송이 여지없이 조조를 깎아내리자 양수는 약이 오른 듯 반문했다.

"이 책은 아직 세상에 알려져 있지 않습니다. 그런데 공은 촉나라 어린아이들도 쉽게 외운다고 하니 우리 승상을 놀리는 언사가 아닙니까?"

"믿지 못하시겠다면 제가 한번 외워보지요."

장송은 책을 덮고 『맹덕신서』 13편을 처음부터 끝까지 한 글자도 틀리지 않고 암송했다. 양수는 몹시 놀라 장송을 칭송했다.

"대충 훑어본 것을 그렇게 처음부터 끝까지 착오 없이 외시니 참으로 대단하십니다."

"촉에서는 대단한 것이 못 됩니다. 그건 그렇고 갈 길이 멀어 이제 그만 일어서야겠습니다."

장송이 떠나려는 듯 자리에서 일어서자 양수가 만류하며 말했다.

"잠시 관사에 계십시오. 제가 승상을 다시 뵙도록 해드리겠습니다."

장송은 고마움을 표시하고 역관으로 돌아갔다. 양수는 곧바로 조조에게 갔다.

"장송은 승상을 뵙기 위해 먼 거리를 달려온 사람입니다. 왜 그리 하찮게 대하셨습니까?"

"공도 보지 않았소? 무례하게 군 건 장송이오. 사신으로 온 자의 태도가 그게 무엇이란 말이오? 그래서 무시한 것뿐이오."

"승상께서는 그보다 더한 예형도 인정하려 하셨으면서 장송은 왜 거부하시는 것입니까?"

"예형이야 천하가 알아주는 문장가에다 천재였어요. 그래서 죽일 수 없었지만 장송이야 무슨 대단한 재주가 있다고 내가 용납을 한단 말입니까?"

양수가 장송을 따로 만났던 일을 말했다.

"그 사람의 재주도 예형 못지않았습니다. 승상께서 지으신 『맹덕신서』를 한번 쭉 훑어보고는 완벽하게 모두 외웠습니다. 그리고 그

작품이 전국시대 때부터 있어온 것도 알고 있었습니다."

"그 책은 창작이 아니고 자료를 모아 정리한 것이오. 그러니 옛글과 일치할 수도 있는 것 아닙니까?"

조조는 부끄러운 곳을 들킨 듯 애써 변명을 하며 그 자리에서 『맹덕신서』를 불태워버리라고 일렀다. 양수가 다시 간했다.

"그 사람이 우리 조정의 기개를 서천 땅에 전하도록 승상께서 다시 한번 청하시지요."

조조가 여전히 못마땅한 얼굴로 말했다.

"나는 더 이상 그 오만한 자와 설왕설래하고 싶지 않소. 내일 나는 서쪽 훈련장에서 호위군들을 집합시켜 사열할 것이니 그곳에 그 작자를 청해 우리 군의 위세를 보여주도록 하시오."

다음날 양수는 장송과 함께 훈련장으로 나갔다. 그곳에 들어선 장송은 넋을 잃을 것만 같았다. 조조의 5만여 호위병들이 전혀 흐트러짐 없이 줄지어 선 모습은 어디에서도 본 적이 없을 만큼 위풍당당했다. 그들이 입고 있는 갑옷과 투구는 눈이 부실 만큼 현란했고 절도 있게 울려퍼지는 북소리는 장송의 가슴을 쿵쿵 내리치는 것만 같았다.

햇빛을 받아 번쩍이는 칼과 창의 대오, 줄지어 서 있는 깃발들의 휘날림과 그 앞에서 말을 타고 도열해 있는 장교들의 모습은 마치 금방이라도 하늘을 날아오를 듯 씩씩한 기상을 발하고 있었다. 사열을 마친 조조가 장송을 불러 말을 걸었다.

"어떻소? 서천에서도 이런 사열 광경을 본 적이 있습니까?"

장송은 대단할 것이 없다는 듯 태연한 표정을 지으며 대답했다.

"우리 촉에서는 인과 의로써 사람을 다스리지 채찍으로 훈련하여

위풍당당한 조조군의 사열. 수레와 기병 · 보병의 모습은 화상석에 근거하였다. 조조는 실력과 힘으로 장송의 마음을 빼앗고자 했지만, 유비는 장송의 자발적인 동의를 이끌어낸다. 이 대목은 조조 대 유비의 갈등을 단순한 군벌간의 아귀다툼이 아닌 '패도(覇道)' 대 '왕도(王道)' 라는 이념적 대립으로 해석한 것이다.

군사의 기강을 만들지는 않습니다."

순간 조조의 얼굴색이 돌변했으나 장송은 아무렇지도 않은 듯 서 있었다. 오히려 양수가 긴장하여 장송을 말리는 눈짓을 보냈다. 장송은 양수의 얼굴을 보았는지 말았는지 표정의 변화가 없었다. 조조가 장송에게 새겨들으라는 듯 목청을 높여 쏘아붙였다.

"나는 천하의 쥐새끼 같은 작자들을 먼지나 지푸라기 정도로 본다. 나의 대군이 이르는 곳은 승리만 있을 뿐이고, 공격하여 뺏지 못한 곳이 없다. 나를 따르는 자는 살겠지만, 나를 거스르는 자는 죽음을 면치 못할 것이다. 알겠는가?"

조조의 오만 무례한 태도에 일격을 가하듯, 장송은 지나칠 만큼 공손하게 대답했다.

"승상이 군사를 이끌고 가서 싸우는 곳마다 이기고 치는 곳마다 빼앗는 것은 저도 이미 잘 아는 바입니다. 지난날 복양에서 여포를 공격했던 일, 완성에서 장수와 싸웠던 일, 적벽 싸움에서 주유와 대적했던 일, 게다가 화용에서 관우를 만났을 때는 물론이고 동관에서 수염을 자르고 도포를 벗어던졌던 일, 위수에서 말 안장을 방패 삼아 화살을 막아내며 도망쳤던 일, 이 모든 것이 승상이 천하무적임을 보인 일 아니겠습니까?"

장송은 그간의 일들을 일일이 거론하며 조조의 참담한 패배의 흔적들을 끄집어냈다. 조조는 더는 못참겠다는 듯 벼락같이 고함을 질렀다.

"이 썩어빠진 촌구석의 유생놈이 감히 함부로 입을 놀리다니!"

조조는 당장 장송을 끌고 가 목을 치라고 고래고래 소리쳤다. 그러자 양수와 순욱 등이 장송을 죽여서는 안 된다며 극구 말리고 나섰다.

"장송이 한 행동은 죽어 마땅합니다. 그러나 촉에서 조공을 바치기 위해 온 사신을 죽인 일로 승상께서 그곳 백성들의 인심을 잃을까 염려됩니다."

양수의 간언에도 불구하고 조조의 노기는 식지 않았다. 순욱도 나서서 양수와 같은 말을 하며 명을 거둘 것을 촉구했다. 그제야 조조는 마지못한 듯 목을 베는 대신 곤장을 쳐서 내쫓으라고 명했다. 정신을 잃을 정도로 곤장을 맞은 장송은 허도를 빠져나와 서천으로 향했다. 그가 품고 온 서천의 지도는 조조 앞에서는 무용지물이나 다름없게 되어버렸다. 장송은 쑤시고 결리는 몸을 이끌고 서천으로 가다 잠시 걸음을 멈추고 생각했다.

'내가 조조를 잘못 알고 왔구나! 나는 의기가 통하면 서천을 조조에게 바치려고 했는데, 교만하기 짝이 없는 인간이다. 내가 서천을 떠나올 때는 유장에게 큰소리를 치고 왔는데 이렇게 아무런 소득도 없이 가게 되었으니 서천에 도착하면 나는 웃음거리가 될 것이 분명하다. 형주의 유비는 인의로 사람을 대한다고 하니 그곳으로 가서 유비를 만난 후 내 거취를 정해야겠다.'

장송은 거느리고 왔던 몇 명의 시자와 함께 형주로 발길을 돌렸다. 장송이 형주 땅 영주 입구에 들어서려 할 때 한 떼의 군마가 나타났다. 이들은 모두 가벼운 옷차림을 하고 있었는데 줄잡아 500명은 되어 보였다. 그 중 한 장수가 앞으로 나오며 물었다.

"혹 익주의 장별가가 아니십니까?"

"그렇습니다."

장송은 그들의 옷차림으로 보아 자기를 해치려는 것은 아닌 듯하여 다소 긴장을 풀고 대답했다. 장송의 대답에 앞에 나섰던 장수가 말에서 내려 더욱 공손한 목소리로 말했다.

"저 조운이 여기서 선생님을 기다린 지 오래 되었습니다."

조운의 말에 장송도 급히 말에서 내리며 절을 하고 물었다.

"그렇다면 지금 제 앞에 계시는 분이 상산의 조자룡 장군이시란 말입니까?"

"예, 그렇습니다. 저희 주공이신 유황숙께서 멀리서 오시는 선생님의 수고를 덜어드리라며 저를 통해 술과 음식을 보내셨습니다. 잠시 쉬시며 요기나 하시지요."

조운은 군사들에게 명해 가지고 온 술과 음식을 장송에게 바쳤다. 장송은 조운을 보며 생각했다.

'유현덕은 어질고 너그러워 나그네를 잘 대접한다고 하더니 그 말이 진실이었구나.'

장송은 유비가 보내온 음식을 받은 뒤 조운과 함께 술을 몇 잔 마셨다. 사실 장송이 형주로 발길을 돌린 것을 알고 음식을 준비해 조운을 마중 나가게 한 것은 유비가 아니었다. 이 모든 것은 장송이 서천의 지도를 품고 허도의 조조를 찾아갔을 때부터 제갈량이 준비한 일이었다. 제갈량은 자신이 부리는 첩자들을 통해 허도에서 장송이 당한 일을 모두 알고 있었다. 그러니 일찍부터 서천을 겨냥하고 있던 제갈량이 이 기회를 놓칠 리 없었다.

장송은 쉬엄쉬엄 장독杖毒을 다스려가면서 조운과 함께 다시 형주성으로 향했다. 이들이 형주 땅에 도착했을 때는 이미 날이 저문 뒤였다. 그런데 조운의 안내를 받아 간 역관 앞에는 100여 명의 사람들이 줄지어 북을 치며 작은 횃불을 들고 서서 일행을 환영했다. 장송이 어리둥절해 있는데 또다시 한 장수가 앞으로 달려나와 예를 갖추어 말했다.

"형님께서 저에게 명하시기를 먼 곳에서 대부大夫가 오시니 관사 주변을 특별히 가꾸고 청소하여 편히 쉬시도록 하라고 이르셨습니다. 쉬실 곳이 마음에 드실지는 모르겠으나 아무쪼록 피로를 푸시는 데 도움이 되시기 바라겠습니다."

그는 관우였다. 장송은 얼굴 가득 감사의 미소를 띠며 말에서 내려 관우 · 조운과 함께 관사로 들어갔다. 이들은 안으로 들어서자 정식으로 상견례를 하고 자리에 앉았다. 이어 산해진미가 정성껏 차려진 음식상이 들어왔다.

조조에게 죽도록 맞고 쫓겨나다시피 한 장송이 형주에서 예기치 못한 환대를 받자 지금까지 미미했던 유비의 존재가 더 크게 느껴졌다. 세 사람은 밤늦도록 술잔을 주고받으며 흥겨운 시간을 보내고 함께 역관에서 잠이 들었다.

다음날 아침식사를 끝낸 세 사람은 거느리고 온 군사들과 함께 말에 올랐다. 이들이 4, 5리도 못 갔을 때 또다시 한 떼의 군마가 달려오는 것이 보였다. 유비가 제갈량과 방통을 대동하여 직접 장송을 마중 나온 것이었다. 장송은 유비가 가까이 오자 황급히 말에서 내려 그에게 다가가 절을 했다. 장송의 절을 받은 유비가 같이 허리를 굽혀 예를 차리며 말했다.

"오래전부터 저는 대부의 높으신 이름을 들어왔습니다. 그러나 산이 첩첩이 가로막혀 있어 대부의 가르침을 한 자락도 들을 수가 없었습니다. 가시는 길에 형주에 들르신다는 소식을 듣고 이렇게 나와 대부를 뵐 수 있게 되었으니 참으로 다행입니다. 저희 형주를 지나치지 마시고 잠시라도 머무르시며 제가 대부를 사모해왔음을 알아주신다면 그보다 큰 영광이 없겠습니다."

장송은 유비의 환대에 감동하여 당장 그의 청을 받아들였다. 그는 바로 말에 올라 유비와 함께 형주성 안으로 갔다. 유비는 정중하게 장송을 당상으로 안내해 앉힌 후 잔치를 베풀어 접대했다. 그 자리에서 술잔이 몇 차례나 오갔으나 유비는 한담만 꺼내놓을 뿐 서천에 대한 이야기는 입 끝에도 올리지 않았다. 유비의 환대가 고맙긴 했으나 그것은 한편으로 서천을 염두에 둔 것이라는 것을 모를 리 없던 장송이 넌지시 물었다.

"지금 유황숙께서 다스리는 형주에는 몇 개 군이 있습니까?"

옆에 있던 제갈량이 유비를 대신해 대답했다.

"이곳 형주는 동오의 손권에게 빌린 땅입니다. 하루가 멀다 하고 반환 요청을 하니 어려움이 크지요. 다행히 손권이 저희 주공의 매부이신 까닭에 그럭저럭 머물러 있게 된 것입니다."

"동오는 6군 81주의 넓은 땅에 백성들의 생활도 넉넉한데 무엇이 모자라 작은 형주를 취하지 못해 안달이란 말입니까?"

옆에 있던 방통도 거들었다.

"저희 주공은 황숙으로 한나라의 정통을 이어받으신 분인데 거느릴 땅 한 조각 없습니다. 반면 역도들은 힘으로 이 땅 저 땅을 차지하고 패도 정치로 백성들의 정신을 병들게 하고 있으니 개탄할 노릇이 아닙니까?"

이번에는 유비가 나섰다.

"두 분께서는 그만하십시오. 제가 무슨 덕이 있어 많은 땅을 얻고 백성을 다스린단 말입니까?"

그러자 장송이 만류하듯 다소 흥분해서 말했다.

"유황숙께서는 그런 말씀을 거두십시오. 명공께서는 한 황실의 종친일 뿐 아니라 황건을 토벌하시는 데 수많은 전공을 세우셨고 어짊과 의로움은 모든 백성들이 추앙하는 바입니다. 앞으로 많은 주와 군을 취하시는 것은 물론이고 더 나아가 한 황실의 정통을 이어 제위에 오르시는 것도 과분한 일이 아닐 것입니다."

유비는 장송의 극찬을 들으면서도 안색의 변화가 조금도 없이 응대했다.

"지나친 말씀입니다. 이 유비가 어찌 그런 엄청난 일을 감당하겠습니까?"

유비는 사흘 동안이나 장송을 위해 연회를 베풀고 잘 대접했으나 서천 이야기는 한마디도 입에 올리지 않았다.

마침내 장송이 떠나기 위해 길을 나서자 유비는 성밖 10리까지 전송을 나와 장송에게 간단하게 송별연을 열어주었다. 유비는 장송과 마지막 술잔을 나누며 말했다.

"대부께서는 저처럼 보잘것없는 사람을 마다하지 않으시고 사흘이나 머무르시며 좋은 가르침을 주셨으니 이 유비 무엇으로 감사를 드려야 할지 모르겠습니다. 또 언제 다시 만나 가르침을 받을 수 있으면 더 바랄 것이 없겠습니다."

유비가 섭섭함을 감추지 못하는 듯 말끝을 흐리자 장송은 혼자 생각했다.

'현덕이 이토록 관대하고 어진데 어찌 그냥 돌아설 수 있겠는가? 명분도 충분하니 이 사람을 달래 서천을 얻도록 해야겠다.'

장송이 유비에게 말했다.

"저 역시 이곳에 머물며 밤낮으로 황숙을 섬기고 따르고 싶으나 제가 이미 몸을 둔 곳이 있으니 그렇게 하지 못하는 것이 한스러울 따름입니다. 다만 떠나기 전에 제가 생각하고 있는 바를 한 가지 말씀드리겠습니다. 제가 보기에 형주는 동으로는 손권이 노리고 있고 북으로는 조조가 집어삼킬 듯 군침을 흘리고 있는 땅입니다. 그야말로 야수들의 각축장이 되고도 남을 곳이니 붙들고 있어야 심신이 고단하기만 할 뿐 오래 머물 곳이 못 됩니다."

"저도 그런 사실을 알고 있으나 달리 터전을 잡을 곳이 없군요."

장송이 새겨들으라는 듯 목소리를 가다듬고 또박또박 말했다.

"익주는 지세가 험하여 천연의 요새나 마찬가지입니다. 또한 안으로는 비옥한 토지가 천리나 뻗어 있어 백성들은 살림 걱정이 없으며 나라도 부강합니다. 게다가 그곳의 뜻있는 선비들은 유황숙의 후덕함을 오래전부터 칭송해왔습니다. 만일 황숙께서 형주와 양양에 있는 군사를 일으켜 서쪽을 평정하신다면 패업을 이룰 뿐 아니라 한 황실 부흥도 도모하실 수 있을 것입니다."

유비는 욕심이 나지 않는 것은 아니었으나 겉으로는 표현할 수가 없었다.

"그것은 저에게 과분한 일입니다. 익주목 유장은 저와 같은 한 황실의 종친입니다. 또한 촉의 백성들을 인으로 다스려 은혜를 베푼 지 오래입니다. 그런 마당에 제가 어떻게 그 땅을 흔들어놓을 수 있겠습니까?"

장송이 다시 유비에게 말했다.

"저는 주인을 팔아 일신의 영달을 취하려는 자는 아니나 이제 명공을 만났으니 제 속마음을 모두 털어놓겠습니다. 유장이 익주를 거느리고는 있으나 사리판단에 어둡고 심약할 뿐 아니라 인재를 가려내는 능력도 부족합니다. 그런데다 최근 들어서는 북쪽의 장로가 서천을 침범할 것이라는 소문이 나돌고 있어 익주의 선비들과 백성들은 인심이 흩어져 밝고 힘있는 주인이 나타나기를 고대하고 있습니다. 제가 이번에 나선 것도 실은 조조를 설득해서 익주의 평화를 도모하기 위해서였는데, 그자는 역적놈답게 간사스럽고 오만방자하게 굴기에 형주로 발길을 돌렸습니다. 황숙께서는 먼저 서천을 취하십시오. 그리고 그것을 바탕으로 한중을 수중에 넣으시고 또한 중원을 도모한다면 기울어진 한 황실을 일으키시고 청사에 그 높은 이름을 남기실 것입니다. 명공께서 서천을 얻고자 하신다면 제가 온 힘을 다해 명공을 돕겠습니다. 어떠십니까?"

유비가 대답했다.

"대부께서 저를 이처럼 생각해주심은 감사하나 유장은 저의 집안사람이나 마찬가지인데 제가 그를 쳤다가 세상 사람들의 욕을 들을까 두렵습니다."

"대장부로 태어나 공을 이루고 업적을 쌓으려면 남보다 빨리 채찍을 들어 앞으로 나아가는 것밖에 다른 길이 없습니다. 주변을 너무 살피다가는 자기 앞에 온 기회를 놓치게 됩니다. 남이 와서 취한 뒤에 후회한다면 그것보다 어리석은 일이 어디 있겠습니까?"

유비는 이전에 서주를 두고 결단을 내리지 못하고 있다가 여포만 키웠던 일이 떠올랐다.

"제가 들으니 촉으로 가는 길은 워낙 험하고 중간에 높은 산과 깊은 강이 많아 진군에 어려움이 따른다고 합니다. 만약 제가 군사를 몰고 익주로 가더라도 어떤 방법을 취해야 할지 모르겠습니다."

장송은 마침내 품속에서 서천의 지도를 꺼내 유비에게 펼쳐 보였다.

"명공의 후덕한 배려에 대한 보답으로 이 지도를 바치고자 합니다. 여기에는 서천 일대의 지형과 기후적 특성 그리고 백성들이 모여 살고 있는 마을까지 상세히 기록되어 있습니다. 명공께서 서천을 취하시려 할 때 분명 큰 도움이 될 것입니다. 그리고 저를 따르는 법정法正과 맹달孟達이라는 자가 황숙을 도울 것이니 그들이 형주에 오면 잘 대해서 서천의 일을 의논토록 하십시오."

유비가 장송을 지성껏 대접한 것은 바로 이런 결과를 얻기 위해 미리부터 계산된 행위였으나 서천이 한눈에 들어오는 지도를 보고 나니 장송에 대한 고마운 마음이 산처럼 일어났다.

유비는 장송의 손을 감싸쥐며 말했다.

"푸른 산과 흐르는 물은 세월이 가도 닳거나 변치 않습니다. 훗날 일이 이루어지면 반드시 이 은혜를 잊지 않고 기억할 것입니다."

장송이 흐뭇한 웃음을 지으며 대답했다.

"저는 어진 주인을 만나 기쁜 마음으로 저의 모든 지식을 드린 것뿐입니다. 무엇을 더 바라겠습니까?"

장송은 이제 할 일을 다한 듯 갈 길을 재촉했다. 제갈량은 관우에게 장송을 안전한 곳까지 전송하라고 분부했다. 관우는 장송의 소중함을 알고 있었으므로 흔쾌히 그를 호위했다.

익주로 돌아간 장송은 먼저 늘 가깝게 지내는 친구인 법정을 찾아갔다. 법정은 우부풍군右扶風郡 사람으로 대대로 선비 집안의 자손이었다. 법정은 장송이 조조를 만나러 간 사실을 모두 알고 있었으므로 장송을 반기며 물었다.

"그래, 조조에게 간 일은 잘되었나? 그는 어떤 사람이던가?"

장송은 조조는 이름도 듣기 싫다는 듯 질린 표정을 지으며 말했다.

"조조는 더불어 이야기할 만한 작자가 아니었네. 관서까지 손에 넣고 나니 눈에 뵈는 것이 없는 모양일세. 그런데 천하에 조조가 아니면 누가 있겠나? 오는 길에 형주의 유현덕에게 들렀지. 그는 소문대로 사람을 제대로 대접할 줄 아는 자였어. 나는 이 불안한 익주를 유황숙에게 주기로 결심하고 오는 길이네. 효직孝直(법정의 자)의 생각은 어떤가?"

"유장의 무능함은 이미 오래전에 인정한 일 아닌가? 나도 이 풍전등화 같은 익주를 생각하며 유비를 떠올리곤 했어. 우리 두 사람의 뜻이 하나이니 일을 바로 추진하면 되겠네."

두 사람은 기뻐하며 두 손을 마주잡았다. 이때 맹달이 법정을 만나러 왔다가 이들이 뭔가 심각한 말을 주고받는 것을 보고 슬쩍 넘겨짚었다.

"두 사람은 무슨 꿍꿍이속인가? 나는 다 알고 있네. 익주를 누군가에게 바칠 생각들이지?"

맹달이 추궁하듯 큰 소리로 말하자 장송이 괜히 그럴 것 없다며 자리를 권하고 말했다.

"잘 알고 있는 것을 보니 자네도 일찍부터 그 생각을 해온 게 아닌가? 괜히 너스레 떨지 말고 우리 일에 동참하게나."

맹달은 자리에 앉으며 대뜸 말을 내뱉었다.

"나는 형주의 유현덕만을 생각하고 있네. 자네들은 대체 누구를 지목하고 있는가?"

"우리 말이 바로 그것 아닌가?"

장송과 법정이 호쾌하게 웃으며 대답했다. 법정이 장송을 보며 물었다.

"조조에게 다녀왔으니 자네는 내일 유장을 만나야 하지 않는가? 그래 어떻게 말할 셈인가?"

"나는 이미 모든 계획을 세워두었네. 나는 유장에게 자네 둘을 천거해서 형주로 보내도록 할 걸세. 그러면 자네들은 유비에게 가서 일을 잘 처리해보게."

익주를 차지한 유비

다음날 장송은 아침 일찍 유장에게 갔다. 유장은 익주가 혹 어떻게 되지는 않을까 노심초사하고 있었으므로 장송이 빨리 답을 갖고 돌아오기를 기다리고 있었다. 유장이 장송을 보자 바로 물었다.

"조조에게 갔던 일은 어떻게 되었습니까?"

"조조는 천하의 역적놈으로, 남의 땅을 뺏는 데 혈안이 되어 있어 더불어 이야기를 나눌 상대가 아니었습니다. 그는 이미 우리 서촉에 눈을 돌리고 있었습니다."

유장은 얼굴에 근심을 가득 드리우고 말했다.

"장로가 우리를 노리는데 조조마저 그렇다면 우리는 대체 어떡하면 좋겠습니까?"

"장로든 조조든 우리 서천을 넘보지 못하게 할 계책이 저에게 있습니다."

유장은 장송이 조조에게 갔다가 성과 없이 돌아온 터였으므로 근심을 떨치지 못한 채 물었다.

"그게 무엇이오?"

"현재 형주를 다스리고 있는 유황숙은 주공과 같은 종친으로 인자하고 후덕하기가 장자를 떠올리게 하는 인물입니다. 거기에다 용맹까지 갖추어 적벽 싸움 이후로 조조도 그 이름을 두려워한다는데 장로쯤이야 말할 것도 없겠지요. 그러니 주공께서는 유황숙에게 사신을 보내시어 화친을 제의하고 원병을 청하는 것이 좋겠습니다. 그렇게 되면 조조와 장로가 떼를 지어 쳐들어온다 해도 걱정할 것이 없습니다."

그제야 유장이 조금 안심한 듯 얼굴이 밝아지며 물었다.

"나도 오래전부터 그런 생각을 갖고 있었소. 그런데 누구를 사신으로 보내는 것이 좋겠습니까?"

"법정과 맹달이 언변도 좋고 사리판단이 빠르니 이 일에 적당하다고 생각됩니다."

장송의 말에 유장은 더 이상 고민할 필요가 없다고 여기고 법정과 맹달을 불러들였다. 유장은 그 동안 편지를 썼다. 법정과 맹달이 유장의 부름을 받고 지체 없이 달려오자 둘에게 명을 내렸다.

"두 사람은 잘 들으시오. 이 길로 형주의 유황숙에게 가서 법정은 내가 써준 편지를 전하며 우호관계를 돈독히 하고, 맹달은 군사 5천을 내줄 테니 유황숙이 서천으로 들어올 때 호위를 철저히 하세요. 우리가 도움을 청하는 입장이니 소홀함이 없도록 각별히 신경을 쓰도록 하시오."

법정이 유장에게 편지를 받아 챙기는데 한 사람이 다급한 듯 숨을 몰아쉬며 들어와 큰 소리로 외쳤다.

"주공, 그것은 안 될 일입니다. 주공께서 장송의 말을 따르다가는 서천의 41개 주군은 모조리 남의 땅이 되고 말 것입니다."

장송이 깜짝 놀라 돌아보니 그는 주부主簿 황권黃權이었다. 그는 사려 깊은 충신 중 한 사람이었다.

유장이 물었다.

"유현덕은 나와 종친으로 함께 힘을 모아 북의 침략을 막아내려고 하는데 공은 무슨 까닭으로 그런 말을 하는 것이오?"

"저도 유비의 사람 됨됨이는 이미 알고 있습니다. 부드러운 인성에 강한 무예를 겸비한 영웅이라는 것도 알고 있습니다. 게다가 제갈량과 방통 같은 뛰어난 모사에다 관우 · 장비 · 조운 · 황충 · 위연 같은 장수들이 그와 고락을 함께하고 있다고 들었습니다. 그런 유비를 이곳 촉으로 불러들였다가 혹 일이 잘못되기라도 한다면 유비가 나서지 않아도 그들이 나서서 우리 조정을 전복하려 들 것입니다. 그렇다고 유비를 주공과 대등하게 대접한다면 한 나라에 주인이 둘이 있는 셈이 되니 그것은 불가한 일입니다. 부디 제 말을 새겨들어 주십시오. 제 말을 옳다고 여기시어 따르신다면 이 서촉은 아무 일이 없을 것이나 장송의 말을 듣는다면 긁어 부스럼을 만드는 일이 될 것입니다. 장송은 허도에서의 일이 뜻대로 되지 않자 돌아오는 길에 유비에게 들러 일을 공모했음이 분명합니다. 사태를 바로 보시어 장송의 목을 베고 유비와의 관계도 생각지 마십시오. 그래야 서촉이 흔들림이 없을 것입니다."

유장이 피곤한 인상을 지으며 물었다.

"그러면 조조와 장로가 쳐들어오면 어떻게 막겠다는 것이오?"

"우리 서촉은 지세가 험해 단시간에 쳐들어올 곳이 못 됩니다. 서촉으로 들어서는 길을 모두 끊으신 다음 참호를 깊이 파고 성벽을 높이 쌓아 지킨다면 적은 스스로 물러갈 것입니다."

이미 유비와의 연계 쪽으로 마음이 기운 유장은 황권의 말이 귀에 들어오지 않았다.

"적이 코앞에 들이닥치려 하는 마당에 그저 물러가기만을 기다린다니, 그것은 계책도 아닙니다."

유장은 처음 계획대로 법정을 사신으로 보내려 했다. 그런데 다시 한 사람이 나서며 반대했다. 그는 종사관從事官 왕루王累였다. 유장은 성가시다는 듯 왕루를 쳐다보았다.

"장송은 화를 불러들이려 하고 있습니다. 그의 말을 따라서는 안 됩니다."

"내가 유현덕과 연합하려는 것은 서천을 넘보는 장로를 치기 위함인데 왜들 이러는가!"

왕루가 다시 절박한 음성으로 간청했다.

"장로가 우리를 침범하는 것은 부스럼에 지나지 않을 것이나, 유비를 이곳에 불러들이는 것은 심장에 병을 옮기는 일이 될 것입니다. 유비가 어떤 사람입니까? 그의 부드러움 뒤에 감추어진 교활함은 보통 사람이 따를 수 없을 정도입니다. 그는 오도 가도 못할 어려움에 처했을 때 조조를 섬겼다가 오히려 조조를 죽이려 했고, 다시 손권을 따랐다가 끝내 손권에게서 형주를 빼앗은 인물입니다. 그의 과거 행적이 이와 같은데 주공께서는 어찌하여 여우와 같은 자를 서촉에 들이려 하십니까? 유비가 서천 땅에 발을 붙이면 서천은 끝장날 것입니다. 헤아려주십시오."

유장은 왕루의 말이 도움이 되지 않는다는 듯 무시하며 꾸짖었다.

"그것은 인륜이 무엇인지 모르고 하는 말이오. 나는 조조도 아니고 손권도 아니오. 당신들은 유현덕이 유표에게 하는 것을 보지 못했소? 유현덕과 나는 같은 종친인데 어떻게 그가 내 기업을 가로챈단 말이오? 당장 물러들 가시오!"

유장은 황권과 왕루를 강제로 끌어내게 하고 법정에게 서둘러 형주로 떠나라고 명했다. 법정은 가장 빠른 길을 택해 형주로 갔다. 그는 도착하자마자 바로 유비를 찾아가 예를 갖추어 인사하고 유장의 편지를 전했다. 유비가 편지를 보니 내용은 다음과 같았다.

집안의 동생 되는 유장은 삼가 현덕 형님께 글월을 올립니다. 그 동안 천하에 떨치신 그 이름을 앙모해왔으나 우리 촉의 길이 험하고 거칠어 공물을 바치지 못한 점 실로 부끄럽고 죄스럽기 그지없습니다. 제가 알기로 흉한 일은 서로 도와주며 어려움이 닥쳤을 때 서로 의지하는 것은 친구간에도 당연한 일이거늘 하물며 친족간에야 더 말할 필요가 있겠습니까? 지금 저희 촉은 북쪽 장로의 위협을 받아 밤낮으로 마음을 놓을 수가 없습니다. 이제 인편으로 보잘것없는 글을 올리니 형님 되신 마음으로 관심을 가지고 읽어주십시오. 종친간의 정리와 형제간의 의를 생각하시어 형님께서는 대군을 일으켜 함께 도적들을 쳐부수고, 촉과 형주를 안전하게 보전하여 서로 돕고 의지하며 살기를 기원합니다. 짧은 글로 저의 간절한 심정을 어떻게 다 표현해 보이겠습니까? 다만 형님께서 좋은 소식 주시기만을 고대하고 있겠습니다.

글을 다 읽은 유비는 몹시 기분이 좋았다. 명분을 중시하는 그이고 보니 유장이 자기를 깍듯이 집안 형님으로 인정해주자 촉으로 가는 일이 부담없이 자연스러워질 것 같았다. 유비는 장송이 왔을 때처럼 후하게 잔치를 베풀었다. 술잔이 오가며 분위기가 무르익을 무렵 유비는 함께 있던 사람들을 물리고 법정과 단둘이 남아 얘기를 주고받았다.

"공의 높은 이름은 장송으로부터 들어 익히 알고 있습니다. 이제 이렇듯 가까이서 뵙고 가르침을 받게 되었으니 평생 자랑거리가 될 것입니다."

"벽지에서 온 제가 무슨 도움이 되겠습니까. 말은 훌륭한 기수를 만나야 소리내어 울고 사람은 자기를 알아주는 이를 만나야 그를 위해 목숨을 바친다고 했습니다. 지난번에 장송이 남기고 간 말에 대해 유황숙께서는 숙고해보셨는지요?"

"저는 현재 남의 땅을 빌려 사는 몸으로 그 일을 생각하면 서글프고 한숨이 절로 나옵니다. 나는 새도 깃들일 나뭇가지가 있고 토끼도 찾아들 굴이 있는데 사람인 저야 오죽하겠습니까? 더구나 촉은 비옥하고 풍요로운 땅이니 전들 어찌 촉을 얻고 싶지 않겠습니까? 그러나 유장은 집안의 동생인데 어떻게 함부로 그 땅을 뺏을 수 있겠습니까?"

법정이 알아들으라는 듯 천천히 말했다.

"익주는 하늘이 내린 요새이나 그곳을 다스릴 만한 사람이 아니면 주인이 될 수 없는 땅입니다. 더구나 지금은 북쪽에서 노골적으로 노리고 있으니 더더욱 그러합니다. 유장은 현명한 선비와 인재를 가려 쓸 줄 모르고 마음이 여려 이대로 있으면 촉은 남의 손에 넘어갈 것이 뻔합니다. 이제 그가 스스로 촉을 유황숙께 내놓으려 하는데 마다

하실 필요가 없습니다. '토끼는 먼저 잡는 이가 임자'라는 옛말도 있습니다. 유황숙께서 마음의 결정만 하신다면 저는 목숨을 걸고 황숙을 돕겠습니다."

유비는 두 손을 모아 법정에게 감사의 뜻을 표시하고 말했다.

"시간을 두고 상의해보도록 하겠습니다."

이야기를 끝내자 제갈량은 직접 법정을 관사까지 바래다주고 왔다. 그가 돌아와서 보니 유비가 골똘히 생각에 잠겨 있었다. 방통이 옆에서 보고 있다가 말했다.

"결단을 내려야 할 때 결단을 내리지 못하는 사람은 어리석은 자입니다. 밝으신 안목과 헤아림을 가지신 주공께서 오늘은 왜 이렇게 일을 어렵게 생각하십니까?"

유비는 고개를 들어 방통에게 물었다.

"공은 이 일을 어떻게 생각하십니까?"

방통은 더 생각할 필요도 없다는 듯 명쾌하게 대답했다.

"이미 알고 계시겠지만 형주는 동과 서 그리고 남과 북으로 갈라지는 기점에 자리하고 있습니다. 따라서 역적들이 한시도 가만히 내버려두지 않는 땅이기도 합니다. 지금 동쪽에는 손권이 있고 북에는 조조가 있어 그 세력이 실로 위압적이니 뜻을 이루기에는 험난한 곳입니다. 이에 반해 익주는 인구 100만을 헤아리고 물자도 풍부하니 대업을 도모할 기반이 될 만한 땅입니다. 장송과 법정이 이렇게 주공을 돕겠다고 나선 것은 충분한 이유가 있기 때문이며 하늘이 내려준 기회인데 더 무엇을 망설이겠습니까?"

그러자 유비는 심중에 넣어두고 고민하던 바를 털어놓았다.

"한나라를 생각할 때 가장 두려운 적은 조조입니다. 이미 그는 중원을 석권한 상태이니 누가 쉽게 그와 맞서려 하겠습니까? 그러나 그는 너무 자기 힘만 믿고 백성을 자기 마음대로 좌지우지하려 하고 있습니다. 민심을 얻지 못한 권력은 늘 흔들리게 마련입니다. 그 점에서 조조는 아직 기반을 완전히 잡았다고는 할 수 없습니다. 그래서 저는 조조의 성급함을 보며 너그러움의 덕을 생각하고 그가 포악하게 굴 때 어진 모습을 취하며 그가 속일 때 충직함으로 맞서리라 다짐했습니다. 이번 일로 혹 제가 애써 지키려 했던 큰 의로움을 잃지나 않을지 그것이 두렵습니다."

방통이 웃으며 말했다.

"지금이 태평한 시대라면 주공의 말씀이 천번 만번 지당하십니다. 그러나 지금은 먹고 먹히는 난세입니다. 아무리 좋은 뜻을 가졌더라도 먹혀버리고 나면 그 좋은 뜻을 펼칠 기회조차 완전히 잃고 마는 것입니다. 지금은 변화의 시대이니 상황에 맞춰 대처하는 것이 후회를 없애는 길입니다. 약자를 품어주고 어리석은 자를 치며 거역하는 자를 취하고 따르는 자를 지켜주는 것은 은나라 탕왕湯王이나 주나라 무왕武王이 취하신 도리입니다. 우리가 더 큰 힘으로 유장의 안전을 보장해준다면 신의를 저버릴 일이 뭐가 있겠습니까? 기회가 왔는데도 강 건너 불 구경하듯이 서천을 내버려둔다면 그곳은 어느새 남의 땅이 되어 있을 것입니다. 주공께서는 심사숙고해주십시오."

유비는 뭔가를 깨달았는지 고개를 끄덕이며 말했다.

"소중한 말씀 반드시 기억하겠습니다."

유비는 결심한 듯 제갈량을 불러 서천으로 갈 일을 의논했다. 일을 시작하기 전에 항상 주변 상황을 주도면밀하게 분석하여 대처하는 제갈량은 이번에도 예외가 아니었다.

"형주는 지리적으로 중요하니 군사를 나누어 지키도록 해야 합니다."

"저와 부군사 방통은 황충 · 위연 장군과 함께 서천으로 가겠습니다. 군사께서는 관우와 장비 그리고 조운과 함께 형주를 지켜주십시오."

유비는 가장 믿을 만한 사람들에게 형주를 맡기고 아직 길게 호흡을 맞춰본 적 없는 사람들을 이끌고 서천으로 향하려 했다. 새로운 상황에 도전하기보다는 이미 지키고 있던 곳을 중시하는 유비의 성격이 또 한번 이렇게 표출되었다. 어쨌거나 제갈량은 유비의 제의에 이견 없이 따랐다.

제갈량은 형주를 지킬 방안을 입체적으로 구사하여 각자에게 임무를 맡겼다. 먼저 자신은 형주 전체를 지켜내는 총책임을 맡고 관우는 양양의 방어기지를 철통같이 지키면서 청니靑泥의 좁은 길목을 막게 했다. 그리고 장비에게는 새로 취한 사군을 맡겨 강변을 철저히 수색하며 적이 뭍으로 한 발짝도 나오지 못하도록 하라고 영을 내렸다. 또한 조운은 강릉에 진을 치고 공안을 지키도록 했다.

유비도 서천으로 갈 준비를 마쳤다. 황충을 선봉에 세우고 위연에게는 후군을 맡겼다. 또한 자신은 유봉 · 관평과 함께 중군에 있으면서 방통에게는 군사로서의 책임을 지고 3군을 총감독하게 했다. 진용을 갖추고 보니 이들의 군사는 기병과 보병 모두 합쳐 5만이 되었다.

유비가 대군을 이끌고 서천으로 향하려 할 즈음, 요화가 한 떼의 군사를 이끌고 투항해 왔다. 유비는 요화가 예전에 관우와 맺은 의리로 찾아왔음을 알고 이들을 관우에게 보내 함께 적을 막도록 했다.

겨울로 접어들어 날씨가 제법 차가워진 11월, 유비는 마침내 서천

공략에 나섰다. 이들이 떠난 지 얼마 되지 않아 맹달이 군사 5천을 이끌고 유비를 맞이하러 나왔다.

"군사를 이끌고 나가 유황숙을 호위하여 모셔오라는 저희 주공의 분부를 받들고 왔습니다."

맹달의 말에 유비는 고마움을 표시하고 따로 사람을 보내 유장에게도 감사의 뜻을 전했다. 유장은 유비 일행이 지나게 될 모든 주군에 명해 유비의 군사가 당도하면 그들이 먹을 양식과 필요한 물품을 아끼지 말고 공급하라고 일렀다. 유비가 익주성 가까이에 이르렀다는 소식을 듣자 유장은 직접 그를 맞이하기 위해 수레를 준비하고 갑옷을 갖춰입었다. 또한 군사들에게는 형형색색의 깃발을 들게 해 모든 정성을 표시하려 했다. 유장이 준비를 끝내고 유비를 마중하러 나서자 주부 황권이 이를 적극 말렸다.

"주공, 나가지 마십시오. 가시면 반드시 유비에게 해를 당할 것입니다. 오랫동안 주공께서 내리신 녹을 먹고 산 자가 은혜에 보답코저 드리는 말씀이니 재삼 생각하시어 움직이십시오."

유장은 화난 얼굴로 황권을 꾸짖었다.

"이미 결정한 일을 두고 왜 이렇게 어지럽게 구는 것이오!"

황권은 아무런 대항 없이 나라를 남에게 통째로 바치려는 사태를 도저히 용납할 수가 없었다. 그는 울분을 참다못해 머리를 땅바닥에 짓이기며 유장을 만류했다. 황권의 이마에서는 붉은 피가 낭자했다. 그러나 유장은 끝내 황권을 뿌리치고 갈 길을 재촉했다. 유장이 성을 빠져나가려 하는데 또 한 사람이 달려와 유장의 앞을 막고 꿇어앉아 간했다.

"주공께서는 충신 황권의 말을 듣지 않으시고 어찌하여 스스로 죽음의 땅으로 나서려 하십니까?"

그는 건녕建寧의 유원兪元에서 온 이회李恢였다. 유장의 표정에 못마땅함이 역력한데도 이회는 상관하지 않고 할 말을 했다.

"임금께는 사실을 간하는 신하가 있어야 하고 아버지에게는 사실을 간하는 자식이 있어야 나라와 집이 산다는 말이 있습니다. 황권은 일신의 영달을 버린 채 주공을 위해 충언을 드리는 것이니 그의 말을 따르십시오. 유비를 서천에 들이는 것은 배고픈 호랑이를 들이는 것이나 다름없는 일입니다."

유장은 머리끝까지 화가 나 소리쳤다.

"유비가 호랑이라면 장로나 조조는 무엇이냐! 유비는 내 집안의 형님이지만 장로나 조조는 오로지 적일 뿐이다. 그들이 당장 쳐들어온다면 너희들이 막아낼 것이냐? 대책도 없는 소리 그만하고 물러가라!"

유장은 이회 역시 강제로 끌고 나가라고 명했다. 옆에서 이를 지켜보고 있던 장송이 한마디 더 거들었다.

"지금 촉의 벼슬아치들은 자기 일신의 안녕과 처자식들만을 생각할 뿐 주공의 앞날에 대해서는 진심으로 고심하는 자가 없습니다. 또한 무관들 역시 자기의 공만 믿고 교만해져서 충심으로 촉을 생각지 않고 있습니다. 지금 유비를 받아들이지 않는다면 촉은 당장 적들의 난장판이 될 것입니다."

유장은 화를 가라앉히며 말했다.

"공만이 나에게 힘을 주는구려."

황권과 이회가 나서는 바람에 떠날 시간을 놓친 유장은 다음날 다시 행장을 차렸다. 유장이 말에 올라 유교문楡橋門을 막 빠져나가려

하는데 누군가 달려와 급하게 알렸다.

"종사 왕루가 스스로 몸을 묶어 성문 꼭대기에 거꾸로 매달려 있습니다. 한손에는 주공의 행군을 막는 글을 들고 한손에는 칼을 들고서 주공께서 자신의 뜻을 묵과하시면 그 칼로 줄을 잘라 투신할 것이라 합니다."

이 말을 듣고 유장은 왕루가 들고 있는 글을 가져오라고 했다. 군사들이 달려가 그 글을 가져오자 유장이 읽어내려갔다.

익주 종사 왕루는 피눈물을 뿌리며 간청합니다. 예로부터 전하는 말에 몸에 좋은 약은 입에 쓰고 충언은 귀에 거슬리지만 행하는 데에는 도움이 된다고 했습니다. 옛 초나라 회왕은 굴원屈原의 말을 귀담아듣지 않고 무관에서 맹세했다가 진나라로 인해 곤욕을 치른 바 있습니다. 이제 주공께서 숙고하지 않으시고 성도를 떠나 유비를 맞이하러 가셨다가 다시 못 뵙게 될까 두렵습니다. 제 한 목숨 아깝다 여기지 않고 간청드립니다. 주공의 마음을 흐려놓는 장송을 시장거리로 끌어내 목 베어 죽이시고 유비와의 약속도 모두 끊어버리십시오. 그렇게 하셔야 주공의 기업도 흔들림이 없고 촉의 백성들 또한 편안할 것입니다.

왕루의 글은 유장의 화만 돋우는 결과를 낳았다. 유장은 거꾸로 매달려 있는 왕루에게 가 소리쳤다.

"너희들은 도대체 무슨 일로 혈육간의 정을 떼어 원수로 만들려고 하느냐! 이것은 너희들이 나를 우습게 알고 하는 짓거리들이다!"

유장의 말을 들은 왕루는 더 이상 항의 없이 한마디 괴성을 지르고는 들고 있던 칼로 밧줄을 끊어버렸다. 왕루는 사정없이 땅바닥으로

선비로서 최후를 맞이하는 왕루의 마음가짐은 그의 차림새에서도 읽을 수 있다. 목간과 아울러 손에 든 작은 칼[削刀]은 지우개로 쓰였던 까닭에 식자라면 늘 몸에 지니고 다니던 물건이다. 인수(印綬)는 관리의 신분을 나타내며, 옥돌을 꿰어 늘어뜨린 패옥(佩玉)은 행동거지를 조심스럽게 유지하는 데 도움이 되었다.

곤두박질쳐 죽고 말았다.

유장은 이미 굳은 결심을 한지라 조금의 동요도 없이 바로 3만의 인마를 이끌고 부성으로 갔다. 후군은 갖가지 생필품과 식량, 금전을 싣고 뒤를 따랐다. 이때 유비 일행은 이미 숙저塾沮에 도착해 있었다.

그 동안 유비의 군사들은 가는 곳마다 서천의 백성들이 필요한 물품과 양곡을 대줄 뿐 아니라 유비의 명이 워낙 엄해 함부로 백성의 재물을 취할 수 없었다. 군인들이 지나간 자리에는 쌀독이 성하지 않았던 당시의 분위기에 비추어볼 때 유비군의 행군은 백성들의 호감을 사기에 충분했다. 때문에 이들이 지나간다는 소문이 나면 백성들은 어른 아이 할 것 없이 길가로 나와 절을 하고 향을 사르며 환영했다. 유비 역시 이들에게 따뜻한 답례를 보냈다. 한편 유비를 따르던 법정이 방통을 살짝 불러 말했다.

"장송이 보낸 밀서가 왔습니다. 유장이 유황숙을 맞이하기 위해 부성으로 오고 있다고 합니다. 장송의 말로는 부성에서 유장을 만나면 바로 처치하는 것이 좋을 것이라고 했습니다. 저도 그렇게 생각합니다."

방통이 잠시 생각하는 듯하더니 법정에게 당부했다.

"이 일은 아무에게도 말해서는 안 됩니다. 부성에서 어떻게 할 것인지는 두 분이 만나는 모습을 보아가며 정하도록 합시다. 혹 중간에 누설되면 안 되니 부성에 도착할 때까지는 잊어버리고 계세요."

법정이 잘 알겠다며 고개를 끄덕였다. 부성은 서천의 도읍에서 무려 360리나 떨어진 곳이었다. 그러나 유장은 이미 부성에 도착해 유비를 기다리고 있다가 그들이 왔다는 소식을 듣고 사람을 보내 깍듯이 맞아들이게 했다.

유비는 부강涪江에 군사들을 주둔시키고 성안으로 들어가 유장을 만났다. 친족간인데다 유비가 형님뻘이었으므로 유장은 손아랫사람의 예의를 갖추어 유비를 맞이했다. 유비 역시 오랜 집안 동생을 만난 듯 친근함을 가득 담아 유장을 대했다. 여기까지 오는 동안 극한 반대에 부딪혀 마음 고생이 심했던 유장은 마치 친형을 만난 듯 유비에게 자신의 어려움을 하소연했다. 이어 유장은 유비 일행을 위한 연회를 열어 이들을 대접했다. 접대가 끝난 후 유장이 자신의 거처로 돌아와 여러 관원들을 불러놓고 말했다.

"황권과 왕루 같은 무리들이 어리석었던 것 아닌가? 내가 오늘 직접 유황숙을 만나고 보니 실로 인자하고 의로운 분이었다. 그는 분명 우리를 도와줄 것이니 이제 장로가 쳐들어오고 조조가 날뛴다 해도 걱정할 것이 없다. 이것이 모두 장송의 공이다. 그가 아니었다면 어찌 이런 일을 성사시킬 수 있었겠는가?"

유장은 그 자리에서 자기가 입고 있던 연두색 도포를 벗어 황금 500냥과 함께 장송에게 내리도록 했다. 유장은 이처럼 들떠 있다시피 했으나 좌우 문무관료들은 내심 불안감을 지울 수가 없었다. 유괴劉瑰·영포冷苞·장임張任·등현鄧賢 등이 한마음으로 유장에게 경계심을 북돋우려 애썼다.

"주공께서는 너무 마음놓지 마십시오. 유비는 겉모습만 봐서는 속을 판단할 수 없는 인물입니다. 늘 그것을 염두에 두셔야 합니다."

유장이 오히려 이들을 달래듯 웃으며 말했다.

"의심부터 품고 일을 시작하면 잘될 일도 망치는 경우가 많습니다. 나는 어느 모로 보나 유비 형님이라면 믿을 수 있다는 생각이 들었어요. 그분은 두 마음을 품을 분이 아닙니다."

관원들은 더 이상 할 말을 잃은 채 탄식하며 밖으로 나왔다.

한편 유비도 진중으로 돌아와 여독을 풀며 쉬고 있는데 방통이 들어와 물었다.

"주공께서는 오늘 연회장에서 유장을 보니 어떤 마음이 드셨습니까?"

"유장은 참으로 성실하며 너그러운 사람이었어요."

유비가 조금도 거리낌없이 대답하자 방통은 목소리를 낮추고 설명했다.

"유장은 의심할 만한 인물이 아닐지 모르지만 그와 함께 한 신하들 중 유괴 · 장임 등의 표정은 절대 밝지 않았습니다. 이곳에서의 일을 장담할 수가 없습니다. 제 생각에는 내일 우리 쪽에서 답례의 뜻으로 잔치를 열어 유장을 청하되 그가 오기 전에 도부수 100여 명을 미리 숨겨두었다가 주공께서 술잔을 던지는 것을 신호로 그를 없애버린 후 성도로 쳐들어가면 군사적 손실 없이 촉을 차지할 수 있을 것 같습니다."

유비는 다소 놀라는 표정을 지으며 고개를 저었다.

"누차 말했지만 유장은 집안 동생입니다. 거기다 오늘 저를 대하는 것을 보니 진심을 다하고 있었어요. 또한 내가 촉에 발을 들여놓은 지 얼마나 되었다고 벌써 피를 부른단 말입니까? 그것은 하늘이 노할 일입니다. 하물며 이곳 백성들이야 말할 것도 없지요. 그 일로 설혹 내가 패자霸者가 된다 해도 공의 생각에는 따를 수 없습니다."

"방금 제가 말씀드린 것은 사실 제 생각이 아니라 법정이 장송의 밀서를 받았는데 기회가 닿는 대로 일을 빨리 처리하라고 하여 법정과 제가 모의를 한 것입니다. 한 번은 겪어야 할 일입니다. 매도 일찍

맞는 것이 낫다고 하지 않습니까?"

방통이 이 일로 유비를 찾은 것을 알고 있던 법정이 밖에서 듣고 있다가 안으로 들어와 말했다.

"이번 일은 누구 한 사람만을 위해 꾸민 것이 아닙니다. 유장은 난세를 헤쳐나갈 지도자로서의 자질이 없는 사람입니다. 하늘의 뜻이니 마다하지 마시고 따라주십시오."

법정의 말에 일리가 있어 보였으나 유비는 전혀 동조하려 들지 않았다.

"유장은 내 종친입니다. 어떻게 내가 그를 죽이고 그의 땅을 빼앗겠습니까? 나는 그렇게 할 수 없습니다."

법정이 다시 간곡한 목소리로 유비에게 간했다.

"유황숙께서 그렇게 하시지 않아도 유장의 목숨은 오래 유지되기 어렵습니다. 황숙께서 가만히 계시는 동안 북의 장로가 이곳으로 내려와 자기 어미를 죽인 원수의 목을 베려 들 것입니다. 유장은 절대 장로를 막아낼 힘이 없습니다. 유황숙께서는 무엇 때문에 대군을 이끌고 그 먼 길을 오셨습니까? 먼저 공격을 하면 성공할 것이지만 물러서 있으면 아무 것도 얻지 못하게 될 것입니다. 마음을 정하지 못하고 시간을 헛되게 보낸다면 한 번 오기 힘든 기회를 놓치게 되며 만일 그 동안에 이 일이 밖으로 새어나가기라도 하면 오히려 역으로 유황숙께서 유장에게 화를 입을 수도 있습니다. 부디 하늘이 준 기회를 놓치지 마시고 빨리 일을 도모하여 기업을 세우시는 것이 현명한 일인 줄 압니다."

방통도 옆에서 누차 권고했다. 그러나 유비는 시종일관 이를 거절했다.

"내가 촉으로 들어와 백성들을 향해 덕을 베풀지도, 신의를 쌓지도 못한 마당에 그럴 수는 없습니다. 두 분은 그만 물러가세요."

방통과 법정은 끝내 유비를 설득하지 못하고 그의 처소를 물러나왔다.

다음날 유비는 유장을 불러 연회를 베풀었다. 이들은 이제 겨우 두 번을 만났을 뿐인데도 마치 오랫동안 만나온 사이처럼 분위기가 자연스러웠다. 거기다 술까지 거나하게 취하자 둘은 각자의 고충을 털어놓으며 서로를 위로하기도 했다. 이를 옆에서 지켜보고 있던 방통과 법정은 속이 타서 몰래 연회장을 빠져나와 머리를 맞대고 의논했다.

"주공이 저렇게 나오니 일단 일을 저지른 다음 주공의 이해를 구하는 것이 나을 것 같습니다."

이 같은 방통의 말에 법정도 찬성했다. 방통은 위연을 슬쩍 불러 사주를 내렸다.

"공은 조금 후에 당상으로 올라가 칼춤을 추다가 기회를 봐서 유장의 목을 베어버리세요. 그 뒤는 우리가 책임을 지겠소."

위연은 방통이 하는 말을 바로 알아듣고 당상으로 올라가 유비와 유장을 보며 말했다.

"연회장에 흥을 돋울 만한 것이 없으니 제가 칼춤이나 한 번 추어 분위기를 띄워보겠습니다."

그 동안 방통은 별 소란 없이 무사들을 당 아래에 대기시켰다. 유비는 연회장에서의 검무는 흔히 있는 일이므로 위연의 칼춤을 응낙했고 유장도 신이 나서 어서 춤을 추라며 부추겼다. 사람 좋은 유장과 달리 그의 참모들은 유비 일행의 이 행동을 주시하고 있었다. 위연이 당상으로 올라 칼을 뽑아 막 춤을 추려 하자 촉의 종사 장임이 당 위로 올라오며 칼을 들고 말했다.

"칼춤은 상대가 있어야 제 맛이 납니다. 제가 위장군의 상대가 되어 춤을 춰보겠습니다."

위연은 어쩔 수 없이 장임을 마주하고 춤을 추었다. 그러다 보니 그는 좀처럼 유장에게 다가설 수가 없었다. 위연은 유봉에게 눈짓을 보내 당상으로 오르게 했다. 유봉이 나서자 유장 휘하에서도 유괴·영포·등현 등이 칼을 들고 나오며 말했다.

"저희들도 군무로 흥을 돋우겠습니다."

그러자 유비가 자리에서 벌떡 일어나며 고함을 질렀다.

"모두들 그만 내려가세요. 여기가 무슨 홍문연鴻門宴(항우의 부하가 유방을 죽이기 위해 벌였던 연회)이라도 되는 줄 아시오? 우리 형제가 스스럼없이 술을 마시며 즐기고 있는데 칼춤은 무슨 칼춤이오? 모두 칼을 내리시오. 칼을 들고 있는 자는 선 채로 목을 벨 것이오."

유비가 단호하게 나오자 유장도 일어나 이들을 꾸짖었다.

"형님의 말이 맞습니다. 공들은 어서 아래로 내려가시오!"

당상에 올랐던 장수들은 모두 칼을 내려놓고 아래로 내려갔다. 유장이 사람을 시켜 놓아둔 칼을 모두 거두게 하자 유비는 잠시 후 칼춤을 추었던 장수들을 다시 불러올려 모두에게 술 한 잔씩을 따라주며 말했다.

"익주목과 나는 피를 나눈 형제나 마찬가지 사이입니다. 우리는 같은 종친으로 어려움이 있으면 서로 의논하고 협력해서 일을 헤쳐나갈 뿐 두 마음이 있을 수 없습니다. 그러니 여러분도 달리 의심하지 마시오."

유비의 말에 모여 있던 장수들이 모두 감명을 받아 절을 했다. 유장은 눈물까지 흘려가며 유비의 손을 감싸쥐고 말했다.

"역시 유황숙은 저의 형님이십니다. 형님의 은혜로운 맹세는 결코 잊지 않겠습니다."

연회장의 분위기가 바뀌고 연회는 밤늦도록 계속되었다. 연회가 파하고 느지막이 처소로 돌아온 유비가 방통을 불렀다.

"공은 왜 나를 불의의 구렁으로 빠뜨리려 한 것입니까? 앞으로 다시는 그런 일이 없도록 하시오."

방통은 아쉬움을 지우지 못한 채 밖으로 나왔다.

한편 유장도 자기 거처로 가자 유괴 등이 찾아와 간했다.

"주공께서는 오늘 낮의 일을 보시지 않으셨습니까? 더 이상 이곳에 머물지 마시고 어서 돌아가 후환을 방비하는 것이 좋을 것 같습니다."

유장이 말했다.

"형님을 의심하지 마세요. 그분은 절대 그럴 분이 아닙니다."

유장의 대답에도 불구하고 장수들은 하나같이 유괴 편을 들었다.

"유비는 그런 마음이 없을지 몰라도 아랫사람들은 서천을 욕심내고 있음이 분명합니다. 그들은 유비를 부추겨서 서천을 빼앗고 그 공으로 부귀영화를 누리려는 작자들입니다."

그러나 유장은 이들의 말을 귀담아들으려 하지 않았다.

"그대들의 말은 형제를 이간질시키기 위해 하는 말로밖에 들리지 않으니 그만 물러가세요."

유장은 이들의 걱정은 아랑곳 않고 매일같이 연회를 열어 유비와의 정을 쌓기에 바빴다. 그러던 어느 날, 장로가 군사를 이끌고 가맹관葭萌關으로 쳐들어오고 있다는 보고가 날아들었다. 예견된 일이었는데도 유장의 놀라움은 컸다. 그는 바로 유비를 청해 부탁했다.

"장로가 결국 싸움을 걸어왔습니다. 형님께서 나가 막아주신다면 이보다 더 큰 고마움이 없겠습니다."

유비는 쾌히 승낙하고 군사를 거느리고 가맹관으로 진군했다. 이때 유장의 장수들이 다시 모여 그에게 권고했다.

"유비는 남의 땅 사람입니다. 그를 전적으로 믿을 수는 없는 일이니 미리 방비를 해야 합니다."

마음이 여물지 못한 유장은 유비가 떠난 사이에 신하들이 거듭 권하자 하는 수 없이 그 말을 받아들이고 백수도독白水都督 양회楊懷와 고패高沛를 남겨 부수관涪水關을 지키게 하고 자신은 성도로 돌아갔다.

유비는 가맹관에 도착하자 먼저 군율을 엄하게 해서 자기 군사들이 양민에게 해를 끼치는 일이 없도록 철저히 단속할 뿐 아니라 사람들이 동원돼야 할 일이 있으면 군인들을 보내 일을 돕도록 했다. 날이 갈수록 이 지역 사람들은 유비를 더욱 신뢰하게 되었다.

구석의 위를 받은 조조

유비가 서천으로 들어가 가맹관에 머물고 있다는 사실은 곧 손권에게도 전해졌다. 손권은 문무백관을 불러 이 문제를 상의했다. 고옹이 나와 말했다.

"유비가 대군을 이끌고 험난한 촉의 땅으로 갔으니 무슨 일이 있어도 쉽게 돌아오지는 못할 것입니다. 일부의 군사를 서천으로 향하는 길목으로 보내 길을 끊어버리게 하고 동오의 전 군사를 일으켜 양양과 형주를 공략하십시오. 우리에게 주어진 절호의 기회이니 서두르셔야 할 것입니다."

"제 생각도 바로 그것입니다."

손권이 기세가 올라 화답하는데 누군가 문득 병풍 뒤에서 나타나더니 큰 소리로 꾸짖었다.

"유비는 단 하나뿐인 내 사위다. 이번에 군사를 일으켜 형주로 쳐들어간다면 내 딸의 목숨도 보장받을 수 없을 것이다. 당장 그 계책을 철회하라!"

모두들 놀라 바라보니 그는 바로 태부인이었다. 태부인은 손권을 향해 꾸짖었다.

"너는 아버지와 형의 기업을 물려받아 강동의 81주를 거느리고 앉았다. 그런데 무엇이 모자라 그 작은 땅덩어리 하나 취하지 못해 육친마저 해치려 혈안이 되었느냐?"

손권은 할 말을 찾지 못하고 어머니 태부인을 진정시켰다.

"어머니, 제가 생각이 모자랐습니다. 어머니 말씀에 따르겠습니다."

그는 이렇게 말하더니 관료들을 모두 나무라며 돌려보냈다. 그제야 태부인도 바깥으로 발길을 돌렸다. 그러면서도 손권이 들으라는 듯 큰 한숨을 내뱉었다. 혼자 남은 손권은 가슴이 답답했다.

'이 기회를 놓치면 언제 형주를 손에 넣는단 말인가!'

그가 수심이 가득한 얼굴로 앉아 있는데 장소가 들어왔다.

"주공, 무슨 걱정이 있으십니까?

"오늘 회의를 하다 그만둔 일을 생각하니 답답해서 그럽니다."

장소가 미리 생각한 바가 있는 듯 주저 없이 말했다.

"너무 마음 쓰실 것 없습니다. 간단한 방법이 있습니다."

손권이 귀가 번쩍 뜨여 물었다.

"그게 무엇입니까?"

"심복 한 사람을 뽑아 군사 500을 이끌고 몰래 형주에 잠입해 아무도 모르게 손부인에게 주공의 편지를 전하게 하십시오. 태부인이 위독하셔서 따님을 찾고 있다고 하면 손부인은 분명 저희 군사를 따라

나설 것이니 밤을 이용해 이곳으로 모셔오면 됩니다. 더 좋은 방법은 유비의 외아들 아두도 데려오는 것입니다. 유비가 형주를 지키기 위해 아들을 버리지는 않을 것입니다. 혹 그렇게 한다 하더라도 이미 손부인이 동오에 와 있는 상태이니 우리가 군사를 몰고 간들 무엇이 거리끼겠습니까?"

손권의 얼굴이 밝아지며 장소에게 말했다.

"공께서는 잘 모르겠지만, 내게 주선周善이라는 심복이 있어요. 어려서부터 담력이 크고 유난히 손과 발이 빠릅니다. 오래전부터 형님을 따르고 좋아해서 집안에 스스럼없이 드나들곤 했으니 믿을 수 있는 사람입니다. 그를 보내는 것이 좋겠습니다."

장소가 고개를 끄덕이더니 말했다.

"이 일은 극비이니 절대 새어나가지 않도록 조심해야 합니다. 그리고 최대한 빨리 일을 진행하십시오."

손권은 당장 주선을 불러들여 영을 내렸다.

"그대에게 군사 500을 줄 테니 몰래 형주를 다녀오도록 하라. 모두들 장사꾼으로 변장하여 배 5척에 나눠 타고 가되 배 안의 은밀한 곳에 무기를 충분히 숨기도록 하라. 형주에 들어가면 아무도 모르게 내 누이동생을 만나 내가 써준 편지를 전하고 동생을 데리고 이곳으로 돌아와야 한다. 이 일은 절대 비밀리에 이루어져야 한다는 것을 명심하라."

주선은 형주를 향해 배를 몰았다. 형주에 도착한 그는 거느리고 온 군사들을 강변에 머물게 하고 혼자 성으로 갔다. 성문 앞에 이른 주선이 손부인을 뵙기 위해 강동 친정에서 온 사람이라고 관리에게 말하자 관리는 안으로 연락을 취하더니 잠시 후 그를 손부인이 있는 곳으로 들어가게 했다. 손부인을 만난 주선은 손권이 써준 편지를 전했다. 손부인은 모친인 태부인이 위독하다는 글을 읽고 눈물을 흘리며 물었다.

"어머님의 병환이 그토록 위중하다는 말입니까?"

주선이 기다렸다는 듯 대답했다.

"예, 태부인께서는 병이 무거워지면서 조석朝夕으로 부인만을 찾고 계십니다. 제가 이렇게 급히 온 것은 더 늦어졌다가 혹 부인께서 태부인을 뵙지 못하게 될까 우려해서입니다. 또한 태부인께서는 살아생전에 외손자를 꼭 한번 보고 싶다며 아두를 데리고 왔으면 하셨습니다."

"하지만 지금 황숙께서 원병을 이끌고 멀리 나가 계십니다. 내가 움직이려면 먼저 군사인 공명에게 알려야 해요."

주선은 속으로 당황해서 말을 둘러댔다.

"그러셨다가 만일 군사께서 '일단 황숙께 알려 답을 얻은 뒤에 배를 내주겠다' 고 하면 너무 늦어질 텐데 그땐 어쩌실 생각입니까?"

"그렇다고 알리지 않고 가면 분명 중간에 저지당할 것이오."

"강가에 제가 거느리고 온 배가 있으니 걱정 마시고 빨리 수레에 올라 태부인께로 가시지요."

무엇보다 어머니가 위독하다는 말에 손부인은 마음이 급해져 일곱 살 난 아두를 데리고 수레에 올라 강변으로 나갔다. 수레 뒤에는 주선을 포함한 30여 명의 군사들이 따르며 손부인과 아두를 호위했다. 아무런 저지 없이 형주성을 빠져나온 일행은 속도를 내어 강가로 향했다.

부중에서 이 일을 알았을 때는 손부인 일행이 이미 사두진沙頭鎭에 이르러 배에 오른 뒤였다. 한시 바삐 형주를 벗어나기 위해 주선은 최대의 속력으로 배를 저으라고 명했다. 그러나 배가 속도를 내려는 찰나 멀리 강 언덕에서 조운이 소리치며 달려왔다. 주선이 손부인을 만나고 있던 시간에 순찰을 돌기 위해 강가로 나가 있던 조운은 그들이 성을 빠져나간 후에야 이 사실을 알고 급히 손부인 일행을 뒤쫓았던 것이다.

"잠시 배를 멈추어라! 부인께 드릴 말씀이 있다."

주선은 창을 들고 뱃전에 서서 소리쳤다.

"네놈은 누구인데 주모主母께서 타신 배를 막으려 하느냐?"

주선은 손부인이 타고 있는 배를 떠나도록 재촉하고 배 안에 실려 있던 무기들을 꺼내어 군사들에게 나누어주었다. 그는 유사시에는 적을 맞아 싸울 것이며 손부인을 호위하는 데 만전을 기하라고 지시했다.

조운은 물살을 타고 속력을 내기 시작한 배를 따라가며 소리쳤다.

"부인께서 가시는 것은 말리지 않겠습니다. 단 한 말씀만 듣고 가십시오!"

그가 외치는 소리를 들었는지 못 들었는지 손부인과 아두가 탄 배는 강 한가운데로 미끄러져갔다. 조운이 애가 탄 듯 말에서 내리더니 강변에 아무렇게나 매어둔 고깃배 한 척을 집어타고 손부인이 탄 배를 뒤쫓았다.

작은 배들 위에는 강동의 군사들이 줄지어 서서 화살을 겨누고 있었다. 그 배들의 호위를 받은 큰 배에는 손부인과 아두가 몸을 숨긴 채 타고 있었다. 주선은 따라오는 조운을 보더니 일제히 화살을 쏘라고 명령했다. 강을 가로질러 날아간 화살은 조운이 탄 배에 이르기 전에 그가 휘두르는 창에 맞아 물 위로 힘없이 떨어져내렸다. 창을 쓰는 조운의 솜씨는 실로 신기에 가까웠다.

차츰 동오의 배와 조운의 배의 거리가 가까워졌다. 동오의 군사들은 긴 창으로 다가오는 조운을 사정없이 찌르려 했다. 그 순간 조운은 창을 던지고 청강검靑釭劍을 빼들었다. 이 칼은 천하의 명검으로 조조가 아끼던 칼이기도 했다. 그는 청강검을 휘둘러 동오군을 헤치며 뱃전으로 접근하더니 어느새 몸을 날려 손부인이 타고 있던 배에 올랐다. 동오의 군사들은 너나 할 것 없이 놀라 두려워하며 감히 앞으로 나서지 못했다. 조운을 본 손부인이 아두를 품에 안고 꾸짖었다.

"왜 이렇게 무례한 것입니까?"

조운이 햇빛을 받아 번쩍이는 청강검을 자루에 꽂으며 말했다.

"주모님께서는 공자까지 모시고 어디를 가시기에 한마디 기별도 없이 떠나시는 것입니까?"

"친정 어머님이 위독하셔서 오늘 내일 하신답니다. 경황이 없어 미처 알리지도 못하고 달려가는 길이오."

"그러면 공자님은 왜 데리고 가시는 겁니까?"

조운의 다그치는 듯한 말에 발끈한 손부인이 당찬 목소리로 대답했다.

"아두는 아직 어린 내 아들이오. 형주에 혼자 두고 가면 돌볼 사람이 없어요."

"그건 주모님이 잘못 생각하신 겁니다. 공자님은 주공의 단 하나뿐인 혈족입니다. 제가 당양의 장판교에서 조조의 수십만 대군을 헤치고 공자님을 구출한 것도 그 때문입니다. 그런데 지금 주모님께서는 비밀리에 남의 땅으로 공자를 데리고 가려 하시니 어찌 제가 가만있을 수 있겠습니까?"

이 말을 듣고 손부인이 발끈해 조운을 꾸짖었다.

"그대는 한낱 장하帳下의 무사일 뿐인데 어째서 남의 집안일에까지 참견하려 드는 것이오?"

손부인의 꾸지람에도 아랑곳없었다. 조운이 다시 힘주어 말했다.

"부인께서 가시는 것은 말리지 않겠습니다. 그러나 공자님은 남겨두고 가십시오."

손부인과 조운이 날카롭게 맞섰다. 손부인의 입장에서는 마지막으로 보게 될지도 모를 어머니에게 손자를 안기고픈 마음이 있었다. 반면, 정치적인 문제로 아두가 곤경에 처할지도 모른다고 생각하는 조운의 입장에서는 아두의 강동행은 반드시 막아야 하는 일이었다. 자기를 무시하는 듯한 조운의 행동에 화가 난 손부인이 다시 소리쳤다.

"그대는 무력을 행사해 내가 탄 배에 함부로 올라탔으니, 모반이라도 할 생각이 있는 것 아니오!"

조운은 이 말에도 꿈쩍 않고 아두를 두고 갈 것을 고집했다.

"부인께서 어떤 말을 하셔도 상관없습니다. 설사 저를 죽여 없앤다 해도 공자님만은 못 데리고 가십니다."

조운이 아두를 빼앗으려는 듯 앞으로 다가서자 손부인이 시비들에게 소리쳤다.

"뭣들 하느냐? 아기씨를 보호하지 않고!"

그러자 따라온 몇몇의 시비들이 손부인과 아두를 에워쌌다. 이들도 무장은 하고 있었으나 조운을 당해낼 엄두조차 못 냈다. 조운은 거센 기세로 손부인에게 다가가 아두를 빼앗아 품에 안고 뱃전에 섰다. 그러나 아두를 데리고 어느 곳으로도 이동하는 것이 불가능해 그는 이러지도 저러지도 못했다. 사방은 온통 푸른 강물에 둘러싸여 자칫하다가는 손부인과 아두에게 불상사라도 일어날 판이었다. 조운이 멈칫거리자 손부인이 목청을 높여 호령했다.

"뭣들 하느냐! 아두를 빨리 뺏어오지 않고!"

조운은 한손으로는 아두를 끌어안고 다른 한손으로는 청강검을 들어 달려드는 시비들을 위협했다. 그의 기세가 워낙 강해 시비들도 함부로 달려들지 못했다. 이렇게 손부인과 조운이 옥신각신하는 동안 주선은 배 뒷전에서 키를 잡고 강동으로 계속 배를 몰았다. 조운은 속이 탔으나 어쩔 도리가 없었다. 배가 하류로 치닫고 있는데 멀리서 10여 척의 배가 북소리와 함께 형형색색의 깃발을 나부끼며 다가오는 것이 보였다. 조운은 자기도 모르게 탄식소리가 터져나왔다.

"동오의 계책에 완전히 넘어갔구나."

그런데 가까이 다가온 배를 보자 조운의 눈이 번쩍 뜨였다. 놀랍게도 그 배에는 장비가 타고 있었던 것이다. 뱃머리가 부딪칠 정도로 가까워지자 장비는 손부인이 들으라는 듯 큰 소리로 말했다.

"형수님께서는 조카를 두고 가세요!"

장비 역시 순시를 하다 손부인이 아두를 데리고 형주를 빠져나갔다는 보고를 받고 동오의 배를 막기 위해 유강 어귀로 달려와 배를 타고 이곳으로 온 것이었다. 장비는 고함을 그치기도 전에 풀쩍 뛰어 동오의 배에 올라탔다. 그러자 주선이 더 이상 운항을 포기하고 칼을 뽑아 장비에게 대들었다. 손과 발이 빠른 주선이었지만 천하의 용장 장비에게는 한주먹거리도 되지 않았다. 장비가 휘두른 칼에 주선의 목이 날아가 손부인 앞에 떨어졌다. 기가 센 손부인이었으나 그 모습 앞에서는 질리지 않을 수 없었다. 그러나 그녀는 마음을 다잡고 큰 소리로 장비를 꾸짖었다.

"아주버님은 또 왜 이렇게 무례하십니까?"

그러자 장비도 지지 않고 손부인을 나무랐다.

"형수님께서는 형님이나 군사께 일언반구도 없이 동오의 배에 오르셨습니다. 우리 일의 중함을 생각지 않으시는 형수님의 행동은 무례가 아니란 말입니까?"

장비가 따지고 들자 손부인은 서러운 듯 울먹이며 외쳤다.

"동오의 어머님이 중환으로 위급하시다기에 알리고 갈 여유가 없어 배에 오른 것뿐입니다. 그래도 못 가시게 막는다면 나는 물에 빠져 죽을 수밖에 없습니다."

손부인을 물에 빠져 죽게 할 수는 없었으므로 장비와 조운은 그 자리에서 의논해 아두는 남겨두고 손부인만 친정에 다녀오라고 권유했다.

"저희 형님은 한나라 황숙입니다. 우리가 어찌 감히 형수님을 욕뵐 수 있겠습니까? 공자 아두는 황숙의 유일한 혈육으로 여느 집안의 자손과는 다르니 아두는 저희들에게 맡기고 다녀오도록 하십시오. 그리고 형님의 은의를 생각하셔서 최대한 빨리 돌아오시기를 바랍니다."

장비는 이렇게 말하고 아두를 데리고 자기가 타고 온 배로 옮겨 탔다. 손부인은 동오에서 온 배에 그대로 타고 친정으로 향했다. 장비와 조운은 아두를 찾은 공을 서로에게 돌리며 기쁜 마음으로 배를 돌려 형주로 노를 저었다. 그런데 이들이 뱃길로 채 몇 리를 가기도 전에 수십 척의 배와 마주쳤는데 바로 제갈량이 아두를 구하기 위해 끌고 온 배였다. 제갈량은 아두가 장비와 조운의 품에서 무사한 것을 보고 기쁘고 감사한 마음에 장비와 조운의 노고를 치하했다. 형주성으로 돌아온 제갈량은 이 일을 상세하게 적어 가맹관의 유비에게 보냈다.

한편 동오에 도착한 손부인은 그 일들을 오라버니 손권에게 낱낱이 이야기했다. 손권은 일이 뜻대로 되지 않은 것을 알고 분에 겨워 소리쳤다.

"내 누이를 그토록 곤경에 몰아넣어 무시하고 내가 아끼던 주선까지 참혹하게 죽였으니 이제 더 이상 저들을 친척이라고 할 수도 없다. 내가 반드시 주선의 원수를 갚고야 말겠다."

손권은 문무관료들을 모아 당장 형주로 쳐들어갈 것을 논의했다. 그런데 뜻밖의 보고가 날아들었다.

"조조가 또다시 40만 대군을 일으켜 적벽전의 원수를 갚기 위해 강남으로 쳐들어오고 있다 합니다."

몹시 놀란 손권은 일단 형주 공격은 뒤로 미루고 조조를 막을 대책 마련에 들어갔다. 그가 다시 긴급 회의를 소집하여 신료들과 마주앉았는데 또다시 보고가 들어왔다.

"병으로 사직하고 쉬고 있던 장굉이 돌아가시면서 주공께 유서를 남기셨습니다."

손권은 장굉이 남겼다는 글을 읽어보았다. 노신하가 쓴 글에는 충정의 마음이 구구절절 배어 있었다. 그 중에서도 도읍을 옮기라는 내용이 손권의 마음을 붙들었다.

> 말릉의 산천은 제왕의 기상이 살아 있는 곳이니 하루빨리 그곳으로 도읍을 옮기시어 세세만년 이어갈 기업의 반석으로 삼으십시오.

중간 중간에 필체가 흔들린 것으로 봐서 장굉은 죽기 전에 온 힘을 다해 글을 남긴 것이 분명했다. 손권은 편지를 든 손을 모아쥐며 통곡했다. 얼마 후 울음을 멈춘 손권이 관료들을 향해 말했다.

"장굉이 말릉으로 도읍을 옮기라는 유언을 남기셨습니다. 죽음을 앞두고 남긴 말인데 내가 어찌 따르지 않을 수 있겠습니까?"

손권은 이 일에 대해 오래전부터 생각해온 듯 바로 실행에 옮겼다. 그는 말릉의 이름을 건업建業으로 고치게 하고, 단단한 돌로 성을 굳게 쌓으라고 지시했다. 이때 여몽이 또 한 가지를 권했다.

"조조군이 쳐들어올 것에 대비해 유수濡須 강 어귀에 둑을 높이 쌓아 방비하는 것이 좋을 줄 압니다."

여몽의 의견에 다른 장수들은 하나같이 반대하고 나섰다.

"어차피 이곳에서의 싸움은 수전입니다. 강 어귀에서 싸우고 배에 올라 퇴군하면 될 텐데 굳이 성을 쌓을 필요가 있겠습니까?"

"전쟁은 항상 변수가 있게 마련입니다. 생각한 대로만 싸울 수 있다면 얼마나 좋겠습니까? 더구나 늘 전략을 세워 싸우는 조조를 상대하려면 의외의 상황에 대비하는 것이 안전합니다. 불현듯 나타난 조조군을 맞아 보병 · 기병 할 것 없이 나가 어우러져 싸우다보면 배로 퇴군한다는 것이 그리 쉽지는 않을 것입니다."

여몽의 말을 주시해서 듣고 있던 손권이 입을 뗐다.

"사람이 앞을 내다보지 못하면 머지않아 낭패를 당한다고 했어요. 여몽은 일어날 수 있는 앞일을 미리 대비하자는 것이니 그의 말을 따르는 것이 좋겠소."

손권은 수만 명의 군사를 유수 강변으로 보내 강 어귀에 보루를 쌓게 했다.

한편 허도의 조조는 그 위세가 하늘을 찌를 듯해 천하가 마치 그를 위해 있는 것 같았다. 권력이 커지면 그것에 의지해 살려는 자들이 늘어난다고 했던가. 조조 주변에도 그런 자들이 우후죽순처럼 생겨났다. 관서를 제압하고 다시 군사를 정비하여 강남 정벌 길에 오르려는 조조에게 장사長史 동소董昭가 나서서 말했다.

"예로부터 지금까지 살펴봐도 승상과 같이 공이 높은 신하는 찾아볼 수가 없습니다. 만일 주공과 여망이 되살아난다 해도 승상의 공을 따를 수는 없을 것입니다. 역도들을 소탕하시기 30여 년, 그 동안 겪으신 풍우로 백성들은 이제 편안한 삶을 누리게 되었습니다. 그러니 승상은 재상의 자리를 넘어 위공魏公의 반열에 오르시고 구석九錫(공이 큰 제후에게 내리는 특전)을 더해 받아 그 공을 세상에 널리 알리는 것이 마땅하리라 사료됩니다."

동소가 권한 구석은 다음과 같은 특전이었다. 첫째, 타고 다니는 수레와 말에 있어 다른 관료들과는 현격한 차이를 둔다. 봉황으로 조각한 큰 수레를 검은 말 두 필과 황색 말 여덟 필이 끄는데 그 위용은 천자가 행차할 때의 위용에 버금가는 것이었다. 둘째, 의복은 왕의 예복에다 면류관을 쓰고 붉은색 신을 신는다. 이것은 곧 제왕의 차림새로 의복으로 권위를 보여주는 것이다. 셋째는 악현으로 당에 오르내릴 때 아름다운 소리를 내어 사람들의 존경심을 일깨우기 위해 예복에 옥구슬을 매다는 것이다. 넷째는 주호朱戶로 거처하는 집에 차별을 두는 것인데 대문과 집안의 나무기둥에 붉은 칠을 한다. 다섯째는 납폐納陛로 이것은 천자 앞에서 지켜야 할 행동의 규약을 면제받아 신을 신고 천자가 거처하는 궁중의 댓돌을 오르내릴 수 있을 뿐 아니라 칼을 차고 전상에 나아갈 수도 있다. 여섯째는 호분虎賁으로 개인의 호위를 위한 목적으로 궁중의 군사 300명을 뽑아 쓸 수 있다. 일곱째는 부월鈇鉞로 왕의 의장에 쓰는 무기를 말하는데 이것은 사사로이 사람을 죽여도 죄를 묻지 않는 특전이다. 여덟째는 궁시弓矢로 붉은 활과 붉은 살, 검은 활과 검은 살로 장식을 하는 것이다. 아홉째는 거창규찬秬鬯圭瓚의 특전으로 제사 때 신에게 올리는 향기로운 술을 쓸 수 있고 또한 종묘제례에서 쓰이는 옥으로 만든 제기를 사용할 수 있다.

자신의 위세가 더 높아질수록 한 황실 천자의 존재는 안중에도 두지 않았던 조조는 동소가 위공이니 구석이니 하는 말을 나열하며 자신을 한껏 추켜세우자 흐뭇한 기분을 감출 수 없었다. 이때 순욱이 찬물을 끼얹는 소리를 하고 나섰다.

"그것은 안 될 말입니다. 승상께서는 청춘에 의병을 일으키시어 지금까지 한 황실을 지키는 데 충성을 다하셨으니 그 마음 변치 마시고 겸손하게 사양하는 미덕을 보이십시오. 군자는 백성을 감싸고 사랑하는 덕을 가져야 하는 것이지 특권으로 백성의 우위에 서려 해서는 안 될 것입니다."

그야말로 순욱은 조조가 대세를 도모하던 처음부터 함께 하며 그를 도와준 모사였다. 그러나 순욱이 조조와 한 운명처럼 행동해오면서 그에게 바랐던 것은 한 황실을 지켜주는 굳건한 바람막이 역할 같은 것이었다. 중원 일대를 완전히 장악하고부터 조조의 권력이 오히려 천자를 능가하자 순욱은 조조에게 한나라의 신하임을 잊지 말라고 충고하는 일이 잦아졌다. 그러다 보니 근래 들어 조조는 순욱이 예전처럼 좋지만은 않았다. 그런데 또다시 순욱이 입바른 소리를 하고 나서자 조조의 얼굴빛이 변했다. 동소가 조조의 눈치를 살피며 다시 말했다.

"한 사람의 의견이 중요한 것이 아닙니다. 여기 모인 여러 사람의 의견을 들어보시지요."

동소가 이견이 있으면 말해보라는 듯 주변을 둘러보았으나 조조의 기세에 눌린 탓인지, 아니면 동소의 의견에 찬성해서인지 아무도 별 말이 없었다.

마침내 동소는 황제에게 상소를 올려 조조를 위공에 올리고 구석을 더하게 했다. 그 모습을 지켜보던 순욱이 탄식하며 돌아섰다.

"끝이 이렇게 될 줄 내가 왜 진작 알지 못했던가!"

순욱의 이 같은 한탄은 조조의 귀에도 들어가 조조의 마음 한구석에 커다란 앙금으로 남았다. 그는 더 이상 순욱이 자기 편에 서서 일하지 않을 것이라 생각했다.

서기 212년 10월.

조조는 드디어 대군을 일으키고 강남으로 내려갈 준비를 마쳤다. 조조는 순욱에게 이번 남정 길에 동참할 것을 권했다. 지금까지 순욱이 직접 전장에 참여한 적은 드물었다. 그는 늘 중앙에 머물면서 전쟁 진행의 전체적인 상황을 살펴 편지로 조조에게 계책을 올리고 또한 물자 공급에 만전을 기해 전쟁을 차질 없이 치를 수 있도록 하는 데 혁혁한 공을 세워왔다. 그런데 이번에는 조조가 직접 전쟁터에 따라나설 것을 은근히 강요하자 순욱은 그 부탁을 거절할 수가 없었다. 그는 마지못해 함께 남정 길에 오르기는 했으나 중간에 병을 핑계로 수춘에 남아버렸다.

순욱은 수춘에 머무르며 조조의 행보를 주의 깊게 살폈지만 전처럼 전쟁에 대한 자신의 의견을 담은 편지는 전혀 보내지 않았다. 그러던 어느 날 조조가 보낸 상자 꾸러미가 전해졌다. 순욱이 꾸러미를 풀어보니 나무상자가 나왔다. 뚜껑은 조조의 친필로 봉인되어 있었다. 그 상자 안에는 빈 그릇 하나가 들어 있었다. 순욱은 입을 다물었다.

'함께 고락을 나누며 지내온 30년 세월의 끝이 이 빈 그릇처럼 허무해질 줄 몰랐구나! 빈 그릇이라……. 내게 선택을 하라는 말인가?'

다음날 순욱은 독이 든 탕약을 마시고 스스로 목숨을 끊었다. 그의 나이 50세였다. 순욱의 아들이자 조조의 사위이기도 한 순운이 부고를 보내자 조조는 앙금이 가신 속시원함이 아니라 오히려 괴로움과 후회로 마음이 어지러워졌다. 왜 그리도 급하게 순욱을 죽음으로 몰아넣었는지, 자신의 경솔함을 거듭 책망했다.

순욱의 죽음을 몹시 안타까워한 사람 중에 종요가 있었는데 그는 평소 순유 · 순욱과 두터운 교분을 맺고 있었다. 종요는 순욱이 정사를 돌보는 틈틈이 국가를 다스리는 일과 전쟁을 도모하고 이끌어가는 일들을 편지글로 쓰고 있었음을 알고 있었다. 그는 순욱의 유품 가운데 그것을 찾으려 했으나 순욱이 죽기 얼마 전에 그것을 모두 불태워버려 단 한 장도 남아 있지 않았다. 마음이 심란해진 종요는 지기知己 하나를 불러 술잔을 기울이며 순욱을 회상했다.

"순욱이 조금만 더 유연했어도 이렇게 허무하게 가지는 않았을 텐데……."

순욱의 최후에 대해 정사의 배송지 주는 이렇게 평하고 있다.
"과연 순욱과 같은 인물이 시대의 영웅을 보좌하여 사위어가는 나라의 운명을 바꿔놓으려 할 때, 선택할 만한 인물이 조조가 아니면 그 누구였겠는가?" 병풍에 보이는 주공(周公)은 사심없이 왕을 위해 봉사한 이상적인 정치가를 나타내며, 순욱은 조조가 그런 인물이기를 바랐다.

주공
순욱

종요의 친구가 말했다.

"순욱이 왜 스스로 목숨을 끊었다고 생각하십니까?"

"그거야 조승상이 빈 그릇을 보냈기 때문이지요. 승상이 그것을 보낸 것은 최근 들어 순욱이 자신을 은근히 거스르는 데 불만을 품었기 때문입니다. 승상 자신과 순욱 사이에는 그 빈 그릇처럼 남은 것이 없으니 앞으로 자기 휘하에 확실히 들어와 자기를 끝까지 지지하든지 아니면 완전히 돌아서든지 선택을 하라는 뜻이 아니었겠습니까? 여기서 돌아선다는 뜻은 바로 죽음 말고 무엇이겠습니까?"

"그런데 이상해요. 순욱은 평생을 조승상을 위해 일하지 않았습니까? 그런데 왜 이제 와서 그를 용납하지 않는단 말입니까?"

"순욱이 자신의 지략과 식견을 모아 조승상께 바쳐온 것은 승상을 통해 궁극적으로 한나라의 기강을 바로잡기 위해서였습니다. 그런데 요즘 승상은 황제 이상의 권세를 탐하는 것이 사실 아닙니까? 그러니 결과적으로 순욱이 평생 애쓴 것은 승상 개인의 영예를 위한 것이 되어버렸습니다. 결론적으로 모든 것이 무너져내린 셈이지요. 순욱의 입장에서 보면 말입니다."

"그러니 순욱 역시도 궁극적으로 자신의 공을 생각하고 있었습니다. 따지고 보면 모두들 자신의 욕망으로 살고 죽는 것 아니겠습니까."

"순욱이 자신의 공을 인정받는 것에 매여 있었다면 이렇게 자신의 업적을 불태우면서까지 죽지는 않았을 것입니다. 차라리 엎드려 있다가 때를 기다렸겠지요."

종요의 말을 들은 지기는 더 이상 말을 못하고 술잔만 기울였다.

한편 조조는 순욱의 장례를 특별히 신경써서 후하게 치르도록 하고 황제에게 간해 경후敬侯라는 시호를 내려주었다.

이 같은 일을 겪으며 조조의 대군은 어느새 유수에 도착했다. 조조는 조홍에게 지시해 철갑으로 무장한 군사 3만 명을 거느리고 강변을 살피도록 했다. 잠시 후 조홍의 군사들이 와서 보고했다.

"강변 일대에 수많은 깃발들이 꽂혀 있는데 군사들은 어디에 있는지 전혀 보이지 않습니다."

조조는 마음을 놓을 수가 없어 일단 유수 어귀에 진을 치고 추이를 살펴보리라 생각했다. 군사들이 진영을 구축하는 동안 조조는 측근 몇 명을 데리고 산기슭으로 올라가 주변을 살폈다. 높은 곳에 올라서 보니 멀리 적의 군영이 한눈에 들어왔다. 수많은 군선들이 질서정연하게 줄지어 서 있는 모습은 보기만 해도 경각심을 일으키기에 충분했다. 오색으로 나부끼는 깃발들 사이에서 창검들이 햇살을 받아 빛을 뿜어냈다. 그 군선들 중 가장 큰 배로 눈을 돌리니 손권으로 보이는 자가 파란 일산 아래 앉아 있었다. 좌우에는 문무신료들이 병풍처럼 둘러서 있었다. 조조가 한참 그 모습을 내려다보더니 말했다.

"아들을 두려면 손권 정도는 되어야 해. 유표같이 두려면 차라리 개나 돼지 새끼를 기르는 게 낫지."

이때 갑자기 천지를 뒤엎는 듯한 포성이 터지더니 동오의 배들이 한꺼번에 물살을 가르며 조조군 쪽으로 몰려왔다. 거기다 유수 어귀의 단단한 둑 뒤에서도 한 떼의 군사들이 몰려나와 순식간에 조조군을 덮쳤다.

적요하던 유수 강변은 갑자기 공격을 개시한 동오군의 활약으로 금세 아수라장으로 변했다. 조조군은 진영을 설치하다 말고 이리저리 흩어져 달아나기 바빴다. 아직 산 위에 머물고 있던 조조는 그 모습을 보고 분통이 터져 군사들에게 달아나지 말고 맞서 싸울 것을 명하며 서둘러 내려왔다.

조조가 완전히 내려오기도 전에 산모퉁이 한 곳에서 또다시 한 무리의 군사들이 쏟아져나왔다. 이들은 조조를 겨냥하고 몰려왔다. 선두에서 푸른 눈동자에 붉은 수염을 휘날리며 달려오는 자는 바로 손권이었다. 조조는 급히 피할 곳을 찾으면서 몹시 놀라지 않을 수 없었다. 조금 전까지만 해도 자기 시야에 있던 손권이 눈 깜짝할 사이에 산모퉁이에서 나타나 자신을 공격하려 하니 그의 배 부리는 솜씨와 말 모는 솜씨가 실로 놀라울 따름이었다.

조조는 손권을 뒤로하고 말에 채찍질을 하며 달아나려 하는데 동오의 한당과 주태가 거칠게 말을 몰며 조조 가까이 다가왔다. 이때 조조를 호위하고 있던 허저가 칼을 이리저리 요란하게 흔들며 한당과 주태 앞으로 나서더니 싸움판을 벌였다. 이 틈을 이용해 조조는 말을 몰아 요새로 달아났다. 허저는 조조가 안전하게 도망친 것을 알고 힘겨운 싸움을 거두고 말을 돌려 진영으로 돌아왔다. 조조는 허저에게는 상을 내리고 치하했으나 다른 도망친 장수들은 크게 꾸짖었다.

"싸움하러 온 장수들이 적이 나타난 것을 보고 도망치기 바빴으니 그것은 마땅히 죽음으로 다스려야 할 일이다. 너희들 때문에 군의 사기가 바닥으로 떨어졌다. 다음에 만일 이런 일이 있으면 당장 목을 벨 것이다."

새벽 2시경, 낮에 일어난 일을 생각하며 조조가 잠을 이루지 못하고 있는데 진지 밖에서 갑자기 함성이 크게 일었다. 조조가 놀라 급히 말을 타고 주변을 둘러보니 여기저기에서 불길이 솟고 동오의 군사들이 어둠을 뚫고 몰려오고 있었다. 생각지 못한 공격이었다. 조조군은 전날의 상황과 크게 달라진 것 없이 맞아 싸우기보다는 몸을 피하기에 급급했다. 날이 밝아 살펴보니 조조군은 50리나 뒤로 밀려나 있었다.

군사를 몰고 와 제대로 터를 잡기도 전에 두 번이나 적에게 당하고 보니 조조는 심사가 편치 못했다. 그러나 조바심을 드러내 군사들의 사기를 떨어뜨리지나 않을까 염려한 조조는 병서를 읽으며 마음을 가라앉히고 있었다. 이때 정욱이 조조의 장막으로 들어왔다. 그는 조조의 탁자 위에 읽다 만 병서가 놓여 있는 것을 보며 말했다.

"승상께서는 병법의 달인이시면서 '병귀신속兵貴神速(군사는 신속하게 지휘해야 한다)'이란 말을 잊으셨습니까? 승상께서는 군사를 일으키고도 날짜를 오래 끌며 시간을 허비하셨으니 이는 손권이 만반의 준비를 하도록 도와주신 것이나 마찬가지입니다. 손권은 우리가 이곳에 도착하기 전에 이미 유수에 둑을 쌓았습니다. 그것으로 미루어 볼 때 저들의 내부도 탄탄하게 준비되어 있음에 틀림없습니다. 이미 군사들의 사기도 많이 떨어졌으니 그만 허도로 돌아갔다가 다시 계책을 세워 쳐들어오는 것이 좋겠습니다."

정욱의 말이 일리는 있었으나 조조는 이대로 돌아가는 것이 용납되지 않았다. 적벽 싸움 이후 또 한번 웃음거리가 되고 싶지 않았던 것이다. 조조가 정욱의 권유를 물리치자 정욱은 힘없이 물러나왔다. 정욱을 내보낸 조조의 마음도 편치 않았다. 이런저런 궁리로 머릿속이 복잡하던 조조는 책상에 팔을 괴고 앉아 눈을 감았다.

잠시 후 조조는 천지를 뒤덮을 듯한 물결 소리를 듣고 깜짝 놀라 소리나는 곳으로 고개를 돌렸다. 물결이 출렁이는 큰 강 한가운데에서 붉은 태양이 솟아오르며 눈부신 빛을 사방으로 뿜어내고 있었다. 조조는 다시 하늘을 올려다보았다. 그곳에서도 알 수 없는 일이 일어났다. 하늘 한가운데에 두 개의 붉은 태양이 서로 마주보는 듯 나란히 빛을 발하고 있는 것이 아닌가? 조조가 정신없이 하늘과 강을 번갈아 보고 있는데 놀랍게도 이번에는 강물 위의 해가 하늘로 솟아오르더니 갑자기 진영 앞의 산속으로 떨어지며 천둥 번개를 일으켰다.

조조가 크게 놀라 번쩍 눈을 떴다. 장막 안에서 깜박 잠든 사이 꿈을 꾸었던 것이다. 조조가 장막을 지키고 있던 군사에게 시간을 물어보니 정오가 좀 덜 되었다고 대답했다. 조조는 꿈이 너무도 선명해서 해가 떨어진 산을 살펴보고 싶었다. 그는 말에 올라 50여 기의 군사만 거느린 채 그 산기슭을 찾아 올라갔다.

조조는 좀 전에 꿨던 꿈을 떠올리며 산의 이쪽저쪽을 살폈다. 이때 숲 뒤에서 난데없이 한 떼의 군마가 쏟아져나왔다. 맨 앞에 선 사람은 금빛 투구에 금빛 갑옷을 입고 위엄을 과시하듯 말 위에 앉아 있었는데 자세히 보니 바로 손권이었다. 그는 바로 앞에서 조조를 마주하고 있었으나 조금도 긴장하거나 흐트러짐 없이 채찍을 들어 조조를 꾸짖듯 외쳤다.

"승상은 중원을 깔고 앉아 부귀가 더할 것이 없을 텐데 무엇이 모자라 다시 우리 강남을 침범한 것이오?"

"너는 신하의 몸으로 황실을 거역하고 있다. 나는 천자의 명을 받들어 신하의 예를 모르는 너를 치기 위해 특별히 온 것이다."

조조 역시 호통을 쳤다. 그러자 손권이 가당찮다는 듯 비웃으며 소리쳤다.

"승상은 지금 크게 착각하고 있소. 신하의 예를 잊은 것은 승상이 아니오? 당신이 이제까지 어린 천자를 손에 넣고 천하 제후들을 다스리려 하는 것은 삼척동자도 아는 일이오. 나는 한 왕조를 섬기려 하지 않는 것이 아니라 당신 같은 역적을 세상 밖으로 쳐없애 나라의 기강을 온전히 하려는 것뿐이오."

자기보다 한참 어린 손권이 한마디도 지지 않고 반박하자 화가 벌컥 솟은 조조는 당장 손권을 잡아 대령하라고 호령했다. 그러나 조조의 군사들이 움직이기도 전에 요란한 북소리가 숲을 뒤흔들더니 좌우에서 동오의 군사들이 달려나왔다. 한당과 주태, 진무와 반장이 앞장서고 이들을 따르는 수천의 군사들이 일제히 화살을 쏘며 조조군을 압박해 들어왔다.

조조는 도저히 군사 수로는 적을 상대할 수 없다고 느끼고 날렵한 솜씨로 군사들을 몰아 달아나기 시작했다. 강동의 네 장수 역시 조조의 뒤를 좇았다. 그러나 산비탈을 타고 내려가던 조조가 그를 호위하기 위해 달려온 허저의 도움으로 도망치자 동오군은 더 이상 그를 쫓지 않았다. 비록 조조를 사로잡지는 못했으나 또 한번 그를 혼내준 동오군은 개선가를 부르며 유수 어귀의 진영으로 돌아왔다.

반면 발을 내딛는 족족 동오군에게 당하기만 한 조조는 침울한 마음을 안고 진채로 돌아왔다. 그는 장막 안으로 들어가 한낮에 꾸었던 꿈을 떠올리며 생각에 잠겼다.

'손권은 예사 인물이 아니다. 강물 위에 떠오른 붉은 해가 그를 의미하는 것이니 그는 언젠가 틀림없이 제왕이 될 것이다.'

조조는 속으로 군사를 물려 허도로 돌아가야겠다고 마음먹었으나 손권의 비웃음을 살 것이 두려워 망설이고 있었다. 그 사이에 양쪽 군사들은 한 달 가량 산발적인 전투를 벌였으나 어느 한쪽으로도 승부가 나지 않았다.

어느새 한 해가 지고 이듬해 정월이 되었다. 얼음이 녹고 계속 봄비가 내리는 바람에 강물이 불어나고 진영은 온통 진창이 되어 군사들의 불편은 이만저만이 아니었다. 조조는 걱정이 점점 더 커졌다. 더 이상 이런 상태를 끌고 갈 수 없다는 조급함으로 연일 모사들을 불러 대책을 물었으나 회군을 하자는 쪽과 봄이 왔으니 본격적으로 전투를 치르자는 쪽으로 의견이 나뉘어 조조는 결단을 내리지 못하고 있었다. 그러던 중 동오에서 사신이 와 조조에게 손권의 편지를 전했다. 조조는 내용이 궁금해서 얼른 뜯어보았다.

나와 승상은 너나 할 것 없이 한 왕조의 신하요. 그런데 그대는 국가의 봉록을 먹는 자로 나라를 지키고 백성의 안위를 돌볼 생각은 않고 그토록 쉽게 군사를 일으키고 무기를 들어 무고한 생명들을 잔학하게 죽인단 말이오? 이것은 결코 어진 신하가 할 일이 아닌 듯하오. 이제 봄비가 날마다 내려 새싹을 재촉하고 땅은 씨앗을 기다리고 있으니 승상은 그만 물러감이 옳을 것이오. 만일 계속 이곳의 땅을 더럽히며 전쟁을 일으키려 한다면 그대는 반드시 적벽에서의 화를 되풀이할 것이오. 내 말을 명심해서 듣고 실행하기 바라오.

또한 편지 뒤쪽에 좌우명과도 같은 한 문장이 적혀 있었다.

그대가 죽지 않으면 나는 결코 편함을 얻지 못하리.

편지를 다 읽은 조조는 큰 소리로 웃었다.
"과연 손권이다!"
조조는 동오에서 온 사신에게 큰 상을 내리고 여강 태수 주광朱光

에게 환성皖城을 맡긴 후 허도로 돌아갔다. 그러자 손권도 군사를 수습해서 말릉으로 돌아왔다. 유수에서 몇 번씩이나 조조를 곤궁에 빠뜨리고 결국 스스로 회군하도록 만든 손권은 자신감에 넘쳐 말릉으로 돌아오자마자 바로 형주 문제를 거론했다.

"조조는 이제 북으로 갔으니 당분간 재침은 하지 않을 것입니다. 그러나 유비는 계속 가맹관에 머물고 있다고 합니다. 그러니 지금이 형주를 칠 절호의 기회가 아니겠습니까?"

장소가 나서며 대답했다.

"섣불리 군사를 움직이면 안 됩니다. 군사의 힘을 빌리지 않더라도 유비가 다시는 형주에 발을 들이지 못하게 할 계책이 있습니다. 주공은 두 통의 편지를 쓰십시오. 하나는 유장에게 보내는 편지로 유비와 동오가 하나가 되어 서천을 치려 한다는 내용을 담고, 다른 한 편지는 장로에게 보내는 것으로 군사를 일으켜 형주로 쳐들어가라는 내용을 쓰시면 됩니다. 이렇게 하면 유비는 유장으로부터 서천에서 쫓겨날 것이며 또한 형주에도 들어오지 못하게 될 것이니 발만 구르게 될 것입니다. 그때 주공은 동오의 군사를 이끌고 형주를 점령하십시오."

손권은 장소의 의견이 마음에 들어 바로 두 통의 편지를 썼다.

서촉 공략에 나선 방통의 죽음

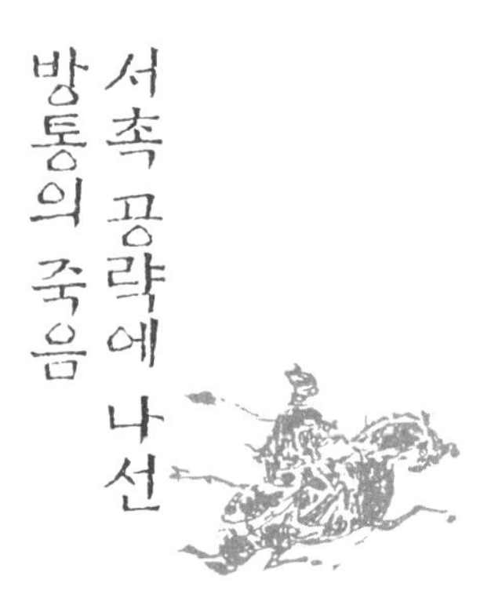

한편 가맹관의 유비는 짧은 시간 안에 민심을 얻어 이곳 백성들은 본래 주인이 누구인지 잊어버릴 정도가 되었다. 그러던 어느 날, 유비는 제갈량으로부터 우울한 편지 한 통을 받았다. 거기에는 손부인이 동오로 돌아간 일이 상세히 적혀 있었다. 이어 그는 조조가 대군을 이끌고 와 유수를 공격했다는 소식도 들었다. 유비는 걱정스런 마음으로 방통을 불렀다.

"조조가 손권을 공격했다 하니 큰 걱정입니다. 조조가 이겨도 형주를 공격할 것이고 또한 손권이 이긴다 해도 형주를 칠 것이니 이 일을 어떻게 풀어가면 좋을지 모르겠습니다."

그러자 방통은 걱정할 필요 없다며 현덕을 위로했다.

"주공께서는 그렇게 걱정하지 않아도 될 것입니다. 공명이 형주에 있지 않습니까? 그가 있는 한 형주는 절대 남에게 넘어가지 않습니다. 주공께서 이곳 일을 잘 풀어나가는 것이 더 중요합니다. 주공께서는 유장에게 보내는 편지를 쓰시되 손권이 조조의 침공을 받고 우리 형주에 지원병을 요청했는데 혈육의 관계를 맺고 있으니 도와주지 않을 수 없게 되었다고 하십시오. 그리고 장로는 방어하기에 바빠 침공은 감히 생각지 못할 것이니, 우리가 형주로 돌아가 손권과 함께 조조를 공격하면 조조는 어렵잖게 격파될 것이라고 쓰십시오. 또한 친족의 어려움을 함께 나누는 입장에서 정병 3, 4만과 군량미 10만 섬만 지원해달라고 하십시오. 유장이 거절하지는 못할 것입니다. 만약 그가 군사와 양곡을 보내오면 그때 가서 다시 의논하도록 하시지요."

유비는 방통이 내놓은 계책의 끝을 헤아릴 수는 없었으나 그의 말을 따르기로 하고 유장에게 사신을 보냈다. 사신은 성도로 가기 위해 부수관을 지났다. 이때 그곳을 지키고 있던 양회와 고패가 검문 중에 사신을 붙잡고 물었다.

"무슨 일로 성도로 가는 것이오?"

"저는 유황숙의 편지를 성도에 계시는 익주목께 전하러 가는 길입니다."

그 말을 들은 양회와 고패가 사신이 가지고 있는 편지를 보더니 뭔가를 의논했다. 그러고는 고패는 부수관에 남고 양회는 사신과 함께 성도로 가기로 했다. 이들은 성도에 도착해 유장에게 편지를 바쳤다. 글을 읽은 유장이 양회를 보고 물었다.

"그런데 장군은 왜 형님의 사신과 함께 왔소?"

"바로 그 편지 때문에 같이 온 것입니다. 유현덕은 우리 서천으로 온 이후로 민심을 끌어모으는 데 전력을 기울이고 있으니 그 속뜻이 무엇인지 실로 의심스럽습니다. 그런 마당에 이번에는 군사와 양곡까지 원조해달라고 하니 어떻게 원하는 대로 줄 수 있겠습니까? 부디 주공께서는 유현덕의 부탁을 거절하십시오. 그가 달라는 대로 주는 것은 불난 집에 짚더미를 던져주는 것과 마찬가지입니다."

그러자 유장은 난감한 표정이 되어 대답했다.

"유황숙과 나는 형제의 정과 의리를 나누고 있는데 어떻게 그를 돕지 않을 수 있겠소?"

그때 옆에서 지켜보고 있던 한 사람이 나와 답답한 듯 목청을 높여 간했다.

"유현덕은 효웅梟雄입니다. 더 이상 그를 내쫓지 않고 서촉에 머무르게 하는 것은 범을 집안에 불러들이는 것과 마찬가지입니다. 거기다 군사와 양곡까지 보태주는 것은 호랑이에게 날개를 달아주는 것과 다를 것이 무엇이겠습니까?"

자못 흥분을 감추지 못하고 말을 마친 이는 영릉零陵 승양丞陽 출신 유파劉巴였다. 유장은 유파의 말을 듣고서도 결정을 내리지 못해 머뭇거렸다. 그러자 황권이 다시 한번 같은 의견을 내놓으며 유장의 결단을 촉구했다.

마음 약한 유장은 여러 신하들의 권고를 물리칠 강단이 없었다. 결국 그는 어정쩡한 결론을 내렸다. 군사를 보내되 늙고 힘없는 노병들을 뽑아 인원수만 맞추어 보내고 군량미는 1만 섬만 지원한다는 것이었다. 유장은 형식만 갖추어 답서를 쓴 뒤 사자를 시켜 유비에게 전하도록 했다. 그리고 양회와 고패에게는 계속해서 부수관을 굳게 지키라고 지시했다.

유장의 답서를 들고 가맹관으로 온 사자는 유비에게 바로 그 편지를 전했다. 그런데 글을 읽어가던 유비는 얼굴이 하얗게 질리더니 자리를 박차고 일어나 편지를 구겨 사자에게 던져버렸다. 놀란 사자가 당황스러워하자 방통이 유비에게 말했다.

"그렇게도 인의를 중시하더니 이제는 편지를 구기며 진노하셨습니다. 주공께서 그 동안 베푸신 인의는 모두 어디로 간 것입니까?"

유비가 할 말을 잃은 채 자리에 그대로 서 있자 방통은 유장의 사자를 돌려보내고 다시 그에게 왔다. 유비는 자신의 생각이 좁았음을 후회했는지 비장한 음성으로 방통에게 물었다.

"그러니 이제 어떻게 하는 것이 좋겠습니까?"

"제가 생각해둔 세 가지 계책이 있습니다."

"그것이 무엇이오?"

"첫번째는 지금 당장 정병만을 가려뽑아 오늘 밤 안으로 성도로 출발시켜 빠른 시간 안에 기습하는 것입니다. 두 번째는 양회와 고패가 부수관을 지키고 있으니 주공께서 형주로 돌아가겠다고 소문을 퍼뜨리면 그들은 주공을 전송하기 위해 잠시 부수관을 나올 것입니다. 그들이 나오면 둘을 바로 잡아죽이고 부성을 빼앗은 뒤 성도로 쳐들어가는 것입니다. 세 번째 계책은 백제성으로 군사를 물린 뒤 밤을 이용해 형주로 돌아가 다시 서천을 취할 방도를 구하는 것입니다. 이 세 가지 중에서 선택하시되 이것도 저것도 취하지 않으시면 곧 낭패를 당하게 될 것입니다."

유비는 방통이 올린 계책에 대해 깊이 생각해보더니 입을 열었다.

"첫번째 것은 시간적으로 너무 촉박하고 세 번째 계책은 너무 더뎌 위험할지도 모르오. 두 번째 계책이 지금 우리가 처한 상황에 적합한 방법 같소. 그러니 그대로 시행합시다."

유비는 바로 붓을 들어 유장에게 편지를 썼다.

조조가 부장 악진樂進에게 형주의 청니진靑泥鎭을 치게 했소. 나의 장수들이 이를 막기 위해 나섰으나 역부족이라 하오. 어쩔 수 없이 내가 직접 나가 막아야 하겠기에 이렇게 몇 자 글로써 작별을 대신하니 동생은 부디 섭섭해하지 말기 바라오.

그런데 유비의 글이 성도의 유장에게 전해질 즈음 예기치 못한 변고가 생겼다. 장송은 유비가 형주로 돌아간다고 한 말을 사실로 믿고 그것을 만류하는 글 한 통을 급히 써서 유비에게 보내려고 했다. 그가 편지를 대충 써서 봉하려고 할 때 친형인 광한廣漢 태수 장숙張肅이 찾아왔다. 장송은 밀서를 어디다 보관해야 할지 망설이다가 급한 김에 옷소매 안으로 밀어넣었다. 장송은 긴장을 감추지 못하고 다소 허둥거리는 모습으로 형을 맞아들였다.

장숙은 언제나 여유만만한 동생이 오늘은 왜 이처럼 당황한 모습을 보이는지 이상한 생각이 들었다. 그런데 장송이 장숙과 술잔을 주고받으면서 팔을 움직이는 바람에 급하게 밀어넣었던 편지가 그만 소매 밖으로 비어져나와 바닥으로 떨어져버렸다. 장송은 형을 대접하느라 편지가 떨어지는 줄도 몰랐다. 얼마 뒤에 장숙의 시중을 들며 오가던 시자가 그 편지를 주웠다가 술자리가 파한 후 장숙에게 주었다.

장숙은 겉봉에 씌어진 장송의 글씨를 알아보고 궁금한 마음에 편지를 뜯어보았다. 편지 속의 내용은 다음과 같았다.

전에 제가 유황숙께 드렸던 말씀은 모두가 진심에서 나온 것이었는데 황숙께서는 어찌하여 아직까지 아무런 움직임이 없으십니까? 거스르는 자는 치고 따르는 자는 품어주는 것은 옛사람들이 귀하게 여겨오던 이치입니다. 이제 그 일의 실행이 눈앞에 닥쳤는데 황숙께서는 모든 것을 포기한 듯 형주로 가시려 한다니 저의 실망은 이루 말할 수가 없습니다. 그 소문의 진위는 알 수 없으나 저의 글을 받아보시는 대로 군사를 몰아 성도로 달려오십시오. 제가 약속대로 어김없이 내응을 할 것이니 만에 하나라도 잘못될 일은 없을 것입니다.

장숙은 몹시 놀라 가슴이 꽉 막히는 것 같았다.

'이대로 두었다가는 동생이 집안을 쑥대밭으로 만들겠구나. 이것은 안 될 일이다.'

이렇게 생각한 장숙은 편지를 들고 유장을 찾아갔다. 장숙은 장송이 쓴 편지를 유장에게 보이며 장송이 유비를 끌어들여 서천을 그에게 바치려 한다고 고했다. 유장의 노여움은 하늘을 찌를 듯했다.

"나는 저를 철통같이 믿고 그 말을 따랐는데 그것이 모두 나를 죽이기 위함이었단 말인가!"

유장은 심한 배신감으로 평소의 나약한 모습을 찾을 수 없을 만큼 악에 받쳐 있었다. 유장은 그 자리에서 장송과 그 집안사람 모두를 잡아들여 시장바닥에서 목을 베라고 명했다. 장송이 죽은 후 유장은 가까운 관료들을 불러 물었다.

"유비가 서천을 빼앗으려 함이 만천하에 드러났습니다. 이제 이 일을 어떻게 하면 좋겠습니까?"

처음부터 유비를 반대해온 황권이 제일 먼저 입을 열었다.

"시각을 다투는 일입니다. 지금 즉시 군사를 보내 각 관문을 철통같이 지키라 명하시고 형주 사람은 단 한 사람도 내보내거나 들이지 말라고 하십시오."

유장은 어느새 황권의 편이 되어 그의 말을 모조리 따랐다. 이때 유비는 가맹관에서 군사를 물려 부성으로 향하면서 부수관을 지키는 양회와 고패에게 사람을 보내 작별인사를 나누고자 한다는 말을 전하게 했다. 소식을 받은 양회와 고패는 반가우면서도 한편 다른 생각이 들었다. 양회가 먼저 고패에게 말했다.

"유비를 그냥 보내줄 텐가?"

고패도 양회와 같은 생각을 하고 있었는지 바로 맞장구를 쳤다.

"서천을 위험에서 구하는 길이 생각보다 쉽게 이루어질 것 같습니다. 우리 합심해서 유비를 죽여버립시다. 품에 단도를 지니고 나가 그놈을 배웅하는 척하며 찔러버리면 될 것입니다."

양회는 좋은 생각이라며 당장 유비를 모살할 준비를 했다. 이들은 수행군사 200여 명만 데리고 유비를 배웅하러 나갔다. 유비가 대군을 거느리고 부성 가까이까지 왔을 때 방통이 유비에게 주의를 주었다.

"만일 양회와 고패가 모습을 보이면 다른 의도가 있을지 모르니 대비를 하시고 그들이 오지 않으면 우리는 바로 군사를 몰아 부수관으로 쳐들어가야 합니다. 신속하게 대응하는 것이 관건이니 명심하십시오."

방통이 말을 마치자 난데없이 세찬 바람이 일더니 대장기를 부러뜨렸다. 유비가 깜짝 놀라 자기도 모르게 소리쳤다.

"이게 도대체 웬 불길한 징조입니까?"

"하늘이 우리에게 경계할 것을 일러주는 것입니다. 배웅을 나오는 양회와 고패는 지금 주공을 죽일 준비를 한 게 틀림없으니 주공은 각별히 조심하십시오."

유비는 속히 갑옷 속에 화살도 뚫을 수 없는 철편으로 만든 조끼를 갖춰입고 허리에는 보검을 차고 만일에 대비했다. 얼마 되지 않아 양회와 고패가 오고 있다는 전갈이 왔다.

유비는 앞에 선 장교들에게 주위를 잘 살피고 있다가 만일의 사태에 민첩하게 대응할 것을 지시해두었다. 그리고 그는 태연하게 말을 쉬게 하며 양회와 고패를 기다렸다. 방통은 조용히 황충과 위연을 불러 영을 내렸다.

"두 장군은 평상시의 모습으로 두 사람을 맞아들이되 부수관에서 양회와 고패를 따라온 군사들은 한 사람도 놓치지 말고 붙잡아야 합니다."

황충과 위연은 군령을 받들고 물러갔다. 드디어 양회와 고패가 수행군을 거느리고 유비의 군사 앞에 멈추어 섰다. 이들의 가슴에는 단도가 숨겨져 있었으나 겉으로는 배웅의 예를 갖추어 술과 고기 안주를 푸짐하게 싣고 와 유비를 만날 것을 청했다. 장수 하나가 이들을 유비의 막사로 안내했다. 장막 안에는 유비와 방통이 마주앉아 있었다. 양회가 장막 안으로 들어와 절을 하고 말했다.

"황숙께서 이제 멀고 험한 길로 돌아가신다는 소식을 듣고 술과 안주를 조금 장만하여 작별인사를 드리러 왔습니다."

말을 마친 양회는 부드러운 미소까지 띠며 유비 앞에 놓인 잔에 술을 따랐다. 유비 역시 전혀 의심을 않는 듯 천연덕스럽게 술잔을 받으며 대답했다.

"관문을 지키느라 불철주야 두 분 장군께서 수고가 많으십니다. 내 술도 받으시지요."

일이 뜻대로 되어가는 것 같아 기분이 좋아진데다 상대의 의심을 사서도 안 된다고 생각한 양회 · 고패는 유비가 준 술을 단숨에 들이

켰다. 그들이 술잔을 놓자 유비가 말했다.

"내가 두 분 장군과 조용하게 할 말이 있으니 다른 사람들은 잠시 물러가주세요."

양회와 고패는 잠시 머뭇거렸으나 유비가 호위하는 사람도 없이 별다른 방비를 하지 않는 것을 보고 군사들을 모두 물렸다. 200명의 수행군들은 모두 얼떨결에 진 밖으로 안내되었으나 대장의 명으로 알고 아무런 저항도 경계도 하지 않았다. 그 순간 유비의 막사에서는 칼 같은 목소리가 공기를 갈랐다.

"당장 이 두 역적놈을 포박하라!"

유비의 명과 동시에 장막을 걷어치우고 유봉과 관평이 달려나와 양회와 고패를 덮쳤다. 이들은 단도를 꺼내보기도 전에 유비에게 붙잡힌 몸이 되었다. 유비가 이들을 보며 꾸짖었다.

"내가 너희 주인과 혈족인 것을 몰랐더냐? 너희들은 무엇 때문에 정을 나누려는 형제간을 갈라놓으려 한 것이냐?"

양회와 고패는 역으로 당한 것을 알고 몸부림쳤으나 때는 이미 늦었다. 옆에 있던 방통이 다시 명령했다.

"저놈들을 묶어 몸을 샅샅이 뒤져라!"

유비의 군사들이 이들의 몸을 수색하자 금세 가슴팍에서 단도가 각각 한 자루씩 나왔다. 방통이 현덕에게 두 사람의 목을 칠 것을 명하라 종용했으나 유비는 선뜻 그 말이 입에서 나오지 않았다. 보다 못한 방통이 소리쳤다.

"이 두 놈은 황숙을 시해하려 했다. 당장 목을 쳐라!"

이 말에 도부수들이 달려와 두 적장을 막사 밖으로 끌어내 목을 내리쳤다. 진 밖에서는 황충과 위연이 방통의 영대로 양회 · 고패를 따라온 군사들을 모조리 붙잡아두고 있었다. 유비가 이들에게 다가가 말했다.

"너희 우두머리인 양회와 고패는 익주목인 유장과 나를 이간질하고 그것도 모자라 나를 죽이려 했기 때문에 목을 벤 것이다. 그러나 너희들은 주인을 따라왔을 뿐 무슨 죄가 있겠느냐?"

그러자 잔뜩 긴장하고 있던 수행군들이 마음을 놓으며 유비에게 감사의 절을 올렸다. 방통이 다시 말했다.

"우리는 너희들의 도움을 받아 부수관을 차지하려 한다. 이에 공을 세우는 자에게는 큰상을 내릴 것이다. 따를 자 있는가?"

방통의 물음에 군사들은 하나같이 그렇게 하겠다고 나섰다. 그날 밤 양회 · 고패를 수행했던 군사들을 앞세우고 유비의 대군이 부수관으로 향했다. 관문 앞에 이르자 양회 · 고패의 군사들이 외쳤다.

"두 장군께서 급한 일로 되돌아오셨으니 속히 문을 열어라!"

성 위에 있던 군사들이 어둠 속에서 밑을 내려다보니 자기 편 군사들이 분명하므로 바로 성문을 열었다. 문이 열림과 동시에 유비의 대군이 물밀듯이 안으로 밀려들어갔다. 이렇게 해서 부수관은 피 한 방울 흘리지 않고 유비에게 넘어갔으며 양회 · 고패를 잃은 성안의 촉군들도 일말의 저항 없이 유비 아래로 들어왔다.

다음날 유비는 잔치를 열어 입성에 공이 있는 200명의 수행군들에게 일일이 상을 내리고 그 밖의 군사들에게도 노고를 치하하는 뜻에서 술과 안주를 푸짐하게 차려 대접했다. 유비도 여러 잔의 술을 받아 마셔 은근히 취했다. 그런 그가 방통에게 물었다.

"어떻습니까? 오늘의 이 연회는 참으로 즐겁지 않습니까?"

성격상 말을 돌려서 할 줄 모르는 방통이 유비의 아픈 곳을 찔렀다.

"남의 나라를 토벌하고 마냥 즐거워하는 것은 어진 이의 군대가 아닙니다."

이 말은 어쩔 수 없이 한 일이라도 도덕적으로 옳고 그름은 알고 있어야 한다는 의미였다. 그러나 동생이니 친족이니 하며 정을 내던 유장의 땅을 뺏은 유비의 마음도 편하지만은 않았다. 그래서 은근히 방통에게 위로와 동의를 구하고 싶어 물어본 것이었는데 방통이 이처럼 쏘아붙이자 유비는 몹시 화가 났다. 유비가 잔뜩 얼굴을 찌푸려 방통에게 물었다.

"지난날 주周나라 무왕은 은殷나라의 포악한 주紂왕을 물리치고 그 공을 나타내기 위해 음악을 지어 연주를 했다고 합디다. 그것도 어진 이의 모습이 아니겠군요. 당신의 말은 도대체 앞뒤가 맞지 않습니다. 당장 나가시오."

유비는 스스로 주나라 무왕을 입에 올림으로써 유장에 대한 찜찜한 감정을 씻어버리려고 했던 것이다. 그런 유비의 심정을 알기라도 한 듯 방통은 유비의 호된 꾸지람을 듣고서도 허허 웃으며 자리에서 일어나 나갔다. 술에 몹시 취한 유비도 곧 시자들의 부축을 받으며 후당으로 가 잠들어버렸다. 밤이 이슥해져서야 잠에서 깨어난 유비는 연회장의 일들을 떠올리고 사람을 불러 물었다.

"낮에 내가 어떻게 후당으로 건너온 것이냐?"

주위에서 유비가 방통에게 심한 말을 하고 기분이 상한 상태에서 자리를 옮겼다며 그들이 나누었던 대화 내용을 얘기해주었다. 유비는 몹시 후회했다. 다음날 일찍 유비는 정갈하게 옷을 갈아입고 당으로 갔다. 그는 바로 방통을 불러 어제의 일을 사과하며 말했다.

"어제 저의 말이 과했습니다."

그러자 방통이 웃으며 대답했다.

"군신君臣이 함께 잘못한 일입니다. 어찌 주공의 잘못이라고만 하십니까?"

유비의 얼굴이 평안해지며 두 사람은 호탕하게 웃었다.

한편 유장은 유비가 양회와 고패를 죽이고 부수관을 차지했다는 말을 듣고 충격에 휩싸였다.

"황숙이라는 작자가 이렇게 나올 줄 몰랐다!"

그는 곧 관료들을 모아 대책을 협의했다. 이번에도 어김없이 황권이 먼저 입을 열었다.

"낙성洛城에 계속 군사를 주둔시키면서 이곳으로 오는 주요 길목을 막으십시오. 유비가 아무리 빠른 군사와 맹장을 거느렸다 해도 그곳을 빠져나가지는 못할 것입니다."

유장은 황권의 권유대로 유괴 · 영포 · 장임 · 등현 등에게 군사 5만을 이끌고 가 낙성을 굳게 지키라고 명했다. 이에 네 장수는 낙성을 향해 진군했다. 길을 가던 중 유괴가 세 사람에게 말했다.

"어디서 듣기로 금병산錦屛山에 도호를 자허상인紫虛上人이라고 하는 기인이 있다고 하던데 인간의 생로병사를 눈으로 본 듯 알아맞힌다고 합디다. 조금만 가면 금병산이니 우리 그곳에 잠시 들렀다 가는 게 어떻겠소?"

장임이 참 할 일도 없다는 듯 웃으며 대답했다.

"우리가 지금 갈 길이 얼마나 바쁜데 그런 여유를 부리자는 겁니까? 대장부가 군사를 몰고 적을 막으러 가는 마당에 뭐 그런 산골 사람 말에 귀를 기울인단 말입니까?"

유괴가 말했다.

"꼭 그렇게만 생각할 일이 아닙니다. '지극 정성으로 도를 닦으면 앞이 내다보인다'는 말이 있지 않소? 잠시 들러 참고할 만한 말을 듣자는 것이니 나쁠 건 없어요. 길한 것을 일러주면 따르고 좋지 않은 일은 미리 대비를 하자는 뜻에서 하는 말입니다."

네 장수는 유괴의 말을 듣기로 하고 군사 50여 기를 대동하여 자허상인을 찾아 산중으로 들어갔다. 나무꾼에게 물어 찾아간 그의 거처는 산꼭대기에 이르러서야 나타났다. 크지는 않았으나 깨끗하고 아담한 암자였는데 인기척을 들었는지 동자 하나가 나와 이들의 성명을 물었다. 네 장수가 차례로 대답하자 동자는 안으로 들어가 아뢰더니 이들을 안내했다.

동자의 안내로 들어간 방에는 한 노인이 방석을 깔고 단정하게 앉아 있었는데 차림새는 소박했으나 왠지 모를 위엄이 서려 있었다. 네 장수는 절을 올리고 나서 앞일에 대해 물었다. 그러자 자허상인이 미소 띤 얼굴로 입을 열었다.

"산골에 묻혀 사는 힘없는 사람이 무얼 알겠습니까?"

유괴가 수차례 청하자 자허상인은 옆에 놓인 종이와 붓을 끌어당겨 뭔가를 적어 유괴에게 건네주었다. 유괴가 받아서 보니 여덟 구절로 된 글이 단아하게 적혀 있었다.

> 왼쪽에는 용, 오른쪽엔 봉황
> 서천으로 날아드네
> 어린 봉은 땅으로 내려오고
> 누운 용은 하늘로 치솟는구나
> 하나를 얻으면 하나를 잃는 것은

하늘이 정한 이치이네
때를 잘 살피고 움직여
부디 죽음이나 면하소서.

유괴는 글귀의 뜻을 알아차리지 못했는지 또다시 물었다.

"앞으로 우리 네 사람의 운수는 어떻습니까?"

"정해진 운수는 피할 수가 없는 것이오. 다시 물어 무엇하겠소?"

유괴가 답답한 듯 더 물으려 했으나 자허상인은 눈을 아래로 내리깔고 더 이상 말이 없었다. 네 장수는 할 수 없이 금병산을 내려왔다. 유괴가 산을 내려오며 꺼림칙한 듯 고개를 갸웃거리며 말했다.

"저 노인은 보통 사람이 아닌 것 같은데, 그가 써준 글귀의 마지막이 아무래도 마음에 걸립니다."

"저런 곳에 앉아 있는 사람은 누구나 그럴듯해 보이는 겁니다. 허황한 소리에 귀 기울이지 말고 어서 낙성으로나 갑시다."

장임이 유괴를 나무라며 갈 길을 재촉했다. 이들은 낙성에 도착해 각각 군사를 나누어 주요 지점을 막아 지키기로 했다. 그런데 유괴가 곧 다시 의견을 내놓았다.

"이곳은 성도를 지키는 관문으로 낙성이 무너지면 성도가 바로 위험에 처하게 됩니다. 그러니 우리 네 사람이 조를 맞추어 두 사람은 성을 지키고 두 사람은 성밖으로 나가 진을 치고 적을 막는 것이 어떻겠소? 성 앞쪽의 산은 높고 험해서 그 자체로 방어가 될 만합니다. 거기에 의지해 두 곳에 방어 기지를 구축한다면 적이 쉽게 뚫고 들어오지 못할 것입니다."

이 말을 듣고 영포와 등현이 밖을 맡겠다고 나섰다. 유괴는 기뻐하며 군사 2만을 나누어주었다. 이들은 곧 성밖에 방어기지를 세우러 성에서 60리 떨어진 곳으로 나갔다. 그리고 유괴와 장임은 성에 남아 3만 군사를 거느리고 낙성을 지킬 준비를 했다.

한편 부수관을 차지한 현덕은 다시 낙성을 공격하기 위해 방통과 연일 협의를 하고 있었다. 와중에 유장이 네 장수를 보내 낙성을 지키게 했다는 것과 이들이 안과 밖에서 진을 치고 대비를 하고 있다는 소식을 들었다. 유비와 방통은 먼저 영포와 등현이 지키고 있는 진부터 붕괴시키기로 하고 장수들을 불러모았다.

"낙현성 밖에 적장 영포와 등현이 진을 치고 있다고 한다. 누가 그들에게로 쳐들어가 첫번째 공을 세우겠는가?"

"이 늙은이가 가겠습니다."

노장 황충이 먼저 나섰다.

"장군께서 인마를 이끌고 그곳으로 가 영포와 등현의 진채를 빼앗는다면 반드시 큰상으로 보답하겠소."

유비가 잘되었다며 즉시 그에게 출전 준비를 하라고 일렀다. 그런데 이때 위연이 이의를 제기하고 나섰다.

"노장군께서는 연로한 몸으로 어떻게 두 적장을 상대한단 말입니까? 제가 비록 재주는 없으나 한번 나가 싸우고자 합니다."

황충이 가만있을 리 없었다.

"아니, 이미 주공의 명을 받들어 진군하려는 마당에 어떻게 어리고 경험도 없는 장군이 내 임무를 가로채려 드는 것이오?"

황충의 호통에도 불구하고 위연은 조금도 물러서지 않고 맞섰다.

"장군의 무예는 뛰어나나 이제는 연로하셔서 뒤로 물러나 젊은 장수들에게 응원을 보내시는 것이 옳을 줄 압니다. 더구나 영포와 등현은 촉이 자랑하는 혈기왕성한 장수들입니다. 노장께서 가셨다가 힘에 부쳐 혹시라도 실수를 하게 되면 주공의 큰일을 망치게 될 것이니 제가 감히 나서는 것입니다. 호의로 여겨주십시오."

황충은 부아가 나서 참을 수가 없었는지 젊은 장교에게 소리쳤다.

"당장 가서 내 칼을 가져오너라. 나더러 늙었다고 하는데 누가 더 센지 여기서 한번 겨루어보자!"

위연도 마다 않을 기세로 버티고 섰다. 그러자 유비가 급하게 나서서 황충을 말렸다.

"이러시면 안 됩니다. 나는 여기 올 때부터 두 장군의 힘을 믿고 왔고 또다시 두 분을 믿고 서촉을 취하려 하는데 두 호랑이가 싸우면 반드시 한쪽이 상할 것 아닙니까? 그러면 나의 큰일을 어떻게 이룬단 말이오? 부디 두 분은 싸우려 하지 말고 화해를 하세요."

옆에 있던 방통도 나섰다.

"두 분은 다툴 필요가 없습니다. 영포와 등현은 각자 자기가 맡은 진이 다르니, 두 장군은 각각 한 사람씩을 맡아 적의 진지를 공략하면 됩니다. 먼저 진을 빼앗는 사람에게 첫번째 공을 돌리면 되지 않겠소?"

황충과 위연도 방통의 안을 받아들였다. 이들이 적진을 향해 떠나는 것을 보고 방통이 유비에게 말했다.

"두 장수가 먼저 공을 세우겠다고 길 위에서 경쟁을 벌일지 모르니 주공께서 직접 군사를 이끌고 가셔서 그들 뒤를 살피십시오."

유비도 같은 마음이었으므로 방통의 말에 따라 유봉 · 관평과 함께 군사 5천을 뽑아 거느리고 황충과 위연의 뒤를 따랐다. 방통은 부수관에 남아 성을 지켰다.

한편 자기 진영으로 돌아온 황충은 바로 장교들에게 서둘러 출전 준비를 지시했다.

"내일 날이 밝기 전 새벽 4시경에 밥을 지어먹고 5시경에는 진군하도록 하라."

위연 역시 자기 군사 하나를 몰래 황충의 진으로 보내 동정을 살피게 했다. 그러자 이내 병사가 돌아와, 황충의 진영이 출전 준비로 몹시 부산스럽다고 보고했다. 위연은 당장 병사들을 집합시켰다.

"우리는 야밤에 몰래 진군해서 날이 밝자마자 적의 진지를 함락할 것이다. 그러니 새벽 2시경에 아침을 먹고 3시경에는 진군을 시작한다. 차질이 없도록 각자 만반의 준비를 하라."

위연의 군사들은 아침밥을 든든히 지어먹고 말 목에서 방울을 모두 뗀 다음 입에는 재갈을 물려 소리가 나지 않도록 했다. 또한 깃발도 모두 거두어 말아쥔 뒤 어둠을 헤치며 등현의 진지를 향해 나아갔다. 주변은 칠흑 같은 어둠에 싸여 있을 뿐 별다른 움직임이 없었다. 위연은 황충보다 먼저 등현의 진지에 도착할 것이 확실해지자 혼자 뿌듯해하며 진군했다. 그러다 중간 지점에 이르렀을 때 그는 문득 딴 생각이 들었다.

'등현만 칠 것이 아니라 먼저 영포의 진지부터 쳐부수자. 시간도 충분하니 영포와 등현 모두를 내가 박살낸다면 내 공이 두 배가 될 것이 아닌가?'

위연은 방향을 바꾸어 영포의 진지가 있는 산모퉁이로 돌아섰다. 동이 틀 무렵 영포의 진지 가까이 온 위연은 밤새 행군한 군사들을 쉬게 하고 자신은 말 위에서 주변의 형세를 살폈다. 이때 위연 몰래 이들의 동정을 염탐하던 영포의 군사가 곧바로 그에게로 가 위연의 침입 사실을 알렸다. 만반의 준비를 갖추고 벼르고 있던 영포는 즉시 공격을 명령했다. 산을 울리는 포소리와 함께 영포의 군사들이 말을 몰아 치달아왔다. 위연도 급히 군사들에게 싸울 것을 명하고 자신도 말을 몰고 나가 영포와 맞붙었다.

위연은 자신있게 영포의 진을 기습하리라 마음먹고 왔는데 상황은 오히려 반대가 되었다. 어두운 밤길을 달려오느라 말과 군사가 모두 지친 나머지 오히려 위연 쪽이 공격을 당하는 꼴이 되었다. 그러나 위연은 용기를 잃지 않고 영포와 칼을 부딪치며 싸움을 벌였다.

그 동안 촉의 군사는 두 갈래로 나뉘어 위연의 진지를 공격했다. 황충과 경쟁하느라 너무 일찍 나선 것이 실수였다. 위연이 이끌고 온 군사들은 피로에 지쳐 적을 맞아 제대로 싸우기도 전에 도망치기 바빴다.

영포와 30여 차례 이상 칼을 맞부딪치며 싸우던 위연은 자기 등 뒤에서 나는 소리가 심상치 않음을 느꼈다. 자기 편 군사들의 진이 무너지며 모두들 달아나고 있음이 분명했다. 순간 힘을 잃은 위연은 영포와의 싸움을 포기하고 말 머리를 돌려 도망치기 시작했다. 대장 위연을 비롯해 유비의 대군이 달아나는 모습을 보고 영포의 군사들은 더욱 힘을 얻어 위연과 그 군사들을 추격했다. 위연의 군사들이 5리도 채 가기 전에 산 뒤에서 북소리가 요란하더니 또다시 한 떼의 군사들이 말을 몰고 달려왔다. 바로 등현이 이끄는 군사였다. 등현이 위연을 보더니 소리쳤다.

"적장은 달아날 생각 말고 말에서 내려 당장 항복하라!"

그는 넓지도 않은 길을 막고 서서 위연을 노려보았다. 뒤에서는 영포의 군사들이 쫓아오고 있으니 위연은 그야말로 진퇴양난에 빠지고 말았다. 주변을 살피던 위연이 세차게 말을 몰아 달아나려 했건만 말이 발을 헛디뎌 넘어지는 바람에 그는 말에서 사정없이 내동댕이쳐졌다. 등현이 기회를 잡았다는 듯 창을 비껴들고 말을 몰아 위연에게로 달려왔다. 등현이 창을 높이 들어 위연을 찍으려는 순간, 비명 소리와 함께 말에서 굴러떨어졌다.

그를 떨어뜨린 사람은 활의 달인 황충이었다. 화살은 등현의 가슴에 명중했다. 쫓아오던 영포가 그 모습을 목격하고 등현을 구하기 위해 달려왔으나 곧이어 군사를 몰고 온 황충이 선불 맞은 황소처럼 덤벼드는 바람에 급히 도망쳐버렸다. 위연의 군사와 영포 · 등현 · 황충이 몰고 온 군사들이 어지럽게 뒤섞여 일대는 아수라장이 되었다. 그 가운데 황충의 군사들은 위연을 구하고 등현의 수급을 거둔 후 적진을 향해 몰려갔다.

달아나던 영포가 다시 말을 돌려 황충을 향해 칼을 겨누었으나 황충의 힘을 당해내지 못하고 후퇴했다. 그는 자신의 진영은 이미 무너졌다고 판단하고 등현의 진지를 향해 말을 몰았다. 그러나 등현의 진영에 도착한 영포는 아연실색하고 말았다. 그곳에는 이미 낯선 깃발들이 수도 없이 꽂혀 있었기 때문이다. 그가 잠시 정신을 잃고 말 위에 앉아 있는데 황금 투구에 비단 도포를 입은 장수 하나가 말을 몰아 나왔다. 유비였다. 그의 좌우에는 각각 유봉과 관평이 말에 앉아 호위하고 있었다.

"이곳은 이미 네 진지가 아니다. 너는 어딜 가려는 것이냐?"

유비는 영포의 항복을 종용했다. 유비는 방통의 권유대로 황충과 위연을 뒤따르다 황충이 영포를 추격한다는 것을 알고 미리 등현의 진영으로 와 그곳을 점령했던 것이다.

항복할 것 같았던 영포는 날쌔게 말을 몰고 도망치기 시작했다. 그는 산속 지름길을 통해 낙성으로 달아나려 했다. 그러나 10여 리도 못 가서 매복하고 있던 유비군에게 생포되고 말았다. 영포를 사로잡은 이는 바로 위연이었다. 그는 공을 세우고자 하는 욕심이 앞서 일을 그르친 것을 뉘우치고, 달아나던 촉의 군사들을 붙들어 성도로 향하는 지름길을 알아낸 다음 미리 매복하고 있었던 것이다.

위연이 영포를 생포하는 동안 유비의 군사들은 포로들을 줄줄이 엮어 유비에게 데려갔다. 이때 유비는 서천의 군사들을 하나라도 자기 편으로 끌어들여야 했으므로 전투가 벌어진 곳에 면사기免死旗(항복을 표시하는 자는 죽이지 않는다는 것을 알리는 깃발)를 세우고 적의 항복을 유도했다. 또한 그는 적군 중에 무기를 거꾸로 들고 있는 자는 죽이지 못하게 하고 부상병은 적군이라도 모두 정성껏 치료해주라고 명했다. 유비는 군사들에게 이끌려온 포로들을 향해 말했다.

"너희들은 모두 서천에 부모와 처자식을 두고 있을 것이다. 항복하는 자는 내 군사로 맞이할 것이다. 그러기를 원하지 않는 자는 바로 고향으로 돌아가도록 하라."

포로들 가운데에는 기쁨의 탄성을 지르며 유비를 향해 엎드려 절하는 이들도 적지 않았다. 이때 황충은 군사들이 제자리로 돌아가 무기를 한곳에 모으고 흐트러진 진영의 물품들을 대충 정리하게 한 다음 유비에게 찾아가 말했다.

"위연은 사사로운 욕심으로 군령을 어겨 자칫 일을 그르칠 뻔했습니다. 그의 목을 베는 것이 마땅합니다."

이때 위연이 영포를 밧줄로 묶어 진영으로 들어왔다. 유비가 그에게 소리쳤다.

"위연은 들어라! 군령을 어긴 죄 마땅히 죽음으로 다스려야 하나 영포를 사로잡아온 공으로 이번만은 용서한다. 그리고 그대의 목숨을 구해준 노장군의 은혜를 잊어서는 안 될 것이다."

위연은 자신의 생명을 구해준 황충에게 절하고 용서를 빌었다. 유비는 황충에게 크게 상을 내리고 노고에 대해 치사의 말을 아끼지 않았다. 위연에게서 사과를 받고 유비로부터 상도 받은 황충은 위연에 대한 적대감이 풀렸는지 좀더 넓은 마음으로 아랫사람을 포용해주지 못한 자신의 잘못을 뉘우쳤다. 황충이 위연의 사과를 따뜻하게 받아들이자 이들은 곧 앙금을 남기지 않고 화해했다.

두 장수가 서로 화해하는 것을 본 유비는 다시 영포를 앞으로 끌고 오게 했다. 유비는 병사들에게 끌려와 땅바닥에 꿇어앉은 영포에게 다가가 직접 포승을 풀어주고 술 한잔을 권하며 물었다.

"항복함이 어떤가?"

"황숙께서 저를 죽이지 않고 살려주셨는데 어떻게 항복하지 않을 수 있겠습니까? 낙성을 지키고 있는 유괴와 장임은 저와 생사를 함께하기로 한 동료들이니 제가 가서 황숙의 진면목을 말해주며 투항을 권유하면 두 말 않고 저를 따를 것입니다. 황숙은 낙성에 입성할 시간만 기다리면 될 것입니다."

유비는 영포의 말대로 할 것을 명하고 새 옷과 안장을 주어 그를 낙성으로 돌려보냈다. 이것을 본 위연이 발을 동동 구르며 말렸다.

"영포는 결코 돌아오지 않을 것입니다. 주공께서는 어찌 이렇게 쉽게 적장을 풀어 보내주십니까?"

"내가 인의로 저를 대했으니 나를 저버리지 않을 것이다."

그러나 유비의 판단은 여지없이 깨지고 말았다. 낙성으로 돌아간 영포는 유괴 · 장임을 만나, 자기가 곤경에 처했던 일에 대해서는 전혀 내색하지 않고 오히려 적과 싸워 수십 명을 죽이고 말을 빼앗아 타고 오는 길이라고 둘러댔다. 그러나 유괴는 영포가 큰소리를 치고 있지만 거느리고 간 군사들은 온데간데없고 혼자 돌아온 것으로 봐서 지고 왔음이 틀림없다고 여기고 즉시 유장에게 사람을 보내 원병을 요청했다. 성도의 유장은 등현이 죽고 영포가 패해서 돌아왔다는 말을 듣고 몹시 당황하여 바로 참모들을 불렀다.

"낙성이 위험해요. 어떻게 하면 좋겠습니까?"

유장의 큰아들 유순劉循이 앞장서며 말했다.

"제게 군사를 주시면 낙성으로 가 적의 침범을 막겠습니다."

유장은 용기 있게 나서는 아들이 자랑스러우면서도 마음이 놓이지 않는지 주위를 둘러보며 물었다.

"내 아들이 가겠다고 하는데 옆에서 누군가 도와야 할 것 같소. 누가 함께 가서 돕겠소?"

"제가 함께 가겠습니다."

유장이 보니 오의吳懿였다. 그는 유장의 장인이었다. 유장은 몹시 반갑다는 듯 고개를 끄덕이며 말했다.

"장인께서 함께 가시겠다니 아무 걱정이 없습니다. 부하 장수로는 누구를 원하십니까?"

"오란吳蘭과 뇌동雷同이 적합할 듯합니다."

유장은 오의에게 2만 군사를 주고 오란과 뇌동을 부장으로 삼아 아들 유순과 함께 낙성으로 가도록 했다. 이들이 낙성에 도착하자 유괴와 장임은 그 동안의 일을 모두 보고했다. 전황을 파악한 오의는 사태가 생각보다 심각하다고 느꼈는지 무거운 얼굴로 물었다.

"적이 너무 가까이까지 왔어요. 놈들을 막는 것이 쉽지는 않을 것 같소. 좋은 의견이 있으면 말해보시오."

영포가 나서서 말했다.

"제가 살펴보니 이 일대는 부강涪江이 흐르는데 물살이 아주 셉니다. 그런데 적은 이곳 지형을 잘 알지 못하고 산자락 아래 낮은 지대에 진영을 구축해두었습니다. 제게 군사 5천만 주시면 밤을 이용해 둑을 끊어 적군을 모조리 부강의 물귀신으로 만들겠습니다."

오의는 좋은 방법 같아 영포로 하여금 오란과 뇌동을 거느리고 가서 둑을 끊으라고 명했다. 영포는 유비군에게 당했던 일을 설욕이라도 하려는 듯 둑 끊을 준비에 열을 올렸다.

한편 유현덕은 황충과 위연에게 각각 진영 하나씩을 맡기고 자신은 부성으로 돌아와 방통과 함께 낙성 점령에 대한 대책을 세우기에 여념이 없었다. 그러던 어느 날, 반갑지 않은 보고가 들어왔다.

"손권이 장로에게 사람을 보내 둘 사이에 화친을 맺고 함께 가맹관을 공격하려 하고 있습니다."

유비가 놀라 방통에게 물었다.

"가맹관이 함락되면 우리의 퇴로가 끊기게 되어 오도 가도 못하게 될 것인데, 이를 어떻게 합니까?"

방통도 걱정이 되기는 마찬가지였다. 그는 곧 맹달을 불렀다.

"공은 촉의 사람이니 이곳 지리에 능통할 것입니다. 공이 가맹관을 지키는 것이 어떻겠습니까?"

"그곳을 끄덕없이 지켜낼 적임자가 있습니다. 원래 형주의 유표 휘하에 있던 장수인데 곽준霍峻이라는 자입니다. 제가 그와 함께 가맹관으로 간다면 그곳은 걱정하실 것이 없습니다."

유비는 다소 안심하며 곧 사람을 보내 곽준을 불러 맹달과 함께 가맹관으로 떠나게 했다. 가맹관의 위급한 일이 해결되자 방통은 잠시 쉬기 위해 거처로 돌아왔다. 이때 한 군사가 방통에게로 와 일렀다.

"군사를 꼭 뵙고 싶다며 찾아온 손님이 계십니다."

손님을 안으로 들이라는 방통의 말이 떨어지기도 전에 유난히 키가 큰 사나이 하나가 안으로 성큼성큼 걸어 들어왔다. 키가 8척이나 되어 보이고 이목구비가 뚜렷한 잘생긴 얼굴이었으나 머리를 짧게 잘라 풀어헤친데다 입고 있는 옷도 낡아 행장이 볼품이 없었다. 그러나 방통은 그가 보통 사람이 아닐 것이라 추측했다.

"선생은 누구신지요?"

그는 방통의 물음에는 대답도 않고 당 안으로 들어와 침상 위에 벌러덩 드러누웠다. 방통이 다시 물었다.

"어디에서 오신 뉘신지요?"

그러나 그는 귀찮다는 투로 대충 대답했다.

"무엇이 그리 급합니까? 잠시 기다려보시오. 내가 당신에게 천하의 일을 한 가지 일깨워주러 왔소이다. 숨이나 돌리고 봅시다."

방통은 사내가 그렇게 무례하게 나오는데도 이상하게 기분이 상하지 않았다. 그는 아랫사람들에게 술상을 봐오라고 일렀다. 잠시 후 잘 차려진 술상이 들어오자 사내는 자리에서 벌떡 일어나 상 앞으로 다가앉더니 밥은 물론 술까지 모두 비우고는 다시 침상으로 올라가 잠이 들어버렸다.

방통은 점점 사내의 정체와 그가 하려는 말이 궁금해졌다. 그는 곧 사람을 불러 법정을 모셔오라고 일렀다. 법정은 서천 사람이니 어쩌면 이 사람을 알지도 모른다는 생각에서였다. 방통의 부름을 받은 법정이 무슨 일인가 싶어 서둘러 왔다. 밖으로 나가 법정을 맞이한 방통은 사내의 인상착의와 행동거지를 설명하며 혹 알 만한 사람인가 물었다. 그러자 법정은 뭔가 짚이는 게 있는 듯 고개를 끄덕이며 말했다.

"아마도 팽양彭羕인 듯한데 한번 만나보도록 하지요."

법정이 그렇게 대답하며 방통과 함께 안으로 들어갔다. 법정이 자고 있는 사내를 한번 살펴보기도 전에 사내가 기지개를 켜며 일어나더니 그를 보고는 반갑게 물었다.

"효직, 그간 별일 없었나?"

법정도 그와 잘 아는 사이인 듯 환한 얼굴로 인사를 했다.

"두 분이 잘 아는 사이인 것 같습니다."

방통이 이렇게 묻자 법정이 웃으며 대답했다.

"예, 그렇습니다. 이 친구의 자는 영언永言입니다. 광한 출신으로 원래는 촉나라에서 알려진 호걸인데 유장에게 바른말을 했다가 미움을 사서 곤겸髡鉗(머리를 깎고 목에 쇠줄을 채우는 형)을 당해 머리 모양이 저렇게 되었습니다."

사정을 알게 된 방통은 팽양이 자신을 찾아온 것은 분명 유장에게 복수할 길을 찾기 위함임을 눈치채고 더 한층 예의를 갖춰 그를 대했다. 방통이 다시 물었다.

"선생께서는 무슨 가르침을 주기 위해 이렇게 저를 찾으셨는지요?"

"내가 특별히 이곳을 찾은 것은 그대들 수만 군사의 목숨을 구하기 위함이오. 유황숙을 만나뵙고 직접 말씀드리겠소."

옆에서 듣고 있던 법정이 유비에게 이 사실을 알렸다. 수만 군사의 목숨이 달려 있다는 말에 유비는 직접 팽양을 만나러 갔다. 팽양과 유비는 예의를 갖춰 인사하고 바로 본론으로 들어갔다.

"황숙께서는 낙성 근처에다 진영을 둘씩이나 설치해두셨지요?"

"예, 황충과 위연이 군사를 거느리고 진을 치고 있습니다."

그러자 팽양이 유비를 나무랐다.

"참된 장수는 전쟁에 임할 때 반드시 지리부터 살피는 법 아니겠습니까? 그런데 황숙께서는 낙성 근처가 대단히 위험한 곳이라는 사실을 알고 계십니까? 그 앞으로는 부강이 흐르고 있는데 물살이 보통 센 강이 아닙니다. 적이 둑을 끊으면 그곳에 있는 황숙의 군사들은 한 명도 살아남지 못할 것입니다."

유비는 그제야 주변을 살피지 않은 채 진을 쳤다는 사실을 깨닫고 마음이 급해졌다. 그런데 팽양이 한마디 덧붙였다.

"지금 강성(북두성)은 서쪽에 있고 태백성(금성)은 이곳에 가까워졌으니 불길한 징조입니다. 만사에 신중을 기하도록 하십시오."

유비는 팽양에게 몇 번이나 고맙다고 인사한 후 그를 막빈으로 모셨다. 그리고 황충 · 위연에게 사람을 보내 밤낮을 가리지 말고 순찰을 돌아 적이 둑을 끊지 못하게 하고 만일 이를 행하는 데 한 치의 착오라도 있으면 모두 죽음에 이를 것이라고 명심시켰다. 유비의 명을 받은 황충 · 위연은 서로 상의해서 두 사람이 하루씩 번갈아가며 순찰을 돌기로 했다.

이들이 매일 순찰을 도는 동안 며칠이 지났다. 하루는 거세게 비가 내리고 바람까지 세차게 불어 강이 마치 성난 바다처럼 파도와 물보라를 일으키며 흘러갔다.

그날 밤 영포는 기회가 왔다고 생각하고 군사 5천을 이끌고 강변으로 나갔다. 빗소리와 강물 흐르는 소리만이 천지에 가득하고 사람은커녕 짐승새끼 한 마리조차 눈에 띄지 않았다. 영포는 군사를 이끌고 신속히 둑으로 갔다. 이때 뒤에서 크게 함성이 일며 한 무리의 군사가 영포군을 향해 돌진해왔다. 예상치 못한 일이라 영포는 급히 군사를 돌려 도망쳤다. 비를 뚫고 달아나다 보니 진흙탕에 넘어지고 갈 길을 찾지 못해 우왕좌왕하는 이들이 부지기수였다. 추격해오는 위연의 군사에게 당하는 이들보다 서로에게 짓밟히거나 말발굽에 채어 죽거나 부상당하는 병사들이 더 많았다.

자기를 풀어준 유비를 배신했으니 만일 이번에 잡히게 되면 비참한 죽음을 면치 못하리라 생각한 영포는 정신없이 도망쳤다. 위연도 위연대로 이번에 다시 영포를 잡아 본때를 보여주리라 벼르고 있었으므로 있는 힘을 다해 그를 추격했다. 결국 영포는 위연의 추격을 따돌리지 못하고 강변 한쪽에서 위연과 판가름을 벌이게 되었다. 이들은 장대처럼 쏟아지는 빗속에서 칼을 부딪치며 싸웠다. 영포는 몇 번 칼을 휘두르지도 못한 채 위연에게 칼을 빼앗기고 붙잡히는 몸이 되었다. 촉의 장수 오란·뇌동이 영포를 구하려고 달려왔으나 군사를 몰고 온 황충이 사정없이 몰아붙이는 바람에 그들은 다시 말을 돌려 달아났다. 위연은 또 한번 영포를 밧줄로 묶어 부수관으로 왔다. 유비가 영포를 내려다보며 화난 얼굴로 꾸짖었다.

"나는 너를 믿고 인의로 풀어주었는데, 너는 감히 나를 배신했다. 네가 이제 살아남지 못하리라는 것은 네가 더 잘 알 것이다. 여봐라, 당장 이놈의 목을 베어라!"

유비는 위연에게 상을 내리고 팽양에게는 극진한 감사를 표시했다. 이어 수만 군사의 목숨을 구해준 것이나 다름없는 그를 위해 잔치를 베풀어 대접했다. 유비와 팽양이 서로 술을 권하며 서천에 대한 이야기를 주고받는데 형주로부터 한 통의 편지가 전해졌다. 유비가 바로 뜯어보니 제갈량이 보낸 것이었다. 유비는 무슨 내용인가 궁금하여 급히 읽어 내려갔다.

> 제가 지난 밤에 태을수太乙數를 짚어보니 올해가 계해년인데 강성이 서쪽에 있고, 태백성이 낙성 가까이 이르렀습니다. 이는 주공과 같이 높은 곳에 있는 장수의 신상에 해가 많고 길한 일은 적음을 일러드리는 것이니 각별히 조심하시기 바랍니다.

편지를 다 읽은 유비는 잠시 생각하더니 편지를 가지고 온 마량에게 말했다.

"군사께 가거든 내가 빠른 시일 안에 서천 일을 정리하고 형주로 돌아갈 것 같더라고 전하라."

옆에서 이 말을 들은 방통이 깜짝 놀랐다. 그는 서천의 일이 쉽게 풀리지는 않고 있지만 여기에 온 이상 목적했던 바를 꼭 이룬 후에 돌아가고 싶었다. 그런데 유비가 중도에 형주로 회군할 뜻을 보이자 방통은 그 뜻을 용인해서는 안 된다는 생각부터 들었다. 방통이 유비에게 말했다.

"서천을 이렇게 쉽게 포기하시면 안 됩니다."

"물러서야 할 때 물러설 줄 아는 것도 지혜가 아니겠습니까? 조급하게 일을 추진하다 대사를 그르칠 수 있으니 공명 선생의 말대로 신중을 기하도록 합시다."

유비는 술자리가 끝난 후 다시 거론하자고 말하고 팽양과 더불어 술을 몇 잔 더 주고받았다. 그날 밤 유비는 늦도록 혼자 생각에 잠겼다.

'공명이 매사에 신중을 기하는 성격인 데 반해 사원은 저돌적이고 직선적인 데가 있다. 공명의 말을 따르자니 서천이 아쉽고 사원을 따르자니 공명의 우려가 너무 크게 다가오는구나. 이 일을 어쩐다…….'

유비는 이리저리 고심하다 손건을 불러 자신의 갈등을 털어놓았다. 손건이 조심스럽게 말했다.

"부군사 방사원의 재주가 뛰어난 것은 사실이나 그는 매사에 너무 자기 확신에 차 있어 때때로 위태롭게 느껴집니다. 이런 사람들은 흔히 자기가 이루겠다고 마음먹은 일에 대해서는 놀랍도록 집념을 보입니다. 그러면서 자신을 반대하고 나오는 사람이 있으면 마음의 벽을 치고 전혀 받아들이려 하지 않지요. 그런 점을 감안할 때 공명 선생의 권고에 귀를 기울이시는 것이 보다 안전한 길로 가는 것이 아닐까 여겨집니다. 더구나 공명 선생의 예측은 빗나간 적이 없으니 서천을 취하려다 더 큰 것을 잃게 될까 두렵습니다."

유비는 손건의 말에 연신 고개를 끄덕였다. 다음날 유비는 방통을 불러 서천 정복은 시간을 두고 이룰 일 같다며 잠시 군사들의 힘을 재충전하는 시간을 갖자고 설득했다. 그러나 방통은 고집을 꺾으려 하지 않았다.

"주공께서는 공명이 보낸 편지가 계속 마음에 걸리시는 듯한데 저라고 어찌 가만히 있었겠습니까? 제가 태을수를 계산해보니 역시 강성이 서쪽에 있는바, 그것은 주공께서 서천을 얻으실 징조이지 나쁜 일을 알리는 것이 아닙니다. 태백성이 낙성에 가까워졌으나 촉의 장수 영포를 이미 죽였으니 흉한 일은 면할 것입니다. 주공께서는 천문에 너무 마음을 둘 필요가 없습니다. 그것을 해석하는 일보다 서천을 얻는 일이 중요하니 흔들리지 말고 되도록 빨리 군사를 몰아 성도를 차지하십시오."

처음에는 방통의 말에 귀를 열지 않던 유비였으나 방통은 가까이 있고 제갈량은 멀리 있었다. 유비는 방통의 계속되는 설득에 형주로 돌리려 했던 군사를 성도로 진격시키기로 마음을 바꿨다.

유비는 군사를 동원하여 성도의 관문인 낙성으로 향했다. 이들이 낙성 부근에 도착했다는 말을 듣고 진을 지키고 있던 황충 · 위연이 마중을 나왔다. 유비는 방통과 법정 그리고 휘하 장수들과 함께 막사로 들어가 진군에 대한 작전을 짰다. 방통이 법정에게 물었다.

"낙성으로 들어가는 길은 몇 군데나 있으며 진군하기에 좋은 길은 어느 곳입니까?"

법정이 탁자 위에 종이를 펼치고 지도를 그려가며 설명했다. 현덕이 예전에 장송에게서 받은 지도를 품에서 꺼내 비교해보니 다른 곳이 없었다.

"보시다시피 낙성으로 가는 길은 두 갈래가 있습니다. 산 북쪽으로는 넓은 길이 있는데 그 길을 따라가면 낙성의 동문에 이릅니다. 그리고 남쪽으로는 좁은 길이 있습니다. 그 길을 이용하면 서문에 이르게 됩니다. 두 길 모두 진군하기에는 문제가 없습니다."

법정의 설명을 듣고 방통이 유비에게 말했다.

"저는 위연을 앞세워 남쪽의 좁은 길을 통해 낙성의 서문으로 갈 테니 주공께서는 황충을 선봉장으로 세워 북쪽의 큰 길로 가십시오. 두 군대가 낙성에 이르면 양쪽에서 협공하여 낙성을 함락하는 겁니다."

방통의 말을 들은 유비가 고개를 저으며 말했다.

"군사보다는 내가 전쟁터의 현장 경험이 많습니다. 두 곳 다 문제가 없다고 하나 좁은 길은 아무래도 위험해요. 그러니 내가 서문으로 가겠어요."

"아닙니다. 큰 길은 많은 군사들이 지키고 있을 테니 전쟁 경험이 많은 주공께서 가셔야 합니다. 제가 좁은 길로 가겠습니다."

유비는 왠지 께름칙하여 방통을 좁은 길로 보내고 싶지 않았다. 결국 꿈 이야기까지 꺼내며 방통을 설득했다.

"어제 심상찮은 꿈을 꾸었는데 너무도 선명해서 마치 현실 같았습니다. 한 신선이 나타나 굵은 쇠봉으로 내 오른쪽 어깨를 후려쳤는데 얼마나 아팠던지 지금도 통증이 느껴지는 듯해요. 내가 좁은 길로 가겠습니다."

"장수가 싸움터에서 부상을 입는 것은 다반사입니다. 일일이 꿈자리까지 헤아릴 필요는 없을 것입니다."

방통은 전혀 신경쓸 것 없다는 투로 말했다. 그러자 이번에는 유비가 제갈량의 글을 상기시켰다.

"내가 마음이 놓이지 않는 것은 공명의 편지 때문입니다. 이번에 군사는 출전하지 마시고 차라리 부수관을 지키고 있는 것이 어떻겠습니까?"

유비가 또다시 제갈량을 입에 올리자 방통은 과장되게 큰 소리로 웃으며 말했다.

"주공께서는 공명의 말이라면 마치 하늘의 뜻처럼 여기시는데, 그 사람이 이번에 편지를 보낸 것은 내가 서천을 도모하는 것을 은근히 질투하여 한 일입니다. 주공께서 공명의 글을 마음에 넣어두고 계시니 꿈조차 그렇게 꾸는 것입니다. 저는 말이 곧 제 생각인 사람입니다. 이제 더 신경쓰지 마시고 각자 군사를 이끌고 진군하십시다."

방통이 워낙 완강하게 나오니 유비도 더 이상은 말리지 못했다. 이윽고 유비는 전군에게 진군 명령을 내렸다.

"내일 새벽 5시경에 아침식사를 끝내고 날이 밝음과 동시에 낙성으로 출발한다."

다음날 새벽, 모든 군사들이 밥을 지어먹고 황충과 위연을 선두로 진군을 시작했다. 유비와 방통은 말 위에서 다시 한번 작전을 확인, 검토했다. 이때 방통의 말이 눈에 무엇이 들어간 듯 갑자기 허둥거리는 바람에 방통이 말에서 굴러떨어졌다. 놀란 유비가 급히 말에서 내려 방통을 부축해 일으켰다.

"군사께서 어째 이런 말을 타신 겁니까?"

"제가 오래전부터 이 말을 타고 다녔는데 이제까지 아무 일 없었습니다."

"전쟁터에서 말은 수족과 같은 것인데 이렇게 탈을 부리면 자칫 주인의 목숨이 위험해질 수도 있어요. 내가 탄 이 흰 말은 아주 길이 잘 들어 있어 군사를 안전하게 지켜줄 것입니다. 이 말을 타세요. 내가 그 말을 타겠습니다."

그렇게 말하며 유비는 방통의 말 위에 올라탔다. 유비의 배려에 방통은 감격을 누르지 못하고 말했다.

"주공의 두터운 은혜는 제가 백만 번 죽는다 해도 다 갚지 못할 것입니다."

유비는 방통이 말을 몰아 정한 길로 나서는 모습을 보며 왠지 모를 착잡함에 휩싸였다.

한편 영포를 구하기 위해 성밖으로 나갔다가 황충에게 쫓겨 돌아온 오의는 끝내 영포가 붙잡혀 죽었다는 말을 듣고 긴장하는 빛이 역력했다. 그는 급하게 남은 장수들을 불러 대책을 찾는 데에 신경을 곤두세웠다.

그 중 성격이 가장 대범한 장임이 말했다.

"성의 동쪽 남산에 이곳과 연결되는 좁은 길이 있는데 성을 지키는 데 아주 중요한 길목입니다. 제가 군사를 이끌고 가서 그곳을 지킬 테니 여러분들은 이곳에서 성을 굳게 지키십시오."

바로 이때, 유비군이 두 갈래 길을 모두 점령하고 쳐들어온다는 보고가 날아들었다. 촉의 장수와 군사들도 즉시 응전 태세에 들어갔다. 장임은 바로 군사 3천을 이끌고 남산의 좁은 길로 가서 길목 일대에 모두 매복시켰다.

마침내 선봉인 위연이 군사를 거느리고 나타났다. 그러나 장임은 위연의 군사가 모두 지나갈 때까지 움직이지 말고 그대로 있으라는 명을 내렸다. 조금 후 방통이 이끄는 군사가 모습을 보였다. 그러자 장임의 군사 하나가 그에게 다가와 속삭였다.

"저기 흰 말을 타고 오는 자가 유비임에 틀림없습니다."

장임은 몹시 기뻐하며 작전 명령을 내리고 방통이 더 가까이 오기를 기다렸다. 한편 방통은 산속으로 난 좁은 길을 타고 오면서 계속 주변을 살폈다. 위연이 이미 지나간 자리이니 크게 문제 될 것은 없으리라 생각했으나 길이 갑자기 가팔라지고 늦여름의 무성한 나뭇잎들과 잡목들이 시야를 가로막고 있어 앞으로 나아가는 것이 그리 쉽지만은 않았다. 방통은 왠지 불길한 예감을 떨칠 수가 없어 옆의 군사에게 물었다.

"이곳은 어디냐?"

그를 따라오던 군사 중 최근에 촉에서 항복해온 병사 하나가 나서서 대답했다.

"이곳은 낙봉파落鳳坡라는 곳입니다."

순간 방통의 가슴이 철렁 내려앉았다.

'희한한 일이기도 하다. 내 도호가 봉추鳳雛인데, 낙봉파라면 봉이 떨어진다는 뜻 아닌가?'

방통은 급하게 후퇴할 것을 명령했다. 그러나 그의 명령이 떨어지기가 무섭게 산 언덕에서 포성이 울리더니 마치 방통이 과녁이라도 된 양 집중적으로 그를 향해 화살이 날아들었다. 잠깐 동안에 무수한 화살을 맞은 방통은 말과 함께 쓰러졌다. 세간에 새끼 봉황이라 불리던 그가 낙봉파에서 운명을 다한 것이다. 그의 나이 겨우 36세였다.

방통이 죽자 유비군은 대오가 흩어지면서 큰 혼란에 빠졌다. 거기다 방통을 유비로 안 장임이 더욱 기가 살아 앞뒤에서 두들겨대자 유비군은 도망칠 곳을 찾지 못하고 그 자리에서 반 이상이 죽었다. 그 사이에 앞서가던 군사들이 나는 듯 달려가 위연에게 이 사실을 알렸다. 위연은 다급해져 군사를 돌리려 했으나 워낙 길이 좁아 여의치 않았다. 더구나 장임이 위연의 퇴로를 끊고 언덕 위에서 계속 화살을 날려대는지라 돌아간다는 것은 불가능했다. 위연이 이러지도 저러지도 못하고 당혹스러워하고 있는데 얼마 전에 촉에서 항복한 병사 하나가 일렀다.

"차라리 낙성 쪽으로 뚫고 나가 큰 길로 빠지는 것이 좋겠습니다."

위연은 무엇보다 그곳을 빠져나가는 일이 시급했으므로 병사의 말에 따라 스스로 앞을 열며 낙성 쪽으로 도망을 갔다. 겨우 좁은 길을 벗어났다 싶었는데 앞쪽에서 흙먼지를 일으키며 한 떼의 군마가 달

낙봉파에서 뜻이 꺾이는 방통. 정사와 『세설신어』에 따르면, 방통은 아무도 알아주지 않던 젊은 시절을 보냈지만, 어느 날 사마휘에게 인정받고는 일약 지식인 사회의 '신데렐라'로 급부상하였다. 당시는 명사의 인물평에 따라 관운(官運)이 결정되던 시대였던 까닭이다. 그러나 방통의 늦은 시작은 결국 조급함으로 이어져 비운을 초래했다.

려오는 것이 보였다. 촉의 장수 뇌동과 그의 군사들이었다. 뒤에서는 장임이 계속 위연을 쫓아오고 있었으므로 위연은 앞뒤를 막고 있는 적에게 완전히 포위되고 말았다. 그는 죽을 힘을 다해 싸웠으나 적이 워낙 겹겹이 둘러싸고 있는 탓에 포위망을 뚫을 수가 없었다.

이때 오란 · 뇌동이 몰고 온 군사 뒤쪽에서 갑자기 일대 혼란이 일어나더니 두 적장이 말을 돌려 후군 쪽으로 달아나는 것이 보였다. 힘겨운 싸움을 벌이던 위연은 자기 쪽 군사가 왔다는 것을 알아채고 다시 칼자루를 고쳐잡고 오란 · 뇌동을 뒤쫓았다. 위연이 몇 걸음 따라가지 않았을 때 누군가가 소리치며 달려왔다.

"위연은 걱정 마라! 황충이 그대를 구하러 왔다."

위연은 겨우 한숨을 돌리고 황충과 함께 오란 · 뇌동을 공격했다. 전세가 뒤바뀌어 이제는 촉군이 쫓기는 형세가 되었다. 오란 · 뇌동은 위연 · 황충이 이끄는 유비군을 당해내지 못하고 낙성으로 계속 후퇴했다. 낙성 가까이 이르자 성을 지키던 유괴가 또다시 군사를 몰고 나왔다.

방통이 죽으면서 많은 군사를 잃는 바람에 위연 · 황충은 적은 수로 유괴군과 힘겹게 싸웠다. 그러나 때마침 유비가 이끄는 후군이 곧 가세함으로써 황충 · 위연 그리고 유비가 거느리는 군사들은 힘을 합해 촉군을 영문까지 밀어붙였다. 그러나 장임이 다시 군사를 이끌고 산골짜기에서 쏟아져나와 유괴 · 오란 · 뇌동과 함께 유비군을 공격하기 시작했다.

유비군은 두 영문을 차지했으나 촉군의 거센 반격을 받고 전열이 무너져내려 도리어 후퇴하는 형편이 됐다. 그때 다행히도 유봉 · 관평이 3만 대군을 이끌고 나타나 장임의 군사를 쳐부수며 20여 리나 쫓아가 많은 말을 빼앗아온 덕분에 유비 일행은 부수관으로 돌아올 수 있었다. 부수관으로 돌아와 겨우 정신을 차린 유비는 방통이 보이지 않자 그의 소식을 물었다.

"군사는 어디에 있는가?"

낙봉파에서 방통과 함께 있었던 군사가 고개를 숙이고 말했다.

"군사께서는 낙봉파에서 말과 함께 쏟아지는 적의 화살을 피하지 못하고 돌아가셨습니다."

유비는 낙봉파가 있는 서쪽을 바라보며 통곡했다. 그때까지 방통의 죽음을 모르고 있던 황충과 위연도 눈물을 쏟았다. 한참 만에 마음을 진정시킨 유비는 단을 만들어 그를 위한 초혼제를 지내도록 영을 내렸다. 낙성 공격이 실패로 돌아간데다 방통마저 잃어 슬픔에 젖어 있는 유비에게 노장 황충이 간했다.

"적이 군사 방통을 죽였으니 분명 부수관을 그냥 두지 않을 것입니다. 빨리 형주로 사람을 보내 공명 선생을 모시고 계책을 논의하는 것이 좋지 않겠습니까?"

황충의 말을 듣고 유비는 정신이 번뜩 들었다. 그러나 이때 장임은 군사를 몰고 성 아래까지 쳐들어와 있었다. 황충 · 위연은 당장 싸우기 위해 군사를 몰고 성밖으로 나가려 했으나 유비가 말렸다.

"지금은 군사들의 사기가 떨어져 있어 불리합니다. 성을 굳게 지키며 공명 선생이 오실 때까지 기다리도록 합시다."

황충 · 위연은 유비의 명을 받들어 성을 지키는 데 주력했다. 유비는 제갈량에게 보내는 편지를 써서 관평에게 주며 말했다.

"공명 선생에게 쓴 편지이니 차질 없이 전하고 공명 선생을 모셔오도록 해라."

한편 형주를 지키면서 서천 소식에 귀 기울이고 있던 제갈량은 칠월 칠석을 맞아 모든 관원들을 불러 연회를 베풀었다. 연회석에서 오가는 이야기는 대부분 서천과 유비에 관한 것들이었다. 그런데 문득 서쪽 하늘에서 북두성만큼이나 큰 별이 사방으로 빛을 쏟아내며 떨어지는 것이 보였다.

제갈량이 깜짝 놀라 일어나며 양손을 머리에 갖다댔다. 그 바람에 술잔이 땅으로 떨어지고 이어 제갈량이 대성통곡을 했다.

"아, 이럴 수는 없다. 봉추!"

주위에서 깜짝 놀라 제갈량에게 이유를 물었다. 제갈량이 잠시 후에 마음을 진정시키고 설명했다.

"내가 얼마 전에 천문을 보니 강성이 서쪽에 있어 군사에게 좋지 않은 운이 뻗치고 있는데다 태백성이 낙성에 떠 있어 주공께 특별히 조심하라는 글을 보냈지요. 그런데 조금 전에 서쪽의 별이 떨어지는 것을 보니 방통이 죽은 것이 분명합니다."

제갈량은 다시 슬픔에 잠겨 말했다.

"우리 주공이 한 팔을 잃으셨습니다."

제갈량이 심히 애통해하는 것을 보면서도 관원들은 그 말을 선뜻 믿기 어려웠다.

그럭저럭 며칠이 지났다. 제갈량이 관우와 마주앉아 이야기를 나누고 있는데 관평이 유비의 편지를 가지고 왔다는 보고가 들어왔다. 제갈량이 편지를 받아 읽더니 중얼거리듯 말했다.

"지난 칠석 날 방통이 낙봉파에서 적의 화살을 맞고 죽었답니다."

제갈량이 다시 눈물을 흘리자 다른 관원들도 함께 통곡했다. 잠시 후 제갈량은 울음을 그치며 말했다.

"주공의 어려움이 말이 아닐 것입니다. 제가 가봐야겠어요."

그는 들고 있던 유비의 편지를 관원들에게 보이며 말을 이었다.

"주공께서는 편지에서, 형주에 대한 재량권을 제게 맡기셨습니다. 저는 곧 서천의 주공께 갈 것이니 형주는 운장께서 맡아주세요. 장군은 지난날 주공과 도원결의하여 한마음 한몸이나 다름없으니 온 힘을 다해 이곳을 지키리라 믿습니다. 공의 임무가 막중합니다."

관우는 갑자기 자기에게 돌아온 책임이 너무 커서 부담스러웠으나 두말할 상황이 아니었으므로 고개를 끄덕여 임무를 받아들였다. 제갈량이 술상을 차려 여러 관원들을 불러모았다. 그 자리에서 제갈량은 관우에게 관인을 넘기며 말했다.

"형주는 이제 장군 손에 달렸습니다."

"주공의 힘에야 미칠 수 있겠습니까마는 사력을 다하겠습니다."

순간 관우의 대답 중에 죽을 사死 자가 제갈량의 마음을 쓸고 지나갔다. 그는 관우에게 다시 한번 다짐하는 의미에서 몇 가지를 물었다.

"장군, 만일 그 사이에 조조가 쳐들어온다면 어떻게 하시겠습니까?"

"힘을 다해 막아야지요."

"그러면 만일 조조와 손권이 한꺼번에 군사를 몰고 쳐들어온다면 어떻게 하시겠습니까?"

"군사를 둘로 나누어 막겠습니다."

제갈량이 관우의 대답을 듣고 말했다.

"그렇게 하면 형주는 위험에 빠질 수 있습니다. 내가 장군께 여덟 글자를 드릴 테니 이것을 마음에 꼭 새기고 운신하세요. 그러면 형주를 지킬 수 있을 것입니다."

관우가 여덟 글자가 무엇인지 물었다.

"북거조조北拒曹操 동화손권東和孫權입니다. 즉, 조조와는 맞서 싸우고 손권과는 화친하라는 뜻입니다."

"군사님의 말씀을 한순간도 잊지 않겠습니다."

제갈량은 모든 업무를 관우에게 넘기고, 마량 · 이적 · 상랑向朗 · 미축 등의 문관과 미방 · 요화 · 관평 · 주창 등의 무관에게 관우를 도와 형주를 지키는 데 착오가 없도록 하라고 영을 내렸다.

서촉을 차지하고 마초를 얻은 유비

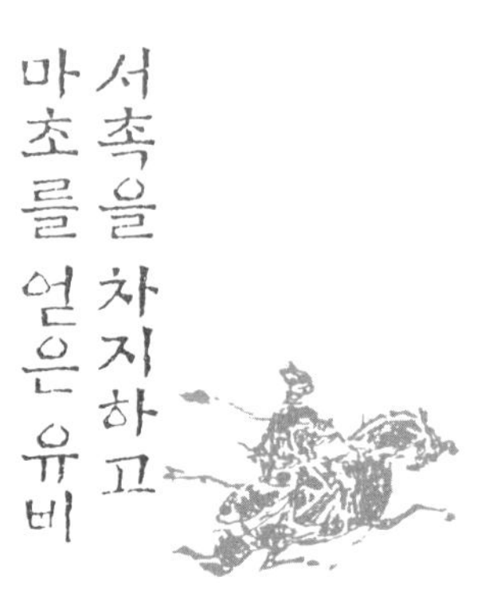

형주의 일을 정리한 제갈량은 군사를 거느리고 서천으로 갈 준비에 들어갔다. 그는 먼저 장비에게 명을 내렸다.

"장군께 정병 1만을 드리겠습니다. 장군은 군마를 이끌고 큰 길을 따라 나가 파주를 점령하고 낙성 서쪽을 공격해 공을 세우도록 하십시오."

다음은 조운을 불러 명했다.

"조장군은 군사를 이끌고 강을 거슬러올라가 낙성으로 진격하세요."

그런 후 자신은 간옹 · 장완蔣琬 등과 함께 1만 5천 군사를 거느리고 뒤를 따르기로 했다. 장완은 제갈량에 의해 새로 영입된 인물로 영릉의 상향 사람이었다. 그는 일찍부터 형주와 양양에서 재주를 인정받아 제갈량 아래 들어온 후에는 서기書記 일을 보고 있었다. 제갈량은 장비와 같은 날 출발했는데 떠나기 전에 그가 장비에게 특별히 주의를 주었다.

"서천에는 뛰어난 장수들이 많습니다. 항상 신중하게 적의 움직임에 대처하세요. 그리고 전군에게 명해 백성의 재산을 빼앗거나 함부로 행동해 민심을 잃는 일이 없도록 하십시오. 장군께서도 마을에 도착하면 백성들을 잘 다독여주고 부하들을 함부로 매질하지 마십시오. 부디 제 말을 잊지 마시고 빠른 시일 안에 낙성에 이르도록 하십시오."

장비는 반드시 약속을 지키겠다고 말하고 말에 올라 군사를 거느리고 낙성으로 향했다. 장비는 제갈량이 일러준 대로 진군하여 마을에 이르는 곳마다 백성들을 보살펴주고 투항해오는 군사는 특별히 더 관대하게 배려했다. 그렇게 하여 한천漢川의 길을 넘어 파군 근처까지 갔을 때였다. 미리 풀어놓은 장비의 첩자들이 달려와 고했다.

"파군 태수 엄안嚴顔은 나이는 많으나 아직 젊은 장수 못지않은 힘을 지니고 있어 활도 강한 것만 쓰고 큰 칼도 자유자재로 움직여 일당백도 가능한 인물이라고 합니다. 그래서인지 우리가 도착했다는 말을 듣고도 항복하는 깃발을 올리지 않고 있습니다."

장비는 일단 파군성에서 10리 떨어진 곳에 진을 치도록 하고 성안으로 사람을 보내 자신의 말을 전하도록 했다.

"엄안은 쓸데없는 생각을 버리고 어서 나와 항복해 백성에게 피해가 없도록 하라! 만일 항복하지 않으면 성을 쳐부수고 들어가 네 목을 베겠다."

장비의 말을 전해들은 엄안은 이를 부드득 갈며 말했다.

"그렇지 않아도 유비라는 놈이 우리 주공을 우습게 보고 쳐들어와 촉 땅을 더럽히고 있는 꼴을 참고 보기 어려웠는데 잘됐다. 이 참에 저놈들에게 본때를 보여주겠다!"

엄안은 장비와 맞서 싸우기 위해 곧 5,6천의 군마를 끌어모으고 군사와 말을 점검했다. 이때 한 장수가 나와서 엄안을 만류했다.

"장비는 장판교에서 호통 한 번으로 조조의 수십만 대군을 쫓아낸 장수 중의 장수입니다. 오죽했으면 조조가 두려워 떨며 경계를 했겠습니까? 나가서 싸우느니 차라리 성 주변에 참호를 깊게 파고 성안의 보루를 높이 올려 성을 지키는 데 주력하는 것이 이로울 줄 압니다. 저들은 한 달이 못 되어 군량미 부족으로 곤궁에 처할 것입니다. 또한 장비는 성질이 급하고 거칠어서 일이 마음먹은 대로 되지 않으면 아랫사람에게 쉽게 손을 댄다고 합니다. 성을 굳게 지키면서 장비의 화를 돋우기만 해도 우리는 승리의 기선을 잡게 될 것입니다. 화를 참지 못한 장비가 군사들을 매질해 그들의 원한을 사게 되면 우리는 쉽게 그들의 자중지란을 유도할 수 있기 때문입니다."

엄안은 그 말을 좇아 나가 싸울 것을 철회하고 군사들을 성 위로 오르게 하여 성을 지키게 했다. 그러던 어느 날, 어떤 사람이 성문 앞에 와서 소리쳤다.

"성문을 열어라! 장비 장군의 영으로 왔다."

잠시 후에 엄안이 직접 성루로 올라와 그를 내려다보며 호통쳤다.

"네놈이 여기가 어딘 줄 알고 와서 큰 소리냐? 네 무식한 주인이 무슨 소리를 하려고 너를 보냈느냐?"

그러자 장비가 보낸 사신이 다시 큰 소리로 대답했다.

"엄안은 더 이상 꾸물거리지 말고 하루빨리 나와 항복을 하는 것이 자신과 민을 살리는 길임을 명심하시오."

그 말을 듣고 엄안은 길길이 뛰며 소리쳤다.

"그 못된 놈이 천지를 모르고 입을 함부로 놀리는구나! 나 엄안이 장비 같은 놈에게 항복할 줄 아느냐? 그런 일은 아예 바라지도 말라고 장비에게 가서 전하라!"

엄안은 분이 풀리지 않았는지 무사를 불러 성문 밖으로 나가 장비가 보낸 사신의 코와 귀를 베어 돌려보내라고 명했다. 코와 귀를 잃고 돌아온 사자는 장비에게 엄안의 말을 그대로 전했다.

그 상황에서 참을 장비가 아니었다. 그는 고리눈을 부릅뜨고 갑옷을 걸쳐입더니 당장 수백 기의 군마를 몰고 파군성으로 내달았다. 성 위에 줄지어 늘어선 엄안의 군사들이 장비가 나타나자 기다리고 있었다는 듯 일제히 욕을 퍼부었다. 장비는 애가 타서 성 주변에 파놓은 도랑을 건너려고 누차 시도했으나 소낙비처럼 쏟아지는 화살을 뚫을 수 없어 포기하고 말았다.

다음날, 아침이 오기가 무섭게 장비는 다시 군사를 이끌고 파군성으로 달려갔다. 장비가 성을 향해 무섭게 내닫고 있는데 어디선가 화살 하나가 공기를 가르고 날아와 장비의 투구에 꽂혔다. 성루에서 엄안이 쏜 화살이었다. 장비가 손가락질을 하며 엄안에게 원한을 퍼부었다.

"이 늙은 것아! 내가 너를 잡아 생으로 씹어먹을 줄 알아라!"

그러나 엄안은 일언반구 대꾸도 없이 모습을 감추었다. 장비는 그야말로 속이 부글부글 끓어올랐으나 그날도 역시 아무 성과 없이 돌아오고 말았다. 3일째 되는 날, 그날도 장비는 어김없이 군사를 이끌고 진영을 나섰다. 그런데 파군성으로 향하던 장비가 갑자기 말 머리를 돌려 성 주변의 산 위로 올라갔다. 파군성은 산 위에 세워져 있었으므로 성 둘레를 온통 험한 산들이 둘러싸고 있었다. 장비는 성에서 가까운 산 중 가장 높은 지대에 올라가 성안을 내려다보았다. 성안에는 갑옷을 갖춰입고 완전 무장을 한 군사들이 질서정연하게 줄을 서서 매복해 있었다. 게다가 백성들은 분주하게 오가며 돌을 날라 성 쌓는 일을 돕고 싸움에 쓸 돌들도 모으고 있었다. 장비는 생각보다 엄안이 방비를 단단히 하고 있음을 보고 착잡한 마음으로 산을 내려왔다. 진영으로 돌아온 장비는 이런저런 궁리에 빠졌다.

'내가 아무리 애를 써도 저놈들이 싸움에 응하지 않으면 어떡한다?'

그는 여러 가지를 떠올리다 문득 생각을 멈추었다.

'그래, 군사를 떼로 몰고 갈 것이 아니라 수십 기만 거느려 가고 나머지는 진영에 대기시켜야겠다. 그래서 그놈들이 우리를 가볍게 보고 문을 열고 나오면 한꺼번에 나서서 두들기는 것이다.'

장비는 생각한 바대로 단 40여 명의 군사만 이끌고 다시 파군성으로 갔다. 이들은 성 아래 도착하자 일제히 엄안을 겨냥해 욕설을 퍼부었다. 한참을 목이 터져라 고함지르며 욕을 했으나 파군성의 문은 열릴 기미가 없었다. 연이어 3일을 계속해도 효과가 없자 장비는 속이 탔다. 장비는 분을 억누르며 또다시 머리를 짰다. 그러더니 막사에서 나와 군사들에게 명했다.

"너희들은 사방으로 나가 나무를 베면서 성에서 빠져나갈 만한 샛길이 있는지 찾아보도록 하라. 그러나 성 가까이 가서는 안 된다."

한편 성안의 엄안은 며칠째 장비가 모습을 드러내지 않자 더욱 초조해졌다. 그는 군사 수십 명을 불러 장비의 군사로 변장시킨 다음 몰래 성밖으로 내보냈다. 이들은 밖으로 나오자 표나지 않게 장비군

속으로 침투해 들어가 같이 나무를 베며 동정을 살폈다. 그날 하루 종일 나무를 베고 돌아온 군사들이 진영에 이르자 장비가 이곳저곳을 오가며 분통을 터뜨렸다.

"엄안, 이 하잘것없는 늙은 놈이 나를 속 터져 죽게 하려 한다!"

그러자 군사 몇 명이 나서서 말했다.

"장군님, 애태우실 것 없습니다. 오늘 저희들이 파군성으로 들 수 있는 샛길을 찾았습니다."

장비는 누가 들으라는 듯 크게 꾸짖었다.

"그런 곳을 찾았으면 왜 진작 말하지 않았더냐?"

장비의 고함소리에 겁먹은 군사들이 얼른 대답했다.

"저희들도 오늘에야 확인할 수 있었습니다."

"더 기다릴 것 없다. 오늘 밤 당장 진군할 것이니 그렇게 알고 만반의 준비를 갖추도록 하라. 밤 9시경에 밥을 먹고 11시경에는 출발한다. 그때는 말방울을 모두 떼고 재갈을 물려 어떤 소리도 나지 않게 하라. 내가 앞장서서 길을 열며 갈 테니 너희들은 차례대로 내 뒤를 따라오기만 하면 된다."

장비의 명령은 곧 군 전체로 퍼졌다. 그들 속에 끼어 있던 엄안의 염탐꾼들에게도 이 사실이 들어갔다. 이들은 중요한 건수를 올렸다고 생각하고 급히 성으로 돌아가 엄안에게 장비의 움직임을 알렸다. 엄안은 회심의 미소를 지으며 말했다.

"그럼 그렇지. 제깟 놈이 감히 나를 상대하려 하다니. 그놈이 끝까지 참아내지 못할 줄 내 이미 알고 있었다. 제가 좁은 길로 오려면 군량미와 말먹이 풀을 실은 수레는 뒤따라올 것이다. 그러니 뒤를 끊어버리면 놈들은 더 이상 진격하지 못한다. 무식한 놈이 결국 내 계략에 말려드는구나."

엄안은 바로 전군에게 명했다.

"오늘 밤 9시경에 밥을 먹고 11시경에는 성을 빠져나가 샛길로 간다. 길이 보이면 주변의 숲속에 모두 감쪽같이 몸을 숨기도록 하라. 그렇게 매복하고 있다가 장비가 지나가면 그놈을 일단 그대로 보내고 군량미와 말먹이 풀을 실은 수레가 나타났을 때 북소리를 신호로 일제히 뛰쳐나가 적을 일망타진하라."

엄안의 명령이 떨어지자 그의 군사들은 일찌감치 저녁을 지어먹고 무장을 갖춘 다음 성을 빠져나갔다. 이들은 곧 길을 따라 사방으로 퍼져 있는 울창한 숲속으로 들어가 몸을 숨기고 장비를 기다렸다. 엄안도 십수 명의 부장들을 데리고 숲으로 들어가 매복했다.

드디어 밤 11시가 지나자 장비가 맨 앞에 서서 군사들을 이끌고 나타났다. 이들이 지나가자 이번에는 어김없이 군량미와 말먹이 풀을 실은 수레가 줄지어 달려왔다. 이를 본 엄안이 북을 울리게 하자 사방에 몸을 숨기고 있던 군사들이 한꺼번에 쏟아져나왔다. 그들이 때를 만난 듯 신이 나서 장비의 수레들을 덮쳤다. 그런데 이때 뒤편에서 천지를 가르는 듯한 북소리가 울리더니 덩치가 산만한 장수가 호통을 치며 달려왔다.

"이 늙은 놈아, 꼼짝 마라! 내가 너를 기다린 지 오래다."

엄안이 기겁을 하여 뒤를 돌아보니 어둠 속에서 달려오는 이는 틀림없는 장비였다.

'그러면 숲속에서 몸을 숨기고 보았던 장비는 누구였단 말인가?'

엄안이 순간적으로 사태를 잘못 파악했다고 생각하며 긴장하고 있는데 다시 북소리가 울리더니 사방에서 장비의 군사들이 끝도 없이 쏟아져나왔다. 실로 호랑이 같은 장비가 칼을 치켜들고 다가들자 엄안은 손이 떨려 칼을 제대로 쓸 수조차 없었다. 장비와 엄안은 몇 번을 겨루었으나 이미 나이가 든 엄안은 그 싸움이 힘겹기만 했다.

이를 눈치챈 장비가 일부러 뒤로 물러서는 듯하며 몸을 젖히자 엄안은 기회라 여기며 한칼에 장비를 벨 듯 힘껏 내리쳤다. 장비가 날렵하게 몸을 피하더니 다시 엄안에게 달려들어 그의 갑옷 끈을 낚아채어 땅바닥으로 쓰러뜨렸다. 그 모습을 본 장비의 군사들이 떼로 몰려들어 엄안을 붙잡고 밧줄로 포박했다. 엄안이 처음에 본, 앞서가던 장비는 장비로 분장한 그의 병사였다.

엄안을 사로잡고 기세가 오른 장비의 군사들은 어려움 없이 서천의 군사들을 제압했다. 이들은 반 이상이 무장을 풀고 투항했다. 장비가 다시 군사들을 이끌고 파군성으로 가보니 이미 후군이 성안으로 들어가고 있었다. 장비는 전군에게 명해 백성들에게 피해를 주지 않도록 하라고 지시했다.

장비는 관사로 가서 당 위에 높이 앉았다. 그러자 군사들이 엄안을 끌고 왔다. 그는 포로가 된 몸임에도 무릎 꿇을 생각은 아예 하지도 않고 떡 버티고 서서 장비를 올려다보았다. 장비가 머리끝까지 화가 난 얼굴로 소리쳤다.

"너는 승자가 바로 네 눈앞에 있는데도 감히 무릎을 꿇지 않고 대항하려 하느냐!"

그러나 엄안은 조금도 두려워하지 않고 받아쳤다.

"네놈은 이유도 없이 내 땅을 침범한 도적놈이다. 그런 놈에게 왜 내가 항복을 하느냐! 죽는 한이 있어도 항복은 없다!"

화를 참지 못한 장비가 당장 뛰어내려가 엄안의 목을 칠 기세였으

말 위에서 엄안을 잡아채는 장비.
옛 중국에서 사용하던 병장기를 왼쪽부터 시대순으로 정리했다.
모(矛)와 과(戈)는 가장 오래된 장병기로 무기의 모양을 상형하여
글자를 만들었음을 알 수 있다. 극(戟)은 모양에서 알 수 있듯,
모와 과를 합쳐서 만든 무기로, 가지의 방향을 바꾸기도 하였다.
삼국시대부터는 날이 작은 창(槍)이 보급되었다.

나 겨우 참는 듯하더니 주위에 명해 엄안의 목을 베라고 고래고래 소리 질렀다. 그 모습을 본 엄안이 장비를 비웃었다.

"야, 이놈아! 나를 죽이면 그만이지 소리는 왜 그렇게 지르고 성은 왜 그렇게 내느냐?"

죽음을 코앞에 두고 있으면서도 엄안은 늠름함과 자존심을 잃지 않았다. 장비는 그런 엄안을 죽인다는 것이 갑자기 아깝게 여겨졌다. 그는 당 아래로 내려가 뜰 앞마당에 서 있는 엄안에게 다가갔다. 그러고는 직접 엄안의 포승줄을 풀어주더니 크게 절하며 말했다.

"내가 지나친 말들을 했습니다. 너무 꾸짖지 마시오. 장군께서 서천의 빼어난 호걸임은 오래전부터 알고 있었습니다."

그제야 엄안은 장비의 의기에 마음을 열고 진심 어린 항복을 했다. 장비는 이후로 파군성에 머물며 엄안을 극진히 대접하고 예의를 갖춰 대함으로써 그의 호감을 샀다.

그러던 어느 날, 장비가 엄안에게 조심스럽게 물었다.

"지금까지 저 장비는 운이 좋아 이렇게 파군성에 앉게 되었습니다. 그러나 앞을 내다보니 막막하기만 합니다. 서천으로 들어가려면 어떻게 하는 것이 좋겠습니까?"

"패한 장수가 오히려 대접만 받고 공을 세운 것이 없으니 이제 힘을 다해 보답하겠습니다. 성도를 취하는 데 꼭 창과 칼이 필요한 것은 아닙니다."

"인명 피해 없이 목적한 바를 이룰 수 있다면 그것보다 좋은 일이 어디 있겠습니까?"

"낙성까지 가기 위해서는 수많은 관문을 거쳐야 하는데 지금까지 제가 그곳을 관장해왔습니다. 그러니 저를 앞장세워 간다면 별 저항 없이 관들을 접수할 수 있을 것입니다."

장비는 엄안의 말을 듣고 힘이 저절로 솟는 듯했다. 그는 곧 엄안을 군의 앞쪽에 세우고 자신은 뒤를 맡아 진군을 시작했다. 관에 이르는 곳마다 엄안은 자신이 호언한 대로 군과 백성들의 항복을 받아냈다. 그 덕분에 장비는 칼 한번 드는 일 없이 낙성까지 수많은 관을 손에 넣으며 순조롭게 행군했다.

한편 제갈량은 형주로 출발하기에 앞서 유비에게 편지를 보내 자신이 군사를 이끌고 서천으로 간다는 것을 알렸다. 제갈량의 편지를 읽은 유비가 장수들을 불러모아 상의했다.

"지금 군사 공명과 장비 그리고 조운이 세 갈래 길을 따라 낙성으로 들어오고 있소. 모두 함께 낙성에 모여 성도를 치자는 계책이오. 7월 20일경에는 물과 육지로 우리 군사가 도착할 것인데 우리도 그들과 함께 움직여야 하지 않겠소?"

황충이 말했다.

"장임은 하루도 거르지 않고 나와서 싸움을 걸어왔지만 우리가 전혀 응대하지 않았으니 지금쯤은 지치기도 했거니와 우리 힘을 얕잡아보고 있을 것입니다. 그러니 우리가 밤을 이용해 저들을 기습한다면 대낮에 정면으로 싸우는 것보다 나을 것입니다."

유비는 부수관의 일을 매듭짓는 것이 급했으므로 황충의 말을 바로 실행에 옮기기로 했다. 그날 밤 자정을 기해 황충 · 위연에게 좌우를 맡기고 유비가 직접 가운데 길을 택해 장임의 진영으로 쳐들어갔다. 유비군이 일시에 장임의 진영에 들이닥쳐 불을 지르고 막사를 쳐부수며 거센 공격을 가하자 전혀 대비가 없었던 장임의 군사들은 하나같이 달아나기 바빴다. 장임 역시 감히 나와 싸울 엄두를 내지 못하고 군사들을 이끌고 밤새도록 낙성을 향해 도망쳤다.

다음날 유비는 황충·위연과 함께 낙성 앞에 이르렀다. 유비군이 성을 완전히 포위하자 성안으로 들어간 장임은 성문을 굳게 걸어잠그고 나와 싸울 생각을 하지 않았다. 4일째 되는 날 유비는 황충과 위연을 불러 영을 내렸다.

"나는 군사를 이끌고 서쪽 문을 공격하겠습니다. 두 장군은 동쪽 문을 치세요. 그리고 남쪽과 북쪽 문은 적이 달아나도록 방치해두세요. 그 앞으로는 험한 산과 부강이 흐르고 있으니 쉽게 도망치지 못할 것입니다."

이때 장임은 성문 위로 올라가 유비군의 움직임을 탐색했다. 그들은 서쪽 문 앞에서 공격을 시도하며 하루 종일 오가고 있었다. 자세히 보니 군사들은 계속된 공격 명령에 지쳤는지 발걸음이 무겁고 행동도 시원치가 않았다. 장임이 그 모습을 내려다보고는 생각한 바가 있었는지 오란·뇌동을 불러 말했다.

"두 장군은 군사를 이끌고 북문으로 나가 지금 동문을 공격하고 있는 황충·위연과 싸우도록 하세요. 나는 남문으로 나가 서문 밖에 있는 유비와 싸우겠소."

이렇게 이른 장임은 성안에 군사를 남겨 백성들과 함께 북을 울리고 고함을 질러 성안에 군사들이 그대로 머물고 있는 것처럼 보이게 하라고 지시했다. 서문 쪽을 공격하던 유비는 해가 저물자 지쳐 있는 군사들을 쉬게 하려고 본진으로 돌아가려 했다.

유비가 군사를 물리기 위해 군마를 점검하는데 남문으로 빠져나온 장임이 군사를 몰고 와 앞을 가로막았다. 배후를 치리라고는 생각지 못했던 유비군은 금세 혼란에 빠져들고 말았다. 황충·위연도 같은 상황이었다. 오란 · 뇌동의 기습을 받은 두 장수는 예기치 못한 사태를 맞아 정신없이 싸웠다.

유비 역시 엉겁결에 칼을 빼들고 선두에서 장임과 맞섰다. 그러나 촉이 자랑하는 명장답게 장임은 단 한칼도 유비에게 지지 않았다. 힘에서 밀린 유비는 말을 몰아 산기슭으로 몸을 피했다. 장임도 유비와 같은 거물을 눈앞에서 놓치지 않으려고 필사적으로 그를 쫓았다. 유비는 당황한 가슴을 진정시키며 말을 달리는 데만 정신을 쏟는 바람에 어느새 혼자가 되었다. 반면 장임은 많은 군사를 이끌고 계속 추격해왔다. 유비는 죽을 힘을 다해 숲을 헤치고 나갔다. 그때 앞쪽 산모퉁이에서 한 떼의 군사가 몰려오는 것이 보였다. 유비는 하늘을 올려다보며 탄식했다.

"앞뒤에서 적이 공격해오니 나는 이제 끝이로구나. 하늘이 나를 버리는구나!"

유비가 절망하여 힘없이 고개를 숙이는 순간, 앞의 광경을 보고 자기 눈을 의심하지 않을 수 없었다. 앞을 가로막으며 나타난 군사는 바로 장비가 이끄는 군사였다. 장비와 엄안이 함께 낙성으로 오다 멀리서 구름처럼 일어나는 먼지를 보고 서천군이라 여기고 공격하러 달려오는 길이었다.

장비는 유비가 곤경에 처했음을 금방 알아차리고 뒤따라온 장임에게 달려가 맞붙어 싸웠다. 장임도 명장으로 불리는 장비와 수십 여 차례 칼을 부딪쳤으나 한치도 물러서지 않았다. 그런데 장비 바로 뒤에서 엄안이 다시 군사들을 거느리고 모습을 나타내자 장임은 칼을 거두고 달아나버렸다. 장비가 장임을 추격했으나 날랜 장임의 말은 어느새 성안으로 모습을 감추어버렸다. 장임은 적교를 거두고 성문을 닫아걸었다. 장비가 유비에게 말했다.

"군사께서 먼저 도착해 계시는 줄 알았는데 제가 먼저 와서 첫번째 공을 세우게 되었습니다."

유비가 장비의 손을 부여잡으며 물었다.

"험한 산, 험한 길을 뚫고 어떻게 이처럼 빨리 올 수 있었나?"

"이곳에 이르는 동안 마흔다섯 개나 되는 관문을 통과했습니다. 그러나 여기 엄안 장군의 힘을 빌린 덕분에 하나도 힘들이지 않고 지나왔습니다."

장비는 이렇게 대답하며 엄안을 유비에게 소개하고 지나온 일을 소상히 얘기했다. 장비의 이야기를 들은 유비는 엄안의 공을 치하하며 말했다.

"동생이 이곳에 무사히 도착해 나를 구할 수 있었던 것은 모두 장군의 공이오."

유비는 입고 있던 황금 갑옷을 벗어 엄안에게 내렸다. 엄안은 감격한 듯 절하며 감사를 표시했다. 본진으로 돌아온 유비가 술상을 차려 장비와 엄안을 대접하려 할 때였다. 군사 하나가 달려와 급보를 전했다.

"황충 · 위연 장군이 오란 · 뇌동을 맞아 싸우다 유괴의 협공을 받고 동쪽으로 도망쳤습니다."

이 말을 들은 장비가 유비에게 권했다.

"어서 가서 그들을 구합시다. 형님과 제가 각각 군사를 거느리고 두 갈래로 나누어 진격하는 것이 좋겠습니다."

장비의 말대로 유비는 오른쪽 길로, 장비는 왼쪽 길로 군사를 몰고 나섰다.

오란 · 뇌동을 돕기 위해 나왔던 오의 · 유괴는 뒤에서 큰 함성이 일며 군사들의 말발굽 소리가 요란하게 들리자 급하게 군사를 거두어 성안으로 들어가버렸다. 그러나 기세등등하게 황충 · 위연을 뒤쫓던 오란 · 뇌동은 적을 추적하는 데만 신경을 쓰다 뒤에서 유비와 장비가 길을 차단하고 있는 것을 알아채지 못했다.

유비와 장비가 지원군을 이끌고 오자 황충 · 위연은 군사를 돌려 역공에 들어갔다. 앞뒤로 포진된 오란 · 뇌동은 빠져나갈 길을 찾지 못하고 군사들을 이끌고 와서 유비에게 항복했다. 유비는 이들의 투항을 받아들이고 낙성 부근에 진을 쳤다.

승세를 타고 적과 싸우던 장임은 장비의 출현으로 오란 · 뇌동을 잃고 후퇴하게 되자 걱정이 이만저만이 아니었다. 잘못하다간 성을 빼앗길지도 모른다고 생각한 장임은 무거운 마음으로 대책 마련에 고심하고 있었다. 이때 오의와 유괴가 막사로 들어와 장임 옆에 앉으며 말했다.

"머뭇거리고 있을 시간이 없습니다. 결사 항전하는 수밖에 없습니다. 그 전에 성도로 사람을 보내 위급한 사정을 알리고 우리는 우리대로 계책을 세웁시다."

장임이 말했다.

"한 가지 생각해둔 방법이 있습니다. 내일 내가 한 떼의 군마를 거느리고 나가 적에게 싸움을 걸겠소. 그리고 한동안 싸우다 패한 척 성으로 달아날 것이오. 그러면 성안에 대기하고 있던 군사가 재빨리 나와 내 뒤를 쫓는 적을 맞받아치는 것이오."

고개를 끄덕이며 듣고 있던 오의가 유괴에게 말했다.

"장군은 성에 남아 공자를 돕고 계시오. 내가 군사를 이끌고 나가 장장군을 돕겠습니다."

유괴가 오의의 말을 받아들였다. 다음날 장임은 계획대로 수천 군사를 거느리고 성밖으로 몰려나갔다. 밖에서 그 광경을 지켜보고 있던 장비는 촉군이 싸움을 걸어온다고 생각하고 그 역시 바로 말을 몰아 장임을 향해 돌진했다.

장임과 장비는 누가 먼저랄 것도 없이 서로를 공격하며 한데 엉켜 싸웠다. 수십 차례 칼을 부딪치며 싸우다 갑자기 장임이 힘에 부치는 척하며 도망치기 시작했다. 장비는 의기양양한 심정으로 온 힘을 다해 장임을 쫓아갔다. 장비가 장임의 후미를 덮치려는 찰나, 성문에서 갑자기 한 무리의 군사가 쏟아져나오며 장비군을 공격했다. 달아나던 장임도 어느새 말 머리를 돌려 반격을 가해오니 전세는 순식간에 뒤집혔다.

촉군의 포위망에 완전히 갇혀버린 장비가 출로를 뚫기 위해 안간힘을 써보았으나, 장비군에 비해 월등히 많은 촉병을 떨쳐내기가 쉽지 않았다. 갈수록 포위망이 좁혀져오자 장비는 차츰 마음이 조급해졌다.

이때 멀리 강변에서 일단의 군마가 먼지를 일으키며 몰려왔다. 이들은 눈 깜짝할 사이에 촉군 가까이까지 달려오더니 맨 앞에 선 장수가 오의를 덮쳐 사로잡았다. 이것을 본 적군은 전의를 상실하고 멀리 도망쳐버렸다. 장비를 구한 이는 바로 조운이었다. 장비는 제갈량이 보이지 않자 조운에게 물었다.

"군사는 어디 계시오?"

"군사님은 벌써 도착하셔서 주공을 뵙고 있습니다."

장비와 조운은 오의를 포박하여 진영으로 끌고 갔다. 장임은 그 사이 성안으로 도망쳐 들어갔다. 진으로 돌아온 장비와 조운은 유비와 제갈량 앞으로 갔다. 그곳에는 간옹과 장완도 도착해 있었다. 장비를 본 제갈량이 깜짝 놀라 물었다.

"아니, 장군은 어떻게 먼저 왔습니까?"

그러자 유비가 웃으며 파군성을 거치는 동안 엄안이 도와준 일을 설명했다. 제갈량이 자초지종을 듣더니 흐뭇한 표정으로 말했다.

"익덕은 천하의 용장인데 이제 지모까지 갖추시니 주공께 크나큰 복입니다."

이때 조운이 생포된 오의를 데려왔다. 유비가 오의를 보더니 부드러운 목소리로 물었다.

"그대의 항복을 믿어도 되겠소?"

오의가 별 저항 없이 대답했다.

"이미 사로잡힌 몸인데 어찌 항복하지 않을 수 있겠습니까?"

유비가 기뻐하며 오의의 결박을 풀어주었다. 옆에서 제갈량이 물었다.

"성에는 어떤 장수가 남아 있소?"

"유장의 아들 유순을 도와 유괴와 장임이 성을 지키고 있습니다. 유괴는 그리 주의할 만한 인물이 못 됩니다. 그러나 장임은 촉이 자랑하는 지장으로 결코 쉽게 볼 인물이 아닙니다."

제갈량이 거기 모인 장수들을 둘러보며 말했다.

"장임부터 붙잡고 낙성을 정복해야겠습니다."

제갈량이 다시 오의에게 물었다.

"성 동쪽에 다리가 있던데 그 다리의 이름이 무엇이오?"

"금안교金雁橋라 합니다."

그러자 제갈량은 자리에서 일어나 말을 타고 금안교라 불리는 다리 앞으로 나갔다. 제갈량은 주변을 둘러보고는 다시 진영으로 돌아와 황충과 위연을 불러 일렀다.

"금안교 남쪽 5, 6리 떨어진 지역은 강둑 양쪽이 온통 갈대밭이어서 매복하기 좋은 곳입니다. 위연 장군은 군사 1천에게 모두 창을 들게 하여 강 왼쪽에 매복시키세요. 황장군 역시 1천 군사를 단단히 무장시켜 강 오른쪽에 매복시켜놓으세요. 그리고 적이 나타나면 위연 장군은 말을 탄 장수들을 죽이고 황장군은 말만 치도록 하세요. 그러면 적군은 산지사방으로 흩어져 도망칠 것이고 장임은 분명 성 동쪽 오솔길로 달아날 것입니다. 장비 장군께서는 그 길을 지키고 있다가 장임을 사로잡으면 됩니다."

제갈량의 지시는 조운에게로 이어졌다.

"조운 장군은 금안교 북쪽에 매복하세요. 내가 장임을 유인할 테니 장임이 다리를 지나가면 곧 다리를 끊어버리고 매복해둔 군사를 이끌고 그를 추격하세요. 장임은 북쪽으로 달아날 엄두를 내지 못하고 남쪽으로 돌아들 것이니 그렇게 되면 반드시 우리 계교에 말려들고 말 것입니다."

긴 설명을 마친 제갈량은 각자 맡은 임무에 소홀함이 없도록 당부하고 적을 유인하기 위해 말을 타고 나섰다. 한편 성도의 유장은 장임의 지원병 요청을 받고 탁응卓膺과 장익張翼 두 장수를 낙성으로 급파했다. 오의마저 잃고 마음의 부담이 컸던 장임은 이 두 장수가 오자 어느 정도 힘을 얻어 전열을 가다듬고 나가 싸울 준비를 했다. 그는 장익과 유괴에게 성을 지키라 명하고 자신은 탁응과 함께 성밖으로 나가 유비와 한판 싸움을 벌이기로 했다. 장임은 선봉에 서고 탁응은 후군을 맡았다.

성을 빠져나온 장임의 군사들이 얼마 나아가기도 전에 제갈량이 이끌고 온 군사와 마주쳤다. 제갈량의 군사들은 대오도 흐트러진 채 싸울 의욕이 없는 것처럼 보였다. 장임은 제갈량을 알아보고 공격을 명령하는 대신 옆으로 대오를 벌여 버티고 섰다.

제갈량은 바퀴가 네 개 달린 수레에 앉아 있었는데 머리에는 윤건을 쓰고 손에는 부채를 든 차림이었다. 수레 옆으로는 100여 기병이 호위하고 있었다. 장임의 눈에는 그들이 나름대로 위엄을 부리기 위해 수단을 썼지만 기본적으로 군의 기상을 찾아보기 힘든 보잘것없는 상대로 보였다. 장임이 다소 긴장을 풀고 있는데 제갈량이 문득 부채 든 손을 위로 올려 장임을 지목하여 소리쳤다.

"조조는 수십만 대군을 거느리고도 내 이름을 듣고는 달아나기 바빴는데 너는 무얼 믿고 아직까지 항복하지 않는 것이냐?"

장임은 이미 제갈량의 군사를 우습게 보고 있었으므로 냉소를 머금고 말했다.

"네가 제갈량이더냐? 소문은 그럴듯하더니 실상은 보잘것없지 않느냐?"

말을 마치자 장임은 곧 창을 치켜들어 신호를 보냈다. 그의 군사들이 일시에 제갈량에게로 치달았다. 제갈량의 장수들은 그 기세에 눌린 듯 감히 싸울 생각을 못하고 다리를 건너 도망치기 시작했다. 제갈량도 수레를 버리고 말에 올라 달아났다. 장임은 더욱 자신감에 넘쳐 그 뒤를 쫓았다. 제갈량의 군사가 금안교를 건너고 곧이어 장임의 군사도 다리를 건넜다. 이때 좌우에서 각각 유비와 엄안이 나타나 장임의 군사를 위협해왔다.

장임은 순간 계략에 빠졌음을 알고 급히 말을 돌렸다. 그러나 금안교는 이미 온데간데없었다. 장임은 다시 북쪽으로 말을 달렸다. 그러나 거기에도 조운이 길을 틀어막고 있었다. 장임은 다소 당황하여 남으로 말 머리를 돌렸다. 강둑을 따라 얼마를 달렸을까? 사방에는 갈대들이 숲을 이루고 있었다. 그 광경을 보고 장임은 왈칵 불안감이 덮쳐왔다. 그곳에 적군이 매복해 있을지도 모른다는 생각이 들었기 때문이다. 그러나 다시 되돌아갈 수는 더더욱 없었다. 그는 죽을 힘을 다해 말을 몰았다. 이때 양쪽에서 황충 · 위연의 군사가 마치 밀물처럼 몰려오며 장임의 군사를 조였다.

위연의 군사들은 긴 창을 휘두르며 장수들을 찔러 죽이고 황충의 군사들은 말을 쓰러뜨려 적군을 사로잡았다. 장임의 군사들은 사방으로 흩어지며 하나같이 갈대숲으로 달아났다. 장임도 겨우 살아남은 수십 기의 기병을 거느리고 산기슭 오솔길로 도망쳤다. 그러나 거기에도 제갈량의 명을 받은 장비가 입 벌린 호랑이처럼 버티고 서서 장임을 기다리고 있었다.

장임이 놀라 급히 말 머리를 돌리는데, 울부짖는 범처럼 장비가 고래고래 고함을 질렀다. 그러자 장비의 군사들이 일제히 달려들어 장임을 사로잡아버렸다. 그 동안 탁응은 장임이 제갈량의 꾀에 빠져 허우적대는 것을 보고 일찌감치 조운에게 항복한 상태였다. 조운은 탁응을 이끌고 본진에 있는 유비에게로 왔다. 현덕은 조운에게 상을 내리고 항복한 탁응도 후하게 대접했다. 조금 지나자 장비도 장임을 결박지은 채 끌고왔다. 장임이 당 위를 보니 제갈량이 단아하게 앉아 있었다. 유비가 장임의 투항을 받아낼 요량으로 물었다.

"촉의 장수들은 시의時宜를 파악하여 모두 항복하는데 그대는 무엇 때문에 항복하지 않는가?"

장임은 조금도 주눅들지 않고 눈을 치켜뜨고 유비를 바라보며 크게 대답했다.

"내 주인은 오직 유장뿐이다."

유비는 장임을 죽이기가 아깝다는 생각이 들어 또 한번 물었다.

"그대는 왜 하늘의 운수를 모르는가? 항복하면 나는 그대를 귀하게 쓰겠다."

장임은 조금도 망설이지 않고 다시 대답했다.

"시간이 아까운 줄 알면 허튼소리 하지 말고 빨리 나를 죽여라!"

유비도 더 이상 설득할 수 없음을 알고 아쉬움을 남긴 채 그의 처형을 명령했다. 비록 적이었으나 장임의 굳은 충성심에 감복한 유비는 그의 시신을 잘 거두어 후하게 장례를 치르고 금안교 옆에 묻었다. 그리고 무덤 앞에 그의 충성심을 기리는 비석을 세웠다. 다음날 유비는 엄안 · 오의 등 투항한 촉나라 장수들을 모두 앞세워 낙성으로 갔다. 성문 앞에 이르자 장수들은 문루를 향해 크게 외쳤다.

"어서 성문을 열고 항복하라! 죄 없는 성안의 백성들을 살려야 하지 않겠느냐!"

그러자 성을 지키고 있던 유괴가 성루 위에서 엄안 · 오의 등 항복한 장수들에게 욕을 퍼붓더니 활을 겨냥했다. 이때 한 장수가 나타나 유괴를 찌르고 성문을 열어 투항했다. 그때를 놓치지 않고 유비의 군마가 열린 성문으로 물밀듯 쳐들어갔다.

주위 장수들을 모두 잃은 유순은 서문을 통해 성도로 달아났다. 성으로 들어간 유비는 곳곳에 방을 붙여 백성들을 안심시켰다. 그리고 유괴를 죽인 장수를 불러 그의 이름을 물으니 그는 무양武陽 출신의 장익張翼이었다. 유비는 관사로 가서 공을 세운 장수들에게 하나하나 포상하고 항복한 촉군들을 위로하며 성을 완전 장악했다. 성이 안정을 찾자 제갈량이 유비에게 간했다.

"이제 낙성을 취하여 성도로 이르는 길목을 차지했습니다. 그러나 이곳엔 여러 고을들이 있으므로 그곳들을 모두 무마시켜야 안심을 하고 성도의 일을 도모할 것입니다. 먼저 투항한 장익과 오의는 조운과 함께 외수外水 · 정강定江 · 건위犍爲에 속한 지역을 다독이도록 하고 엄안과 탁응은 장비와 더불어 파서 · 덕양에 딸린 주군을 다스려 치안을 철저히 한 다음, 일제히 성도로 쳐들어가는 것이 좋겠습니다."

제갈량의 말대로 유비는 조운과 장비를 각자가 맡은 지역으로 보냈다. 그들이 떠나자 제갈량은 남은 장수들을 불러 물었다.

"여기서 성도까지 이르는 데 몇 개의 관문을 거쳐야 하며 그것은 어디에 위치해 있습니까?"

항장降將 가운데 하나가 대답했다.

"면죽綿竹이라는 곳에 집중적으로 군사가 배치되어 있을 뿐입니다. 다른 곳은 신경쓸 만한 곳이 못 되니 그곳만 손에 넣는다면 성도 함락은 시간문제입니다."

이 말을 들은 제갈량은 면죽을 무너뜨릴 전략을 짜기 위해 장수들과 머리를 맞댔다. 그때 문득 법정이 나서서 말했다.

"낙성을 내준 촉의 운명은 바람 앞의 등불과 마찬가지입니다. 유황숙께서는 어짊과 너그러움으로 백성을 다스려 이미 이곳에서 인망이 높으시니 구태여 군사를 몰아 성도를 취하실 필요가 있겠습니까? 제가 유장을 설득하는 글을 써보내겠습니다. 싸우는 것과 항복하는 것의 차이점이 무엇인가를 부각시킨다면 마음 약한 유장은 반드시 항복을 할 것입니다."

제갈량이 밝게 웃으며 법정의 말에 찬성했다.

"법정의 생각이 참으로 좋습니다."

법정이 말한 대로 편지를 써서 유비에게 주자 유비는 제갈량에게 보인 후 곧바로 사람을 시켜 성도의 유장에게 보냈다.

한편 낙성을 빠져나가 성도로 간 유순은 아버지 유장을 만나 그간의 일들을 상세히 설명했다. 자신이 믿었던 장수들이 몰살되다시피 했다는 말을 들은 유장의 충격은 이만저만이 아니었다. 그는 급히 문무관료들을 불러모아 대책 마련에 들어갔다. 종사 정도鄭度가 계책 하나를 내놓았다.

"지금 유비가 낙성을 빼앗긴 했으나 거느리고 온 군사는 그리 많지 않을 것입니다. 또 모든 백성이 그의 편은 아닐 것입니다. 아직 그들은 양곡도 충분히 비축하지 못한 상태이니 파서와 재동의 모든 백성을 부강의 서쪽으로 이주시킨 후, 그곳의 창고와 들판을 불살라버린다면 그들은 먹을 것이 궁해 곧 곤경에 처할 것입니다. 그 동안에 우리는 참호를 깊이 파고 성벽을 드높여 적이 오기를 기다리기만 하면 됩니다. 굶주린 적들이 와서 싸움을 걸어도 일절 응하지 않으면 저희 놈들이 어떻게 견디겠습니까? 석 달이 못 돼서 그들은 군량미 부족으로 스스로 물러날 것입니다. '적의 허점을 알고 공격하면 반드시 이긴다' 는 말이 있듯이 우리는 적을 쳐부술 뿐 아니라 유비도 사로잡을 수 있을 것입니다."

정도는 자신감에 넘쳐 계책을 말했으나 유장의 반응은 의외였다.

"그것은 안 될 말이오. 나는 '적을 막아 백성들을 편안하게 한다' 는 말은 들었어도 '백성을 이용해 적을 물리친다' 는 말은 듣지 못했어요. 공의 생각은 옳은 계책이 아니오."

종사의 계책이 받아들여지지 않자 회의장은 또다시 침묵만 흘렀다. 이때 법정으로부터 편지가 왔다는 보고가 들어왔다. 유장은 편지를 가지고 온 사자를 들게 했다. 유장이 봉투를 뜯어 안에 든 내용을 읽었다.

> 지난날 형주와 익주는 화친을 맺어 공동의 적에 대비하기로 했으나 주공께서는 좌우에서 귀를 흐리는 말만 들으시고 대의를 살피지 못하셨기에 일이 이 지경에 이르렀습니다. 형주의 유황숙은 숱한 싸움 속에서도 주공과의 정을 잊지 못하시고 혈족임을 늘 되새기고 있습니다. 주공께서 그 뜻을 살피시어 형주로 귀순해 오신다면 결코 박한 대접은 받지 않으실 것입니다. 재삼 숙고하셔서 일을 처리하시기 바랍니다.

유장은 노발대발하며 편지를 찢어 던지고는 법정을 욕했다.

"이놈은 주인을 팔아 자기 편할 궁리만 찾는 역적놈이다. 천하의 의리도 모르는 놈 같으니!"

그러고는 유비의 사자를 성밖으로 내쫓은 뒤 처남인 비관費觀에게 군사를 주어 면죽으로 보내 지키게 했다. 유장이 먼저 이렇게 한 것은 성도를 지키는 데 면죽이 얼마나 중요한지를 잘 알고 있었기 때문이다. 비관은 떠나기 전에 자기와 함께 면죽을 지킬 사람을 하나 천거했다. 그는 남양 사람 이엄李嚴으로 자가 정방正方이었다. 비관과 이엄은 유장에게 군사 3만을 얻어 면죽으로 갔다.

이때 익주의 태수는 동화董和였는데, 그는 남군南郡의 지강枝江 사람으로 아는 것이 많고 앞을 내다보는 식견을 가진 이였다. 그가 유장에게 글을 올려 한중의 장로에게 구원병을 청하자고 권유해왔다. 장로라는 말에 유장은 거부감이 일었으나 현 사태가 워낙 위급한지라 동화를 불러들여 대책을 물었다.

"장로는 나와 대를 이은 원수지간인데, 이 일이 가능하겠는가?"

"과거에는 원수로 지냈으나 지금은 이와 입술의 관계가 되었다고 해도 과언이 아닙니다. 유비가 낙성까지 와 있으니 한중은 거의 입술을 잃은 것이나 마찬가지입니다. 입술이 없으면 자연 이가 시리듯 낙성에 이어 촉이 무너지면 한중도 결코 편하지 못하게 됩니다. 정치의 이해득실 앞에서는 어제의 원수가 오늘의 동지도 될 수 있는 법입니다. 그가 그것을 모르겠습니까?"

유장은 동화의 말이 일리가 있어 곧 편지를 써서 사자를 통해 한중의 장로에게 보냈다.

한편 조조에게 패하여 서북쪽으로 달아난 마초는 강족의 땅으로 들어가 강인들과 교류하며 세를 확장시켜나갔다. 조조를 몇 번이나 곤경에 빠뜨릴 만큼 뛰어났던 그의 무예는 이곳에서도 힘을 발휘했다. 마초는 가는 곳마다 고을을 수중에 넣어 2년 만에 농서 일대를 완전히 장악했던 것이다.

그는 가는 곳마다 항복을 받아내는 승세를 타고 있었으나 한 곳만이 마초의 손에 넘어오지 않고 버티고 있었는데 바로 기주였다. 기주자사 위강韋康은 마초가 공격해올 때마다 조조 쪽의 하후연에게 사람을 보내 구원을 청했다. 그러나 하후연은 조조의 승낙을 얻어내지 못해 군사를 움직일 수가 없었다. 그러자 위강은 끝내 마초에게 항복할 것을 염두에 두고 장수들을 모아 상의했다.

"더 이상 견디기가 어렵습니다. 백성들에게 더 피해가 가기 전에 마초에게 항복을 하는 것이 좋겠습니다. 여러분의 생각은 어떠한지요?"

그러자 참군 양부楊阜가 울음을 터뜨리며 말했다.

"마초는 천자를 거스르는 역적인데 어떻게 그런 자에게 항복을 한단 말입니까?"

"항복을 하지 않으면 기주 백성들의 삶이 날로 피폐해질 것입니다. 일이 이 지경이 되었으니 무슨 수로 견디겠소?"

양부의 끈질긴 반대에도 불구하고 위강은 끝내 성문을 열고 마초에게 항복했다. 위강은 마초가 자신의 투항을 곱게 받아들여주리라 기대했지만 사정은 달랐다. 성안으로 들어온 마초는 성깔을 부리며 위강을 다그쳤다.

"진작에 항복할 것이지, 급해지니까 어쩔 수 없이 성문을 열었구나!"

마초는 투항한 위강을 비롯해 관료에 속하는 인물 40여 명의 목을 베었다. 이때 누군가가 마초에게 권했다.

"양부는 위강의 항복을 끝까지 말린 자입니다. 마땅히 그놈의 목도 베어야 합니다."

그러나 마초는 고개를 저으며 말했다.

"양부는 자기 뜻을 끝까지 지킨 의리 있는 자이다. 죽일 것이 아니라 오히려 내가 뽑아서 쓸 만한 사람이다."

마초는 양부를 자기의 참군으로 썼다. 양부는 다시 양관梁寬과 조구趙衢를 천거하여 군관에 임명토록 했다. 그로부터 며칠 후 양부는 마초에게 한 가지 부탁을 했다.

"저의 아내가 임조에서 죽었습니다. 부디 저에게 두 달의 시간을 허락해주신다면 그곳으로 가서 아내를 장사 지내고 돌아오겠습니다."

마초는 양부의 의리를 높이 사고 있었으므로 별다른 의심 없이 그렇게 하라고 승낙했다. 임조로 가던 양부는 중간에 역성歷城을 지나면서 고종사촌 강서姜敍를 만났다. 강서의 어머니는 양부의 고모로 이때 나이 여든두 살이었다. 양부는 고모를 뵙고 갈 양으로 강서의 집에 들렀다가 울며 말했다.

"저는 성을 지키는 한 사람으로 그 임무를 다하지 못해 주인을 죽게 만들었으니 고모님을 무슨 낯으로 뵈어야 할지 모르겠습니다. 마초는 천자를 거역한 역적인데다 우리 땅의 태수마저 함부로 죽였으니 기주 사람치고 그를 원망하지 않는 사람이 어디 있겠습니까? 그런데 형님은 역성의 일개 장수로 있으면서도 마초를 칠 생각조차 하지 않고 계시니 이것이 어떻게 신하 된 도리라고 하겠습니까?"

양부는 마치 피눈물을 쏟아내는 듯했다. 그의 말을 들은 강서의 어머니는 강서를 불러 꾸짖었다.

"위자사가 죽임을 당한 것은 너와 같은 장수들이 책임을 다하지 않았기 때문이다. 그 죄를 알고 있느냐?"

그녀는 다시 양부를 다그쳤다.

"너는 이미 마초에게 항복하여 그의 밑에 들어가 녹을 먹고 있다. 그런데 이제 와서 왜 또다시 그를 치려는 것이냐?"

양부는 자못 근엄하게 말했다.

"주인이 죽었는데도 제가 살아남은 까닭은 그렇게라도 해서 위자사의 원수를 갚기 위함입니다."

양부의 말을 듣고 강서가 말했다.

"마초는 영리하고 용맹한 자로 선불리 맞설 수 없는 사람입니다."

양부가 강서를 보며 말했다.

"마초를 너무 대단하게 보십니다. 그는 용맹하긴 하지만 성격이 단순해서 일을 도모하기가 오히려 쉽습니다. 내가 이미 양관 · 조구와 은밀히 일을 꾸며놓았으니 만일 군사를 몰고 쳐들어오신다면 두 사람이 반드시 내응할 것입니다."

양부의 말을 듣고 있던 강서의 어머니가 아들을 꾸짖었다.

"너는 빨리 나가 싸울 생각은 않고 뭘 망설이고 있느냐? 세상에 나면 누구나 한 번은 죽는 것인데 충의를 위해 죽는다면 그보다 값진 것이 어디 있겠느냐? 만일 네가 나 때문에 망설이는 것이라면 내가 먼저 죽어 너를 보내겠다."

늙은 어머니가 이토록 단호하게 나오자 강서도 더 이상 머뭇거릴 수가 없었다. 그는 여러 가지를 생각하는 듯하더니 평소 가깝게 지내던 통병교위統兵校尉 윤봉尹奉과 조앙趙昻을 불러 협의했다.

이 중 조앙의 아들 조월趙月은 마초 아래서 비장裨將으로 있었다. 따라서 강서와 마초를 칠 계획을 짜고 돌아오는 조앙의 마음은 무겁기만 했다. 그는 집으로 돌아와 아내 왕씨와 의논했다.

"나는 오늘 강서 · 양부 · 윤봉과 모여 위강 자사의 원수를 갚기 위한 모의를 했어요. 그런데 월月이가 마초 밑에 있으니, 내가 움직이면 아들이 죽음을 면치 못할 것이오. 어떻게 하면 좋겠소?"

그 말을 듣고 있던 아내가 결의에 찬 음성으로 대답했다.

"군부君父의 치욕을 씻기 위해 싸우다 죽는다면 그것이 어떻게 슬픈 일이 되겠습니까? 하물며 자식 하나쯤 잃는다고 대사를 그만둘 수야 없지요. 당신이 아들 때문에 이번 일에서 빠지신다면 차라리 제가 먼저 죽어 부끄러움을 면하겠습니다."

아내의 말을 듣고 조앙은 마음을 굳게 먹었다. 다음날 이 네 사람은 결의를 다지고 군사를 일으켰다. 강서와 양부는 역성에, 윤봉과 조앙은 기산에 진을 쳤다. 조앙의 아내 왕씨는 지니고 있던 패물을 팔아 군사들의 사기를 돋울 만한 물품을 장만해 기산으로 가서 병사들에게 나누어주며 위로했다.

한편 마초는 양부가 강서 · 윤봉 · 조앙과 함께 모반을 했다는 소식을 듣고 몹시 노하여 바로 조월을 칼로 쳐죽이고 방덕과 마대에게 역성을 공격하라고 명했다.

마초의 군사들이 공격해오자 강서와 양부도 이들을 맞아 싸울 태세를 갖추고 성밖으로 나왔다. 양쪽 군사는 둥그렇게 진을 치고 대치했다. 흰 갑옷을 입은 강서와 양부는 마초를 보자 크게 꾸짖었다.

"임금을 거스른 의리 없는 놈아, 당장 목을 내놓아라!"

마초는 양부의 말이 끝나기도 전에 창을 비껴들고 말을 몰아 뛰어나왔다. 마초의 군사들도 그 뒤를 따라 공격을 개시해 양군 사이에는 격전이 벌어졌다. 얼마 싸우지도 않아 양부와 강서는 마초에게 밀려 군사를 이끌고 달아나기 시작했다. 마초가 이들을 추격하자 윤봉과 조앙이 군사를 이끌고 함성을 지르며 뒤쫓아왔다.

평소 강력한 위세를 자랑하던 마초였으나 어느새 앞뒤에서 협공을 가하며 두들겨대자 포위망을 뚫을 길이 없어 당황하고 있었다. 이때 또 한 떼의 군마가 먼지를 일으키며 달려왔다. 조조의 영을 받은 하후연이 마초를 치기 위해 군사를 몰고 온 것이다.

세 방향에서 협공을 받은 마초는 군사의 태반을 잃고 겨우 살아남아 밤새 도망쳐 달렸다. 해가 뜰 무렵 마초는 기주성 가까이 이르렀다. 그가 모습을 보이자 성 위에서 화살이 소낙비처럼 쏟아졌다. 양관과 조구가 성 위에서 마초를 향해 욕설을 퍼붓더니 마초의 아내 양楊씨를 성루 위에 세우고 보란 듯이 칼로 쳐죽인 후 시신을 성 아래로 던져버렸다. 뒤이어 마초의 어린 세 아들도 목이 잘려 죽었으며 그 외 10여 명의 식구도 차례로 목이 잘린 후 성 아래로 내던져졌다. 마초는 그 참혹한 광경에 피가 거꾸로 치솟아 넋을 잃을 뻔했다.

이때 또다시 뒤에서 하후연이 쫓아왔다. 마초는 더 이상 맞서 싸우는 것이 불가능하다고 판단하고 방덕 · 마대와 함께 있는 힘을 다해 도주했다. 달리는 말 위에 앉아 참혹하게 죽은 가족들을 떠올리며 마초는 복수를 다짐했다. 그런데 또 강서 · 양부가 앞을 막고 달려왔다. 마초는 오직 앞만을 내다보며 이를 악물고 적진을 빠져나갔다. 간신히 강서와 양부를 따돌렸으나 적의 추격은 집요했다.

이번에는 다시 윤봉 · 조앙이 마초의 앞길을 가로막았다. 마초는 독이 오를 대로 올라 앞뒤 가리지 않고 치고 베며 밀림 같은 적군 속을 헤치고 나왔다. 그 사이 마초의 장졸들은 수도 없이 다치고 죽어 적의 추격권에서 완전히 빠져나왔을 때는 그를 따라온 자가 50~60명밖에 되지 않았다.

마초는 밤새 달려 새벽녘에 역성 성문 앞에 다다랐다. 그때 역성을 지키고 있던 성문지기는 희뿌연 어둠 속에서 마초를 강서로 잘못 알고 급히 성문을 열었다. 성문 안으로 들어선 마초는 무자비한 복수의 칼을 휘둘렀다. 성을 지키던 군사들은 말할 것도 없고 무고한 백성들까지 눈에 띄는 대로 찔러 죽였다.

그리고 강서의 늙은 모친을 죽이기 위해 강서의 집으로 찾아갔다. 그러자 강서의 노모는 전혀 두려워하는 기색도 없이 마초를 꾸짖었다. 머리끝까지 화가 치민 마초는 칼을 높이 들어 강서의 노모를 찔러 죽였다. 윤봉 · 조앙의 가족들도 마초의 칼에 모두 희생되었다. 다만 조앙의 처만이 진중에 있어 화를 면할 수 있었다.

다음날 마초는 성을 버리고 도망가버렸다. 날이 밝아 정오 무렵이 되어 하후연의 군사가 성으로 들어왔는데 성안은 그야말로 피바다를 이루고 있었다. 달아난 마초가 서쪽으로 20여 리쯤 갔을 때 양부가 다시 군사를 거느리고 나타나 앞을 막아섰다. 마초는 양부를 보더니 눈에 살기를 내뿜으며 다짜고짜로 덤벼들었다. 그러자 양부의 일곱 형제가 마초를 한꺼번에 공격하기 위해 일제히 뛰어나왔다. 마초의 부장 방덕과 마대도 이들을 막기 위해 달려나왔다. 그러나 방덕 · 마대가 돕기도 전에 양부의 일곱 형제는 마초가 휘두른 창에 찔려 길바닥에 나뒹굴었다.

양부 역시 마초의 창에 온몸을 찔려 군데군데 핏물이 고여 나왔으나 용기를 잃지 않고 맞서 싸웠다. 거의 힘을 잃은 양부를 향해 마초가 마지막 창을 겨냥할 때 하후연이 군사를 몰고 함성을 지르며 달려왔다. 마초는 창을 거두고 다시 달아났는데 이때 마초를 따르는 군사라고는 방덕과 마대 등 겨우 5, 6명의 부하가 전부였다.

마초를 완전히 내쫓은 하후연은 별 어려움 없이 농서를 얻을 수 있었다. 하후연은 농서의 여러 고을을 돌며 백성들을 안심시키고 강서의 부하에게 기주군을 다스리게 했다. 또한 그는 양부에게 수레를 내려 허도의 조조를 만나도록 배려했다. 조조는 양부의 공을 치하하며 관내후 벼슬을 내렸다. 그러나 양부는 끝까지 사양했다.

"저는 처음부터 난을 다스리지 못했으며 난을 당하고도 절개를 지켜 죽지도 못한 사람입니다. 마땅히 법으로 처단되어 죽어야 할 몸이 어떻게 감히 벼슬을 받을 수 있겠습니까?"

조조는 이런 양부를 더욱 가상히 여겨 작위를 내리고 사병을 두어 자기 옆에 있도록 했다.

한편 마초는 하후연의 추격권에서 벗어나기는 했으나 자신의 근거지를 완전히 빼앗겼으므로 갈 곳이 마땅치 않았다. 그는 방덕 · 마대와 상의해 한중의 장로에게 투항하기로 했다. 천하의 용장을 거저 얻다시피 한 장로는 여간 기쁘지 않았다. 마초가 있으면 서쪽의 익주를 차지하는 것도 가능할 뿐 아니라 동쪽의 조조도 겁날 것이 없었기 때문이다. 장로는 마초를 완전히 자기 사람으로 만들기 위해 그에게 딸을 시집보낼 궁리를 했다. 이 문제로 장로는 관원들을 불러모았다. 장로의 뜻을 들은 대장 양백楊柏이 간했다.

"마초의 처와 자식들이 이번에 그렇게 참혹하게 죽은 것은 마초가 남에게 너무 모질게 군 탓입니다. 그는 성격이 불 같은 사람이니 따님이 그에게 시집가면 맘 편히 지낼 날이 없을 것입니다. 주공은 왜 그런 사람에게 따님을 주려고 하십니까?"

양백의 말을 들은 장로는 마초를 사위로 삼으려 했던 생각을 지워버렸다. 그런데 양백이 한 말이 누군가에 의해 마초의 귀에 들어갔다. 그렇지 않아도 가족을 모두 잃고 분이 삭지도 않은 마당에 그 소리를 들으니 마초는 양백을 쳐죽이고 싶어졌다. 마초는 기회가 오기만 하면 양백을 죽이리라 마음먹고 살기등등한 눈으로 양백을 주시했다. 그런 마초의 저주는 양백에게 그대로 전해져 그 역시 마초를 죽일 결심을 하게 되었다.

바로 이때가 서천의 유장이 유비에게 낙성을 빼앗기고 장로에게 원병을 요청한 때였다.

유장과 오랜 원한관계에 있던 장로는 일언지하에 유장의 청을 거절

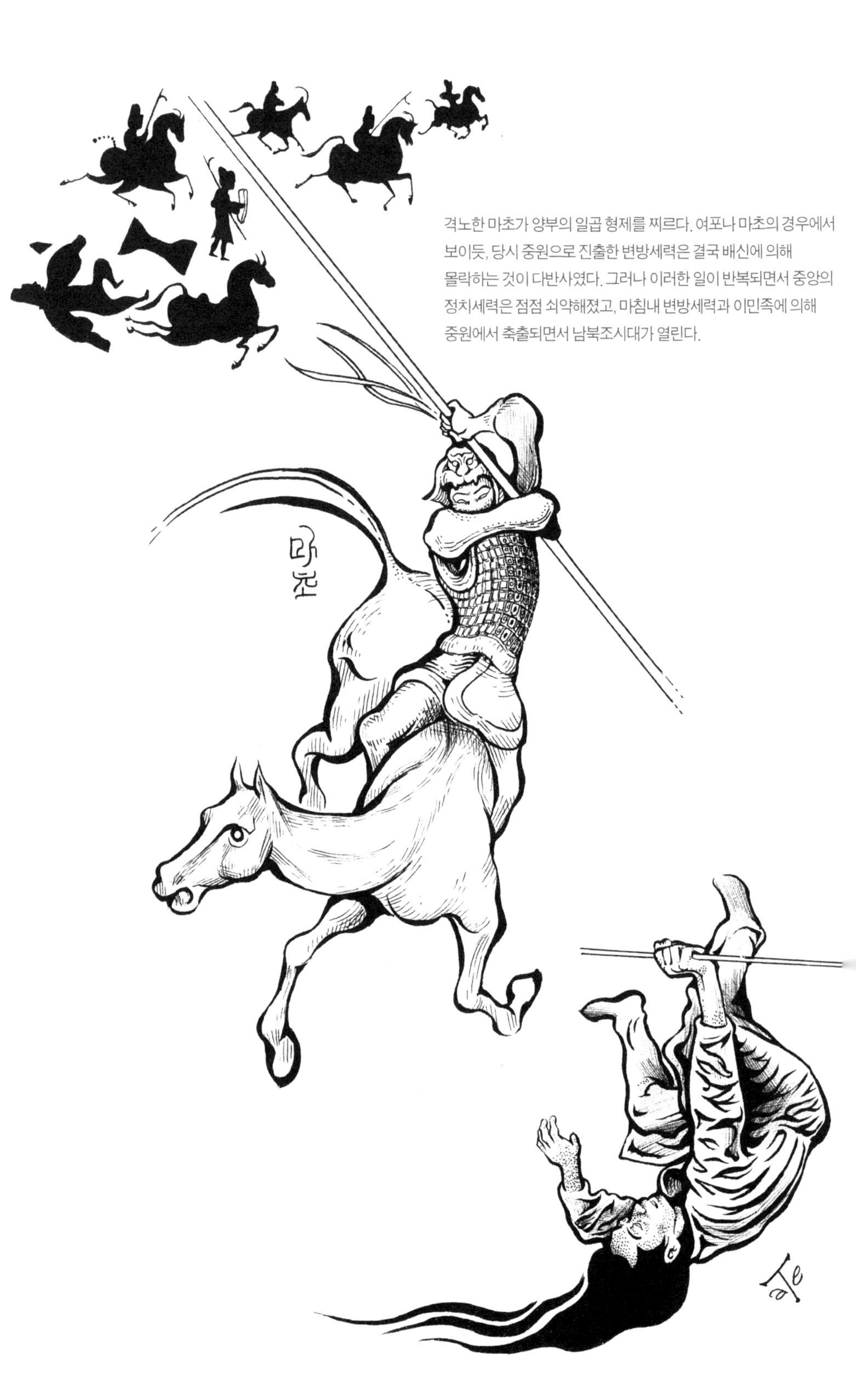

격노한 마초가 양부의 일곱 형제를 찌르다. 여포나 마초의 경우에서 보이듯, 당시 중원으로 진출한 변방세력은 결국 배신에 의해 몰락하는 것이 다반사였다. 그러나 이러한 일이 반복되면서 중앙의 정치세력은 점점 쇠약해졌고, 마침내 변방세력과 이민족에 의해 중원에서 축출되면서 남북조시대가 열린다.

했다. 그러나 사태가 급했던 유장은 다시 황권을 장로에게 보냈다. 황권은 장로를 만나기 전에 장로의 모사로 있는 양송楊松을 찾았다.

"동천과 서천은 실로 이와 입술의 관계이니 만일 서천이 무너지면 동천도 그리 무사하지 못할 것입니다. 이번에 동천에서 군을 지원해주면 저희 서천에서는 20주를 넘겨주겠습니다."

양송은 기뻐하며 황권과 장로가 만날 수 있도록 자리를 만들었다. 양송은 두 사람을 번갈아보며 동맹을 맺을 경우 양국이 취할 수 있는 이득과, 서천에서 20주를 떼어주겠다고 한 사실 등을 설명했다. 그러자 장로도 마음을 고쳐먹고 파병을 승낙했다. 그런데 장로와 유장이 동맹을 맺기로 한 소식을 들은 염포가 급히 장로에게 와서 간했다.

"유장은 주공을 원수로 여기던 사람입니다. 지금 그들이 처한 상황이 워낙 위태롭다 보니 감언이설로 우리를 꾀어 지원병을 얻고자 할 뿐, 나중에 20주를 양도하겠다는 것은 믿을 수 없는 일이니 파병을 철회하십시오."

이때 또 한 사람이 장로에게 큰소리를 쳤다.

"제가 비록 재주는 없으나 저에게 군사를 내주신다면 유비를 사로잡고 유장에게는 약속한 땅을 받아 돌아오겠습니다."

그 말에 모두 놀라 바라보니 그는 다름 아닌 마초였다. 마초는 들으라는 듯 한마디 덧붙였다.

"저는 주공께 의탁한 이후 이렇다 할 공을 세우지 못해 주공을 뵐 낯이 없었는데 이번 기회에 유비를 잡아 바치고 유장의 땅을 떼어옴으로써 은혜에 보답할까 합니다."

장로는 기쁜 마음으로 마초의 청을 받아들여, 황권은 작은 길을 통해 미리 보내고 마초에게는 군사 2만을 내주었다. 이때 마초의 오른팔이나 다름없는 방덕은 병으로 앓아누워 함께 갈 수 없었다. 장로는 그 대신 자기 부하 양백을 감군에 임명하여 마초를 따르도록 했다.

마초는 사촌동생 마대와 의논하여 출정할 날을 정해 서천으로 길을 나섰다. 이때 유비는 군사를 거느리고 낙성에 머물고 있었다. 법정의 편지를 들고 유장에게로 갔던 사자가 돌아와 유비와 제갈량에게 보고했다.

"유장은 가지고 간 편지를 보더니 갈기갈기 찢고는 저를 내쫓았습니다. 유장의 반응이 심상치 않아 성안의 소식을 염탐해보았더니, 정도의 계책으로 유장은 들의 곡식과 양곡 창고에 불을 지르고, 파서의 백성들은 모두 부강의 서쪽으로 이주시킬 계획이라고 했습니다. 또한 성 주위에 참호를 깊이 파고 성벽을 올려 성을 지킬 뿐 싸우지는 않을 것이라는 말도 있었습니다."

유비와 제갈량은 의외라고 여기며 몹시 당황했다.

"유장이 그렇게 움직이면 우리는 몹시 위태로워집니다."

그런데 법정은 빙그레 웃음 띤 얼굴로 말했다.

"그리 염려하실 것 없습니다. 그것은 어디까지나 그럴듯한 계책일 뿐 유장은 실행에 옮기지 못할 것입니다."

법정의 말대로 며칠이 지난 후 유장이 백성들을 이주시켜야 한다는 청을 거절했다는 소문이 들렸다. 유비는 다행이라 여기고 마음을 놓았다. 그러자 제갈량이 유비에게 권했다.

"면죽을 취하는 일이 급합니다. 그곳만 손에 넣으면 성도는 힘들이지 않고 취할 수 있습니다."

유비는 지체하지 않고 황충과 위연에게 군사를 주어 면죽으로 향하도록 했다. 면죽을 지키고 있던 비관은 유비의 군사가 쳐들어온다는 소식을 듣고 이엄에게 명했다.

"장군에게 3천 군사를 내줄 테니 나가서 유비군을 막도록 하세요."

이에 이엄은 군사를 거느리고 면죽관에 이르는 길목을 막고 서서 유비군을 기다렸다. 마침내 황충이 이엄과 대진하게 되었다. 먼저 말을 몰고 나가 공격한 것은 황충이었다. 이엄과 황충은 서로 맞붙어 40여 합을 싸웠으나 승부가 나지 않았다. 차츰 황충이 승세를 몰아갈 무렵 제갈량이 진중에서 징을 울려 군사들을 되돌렸다.

진으로 돌아온 황충이 불만스럽게 말했다.

"조금만 더 두었으면 제가 이엄을 사로잡을 수 있었는데 군사는 왜 철수를 명하셨습니까?"

"내가 지켜보니 이엄은 쉽게 사로잡기는 힘든 인물이었어요. 내일 다시 싸움을 걸어 장군은 패한 척하고 계곡으로 그를 유인하세요. 복병이 그를 사로잡을 것입니다."

제갈량의 설명을 들은 황충은 아쉬움이 컸지만 그렇게 하겠노라고 대답했다. 다음날 이엄은 전날 싸움에서 황충이 먼저 물러나서인지 자신만만하게 싸움을 걸어왔다. 황충도 나아가 이엄을 맞아 칼을 휘둘렀다. 10여 합을 싸우다 황충은 힘에 부친 듯 군사를 이끌고 달아나기 시작했다. 이엄은 황충을 추격해 산골짜기로 뛰어들었다. 그러나 곧 자기가 발을 잘못 들였음을 깨닫고 말 머리를 돌리려는 순간 앞쪽에서 위연이 군사를 몰고 나타나 길을 막아섰다. 이엄이 어떻게 할까 망설이고 있는데 산 언덕배기에서 제갈량이 소리쳤다.

"공은 이미 함정에 걸렸소. 항복하지 않으면 매복해둔 궁수들에게 화살을 쏘게 하여 죽은 방통의 원수를 갚을 것이오."

사방에서 유비군이 에워싸고 있는 것을 본 이엄은 기가 질려 말에서 내리며 스스로 무장을 해제하고 항복을 표시했다. 제갈량은 항복한 이엄과 그의 군사들을 유비에게 데리고 갔다. 유비는 관대한 얼굴로 이엄을 맞이하고 후하게 그를 대접했다.

이엄은 유비에게 진심으로 대하고픈 마음이 저절로 일어났다. 이엄은 지금 유비에게 가장 절실한 문제가 무엇인지 알고 있었으므로 그것을 풀어주는 것이 그의 후의에 대한 가장 적합한 보답이라 여기고 말을 꺼냈다.

"유황숙께서 면죽을 취하실 수 있도록 제가 나서겠습니다."

순간 유비의 얼굴이 밝게 빛났다. 이엄은 계속 말을 이었다.

"비관은 유장의 친척이기는 하나 저와는 오랫동안 사귀어온 둘도 없는 친구 사이이니 제가 가서 권유해보겠습니다."

유비는 머뭇거림 없이 이엄을 면죽성으로 돌려보냈다. 성으로 간 이엄은 비관을 만나 유비의 덕성과 주변 인물들의 인품을 거론하며 그에게 항복할 것을 재차 권했다. 비록 적군이기는 하나 유비가 어질고 너그럽다는 소문을 들어서 알고 있던 비관은 올바른 주인을 제대로 섬기자는 이엄의 권유를 듣고 성문을 열기로 결정했다.

유비는 칼에 피 한방울 묻히지 않고 면죽을 차지하게 되었다. 면죽성까지 손에 넣은 유비는 드디어 성도를 향한 진군을 논의하기에 이르렀다. 유비와 참모들은 성도로 이르는 지형을 살피며 진로를 어떻게 정할 것인가를 상의하고 있었다.

이때 군사 하나가 급하게 뛰어와 보고했다.

"한중의 장로가 마초 · 양백 · 마대를 보내 가맹관을 공격해왔습니다. 지금 맹달과 곽준 두 장군이 위급하니 빨리 구원하지 않으면 가맹관은 적의 손에 넘어갈 것입니다."

마초라는 말에 유비가 몹시 당황하여 제갈량에게 말했다.

"전에는 마초와 동맹을 맺은 일까지 있는데 이제 다시 적이 되었군요. 마초의 무예는 웬만해서 당할 사람이 없습니다. 어떻게 하지요?"

긴장되는 것은 제갈량도 마찬가지였다. 잠시 생각에 잠겼던 제갈량이 입을 열었다.

"장비와 조운 장군만이 마초를 당해낼 수 있습니다."

"저도 그렇게 생각합니다만 지금 조운은 군사를 이끌고 나가 아직 돌아오지 않았습니다. 장비라도 먼저 보내는 게 어떨까요?"

고개를 끄덕이던 제갈량이 유비에게 이 일을 자신에게 맡기라는 눈짓을 보냈다. 이때 마초가 가맹관으로 쳐들어오고 있다는 소식을 들은 장비가 씩씩거리며 나타났다.

"시간이 없는데 두 분은 왜 이렇게 설왕설래하고 있습니까? 제가 가서 마초를 깨부수고 오겠습니다."

하지만 제갈량은 장비의 말을 못 들은 척하며 다른 소리를 했다.

"가맹관이 위태로운데 나가 막을 사람이 없습니다. 형주에 있는 관우가 지금 여기 있다면 걱정이 없을 텐데……."

그 말을 듣고 장비가 불끈하여 대들었다.

"군사는 제가 보이지 않는 것입니까? 저는 조조의 수십만 대군을 혼자 맞아 싸운 사람입니다. 마초를 잡는 것은 쥐새끼 한 마리 잡는 것보다 쉬운 일입니다."

"장군이 장판교에서 이길 수 있었던 것은 조조가 우리의 허실을 잘 알지 못했기 때문입니다. 조조가 그것을 알았더라면 장군의 승리도 장담할 수 없는 일이었습니다. 마초의 무예는 천하가 알아주는 것입니다. 그는 조조와 맞붙어 조조 스스로 도포를 벗어던지게 하고, 수염을 깎게 했으며, 초라한 꼴로 도망치게 만든 자입니다. 운장이 아니면 누구도 그를 당해내지 못할 것입니다."

장비는 점점 부아가 치밀어 소리쳤다.

"제가 만일 마초를 이기지 못하면 군법으로 저를 처단하시오!"

그것은 바로 제갈량이 기다리던 말이었다.

"정 그러시다면 선봉에 서세요. 그리고 주공께서도 가맹관으로 가십시오. 면죽관은 내가 지키고 있다가 조운이 오면 그때 상황을 봐서 처리하겠습니다."

"저도 마초가 어떤 놈인지 한번 겨루어보고 싶습니다."

감히 나서지 못하고 눈치만 보고 있던 위연이 마지막에 자기 의사를 표시했다. 제갈량이 그 청을 받아들여 위연에게 군사 500을 주어 선봉에 서게 하고 장비는 중군을, 유비는 후군을 이끌고 가맹관으로 진격하도록 했다.

가맹관에 도착한 위연은 자기 편인 맹달과 만나기도 전에 양백과 마주쳤다. 양백은 위연에게 대들었으나 10여 합도 겨루어보지 못하고 줄행랑을 놓았다. 위연은 첫번째 공을 세우고픈 욕심에 양백을 추격했다. 그런데 양백은 어디론가 사라지고 다른 한 떼의 군사가 몰려오는 것이 보였다. 마대가 이끄는 군사였다. 마초의 얼굴을 모르는 위연은 마대를 마초로 알고 큰 공을 세울 기회가 왔다고 생각하며 칼을 움켜쥐고 마대를 향해 돌진했다.

위연이 겨루어보니 마대도 양백처럼 별것 아니었다. 그는 위연과 몇 번 싸우지도 않았는데 달아나기 바빴다. 이쯤 되면 위연은 그들 싸움의 진위를 가려서 생각해봄직도 한데 위공偉功에 눈이 어두워 오직 추격하는 데만 열을 올렸다. 앞서 가던 마대가 갑자기 몸을 틀더니 위연에게 화살을 날렸다. 마대 뒤로는 위연만이 단연 앞서서 따라오고 있었으므로 마대가 위연의 왼팔에 화살을 맞히는 것은 식은 죽 먹기였다. 그제야 경솔하게 적을 추적했다고 생각한 위연이 급하게 말을 돌려 진으로 도망쳤다.

이번에는 마대가 끝을 보겠다는 듯 죽기살기로 위연의 뒤를 쫓아왔다. 이들은 가까워졌다 멀어졌다 하는 추격전을 벌이며 어느새 가맹관 성문 앞까지 이르렀다. 이때 장수 하나가 우레 같은 소리를 토해내며 말을 몰아 달려왔다. 위연이 양백 · 마대와 싸우는 동안 중군을 이끌고 가맹관에 도착한 장비가 싸움 소리를 듣고 달려온 것이다. 장비는 위연의 팔에 화살이 박힌 것을 보고 뒤따라오는 마대를 마초로 알고 마음을 다잡았다. 위연을 구해 관으로 들여보낸 장비가 마대를 향해 소리쳤다.

"네놈은 누구냐? 이름이나 알고 싸우자!"

"나는 서량의 마대다. 너는 누구냐?"

마초가 아니고 마대라는 대답에 장비는 다소 실망한 듯 투덜거렸다.

"네놈이 마초가 아니란 말이지? 빨리 말 머리를 돌려라. 너는 내 적수가 못 된다. 마초에게 가서 장비가 왔다고 일러라!"

장비의 업신여김을 참지 못한 마대가 악을 쓰고 쏘아붙였다.

"네놈이 무엇이기에 나를 우습게 보느냐!"

마대는 말을 마치기도 전에 창을 꼬나들고 장비에게로 달려왔다. 장비는 마대와 싸울 마음이 없었으나 기를 쓰고 달려드는 통에 몇 합을 겨뤘다. 그러나 역시 마대는 장비의 상대가 되지 못했다. 그는 장비의 거센 힘을 당해내지 못하고 금방 도망쳐버렸다.

장비가 마대를 쫓아가는 것을 보고 누군가 뒤에서 소리쳤다.

"동생은 멈추어라!"

그 소리에 장비가 말을 세우고 뒤를 돌아보니 유비가 달려오고 있었다. 장비는 더 이상의 추격을 그만두고 유비와 함께 성으로 들어갔다. 유비가 장비와 말을 나란히 하고 들어가며 말했다.

"동생의 성미가 너무 급한 것이 마음에 걸려 뒤를 따랐네. 오늘 마대를 쫓아냈으니 내일 마초가 나타나면 나가서 싸우게."

다음날, 새벽이 오기도 전에 가맹관 성 주변은 천지를 울리는 북소리로 잠에서 깨어났다. 유비가 성루에 올라 아래를 내려다보니 마초가 늘어선 깃발들 사이에서 모습을 드러냈다. 창을 들고 말 위에 앉은 그는 사자 형상의 투구를 쓰고 하얀 도포에 은빛 갑옷을 받쳐입고 있었다. 한눈에 보기 드문 용장임을 알 수 있었다. 유비가 한숨을 쉬며 말했다.

"세간에 금마초錦馬超(비단 같은 마초)라더니 괜한 소리가 아니었구나!"

유비의 탄식에 마음이 달아오른 장비가 당장 나가 싸우려 들었다. 유비가 그런 장비를 급하게 말렸다.

"잠깐! 마초는 방금 도착했다. 그의 날카로운 기세가 가라앉고 나면 나가 싸우도록 해라."

장비가 겨우 마음을 가라앉히고 있는데 마초가 소리쳐 싸움을 걸어왔다.

"촌구석에서 돼지 멱이나 따던 놈이 왔다더니 어디에 숨은 것이냐! 겁내지 말고 나와서 덤벼보아라!"

장비가 더는 못 참겠다는 듯 고래고래 고함을 지르며 성 아래로 뛰어내려가려 하자 유비가 달려가 그를 말렸다. 그러기를 몇 차례나 하는 가운데 어느덧 시간은 정오를 넘겨 오후가 되었다. 유비가 다시 성에 올라 마초를 내려다보니 마초의 군사들과 말은 제풀에 지쳐 축 처져 있었다. 유비는 그제야 장비에게 나가 싸우라고 명령했다.

"너는 정병 500기만 거느리고 나가 마초와 싸우거라. 성급하게 싸우려 들지 말고 현명하게 대처하라!"

성문이 열리고 장비가 군사를 몰고 쏟아져나왔다. 그것을 본 마초가 일단 창을 높이 들어 군사들에게 물러나라고 명령했다. 장비가 고리눈으로 마초를 쏘아보며 큰 소리로 외쳤다.

"너는 연나라 사람 장비를 몰라보느냐!"

그러자 마초는 조롱 섞인 목소리로 되받았다.

"나는 집안 대대로 내려온 공후公侯인데 너 같은 촌놈을 어떻게 알겠느냐?"

장비는 더 참지 못하고 말을 타고 나가 마초에게 창을 겨누었다. 두 장수는 서로 어우러져 창과 창을 맞부딪치며 100여 합을 싸웠으나 승부가 날 조짐조차 보이지 않았다. 그 모습을 지켜보던 유비는 감탄사를 연발했다.

"과연 범과 같구나!"

마초의 현란한 손놀림에 자기도 모르게 빠져들던 유비는 정신을 차려 다시 장비에게 주목했다. 둘은 전혀 지친 기색이 없었다. 그러나 유비는 오랜 싸움으로 혹 장비가 실수라도 할까 염려되어 징을 울려 장비의 군사를 거둬들였다. 장비가 물러가자 마초도 군사를 철수시켰다. 하지만 장비는 분한 마음을 가라앉히지 못하고 다시 말 위에 올라탔다. 그는 투구도 쓰지 않고 갑옷도 벗어둔 채 머리에 두건 하나만 동여매고 성문 밖으로 뛰어나갔다.

장비가 뛰어나오는 것을 본 마초도 말을 달려 진격해왔다. 유비는 마음이 놓이지 않아 투구와 갑옷으로 무장하고 직접 성 아래로 내려가 이들을 지켜보았다. 둘은 다시 맞붙어 불꽃 튀는 접전을 벌였다. 두 사람은 싸울수록 지치기는커녕 더욱 힘이 솟는 것 같았다. 싸움이 지나치게 과열되자 유비가 다시 징을 쳐서 군사를 철수시켰다. 상대를 잃은 마초도 물러갔다. 어느새 해가 기울어 주변이 어둑해졌다. 유비가 말했다.

"싸워봐서 알겠지만 마초는 결코 쉽게 무너질 인물이 아니다. 오늘은 이만 하고 관으로 돌아가 쉬고 내일 다시 싸우도록 해라."

두 번이나 싸움을 중단시키고 자기를 불러들이는 바람에 화가 나 있던 장비는 유비가 마초를 추켜세우는 듯한 말을 하자 더욱 부아가 치밀었다.

"죽으면 죽었지 나는 이대로 돌아갈 수 없습니다."

"이제는 어두워져 더 이상 싸울 수도 없다."

장비는 조금도 물러서지 않았다.

"불을 밝히고 싸울 수도 있습니다."

이때 진지 밖이 소란스러워지더니 마초의 목소리가 들려왔다.

"장비야! 밤이 두렵지 않으면 나와서 내 창을 받아라!"

그 소리를 듣고 가만있을 장비가 아니었다. 그는 유비의 만류에도 아랑곳하지 않고 바로 창을 들고 진 밖으로 말을 몰고 나가며 소리쳤다.

"네놈을 사로잡지 못하면 나는 성안으로 발을 들여놓지 않겠다."

마초도 맞받아쳤다.

"나도 네놈을 쓰러뜨리지 못하면 진지로 돌아가지 않을 것이다."

둘의 대결이 결정되자 주변은 양쪽 군사들이 밝혀든 횃불로 대낮같이 밝아졌다. 두 사람은 서로 창을 겨누며 또다시 격전을 벌였다. 두 말도 어우러져 발굽 위로 뿌연 먼지를 일으켰다. 불빛을 받으며 싸우는 그들의 모습은 마치 신들린 사람들처럼 보였다. 20여 합을 싸우더니 마초가 힘에 부쳤는지 갑자기 말을 돌려 달아나기 시작했다. 장비가 그 뒤를 바짝 쫓아갔다.

마초는 아무리 싸워도 장비가 지치는 기색을 보이지 않자 계책을 써서 무릎을 꿇게 하려는 속셈으로 도망을 쳤다. 그의 품속에는 구리 철퇴가 숨겨져 있었다. 마초는 그것을 꺼내 장비에게 일격을 가할 기회만 노리며 말을 몰았다.

장비도 아무 생각 없이 마초를 쫓아가는 것이 아니었다. 불시에 당할지도 모를 마초의 반격에 대비하고 있었다. 길이 꺾이는 곳에서 마초가 던진 철퇴가 번개처럼 날아와 장비의 귓가를 스치고 지나갔다. 순간 장비는 말 머리를 돌려 왔던 길로 도망쳤다. 그러자 이번에는 마초가 장비를 쫓는 형상이 되었다. 말을 달리던 장비가 화살을 뽑아 들더니 날렵하게 몸을 비틀어 마초를 향해 시위를 당겼다. 뒤를 쫓아오던 마초가 몸을 옆으로 피하자 화살은 그의 어깨 위를 스쳐갔다.

두 사람이 부린 계략으로도 승부는 가려지지 않았다. 이때 유비가 진지 앞으로 나와 마초를 향해 외쳤다.

"나는 지금까지 인의로 사람을 대할 뿐 속임수를 쓰는 일은 하지 않았소. 마초는 군사를 거두어 돌아가시오. 결코 뒤에서 치는 일은 없을 것이오."

그 말을 듣고 마초는 군사를 이끌고 진영으로 돌아갔다. 유비 역시 장비와 함께 군사를 거두어 성으로 돌아왔다. 다음날 장비는 또다시 마초와 싸우기 위해 투구를 쓰고 갑옷을 챙겨 입었다. 유비는 그런 장비를 보며 그가 그만 나가기를 바랐다. 마침 그때 병사 하나가 와서 유비에게 보고했다.

"군사께서 오셨습니다."

유비는 마치 의논할 거리를 챙겨두고 기다린 사람처럼 제갈량의 방문이 반가웠다. 그는 직접 밖으로 나가 제갈량을 맞이했다.

"군사께서 여기는 갑자기 웬일로 오셨습니까?"

"소문을 들으니 마초는 세상이 다 아는 호랑이 같은 장수라고 합니다. 장비와 끝까지 싸운다면 둘 중 하나는 다치게 됩니다. 그래서 조운과 한승에게 면죽관을 맡기고 이렇게 달려왔습니다. 주공, 우리는 지금 마초와 싸울 것이 아니라 계책을 써서 그를 우리 편으로 끌어들여야 합니다. 마초는 강족과 어우러져 산 잡초와도 같은 사람입니다. 잡초는 근성이 강하기는 하나 자기관리를 하지 않는 탓에 진가를 발휘하지 못하는 경우가 많지요. 죽은 여포를 보십시오. 그가 주변을 살피는 안목을 가지고 자기관리에 조금만 주의를 기울였더라면 그렇게 남에게 이용만 당하다 가지는 않았을 것입니다. 아니 누군가 그럴 수 있도록 독려해주었다면 천하에 떨친 그의 용맹은 옳은 값어치를 했을 것입니다. 마초도 마찬가지입니다. 그가 지리멸렬하여 힘을 소진하기 전에 우리가 그를 끌어들여 그의 가치를 한 황실 부흥을 위해 쓸 수 있도록 해야 합니다."

유비가 제갈량의 말을 반겼다.

"군사의 식견은 언제나 저를 감복하게 만듭니다. 제가 직접 보니 마초는 실로 예전의 여포와 맞먹을 만한 용장이었습니다. 어떻게 하면 우리 편 사람으로 만들 수 있겠습니까?"

이때까지도 유비는 제갈량이 단지 마초라는 인재만을 탐하고 있다고 생각했다. 그러나 제갈량의 속셈은 단지 마초에 머물러 있는 것이 아니었다. 그는 마초를 교두보로 삼아 강하기 이를 데 없는 강족과 친분을 다지며 그 강병을 바탕으로 훗날 중원의 장안까지 장악하리라는 계산을 하고 있었다. 제갈량이 유비에게 설명했다.

"동천의 장로는 한녕왕漢寧王이 되고자 욕심을 부리고 있다 합니다. 그런데 그의 휘하에 있는 모사 양송은 뇌물을 유난히 밝히는 인물이라고 합니다. 먼저 사람을 뽑아 비밀리에 한중으로 보내 양송에게 금은보화를 가져다 안기고 환심을 산 후, 얼마 후에 장로에게 이런 내용의 편지를 써서 보내십시오. '내가 이곳 서천에서 유장과 싸우는 것은 그대의 원수를 갚는 일도 되는 것이니 우리를 이간질하는 말에 귀 기울이지 마시오. 만일 일이 이루어지면 그대를 한녕왕에 봉하겠소.' 그러면 장로는 틀림없이 마초에게 철군하라는 명령을 내릴 것입니다. 그때 계책을 써서 마초를 우리 사람으로 만들도록 합시다."

유비는 기쁜 마음으로 편지를 써서 손건에게 주며 한중의 장로에게 전하게 했다. 손건의 짐 속에는 양송에게 줄 금은보화가 가득 들어 있었다.

한중에 도착한 손건은 공명이 일러준 대로 먼저 양송을 만났다. 그는 가지고 온 금은보화를 꺼내놓으며 그곳에 온 이유를 말했다. 양송은 입을 다물지 못하며 손건의 말끝마다 웃음으로 응대했다. 양송은 곧 손건을 장로에게 데리고 가 그가 찾아온 이유를 설명했다. 양송의 말이 끝나자 손건은 편지를 꺼내 장로에게 주었다. 장로는 유비가 보낸 편지를 자세히 읽어보더니 미심쩍은 얼굴로 물었다.

"유현덕은 현재 좌장군 벼슬에 머물고 있을 뿐인데 어떻게 나를 한녕왕에 봉하도록 한단 말이오?"

양송이 나서서 넙죽 대답했다.

"유현덕은 천자의 숙부이시니 그 정도의 일은 얼마든지 가능합니다."

장로는 한녕왕이 된다는 말에 솔깃해서 당장 마초에게 철군할 것을 명령했다. 손건은 임무를 마친 것이나 다름없었으나 유비에게로 돌아가지 않고 확실한 답서를 얻기 위해 양송의 집에서 머물렀다. 장로의 명을 전하기 위해 서천으로 갔던 군사가 되돌아와서 보고했다.

"마초는 일을 성사시키기 전에는 돌아올 수 없다고 했습니다."

장로가 다시 사람을 보냈으나 돌아온 답은 마찬가지였다. 그러기를 서너 차례나 되풀이하자 장로는 은근히 화가 났다.

"마초 이놈이 내 명을 뭘로 알고 이렇게 고집을 부린단 말인가?"

그러자 옆에 있던 양송이 불난 집에 마른 장작개비 던져넣는 말을 하고 나섰다.

"마초가 주공 휘하에 온 지 얼마나 됐습니까? 그는 본래 오랑캐들과 어울려 산 자로, 의리라고는 조금도 모르고 제 편할 대로 찾아드는 인물입니다. 그가 주공의 명을 따르지 않는 것은 틀림없이 배반할 마음이 있기 때문입니다."

양송은 여기에 그치지 않고 사람을 시켜 말을 퍼뜨렸다.

'마초의 숨은 뜻은 서천을 빼앗아 스스로 촉왕이 되는 것이다. 그렇게 하여 아버지와 자식의 원수를 갚으려 할 뿐, 한중의 신하로 살려는 것은 아니다.'

이 같은 유언비어를 여기저기에 흘리자 얼마 안 있어 장로의 귀에도 이 말이 들어갔다. 장로는 양송을 불러 어떻게 하면 좋을지 물었다. 양송은 이때를 대비해 생각해둔 듯 술술 말을 풀어나갔다.

"먼저 마초에게 사람을 보내 이렇게 이르도록 하십시오. '그대에게 한 달의 시간을 줄 테니 그 동안 다음 세 가지 일을 완수토록 하라. 첫째는 서천을 뺏는 것이고, 둘째는 유장의 목을 베는 것이며, 셋째는 유비가 거느린 형주 군사를 물리치는 것이다. 만일 이 모두를 수행하면 크게 상을 내릴 것이나 그렇지 못할 때는 네 목을 베겠다.' 그리고 장위에게 따로 군사를 주어 서천에서 이곳으로 이르는 주요 길목을 철통같이 지키면서 마초의 모반을 막으라고 하십시오."

이 모든 것이 마초를 죽이기 위한 양송의 각본이라는 것을 알 리 없는 장로는 마초에게 사람을 보내 그 세 가지를 이행하라고 했다. 장로의 사자로부터 이 말을 전해들은 마초는 기가 막혔다.

"무슨 수로 한 달 안에 이 일을 다 끝낸단 말인가?"

마초는 마대를 불러 상의했으나 답이 없기는 마찬가지였다. 고심하던 마대가 말했다.

"어쩔 수 없습니다. 철군하는 것이 좋겠습니다."

한중의 양송은 또다시 사람을 시켜 허위 사실을 흘리고 다니게 했다.

'마초는 분명 딴마음을 품고 돌아올 것이다.'

이 말 역시 장로의 귀에 들어갔다. 그는 곧 장위에게 군사를 일곱 길로 나누어 지키며 마초가 절대 한중 땅으로 들어오지 못하게 하라고 명령했다. 그러자 마초는 머물 수도 나갈 수도 없는 입장이 되어 그 난국을 빠져나갈 궁리에 몰두하게 되었다.

한편 일이 기대 이상으로 잘 풀리자 제갈량이 유비에게 말했다.

"지금 마초는 갈 곳이 없어졌습니다. 제가 직접 그의 진지로 가서 그에게 투항하도록 권해보겠습니다."

제갈량의 말에 유비의 걱정은 이만저만이 아니었다.

"군사는 나의 심장과 같은 사람입니다. 마초를 찾았다가 만일 무슨 일이라도 당하시면 어떡합니까?"

그러나 제갈량은 고집을 굽히지 않았다. 마초는 그냥 마초가 아니라 장래 중원을 향한 도약의 발판이 될 인물이라 여기고 있었기 때문이다. 그러나 유비도 보낼 수 없다며 끝까지 말렸다. 얼마 전에 방통을 잃은 유비는 더더욱 제갈량을 적진 속으로 보낼 수가 없었다. 그렇다고 마땅히 보낼 만한 사람도 없어 해결점을 찾지 못한 채 며칠이 지났다. 이때 한 사람이 와서 유비에게 보고했다.

"조운이 서천에서 투항해온 사람을 보내왔는데 조장군의 추천서를 가지고 왔다 합니다."

유비는 그를 들게 하고 어디서 온 누구인지 물었다.

"저는 건녕建寧 유원兪元 출신의 이회李恢라고 합니다."

유비가 이름을 들어보니 언젠가 유장에게 형주와의 동맹을 반대했던 자였다.

"그대는 지난날 유장에게 나를 받아들이지 말라고 누차 간했던 사람이 아닙니까? 그런데 이제 와서 투항한 이유가 무엇입니까?"

이회가 대답했다.

"'슬기로운 새는 나무를 가려서 앉고 현명한 신하는 주인을 가려서 섬긴다' 고 했습니다. 제가 지난날 유장에게 그렇게 간한 것은 신하 된 도리를 다하기 위해서였습니다. 그러나 유장은 충성스런 신하의 말을 듣지 않았으니 반드시 패망할 것입니다. 유황숙께서는 저희 촉 땅에 발을 들이신 후 가시는 곳마다 백성들에게 어짊과 덕을 베푸시니 뜻을 펴실 날이 반드시 오리라 생각하고 이렇게 온 것입니다."

당당하게 말하는 그의 모습을 보고 유비는 마음 가득 기쁨이 일었다.

"선생께서 오셨으니 내게 반드시 도움이 될 것입니다."

그러자 이회는 뭔가 자신이 할 일을 가지고 온 듯 말을 꺼냈다.

"지금 가맹관으로 쳐들어온 마초가 진퇴양난에 빠져 있다고 합니다. 제가 예전에 농서에서 잠깐 지낸 일이 있어 그를 알고 있습니다. 제가 가서 마초에게 투항할 것을 권해보면 어떻겠습니까?"

제갈량이 반가워하며 말했다.

"참으로 고마운 말입니다. 우리도 마초에게 보낼 만한 사람을 구하던 중입니다. 공께서 그 일을 좀 해주세요."

그러자 이회는 제갈량에게 다가가 자기의 계책을 나직이 들려주었다. 제갈량은 고개를 끄덕이며 듣더니 당장 이회를 마초에게 보냈다. 이회는 마초의 진지로 찾아가 신분을 밝히고 마초를 만나기를 청했다. 보고를 받은 마초가 말했다.

"말 잘하는 이회가 온 것은 나를 설득하기 위해서일 것이다."

마초는 도부수 20여 명을 불러 명령했다.

"지금 어떤 자가 나를 만나러 올 것이다. 너희들은 장막 뒤에 숨어 있다가 내가 신호를 보내면 즉시 몰려나와 그 자를 덮쳐 죽여버려라."

도부수들이 신속하게 장막 뒤로 몸을 숨기자 조금 뒤에 이회가 들어왔다. 마초는 반갑다는 말보다 왜 왔는지를 먼저 물었다. 이회는 조금도 긴장하지 않고 자신이 온 목적을 있는 대로 말했다.

"우리는 예전에 교분을 가졌던 적이 있지요? 오늘은 제가 특별히 장군께 권할 말씀이 있어 왔습니다."

그러나 마초는 경계의 눈빛을 지우지 않은 채 으름장을 놓았다.

"지금 내 칼집에는 새로 갈아둔 보검이 들어 있소. 당신이 만일 이치에 맞지 않는 말로 내 맘을 어지럽힌다면 당장 당신 목을 쳐 시험해볼 것이오."

이회는 움츠러드는 기색 하나 없이 호탕하게 웃으며 말했다.

"장군은 지금 장군 코앞에 화가 닥쳤는데 큰소리만 치고 계십니다. 장군이 내 목을 쳐 칼을 시험하기 전에 장군의 목을 시험하게 되지나 않을까 걱정이오."

마초가 멈칫거리며 물었다.

"내게 화가 닥치다니 무슨 말이오?"

이회가 워낙 자신감 있게 나오자 뒤로 한 발 물러서는 것은 오히려 칼을 든 마초였다. 기회를 잡았다고 여긴 이회가 재주 좋은 언변으로 설명하기 시작했다.

"옛말에 아무리 잘 헐뜯는 자라도 월越나라 미인 서시西施의 아름다움을 덮을 수 없고, 아무리 칭찬을 잘하는 사람이라도 제齊나라 무염의 추녀 무염녀無鹽女(종리춘鍾離春)의 추함을 덮을 수는 없다고 했습니다. 또한 해는 한낮이 지나면 기울고 달도 차면 다시 줄어드는 것은 천하의 변함없는 이치가 아니겠습니까? 지금 기세가 하늘을 찌르는 조조는 장군의 아버지를 죽여 장군과 원수 사이가 되었고, 농서 사람들에게는 장군에 대한 한을 품게 했습니다. 또한 유장을 도와 유비를 쫓으려 했으나 그러지 못했고 지금은 양송의 모략으로 장로와 만날 수도 없는 사이가 되었습니다. 사방을 둘러보세요. 장군을 받아들일 사람이 있습니까? 만일 위교渭橋에서 패하고 기성冀城을 잃었을 때와 같은 꼴을 당하신다면 세상의 비웃음을 어떻게 감당하려 하십니까?"

마초가 들어보니 그른 말이 하나도 없었다. 그는 고개를 숙이며 생각에 잠기더니 한참 만에 얼굴을 들어 이회에게 말했다.

"공의 말이 다 맞소. 그렇다고 지금 내가 갈 곳이 어디 있겠습니까?"

이회가 또 한번 마초의 기를 꺾어놓았다.

"장군은 내 말이 맞다고 하면서 장막 뒤에 도부수는 왜 숨겨두었습니까?"

성미가 단순한 마초는 상황에 따라 기분전환도 빠른지라 처음엔 기세가 등등했지만 이회의 조리 있는 말에 금세 풀이 죽었다. 그는 부끄러운 듯 도부수를 불러내 공연히 꾸짖으며 내쫓았다. 이회가 다시 말했다.

"유황숙은 예로써 선비를 맞이하고 사람을 귀하게 여기니 반드시 길이 열릴 것입니다. 저 또한 그래서 유장을 버리고 그에게로 간 것입니다. 더구나 공의 부친께서는 천자로부터 역도를 토벌하라는 밀조를 받으시고 유현덕과 운명을 같이했던 적도 있습니다. 공은 어찌하여 밝은 길을 두고 어두운 길만을 선택하셨습니까? 이제 밝은 곳으로 나오셔서 위로는 부모의 원수를 갚고 아래로는 공명을 높이지 않으시렵니까?"

마초가 들어보니 참으로 길이 열리는 듯한 말이었다. 그는 곧 사람을 시켜 양백을 불러오게 하더니 한칼에 그의 목을 베어버리고 이회와 함께 유비를 찾아가 항복을 표시했다. 유비는 반갑게 마초를 맞아들이고 귀빈으로 대접했다. 마초는 유비의 환대에 감격하여 말했다.

"이렇게 밝은 주인을 만나니 어두운 구름이 걷히고 푸른 하늘을 마주하는 듯합니다."

그 동안의 세찬 풍파가 불 같은 성미의 마초를 길들여놓았던 것이다.

형주를 돌려받으려는 손권

유비는 다시 곽준과 맹달에게 가맹관을 지키게 하고 면죽관으로 돌아왔다. 이때 손건 · 조운 · 황충 등도 때를 맞춰 돌아와 있었다. 유비가 다시 성도로 갈 준비를 하고 있을 때 급한 보고가 들어왔다.

"촉에서 유준劉晙과 마한馬漢이 군사를 몰고 쳐들어오고 있습니다."

조운이 자기가 나가서 막겠다며 군사를 이끌고 관문 밖으로 나갔다. 유비는 선선히 그를 보낸 후 성도 진격 문제를 논의하고 마초를 환영할 겸 술자리를 마련했다며 남은 장수들을 술상 앞으로 불러모았다. 이들이 술을 한 잔씩 돌리기도 전에 조운이 두 적장의 머리를 유비에게 갖다바쳤다. 속으로 놀란 마초가 유비를 보며 말했다.

"주공께서 몸소 싸움에 나서실 필요가 없습니다. 제가 가서 유장을 만나 항복을 권하겠습니다. 만약 유장이 이를 거절하면 제 동생 마대와 함께 성도를 빼앗아 주공께 바치겠습니다."

유비는 흐뭇하게 웃으며 고개를 끄덕였다. 한편 성도의 유장은 면죽관으로 보냈던 군사들이 패해서 돌아오자 성문을 걸어잠그고 나오지 않았다. 며칠 후 유장에게 보고가 들어왔다.

"마초가 구원병을 이끌고 성 아래에 와 있습니다."

유장은 놀란 가슴을 안고 성 위로 올라가 아래를 살폈다. 유장을 본 마초가 위를 향해 소리쳤다.

"유계평劉季平(유장의 자)에게 할 말이 있습니다. 내 말을 들으시오."

유장이 말을 하라고 답하자 마초가 말 위에서 크게 외쳤다.

"나는 본래 장로의 명을 받아 익주를 구하기 위해 이곳에 왔소. 그런데 어이없게도 장로가 양송의 이간질에 넘어가 오히려 나를 해치려 들었소. 그래서 나는 유황숙에게 항복하고 말았소. 이제 성도는 모든 장수들을 잃고 기울고 있소. 현실을 바로 보고 공께서 먼저 성도를 내놓는다면 죄 없는 백성들이 생명을 잃고 고초를 겪지는 않을 것입니다. 내 말을 받아들이지 않고 버틴다면 먼저 내가 이 성을 칠 것이오."

마초가 이렇게 나올 줄은 꿈에도 몰랐던 유장은 하얗게 질려 성벽을 짚으며 기절해버렸다. 함께 있던 참모들이 급히 유장을 옮겨다 자리에 눕혔다. 잠시 후 깨어난 유장은 긴 한숨을 내쉬며 말했다.

"내가 매사에 밝지 못해 당한 일을 이제 와서 후회한들 무엇하겠소? 차라리 항복하여 불쌍한 백성들이나 편히 살도록 해주는 것이 좋겠소."

동화董和가 안타까운 듯 나서며 말했다.

"우리 성안에는 아직도 3만여 군사가 있습니다. 양곡과 말먹이도 풍부하게 남아 있어 1년 정도는 충분히 버티며 싸울 수 있습니다. 왜 항복하려 하십니까?"

유장은 힘없이 고개를 저으며 말했다.

"나와 내 부친이 촉을 다스린 지 20여 년이 되었지만 그 동안 백성들에게 이렇다 하게 은혜를 베풀지 못했을 뿐 아니라, 최근 3년간은 전쟁을 치르느라 백성들의 피와 살만 땅에 뿌렸습니다. 그 모든 것이 이 못난 사람의 죄요. 그러니 내 마음이 어떻게 편할 수 있겠습니까? 항복해서 피로한 백성들의 생명을 구하겠소."

주위에 모인 문무백관들의 눈에서 하나같이 굵은 눈물방울이 떨어졌다. 이때 한 사람이 일어나 말했다.

"주공의 뜻은 곧 천리를 따르는 것입니다."

그는 서충국西充國 사람 초주譙周로 자를 윤남允南이라고 했는데, 특히 천문에 밝은 이였다. 유장이 그 이유를 묻자 초주가 대답했다.

"제가 요즘 하늘의 움직임을 자세히 관찰하고 있습니다. 그런데 지난 밤 천문을 보니 모든 별들이 촉으로 이동하고 있었습니다. 그 중에 특히 크고 밝은 별이 있었는데 마치 보름달처럼 빛나는 것이 제왕의 별임이 분명했습니다. 또한 항간에 떠도는 '만약 새로 지은 밥을 먹으려면 선주가 오시기를 기다려야 하리' 라는 아이들의 노랫소리도 심상치가 않았습니다. 이 모든 것들이 하늘의 뜻을 말해주는 것이니 주공께서는 그 도리에 따르는 것이 현명한 일일 듯합니다."

초주의 말을 듣고 있던 황권과 유파의 표정이 험악해지더니 급기야 칼을 뽑아 초주를 쳐죽이려 했다. 유장이 팔을 들어 가로저었다. 이때 누군가 들어와 절망적인 목소리로 보고했다.

"촉의 태수 허정許靖이 성밖으로 나가 항복했습니다."

그 소리를 듣고 유장은 대성통곡하며 부중으로 돌아가버렸다. 다음날 또다시 보고가 들어왔다.

"유비가 막빈으로 간옹을 보내왔습니다. 지금 성밖에서 주공을 뵙고자 기다리고 있습니다."

유장은 간옹을 안으로 맞아들이라 명했다. 관원들이 그를 맞이하기 위해 나가보니 수레에 앉아 성안으로 들어오는 간옹의 모습이 거만하기 이를 데 없었다. 그를 지켜보던 한 사람이 참지 못하겠다는 듯 칼을 빼들고 앞으로 나가며 큰 소리로 꾸짖었다.

"실로 하찮은 것들이 이제 눈에 보이는 게 없는 것이로구나. 네놈이 어찌 감히 우리 촉나라 사람을 우습게 보느냐?"

놀란 간옹이 급히 수레에서 내렸다. 간옹에게 호통을 친 사람은 진복秦宓이라는 자로 간옹과는 전부터 알고 지내던 사이였다. 간옹이 웃으며 말했다.

"형장이 계신 줄 내가 못 알아봤습니다. 너무 꾸짖지 마세요."

진복은 그제야 화가 조금은 가라앉은 듯 간옹을 유장에게로 순순히 안내했다. 유장 앞으로 간 간옹은 공손한 태도로 유비의 관대함과 어짊에 대해 설명하고 추호도 촉을 해칠 마음이 없다는 것도 덧붙였다. 이때 이미 항복을 결심하고 있던 유장은 유비의 뜻에 따르겠다고 밝히고 그날 밤 간옹을 특별히 대접했다.

다음날 유장은 직접 관인과 여러 가지 공문서를 정리하여 간옹과 함께 수레에 올라 성밖으로 나가 유비에게 투항했다. 유장이 성을 나와 항복하기 위해 오고 있다는 소식을 들은 유비는 직접 진영 밖으로 나와 유장을 기다렸다. 유장이 타고 오는 수레가 보이자 유비는 앞으로 나가 그를 맞이했다. 유비는 미안하고 딱한 표정을 지으며 유장을 달랬다.

"내가 인의를 잊은 것은 아니나 사태가 부득이하여 여기까지 오게 되었소. 부디 나를 너무 원망치 마시오."

유비는 곧 관인과 공문서를 인수받은 다음 유장과 나란히 말을 타고 성안으로 들어갔다. 유비의 태도는 항복해온 장수를 대한다기보다 마치 오랜 친우를 대하는 듯했다. 유비가 지나는 길에는 백성들이 줄지어 늘어서 꽃을 뿌리고 향을 사르며 그를 맞이했다.

유비가 공청으로 들어가 당에 올라서자 문무백관이 모두 당 아래 줄지어 서서 머리를 조아렸다. 그러나 황권과 유파만은 문을 걸어잠그고 집에서 나오지 않았다. 이것을 안 유비의 장군들이 당장 그들의 집으로 쳐들어가 끌고 나오려 했다. 이에 놀란 유비가 엄하게 명령했다.

"황권과 유파를 해치는 자는 누구를 막론하고 삼족을 멸하겠다!"

그에 더해 유비는 몸소 두 사람의 집을 방문해 촉을 위해 일해달라고 부탁했다. 마침내 두 사람은 유비의 태도에 감복하여 관청으로 나와 예전처럼 일했다. 성이 안정을 찾아가자 제갈량이 유비에게 간했다.

"이제 서천은 평정되어 안정을 찾았습니다. 그러나 한 나라에 두 주인이 있을 수 없으니 유장을 다른 지역으로 보내십시오."

유비가 대답했다.

"내가 촉을 차지한 지 얼마 되지도 않았는데 유장을 어떻게 멀리 보낼 수 있겠습니까?"

제갈량이 정색을 하며 말했다.

"유장이 이렇듯 기업을 잃은 것은 그가 우유부단하고 나약했기 때문입니다. 주공께서 모든 일을 아녀자처럼 너무 어질게만 처리하시다가는 이 땅을 오래 지키고 발전시키지 못할까 염려됩니다. 본래 패한 적의 우두머리는 구족九族의 멸함을 받는 법입니다. 이만큼 적장을 예우해준 예도 없었으니 형주와 가까운 공안으로 보내 목숨이나마 보존하고 살도록 해주십시오."

유비는 알아들었다는 듯 제갈량의 말을 따랐다. 그날 밤 유비는 유장을 위로하기 위해 크게 잔치를 베푼 뒤 그에게 말했다.

"그대에게 재물을 넉넉하게 마련해주고 진위장군의 벼슬을 내릴 테니 가족 및 친지와 함께 남군 형주로 떠나도록 하시게. 그곳이 촉 땅만은 못하겠지만 사는 데 부족함이 없고 안녕을 누릴 수 있을 것이네."

유장은 유비의 말을 순순히 받아들이고 그 다음날 임지인 남군의 공안현으로 향했다. 그곳으로 간 유장은 신분을 속인 채 진陳씨로 성을 고치고 조용히 살았다. 유장이 떠난 후 유비는 익주목이 되어 항복한 문무백관을 불러들여 포상과 함께 벼슬을 제수했다.

엄안은 전장군에 봉하고, 법정은 촉군 태수에, 동화는 장군중랑장에, 허정은 좌장군장사에, 방의는 영중사마에, 유파는 좌장군에, 황권은 우장군에 임명했다. 그 외에 오의 · 비관 · 탁응 · 팽양 · 이엄 · 오란 · 뇌동 · 이회 · 장익 · 진복 · 초주 · 여의呂義 · 곽준 · 등지 · 양홍 · 주군周群 · 비위費褘 · 비시費詩 · 맹달 등 투항한 문무관원 60여 명을 모두 채용하여 촉을 위해 일하도록 했다.

또한 그가 본래 거느리고 있던 사람들의 직위도 정비하여 다시금 벼슬을 내렸다. 제갈량은 그대로 군사에, 관우는 탕구장군 한수정후에, 장비는 정서장군 신정후에, 조운은 진원장군에, 황충은 정서장군에, 위연은 양무장군에, 마초는 평서장군에 봉했다. 마지막으로 손건 · 간옹 · 미축 · 미방 · 유봉 · 관평 · 주창 · 요화 · 마량 · 마속 · 장완 · 이적 등에게도 모두 합당한 벼슬을 내리고 상을 주어 사기를 드높였다. 형주에 있는 관우에게도 잊지 않고 상을 내려 황금 500근과 돈 5천만 냥, 촉나라의 비단 1천 필을 인편으로 보냈다.

또 일반 군사들을 위해 소와 양을 잡아 배불리 먹이고 백성들을 위해 각처의 양곡 창고를 열어 곡식을 나누어주자 군과 민이 모두 유비를 칭송했다. 새 주인을 맞이한 익주가 하루가 다르게 자리를 잡아가자 유비는 다시 성도에 있는 저택과 땅을 골라 공을 세운 여러 장수들에게 나누어주려고 했다. 그러자 조운이 나서서 말했다.

"지금 익주의 백성들 중에는 오랫동안 전란에 시달리며 집과 전답을 잃은 사람이 부지기수입니다. 주공께서 염두에 두신 그 전답들과 집을 백성들에게 나눠주어 그들이 다시 모여 생업에 종사할 수 있도록 하는 것이 옳을 듯합니다. 그것이 그렇지 않아도 먹고 살 것이 풍부한 벼슬아치들에게 나누어주는 것보다 나을 것입니다."

유비는 몹시 기뻐하며 조운의 말을 따랐다. 유비는 다시 문관을 불러들여 나라를 다스릴 국법을 제정토록 했다. 그때 제갈량은 특히 형법을 엄하게 할 것을 주창했다. 그러나 법정의 생각은 달랐다.

"한고조께서는 '사람을 죽인 자는 죽이고, 사람을 상하게 하거나 도둑질한 자는 거기에 상응하는 처벌을 한다' 는 약법삼장約法三章을 정해 천하를 다스렸지만 백성들은 모두 그 덕에 감복하며 법을 잘 지켰습니다. 군사님께서도 형법을 관대하게 정하여 백성들이 편안히 살 수 있도록 해주십시오."

그러자 제갈량이 일일이 예를 들어 설명했다.

"그대는 하나만 알고 둘은 모르시는 말씀을 하십니다. 고조께서 후하게 백성을 다스린 것은 그 전 진秦나라가 워낙 형벌을 엄하게 다스리는 바람에 백성들이 지쳐 있었기 때문입니다. 그러나 오늘날은 그와 오히려 반대입니다. 유장은 나약한 성격에 우왕좌왕하느라 덕치를 베풀지 못했으며 형벌도 엄하지 못해 군신의 도가 땅에 떨어져 상하가 문란해졌습니다. 또한 자기가 아끼는 사람에게만 벼슬을 주어 벼슬자리에도 권위가 서질 않았습니다. 자기에게 순종하는 사람에게만 은혜를 베푸니 주변 사람들은 은혜를 받기 위해 눈을 속이는 일도 서슴지 않았던 것입니다. 유장은 이처럼 공정치 못하고 사사로운 감정만을 앞세워 나라를 다스렸기 때문에 패망한 것입니다. 법을 엄정하게 하여 그 법이 잘 지켜지면 은혜를 알게 될 것이고, 벼슬자리를 귀하게 두면 벼슬이 올라갈수록 그 영광을 깨닫게 될 것입니다. 귀하고 고마운 것을 알게 되면 위와 아래는 저절로 절도가 생기게 될 것이니 나라를 다스리는 도가 스스로 빛을 발할 것입니다."

제갈량의 설명을 들은 법정은 눈을 반짝이며 그를 칭송했다.

"공명 선생의 식견은 따를 자가 없을 듯합니다."

새 법이 시행되면서 군과 백성들의 삶에 질서가 잡혀가고 안정을 찾아갔다. 그 가운데 유비는 아직까지 자기 밑으로 들어오지 않은 서천의 고을 곳곳에 군사를 보내 관내 41주를 완전히 평정했다.

그때 법정은 촉군 태수로 부임하여 임지에 가 있었다. 그는 원래 마음이 그리 좁은 사람은 아니었으나 자기에게 은혜를 베푼 사람과 해를 입힌 사람을 지나치게 구분해서 대하는 바람에 사람들의 원망을 사는 일이 많았다. 그는 사소한 것이라도 자기에게 은혜를 베푼 일에는 반드시 보답을 하고야 말았다. 반면 조금이라도 해를 입은 일에는 웃어넘길 만한 것도 일일이 조사해 응징의 조치를 하는 경우가 잦아 주변 사람들 중에 법정 하면 고개를 돌리는 경우가 허다했다.

그 중 한 사람이 참다못해 제갈량에게 와서 고했다.

"법정이 주변 사람들에게 지나치게 불편을 주고 있습니다. 좀 꾸짖어주십시오."

그러자 제갈량은 빙긋이 웃으며 말했다.

"지난날 우리 주공은 형주에서 조조와 손권 사이에 끼여 곤경에 처한 적이 한두 번이 아니었어요. 그때 법정이 없었더라면 주공은 지금처럼 날개를 달 수 없었을지도 모릅니다. 그가 처신하는 바대로 놓아두면서 앞으로의 행실을 지켜보도록 합시다."

제갈량은 이 일을 그다지 크게 생각하지 않았다. 상과 벌이 엄정하기는 하지만 상황의 헤아림도 중요했던 것이다. 아직 촉을 다스린 지 얼마 되지도 않았으니 작은 일에 섣불리 나서게 되면 남의 상에 밤 놔라, 대추 놔라 하는 꼴이 되어 반감을 살 수도 있었기 때문이다. 나중에 제갈량의 처신을 소문으로 들은 법정은 부끄러움을 느끼고 더 이상 남의 원망을 사는 일을 하지 않았다.

어느 날 유비가 제갈량과 한담을 나누고 있는데 관우가 관평을 보내 상으로 내린 귀중품에 대해 보답하려 한다는 보고가 들어왔다. 유비가 관평을 어서 들이라고 하자 관평은 어느새 모습을 보이더니 절하고 편지를 바치며 말했다.

"아버님께서 마초의 무예가 뛰어나다는 말을 들으시고 이곳으로 오셔서 마초와 한번 겨루어보시겠다며 백부님의 허락을 반드시 받아오라고 하셨습니다."

유비는 뜻밖이라는 표정이었으나 제갈량은 관우라면 충분히 그럴 수 있다는 듯 태연하게 말했다.

"관장군이 화용도에서 조조를 살려 보내준 후 자부심이 너무 커진

듯해 염려스럽습니다. 무엇이든 과한 것은 좋지 않은 법이 아닙니까? 자신감으로 충만한 사람은 믿을 만하지만 지나치면 그것이 자신의 눈을 가리게 됩니다. 우선 그의 심기를 가라앉힌 후 때를 봐서 스스로를 돌아보도록 해야 할 것입니다."

유비는 제갈량의 말에 공감을 표시하며 관우가 형주를 뜨지 말게 말리라고 당부했다.

"제가 운장에게 편지를 써보낼 테니 염려치 마십시오."

유비는 혹 관우가 급하게 행동할까 걱정되어 제갈량에게 바로 편지를 쓰게 한 다음 관평에게 주며 말했다.

"너는 조금도 지체하지 말고 형주로 곧장 가서 아버지께 이걸 전해라."

관평이 다녀오자 관우가 물었다.

"너는 내가 마초와 겨루어보고자 한다는 것을 확실하게 전했느냐?"

"예, 그런데 군사께서 편지를 주셨습니다."

관우가 그 편지를 읽어보았다.

관평 편에 장군께서 마초와 무예를 겨루어 높고 낮음을 가려보고자 한다는 말을 들었습니다. 내가 보건대 마초는 용맹이 뛰어나기는 하지만 과거의 경포鯨布(원래 이름은 영포英布이나 얼굴에 문신을 새기는 형벌을 받고 경포라 불림)나 팽월彭月(한나라 공신으로 고조를 도운 공으로 양왕에 봉해졌으나 나중에 피살됨) 정도에 불과합니다. 장비와 무예를 겨루더라도 장비가 단연 앞설 것인데 하물며 다른 어떤 영웅들과 비교가 되지 않는 공이 앞서는 것이야 말할 것도 없는 일입니다. 지금 형주를 지키는 일은 무엇보다 중차대한 일임을 장군께서도 알고 계실 것입니다. 만약 작은 일로 이곳 서천으로 왔다가 형주를 잃게 된다면 그 죄가 어찌 크지 않겠습니까? 현명하게 처신하시리라 믿습니다.

편지를 읽은 관우는 긴 수염을 어루만지며 말했다.

"공명이 내 진심을 알아주는구나."

관우는 주변 사람들에게 편지를 보여주며 서천으로 들어갈 생각을 접었다.

한편 동오의 손권에게도 유비가 서천을 손에 넣고 유장을 공안으로 보냈다는 소식이 전해졌다. 그는 관료들을 불러 대책을 협의했다.

"애초에 유비가 내게 형주를 빌리며 말하길 서천을 취하게 되면 형주를 반납하겠다고 했어요. 이제 그가 촉의 41주를 얻었으니 우리가 그에게 형주 땅을 되돌려받는 것은 당연한 일입니다. 만약 또 딴소리를 하면 나는 군사를 일으키겠습니다. 여러분은 어떻게 생각하십니까?"

장소가 말했다.

"동오는 지금 질서를 잡고 별 어려움이 없으나 군사를 일으키고 움직일 수는 없습니다. 굳이 그렇게 하지 않아도 유비가 형주를 제 손으로 바치게 할 계교가 있습니다."

"싸우지 않고 이길 수 있다면 그보다 좋은 일이 어디 있겠습니까? 어서 말씀해보세요."

"지금 서천의 주인은 유비이지만 유비의 주인은 사실 공명이나 마찬가지입니다. 공명의 말이라면 하늘처럼 믿고 따르니 말입니다. 그런데 제갈량의 형인 제갈근이 우리 동오에서 관직에 있지 않습니까? 그 관계를 이용해보고자 합니다. 제갈근의 식솔들을 모두 하옥시키고 그를 서천으로 보내십시오. 그리고 제갈근에게 공명을 만나서 가족이 위태로우니 형주를 반환해달라고 청하도록 하십시오. 아무리 대의가 중요하나 제갈량이 혈육의 정마저 저버리지는 않을 것입니다."

그러자 손권이 고개를 갸웃거리며 물었다.

"제갈근은 죄를 짓기는커녕 늘 성실함을 잃지 않는 사람인데 그 가족을 무슨 명목으로 옥에 가둔단 말입니까?"

"그거야 계책일 뿐이라고 설명하면 별 문제가 되지 않을 것입니다."

손권은 장소의 말에 따라 제갈근을 불러 앞뒤 정황을 이야기하고 자신의 말에 따라주기를 당부했다. 제갈근은 손권의 영을 받들어 서천으로 갔다.

며칠 후 제갈근이 성도에 도착했다. 올 것이 온 게 아닌가 짐작한 유비가 조심스럽게 제갈량에게 물었다.

"군사의 형님께서 웬일로 이곳까지 오셨을까요?"

제갈량이 능청스럽게 대답했다.

"아마도 형주를 찾으러 오셨겠지요."

"제가 어떻게 답변을 하면 좋겠습니까?"

유비가 묻자 제갈량은 귀엣말로 뭔가를 일러주었다. 그러더니 의관을 고쳐입고 형 제갈근을 영접하기 위해 성밖으로 나갔다.

제갈량은 제갈근을 자기 사저로 모시지 않고 공무로 오는 손님을 접대하는 빈관으로 안내했다. 제갈근이 자리를 잡고 앉자 제갈량이 크게 절을 하며 그간의 안부를 물었다. 그러자 갑자기 제갈근이 울음을 터뜨렸다. 제갈량은 영문을 모르겠다는 표정으로 물었다.

"형님, 무슨 일이 있으시기에 그토록 서럽게 우십니까?"

제갈근이 겨우 울음을 거두고는 울먹이며 말했다.

"이제 내 가족이 모두 죽게 되었다."

"형님께서 그 같은 고초를 겪으시는 것은 형주 때문이 아닙니까? 저 하나로 인해 형님의 식구가 모두 옥에 갇혔으니 저의 죄가 큽니다. 그러나 제가 계책을 써서 형주를 동오로 돌려드릴 작정이니 형님은 너무 심려치 마십시오."

제갈근은 그 말을 듣자 얼굴이 밝아지더니 비로소 동생 제갈량의 안부를 물었다. 그는 제갈량과 함께 유비에게로 가서 손권이 보낸 편지를 올렸다. 그 글을 읽은 유비는 몹시 노해 소리쳤다.

"손권은 이미 제 누이동생을 내게 시집보내놓고도 내가 형주를 비운 사이에 비겁하게 도로 데려갔다. 이것은 사람의 정리를 끊자는 것이 아닌가? 내가 크게 군사를 일으켜 강남으로 내려가 원한을 풀려고 하던 중인데 형주를 찾겠다고 사람을 보냈단 말인가?"

그러자 제갈량이 울며 땅에 엎드려 간했다.

"오후가 제 형님의 가족을 모조리 옥에 가두고 형주를 반환하지 않으면 몰살시키겠다고 했다 합니다. 형님의 가족을 모두 죽이고 제가 어떻게 하늘을 우러르며 살 수 있겠습니까? 부디 주공께서는 저의 얼굴을 봐서라도 형주를 동오에 돌려주시어 형제간의 의를 지키게 하시고 형님 집안을 보전케 해주십시오."

그러나 유비는 응낙하려 들지 않았다. 제갈량이 재차 울면서 애원하자 마지못한 듯 입을 열었다.

"군사의 어려움이 지극하시니 우선 형주 땅의 일부인 장사 · 영릉 · 계양桂陽 세 고을만 돌려주도록 하겠습니다."

제갈량이 말했다.

"주공의 뜻이 그러시다면 관우에게 세 지역을 반환하도록 명령서를 써주십시오."

유비가 굳은 얼굴로 붓을 들어 관우에게 보내는 글을 써서 제갈근에게 주며 말했다.

"공께서 형주에 가셔서 관우를 만나면 잘 말씀하세요. 그 동생은 성미가 불 같아 저도 함부로 하지 못하는 사람입니다. 가셔서 자세한 사정을 말씀드리세요."

제갈근은 유비가 써준 편지를 지니고 곧바로 형주로 갔다. 관우는 제갈량의 형님이 왔다는 말을 듣고 나가 정중하게 그를 맞이했다. 제갈근이 유비가 써준 편지를 보여주며 말했다.

"유황숙께서 말씀하시기를 동오에 먼저 3군을 반환토록 하셨습니다. 장군께서는 되도록 빨리 일을 처리하셔서 부디 제가 기쁜 마음으로 돌아갈 수 있게 되기를 바랍니다."

뜻밖에도 관우는 유비의 편지를 읽어 내려가며 얼굴색이 변하더니 정색을 하고 말했다.

"내가 도원에서 형님과 의형제를 맺으며 결의한 것은 한 황실의 부흥이었습니다. 이곳 형주는 본래 한 황실의 땅인데 어찌 함부로 남에게 내어준단 말입니까? '장수가 밖에 나가 있을 때는 상황에 따라 임금의 명령을 따르지 않을 수도 있다'고 했습니다. 형님께서는 비록 땅의 일부를 내주라고 하셨지만 저는 그렇게 할 수 없습니다."

제갈근이 난감한 표정으로 사정했다.

"지금 손권은 제 식구들을 하나도 남기지 않고 옥에 가두었습니다.

만일 제가 아무 성과도 없이 돌아간다면 가솔들이 모두 화를 입게 될 것이니 장군께서는 제 사정을 봐서 너그럽게 처리해주십시오."

관우가 소리쳤다.

"그건 손권의 얄팍한 속임수일 뿐이오. 그까짓 꾀로 나를 속이려 하다니 손권은 도대체 생각이 있는 사람이오?"

그러자 제갈근은 실망한 목소리로 말했다.

"장군은 어떻게 자기 생각만 하십니까? 황숙은 말할 것도 없고 제 동생의 얼굴을 봐서라도 이렇게까지 나오실 수는 없는 일입니다."

관우는 더욱 서슬이 퍼레져 칼을 높이 치켜들며 소리쳤다.

"두 번 다시 이 일을 거론하지 마세요. 이 칼은 얼굴을 봐주지 않습니다."

옆에 있던 관평이 관우를 말렸다.

"군사님의 체면을 생각해서 참으십시오."

관우는 아들의 말은 들은 척도 하지 않고 제갈근을 꾸짖었다.

"군사의 체면을 생각하기에 이만큼 하는 것이오. 그렇지 않았다면 공은 동오로 돌아가지도 못하고 혼령만 남았을 것이오."

제갈근은 더 이상 어떻게 해볼 도리가 없겠다고 판단하고 다시 서천의 제갈량에게로 갔다. 이때 제갈량은 지방을 순시하러 외부로 나가고 없었다. 제갈근은 하는 수 없이 유비를 찾아가 관우를 만난 이야기를 했다. 유비가 달래듯 말했다.

"제 동생은 지금 한창 성이 올라 있으니 다시 그 문제로 왔다갔다 할 수는 없을 것 같습니다. 우선 잠시 동오로 돌아가 계세요. 제가 동천과 한중을 뺏으면 운장을 그곳으로 보내고 형주를 돌려주도록 하겠습니다."

제갈근은 하는 수 없이 동오로 돌아갔다. 제갈근으로부터 서천에서 있었던 일을 모두 전해들은 손권은 노기 띤 얼굴로 말했다.

"자유만 괜히 힘들여 이곳저곳을 오가셨습니다. 그것이 모두 제갈량이 부린 수작이 아니겠습니까?"

제갈근이 극구 부인했다.

"그건 아닙니다. 제 동생 공명이 울면서 사정하여 현덕으로부터 세 고을을 돌려받기로 승낙을 얻어냈는데 관우가 다짜고짜로 거절했습니다."

그러자 손권이 다시 말했다.

"유비가 세 고을을 돌려주겠다고 했으니 장사 · 영릉 · 계양 세 곳에 우리 관원을 보내 다스리도록 해야겠습니다."

"그것이 좋겠습니다."

손권은 당장 제갈근의 가족을 풀어주라는 영을 내렸다. 그리고 관원을 뽑아 형주의 세 고을로 보냈다. 그러나 채 하루도 지나지 않아 관원들이 돌아와 손권에게 고했다.

"관우는 우리를 인정할 수 없다며 당장 떠나지 않으면 모두 죽이겠다고 협박했습니다."

손권은 노발대발하며 사람을 보내 노숙을 불러들여 나무랐다.

"지난날 자경이 나서서 유비에게 보증을 서주고 형주를 빌려주지 않았습니까? 그런데 그놈은 서천을 얻고도 형주를 돌려줄 생각은 추호도 하지 않고 있어요. 이 마당에 보증을 서준 자경은 왜 앉아서 구경만 하고 있는 겁니까?"

그러자 노숙이 손권의 말이 끝나기를 기다렸다는 듯 대답했다.

"그 동안 제가 생각해둔 것이 있습니다. 주공께 말씀드리려던 차에 부르심을 받았습니다."

"생각해둔 것이 무엇인지 말해보세요."

"육구陸口에 군사들을 머물게 하고 잔치를 열어 관우를 부르는 것입니다. 관우가 그 잔치에 오면 알아듣게 말해서 세 고을을 돌려받고, 관우가 영 딴소리를 하면 도부수를 매복시켰다가 죽여버리는 겁니다. 만약 우리 초청에 응하지도 않는다면 군사를 일으켜 형주로 쳐들어가 결판을 내고 형주를 빼앗으면 됩니다."

"내 생각과 다르지 않습니다. 바로 실행토록 합시다."

그때 옆에 있던 감택闞澤이 만류하고 나섰다.

"안 됩니다. 관우는 세상이 다 아는 호랑이 같은 장수일 뿐만 아니라 성미도 칼 같은 사람입니다. 쉽게 생각했다가 오히려 화를 당하지나 않을지 두렵습니다."

손권이 화를 내며 꾸짖었다.

"이것저것 다 가리고 어느 천년에 형주를 찾는단 말이오!"

손권이 노숙을 향해 당장 계책을 실행하라고 다그치자 노숙은 곧 육구로 떠났다. 그곳에서 노숙은 여몽 · 감녕을 불러 협의했다. 노숙이 일의 전반적인 진행상황을 의논했다.

"먼저 육구 진영 밖 정자 주변에 연회석을 마련하고 언변이 좋은 사람을 뽑아 초청장을 써서 관우에게 보내도록 합시다. 그가 올지 안 올지는 모르겠으나 아무래도 이곳으로 오면 일이 쉬워지겠지요."

노숙은 그 다음 일들도 일러준 뒤 말 잘하는 사자를 뽑아 편지를 들려 형주로 보냈다. 사자가 배를 타고 형주에 도착하자 강변을 순찰하고 있던 관평이 그를 붙잡았다. 관평은 사자의 신분을 확인한 후 부친에게 안내했다. 관우를 만난 사자가 노숙이 연회에 초청하는 편지를 보냈다고 말하며 편지를 건네자 관우는 그것을 받아 한눈에 읽어 내려갔다.

"자경이 특별히 연회를 열어 나를 청했으니 가지 않을 수 없구려. 내일 시간 맞추어 갈 테니 그대는 먼저 가서 그렇게 전하시오."

사자가 돌아가고 난 후 관평이 말했다.

"이 연회에는 분명히 안 좋은 일이 숨어 있습니다. 그런데 아버님께서는 왜 순순히 가겠다고 하셨습니까?"

관우가 웃으며 말했다.

"내가 그것을 모를 까닭이 있겠느냐? 이번 연회는 제갈근이 형주에 와서 아무 성과도 없이 돌아가자 그들이 다시 계책을 꾸며 만든 자리다. 노숙이 육구에 군사를 주둔시킨 후 연회를 열고 나를 초청해 형주를 찾아보려는 속셈이 틀림없다. 내가 초청을 받고도 가지 않는다면 나를 겁쟁이로 볼 것이 아니냐. 나는 내일 군사 여남은 명만 데리고 조그만 배를 타고 가 연회에 참석하려 한다."

관평이 놀라며 물었다.

"아버님은 그 귀하고 중하신 몸을 아끼지 않으시고 호랑이 굴에 스스로 뛰어들려 하십니까? 큰아버님의 당부를 지키지 못하게 될까 두렵습니다."

"걱정 마라. 나는 화살이 소나기처럼 쏟아지고 창과 칼이 어지럽게 난무하는 속에서도 필마단기匹馬單騎로 내달린 사람이다. 강동 놈들은 내게 쥐새끼 정도로밖에 안 보인다."

마량이 간했다.

"그렇게 보실 일만은 아닙니다. 노숙이 본래는 장자의 풍모를 지닌 사람이나 지금은 사태가 급하니 딴마음을 품었을 수도 있습니다. 장군께서는 몸을 함부로 움직여서는 안 될 것입니다."

"옛날 전국시대에 조趙나라 인상여藺相如라는 자는 닭 한 마리 잡을 힘도 없었지만 민지澠池의 모임에서 강력한 진秦나라 군신을 마음대로 주물렀다고 한다. 그런데 나는 일찍부터 만 명을 상대해서 싸우는 법을 익혀온 사람이 아니냐? 이미 허락한 일이니 어쩔 수 없다."

마량이 다시 말했다.

"가시더라도 준비를 단단히 하고 가십시오."

관우가 관평에게 말했다.

"너는 빠른 배들로만 10척을 준비하고 특히 물에 익숙한 수군 500명을 뽑아 강변에 대기시키고 있다가 내가 붉은 기를 흔들면 신속히 강을 건너오도록 해라."

한편 노숙에게로 돌아온 사자는 관우가 초청에 응한 일을 전했다. 노숙은 곧 여몽을 불러 의논했다.

"그가 온다니 어떻게 대응하는 것이 좋겠습니까?"

여몽이 미리 생각해둔 계책을 내놓았다.

"그가 만일 군사를 거느리고 오면 나와 감녕이 군사들을 매복시켜 두었다가 포소리를 신호로 달려들어 죽여버립시다. 군사 없이 온다면 도부수 50여 명을 숨겨두었다가 연회 중에 죽여버리면 됩니다."

노숙도 여몽의 생각에 찬성했다. 다음날 노숙은 군사 몇 명을 시켜 관우가 어떤 모습으로 오는지 살피도록 했다. 오전 10시경이 되자 강 저쪽에서 사공 두서너 명이 배 한 척을 몰고 오는 것이 보였다. 그 배 위에는 '관關'이라고 씌어진 붉은 깃발이 펄럭이고 있었다. 배가 부두 가까이로 오자 배 안에 관우가 앉아 있는 것이 보였는데 그는 푸른색 두건에 초록색 도포를 입고 있었다. 배 위에는 그 말고도 주창과 체격 좋은 젊은이 8, 9명이 각각 허리에 칼을 차고 버티고 서 있었다. 노숙은 관우가 군사를 거느린 것도, 혼자서 온 것도 아니어서 한편 놀랍기도 하고 다른 한편으론 의아한 생각도 들었다.

'관우가 우리 계책을 미리 꿰뚫은 것은 아닐까?'

노숙은 관우를 죽이는 일이 못내 마음에 걸렸는데 그가 교묘하게 대비를 하고 있는 것 같아 죄책감이 조금은 상쇄되는 기분이었다.

관우의 배가 부두에 닿자 노숙이 그에게로 다가가 서로 예를 갖추어 인사를 나누었다. 그들은 간단하게 덕담을 나누며 연회장으로 걸어갔다. 술자리에 앉은 이들은 적어도 겉으로는 스스럼없는 사이인 것처럼 보였다. 특히 관우는 아무 것도 눈치채지 못한 듯 태연하게 술잔을 들이켰다.

술자리가 무르익자 노숙이 본론을 꺼냈다.

"사실은 장군께 드릴 말씀도 있고 해서 이런 자리를 마련했습니다. 지난날 유황숙께서는 저 노숙을 보증인으로 세우고 형주를 빌려가시면서 서천을 취하면 바로 형주를 돌려주겠다고 약속하셨습니다. 그런데 서천을 취하셨으면서도 형주를 돌려줄 의사가 없는 것으로 보이니 신의를 저버리는 것이 아니고 무엇이겠습니까?"

노숙의 말이 끝나기가 무섭게 관우가 대답했다.

"여기는 사사로운 술자리입니다. 국정에 관한 일을 논하는 것은 어울리지 않습니다."

노숙도 이번만큼은 물러설 수 없다는 듯 다시 말했다.

"우리 주공께서 변방이나 다름없는 동오에 계시면서도 형주를 빌려드린 것은 황숙께서 싸움에 패하여 갈 곳이 없었기 때문이었습니다. 이제 익주를 얻었으니 마땅히 형주는 돌려주셔야 합니다. 그나마

황숙께서는 세 고을만이라도 반환하시려 했는데 장군께서 나서서 그것을 막는 이유가 무엇입니까?"

관우도 지지 않았다.

"오림전투에서 우리 주공께서는 몸소 전장에 나서서 돌무더기와 화살을 받으며 적을 물리쳤습니다. 그 공으로도 형주 정도의 땅이야 얼마든지 받을 수 있는 것 아닙니까? 그런데도 기어이 그 땅을 다시 찾으려 한단 말입니까?"

노숙은 자못 여유를 섞어 말했다.

"장군께서는 일의 순서를 모르고 말씀하시는군요. 장군과 황숙께서 싸움에서 패하여 궁지에 몰렸을 때 우리 주공이 그 사정을 딱하게 여겨 땅을 빌려준 것이지 그 땅을 가볍게 여겨 그랬던 것이 아닙니다. 유황숙께서 공을 세우신 것은, 그후의 일입니다. 제가 보기에 끝까지 형주를 차지하겠다고 고집하는 것은 그것이 이치에 합당해서가 아니라 욕심이 생겨 그러는 것 같습니다. 그렇게 의리를 중히 여기시는 분이 이처럼 앞뒤가 안 맞게 억지를 부리니 천하의 웃음을 살 뿐입니다."

"그거야 우리 형님의 일이지 내가 이래라저래라 할 바가 아니지요."

노숙이 계속 말꼬리를 물고 늘어졌다.

"장군은 편할 대로 말씀을 하시는군요. 도원결의하여 한마음 한몸으로 움직이는 분들이 바로 장군 형제분들 아닙니까? 여러분들이 주장하는 것이 늘 그것이었습니다. 그러니 유황숙 일이 곧 장군의 일인데 유황숙을 핑계 삼아 몸을 빼려는 것은 장부가 취할 행동이 아니지요."

관우가 대답할 바를 찾지 못해 멈칫거리고 있는데 조금 떨어져 그들의 이야기를 듣고 있던 주창이 나서서 외쳤다.

"천하가 생겨날 때부터 형주가 동오 땅이었소? 세상의 땅은 누구든 덕이 있는 사람이 차지할 수 있는 것이오!"

관우가 대뜸 일어나 주창에게로 가더니 그가 들고 있던 칼을 빼앗아 치켜들고 꾸짖었다.

"이 자리는 국가 일을 논하는 자리다. 네놈이 무얼 안다고 끼어드는 것이냐! 당장 물러가라!"

주창은 관우의 뜻을 알아차리고 자리에서 물러나는 체하며 바로 강가로 나가 붉은 깃발을 흔들었다. 이곳을 주시하고 있던 관평이 신속하게 배를 몰아 강동을 향해 달려왔다.

노숙은 일이 심상치 않음을 느끼고 여몽에게 신호를 보내려 했다. 순간 관우가 오른손에는 칼을 쥐고 왼손으로는 노숙의 손목을 거세게 부여잡더니 일부러 취한 척하며 말했다.

"이렇게 잔치를 열어 저를 청한 것은 형주의 일을 거론하기 위한 것이 아니지 않습니까? 내가 취해서 혹 실수라도 하게 되면 옛정을 깨지나 않을까 걱정입니다. 후에 제가 형주로 공을 한번 청하겠습니다. 그때 다시 의논해봅시다."

관우가 노숙의 손을 잡은 채 강변까지 걸어갔다. 겉으로 보기에는 정을 내는 몸짓 같았으나 실상은 관우가 무사히 배를 타기 위해 노숙을 인질 삼아 끌고 가는 것이나 마찬가지였다. 이때 매복해 있던 동오의 군사들이나 도부수들도 노숙의 생명이 관우에게 쥐어져 있는 것을 보고는 감히 어떤 행동도 취하지 못했다. 노숙 역시 그 손을 뿌리치고 싶은 마음 간절했으나 관우의 오른손에 쥐어져 있는 칼이 바로 자신을 겨냥하고 있었기에 이러지도 저러지도 못했다.

노숙의 손목을 거세게 부여잡은 관우.
관우 허리의 강인한 도(刀)가 노숙의 패옥과 대조를 이룬다.
이 장면은 관우의 초인적 용기와 기개를 생생하게 보여주는 대목으로,
이미 원(元)나라 무렵에는 '단도회(單刀會)' 라는 연극으로 성립되었다.
그러나 정사에서 관우를 지략이 넘치는 호걸로 높이다보니 노숙 역시
범속한 이미지로 추락하는 억울함을 당했다.

여몽과 감녕이 땅을 치는 동안 부두에 머물고 있는 배 근처까지 온 관우는 마침내 노숙의 손을 놓았다. 그러고는 천연덕스럽게 배에 올라타 노숙에게 작별을 고하고 멀어졌다.

형주를 돌려받겠다는 노숙의 계책은 또 한번 실패하고 말았다. 상심한 노숙이 여몽을 불러 의논했다.

"이번 계획이 실패하고 말았으니 어떻게 하면 좋겠소?"

"시간 끌 필요 없이 빨리 주공께 말씀드리고 군사를 일으키는 수밖에 없습니다. 저놈들은 말이 통하지 않는 놈들입니다."

노숙은 바로 손권에게 사람을 보냈다. 이번 일의 자초지종을 들은 손권은 화가 머리끝까지 치솟아, 무력으로 형주를 되찾는 방법밖에 없다고 결론 내리고 참모들을 불렀다. 그러나 이때, 조조가 또다시 30만 대군의 말 머리를 강동으로 향했다는 소식이 들어왔다. 손권은 크게 놀라 즉시 노숙에게 사람을 보내 형주를 공격하려던 계획을 취소하고 조조부터 막을 것을 명령했다.

한중을 탐내는 조조

한편 조조는 이번에는 반드시 강남을 정벌하고야 말겠다는 의지를 다지며 군사를 일으키고 동오로 쳐내려갈 준비에 열을 올렸다. 이때 참군으로 있던 부간傅幹이 남침을 만류하는 글을 올렸다.

제가 알기로는 무武를 쓰려면 먼저 위엄을 갖추어야 하고 문文을 쓰려면 덕이 바탕이 되어야 합니다. 또한 왕업을 이루기 위해서는 위엄과 덕이 함께 갖추어져야 합니다. 지난날 천하가 혼란에 빠져 있었을 때 공께서는 무를 쓰셔서 혼란을 쓸어내셨습니다. 이제 천자의 명을 받들지 못한 곳은 오와 촉입니다. 오나라는 장강의 거친 물결이 벽을 만들고 있고 촉은 숭산의 험한 길이 요새를 이루고 있습니다. 그러니 무위武威의 힘만으로는 이겨내기가 어려울 것입니다. 저의 어리석은 생각에 먼저 문덕文德을 베푸시며, 군사들이 갑옷을 벗어두고 오로지 집에서 쉬게 했다가 때가 오면 움직이는 것이 좋을 듯합니다. 바야흐로 수십만 대군을 움직여 장강변으로 가셨다가 만일 적들이 깊고 험한 천연의 요새에 기대어 우리의 능력을 발하지 못하게 한다면 어떻게 하시려 합니까? 알 수 없는 곳에서 기변奇變이라도 당하시게 된다면 하늘 같은 위엄이 떨어질까 두렵습니다. 공께서는 모든 것을 자세히 살펴 결정하시기 바랍니다.

이 글은 조조에게 깊은 감명을 일으켜, 그가 남정 계획을 일단 접고 부간이 말한 문덕 쪽으로 힘을 기울이게 했다. 필요한 곳에 학교를 세우고 선비들이 더욱 학문에 정진할 수 있는 제도를 마련했다. 그 자신 역시 문文을 즐기는 사람이었으므로 문을 숭상하는 분위기는 인위적이기보다는 자연스러운 생기를 띠고 나라 전체로 퍼져갔다.

이때 시중 왕찬王粲·두습杜襲·위개衛凱·화흡和洽 네 사람은 날로 더해가는 조조의 위세를 염두에 두고 그를 위왕에 올리기 위한 모의를 하고 있었다. 그러나 중서령 순유의 생각은 달랐다. 그도 사촌인 순욱처럼 조조가 왕위에 오르는 것은 순리가 아니라는 생각을 갖고 있었다. 그러던 어느 날 순유가 네 사람이 모인 자리에 찾아가 말했다.

"승상은 승상일 뿐입니다. 더구나 조승상께서는 이미 위공의 벼슬에 올라 계시고 구석의 특전마저 누리고 계십니다. 또다시 왕위에 오르시는 것은 이치에 합당하지 않습니다."

평생을 동지로 지내온 사이라면 자신이 왕위에 오르도록 주선을 해야 할 판에 순유가 이를 저지하고 나섰다는 말을 들은 조조는 섭섭하고 화난 마음을 누를 수가 없었다. 그러나 조조는 이와 비슷한 일로 순욱을 잃고 후회했던 일을 떠올리며 순유에게 드러나게 핍박을 하진 않았다. 하지만 그때부터 순유를 멀리하여 예전처럼 가까이 불러 조정의 일을 의논하는 일도 없었다.

친구들에게 했던 말이 조조의 귀에까지 들어갔다는 것을 눈치챈 순유는 순욱의 말로를 생각하며 시름시름 앓아 누웠다. 순유가 바깥 출입을 못할 정도로 아프다는 말을 들은 조조는 남쪽 정벌을 눈앞에 두고 있는 마당에 아직은 순유를 보낼 때가 아니라는 것을 깨닫고 그의 집으로 직접 병문안을 갔다. 순유는 조조가 진심으로 자기를 걱정하고 있음을 알고 자리에서 일어난 이후에는 전과 다름없이 조조를 대했으나 한번 상한 몸은 쉽게 완쾌되지 않았다.

생각이 달라진 것은 조조도 마찬가지였다. 순유 같은 자가 그토록 나서서 말리는 것은 조조 자신이 왕위에 오르는 것이 아직은 시기상조이기 때문이라 생각하고, 자신이 왕위에 오르는 일에 대해 다시 거론치 말라는 명을 내렸다. 비록 왕위에는 오르지 않았으나 조조가 조정에서 누리는 권력은 황제 이상이었다.

어느 날 조조는 언제나처럼 허리에 칼을 차고 황제 궁으로 갔다. 헌제는 복황후와 함께 앉아 있다가 조조가 들어오는 것을 보고 긴장한 듯 앉음새를 고쳤다. 옆에 있던 복황후는 얼른 자리에서 일어나 조조를 맞이했다. 그야말로 누가 신하이고 누가 황제인지 모를 광경이었다. 조조가 헌제를 향해 가볍게 인사를 하고 말했다.

"지금 천하는 하나가 되다시피 했는데 유독 손권과 유비만이 조정의 명에 복종치 않고 있습니다. 어떻게 하는 것이 좋겠습니까?"

조조 앞에서는 늘 그렇듯이 헌제는 겁먹은 목소리로 대답했다.

"모든 일은 위공이 알아서 처리하오."

그러자 갑자기 조조의 얼굴이 굳어졌다.

"폐하께서 항상 그렇게 말씀하시니 세상 사람들이 제가 폐하를 기만하여 마음대로 국정을 농단한다고 하는 것입니다."

"승상이 임금을 돕는 것은 다행한 일이지 욕할 일이 아닙니다. 사람들의 말에 마음 쓰지 마세요. 서로에게 군신의 은혜를 베풀어, 그 신의를 저버리지 맙시다."

마치 조조가 자신을 버리기라도 할까 노심초사하여 하는 말 같았다. 워낙 어려움을 많이 겪은 탓이기도 하겠지만 매사에 몸을 숨기려 드는 헌제의 태도가 그날따라 더 조조를 짜증나게 했다. 헌제가 그렇게 나오는 이상 군신관계를 떠나 평범한 인간관계로 따지더라도, 조조는 가해자요 헌제는 피해자처럼 보이기 십상이었다. 그야말로 헌제는 이제 혼자서 국정을 돌보는 일이 불가능해 보였다. 너무 일찍부터 환란을 겪은 그는 동탁 · 이각 · 곽사 · 조조를 거치며 독자적인 판단력을 잃어버린 무기력한 존재가 되었다 해도 과언이 아니었다.

조조는 아무 말도 없이 황제를 노려보는 듯하더니 자리에서 일어나 나가버렸다. 그것은 어떤 경우라도 신하 된 자가 황제에게 할 수 있는 태도가 아니었다. 이 같은 일이 다반사로 일어나자 문무관료들 사이에 안하무인인 조조를 그대로 두어서는 안 된다는 여론이 돌았다. 그러나 단지 여론일 뿐, 그것이 하나로 응집되어 힘을 발휘하기에는 조조가 누르고 있는 힘이 너무 강했다. 그러던 어느 날 한 신하가 헌제에게 고했다.

"요즘 조정 내에는 위공이 스스로 왕위에 오르려 한다는 소문이 파다합니다. 폐하께서 어떤 조치를 하시지 않는다면 언젠가 그 역적놈은 황제 자리까지 넘볼 것입니다."

이 말을 들은 헌제는 걱정이 이만저만이 아니었다. 이때 복황후가 황제에게 말했다.

"저희 아버지 복완伏完은 오래전부터 조조를 죽여 마마의 걱정거리를 없애고자 해왔습니다. 일이 이렇게 되었으니 이제 제가 아버님께 글을 써서 조조를 없앨 방도를 구해보는 것이 어떻겠습니까?"

황제의 얼굴에 그늘이 내렸다.

"예전에 동승이 그 같은 일을 꾸몄다가 큰 화를 입었잖아요. 또 그렇게 될까 두려울 뿐입니다."

"아침 저녁 마음 편할 날이 단 하루도 없습니다. 이렇게 살 바에야 차라리 죽어버리는 게 낫겠다는 생각을 한 적이 한두 번이 아닙니다. 죽어도 좋다는 각오로 일을 한다면 오히려 살길을 찾을 수도 있을 것입니다. 제가 보기에 내관들 중에 목순穆順만큼 믿음이 가는 사람이 없는 듯합니다. 그를 불러 편지를 전하라 이르십시오."

목순이 황제의 부름을 받고 궁으로 들어오자 헌제와 복황후는 주위를 물리고 병풍 뒤로 그를 불렀다. 서럽게 우는 복황후를 옆에 두고 헌제가 입을 열었다.

"역적 조조가 오늘 내일 스스로 왕위에 오르려 한다니 그는 머지않아 천자의 자리까지 빼앗으려 들 것이오. 짐이 황후의 아버지인 복완에게 비밀리에 역도를 없애도록 전하려 하나 주위를 둘러봐도 하나같이 조조의 심복들뿐이라 감히 엄두를 내지 못하고 있었소. 그러나 공의 충의는 일찍부터 내가 알고 있는 바이니, 공이 황후의 밀서를 복완에게 전해주리라 믿소."

황제의 간곡한 부탁에 목순이 눈물을 흘리며 대답했다.

"신은 폐하의 큰 은혜로 오늘에 이르렀습니다. 폐하를 위해 죽은들 무엇이 원통하겠습니까? 저를 믿고 맡겨주신다면 제 한 목숨 아깝게 여기지 않고 폐하를 위해 쓰겠습니다."

헌제와 황후는 또 한번 눈물을 쏟더니 목순에게 편지를 주었다. 목순은 편지를 작게 접은 후 말아올린 상투 속에다 감추고 궁을 빠져나가 복완에게 전했다. 편지를 전해받은 복완은 그것이 황후의 친필임을 알고 목순에게 말했다.

"조조가 심어놓은 심복이 곳곳에 깔려 있어 일을 도모하기가 어렵습니다. 만약 강동의 손권이나 촉의 유비가 움직인다면 조조는 그것에 대처하기 위해 나설 것이니 그때 가서 조정의 충신들과 함께 일을 도모해봅시다. 절대 불가능한 일은 아닐 것이오."

"일은 시작했을 때 끝을 내는 것이 좋습니다. 어르신께서 황후께 답서를 쓰시어 손권과 유비에게 내릴 밀조를 받아내십시오. 그러면 제가 오와 촉으로 사신을 보내 군사를 일으키도록 하겠습니다."

복완은 그 자리에서 답장을 써서 목순에게 주었다. 목순은 답서를 다시 상투 속에 숨기고 대궐로 향했다. 한편 조조는 목순이 황제를 만난 사실과 궁을 빠져나갔다는 것을 이미 알고 있었다. 그는 일부러 대궐 문 앞에서 목순을 기다리고 있다가 궁으로 돌아오는 그를 만났다.

"어디에 다녀오는 길이오?"

"황후께서 갑자기 환우가 있어 의원을 부르러 갔다옵니다."

조조가 의심의 눈빛으로 다시 물었다.

"그럼 의원은 어디에 있소?"

목순이 태연함을 잃지 않고 대답했다.

"마침 집에 계시지 않아 모셔오지 못했습니다."

조조가 돌아서 가려다 몸을 다시 목순에게로 향하며 명령했다.

"저자의 몸을 샅샅이 수색하라! 만일 조금이라도 이상한 것이 나오면 당장 내게 가져오라."

조조의 명이 떨어지자 좌우에서 달려들어 목순의 몸을 뒤지기 시작했다. 그러나 조조가 의심하고 있는 어떤 단서도 나오지 않았다. 그러자 조조는 목순을 순순히 보내주었다. 목순이 안도의 한숨을 내쉬며 몸을 돌리는데 갑자기 바람이 일어 그가 쓰고 있던 모자를 날려버렸다. 조조가 직접 그 모자를 주워 앞뒤로 살폈으나 아무 것도 발견하지 못하자 자못 겸연쩍은 표정을 지으며 목순에게 모자를 돌려주었다. 목순은 모자를 받아 재빨리 머리에 썼는데 그 모습을 세심히 지켜보던 조조가 목순을 멈추게 하고 좌우에 다시 명령했다.

"저자의 상투 속을 뒤져보라."

결국 목순의 상투 속에서 작게 접힌 종이가 나왔다. 조조는 눈을 한번 가늘게 뜨더니 성큼 다가가 종이를 받아 펼쳤다. 조조는 그 내용을 읽다가 손권과 유비에게 외응을 부탁하라는 구절을 발견했다. 조조는 화가 머리끝까지 치솟아 곧바로 목순을 옥에 가두고 문초하기 시작했으나 목순은 입을 열지 않았다.

조조는 굳이 목순의 자백을 받아낼 필요가 없다고 여기고 칼로 무장한 군사 1천여 명을 이끌고 복완의 사택을 찾아가 포위했다. 조조의 명을 받은 군사들이 늙은이 젊은이를 가리지 않고 끌어내어 포박하고 집안을 샅샅이 수색한 끝에 복황후가 보낸 친필 편지를 찾아냈다. 조조는 다시 복씨 3족을 모조리 옥에 가두었다.

다음날 날이 밝기가 무섭게 조조는 어림장군御林將軍 극려郄慮에게 황후의 옥새를 압수하도록 명령했다. 그때 황제는 외전에 나가 있다가 극려가 무장한 군사들을 거느리고 나타나자 일이 잘못되었음을 직감하고 떨리는 목소리로 물었다.

"무슨 일이냐?"

"위공의 명을 받들어 황후의 옥새를 거두러 왔습니다."

순간 헌제는 머릿속이 하얘지는 것 같았다. 두려움은 거의 공포로 다가왔다. 극려가 황후의 처소로 달려갔을 때 복황후는 막 잠자리에서 일어나려던 참이었다. 극려는 궁녀들을 불러 옥새를 내놓으라고 소리쳤다. 황후도 일이 탄로났음을 알고 급하게 일어나 궁전의 뒤에 있는 허름한 골방의 다락에 몸을 숨겼다. 후궁이 갑자기 어수선해진 가운데 잠시 후에는 상서령尙書令 화흠華歆이 무장한 군사 500여 명을 거느리고 나타나 떨고 있는 궁녀들을 몰아붙이며 물었다.

"복황후는 어디 있느냐?"

궁녀들은 하얗게 질린 얼굴로 한결같이 모른다고 대답했다. 화흠은 거칠게 복황후의 방문을 부숴뜨리며 열고 들어가더니 군사들을 시켜 샅샅이 수색케 했다. 복황후의 침실뿐 아니라 후궁의 방이란 방은 모조리 훑고 지나갔다. 어디에서도 황후의 흔적을 찾을 수 없자 이번에는 화흠이 직접 찾아다녔다. 황후가 숨어든 골방까지 이른 화흠은 문을 열고 들어가 이곳저곳을 살폈다. 그때 다락문 틈으로 미처 거두어 올리지 못해 비어져나온 황후의 머리카락이 눈에 들어왔다. 화흠이 다락문을 왈칵 열어젖혔다.

겁에 질린 복황후가 울며 애원했다.

"제발 목숨만은 살려주시오!"

화흠은 퉁명스럽게 내뱉었다.

"위공께 살려달라고 비시오!"

복황후는 맨발에 머리를 풀어헤친 채 군사들의 손에 질질 끌려갔다. 복황후를 개 끌듯 조조에게로 끌고 간 화흠이라는 자는 본래 글로써 이름을 떨치던 사람이었다. 일찍이 그는 병원邴原 · 관녕管寧이라는 자와 글공부를 하며 가깝게 지냈다. 이 세 사람의 학문이 워낙 뛰어나 그 당시 사람들은 세 사람을 한 마리 용에 비유하여 칭찬하곤 했다. 화흠은 용의 머리, 병원은 용의 배, 관녕은 용의 꼬리로 불렸던 것이다.

그런데 관녕과 화흠은 근본적으로 성향이 다른 사람이었다. 젊은 시절 화흠과 관녕이 시골에 묻혀 글공부를 하던 때였다. 하루는 관녕과 화흠이 채소밭에서 호미질을 하다 금덩이를 발견했다. 관녕은 그 금덩이를 다른 흙덩이 보듯 했으나 화흠은 그것을 주워 이리저리 살피며 뭔가 궁리하는 듯하다가 던져버렸다.

또 어느 날은 관녕과 화흠이 함께 책을 읽고 있는데 문밖에서 떠들썩한 귀인의 행차 소리가 들렸다. 관녕은 조금도 상관하지 않고 읽던 책을 계속 읽었으나 화흠은 밖이 궁금해 책을 던져놓고 나가 귀인의 행차를 구경하고 돌아와 책을 읽었다. 이후로 관녕은 화흠을 지조 없는 인간으로 여기고 연을 끊어버렸다.

뒷날 관녕은 조조가 패권을 잡자 요동으로 피신한 뒤 누각을 하나 빌려 살며 두 번 다시 조조의 땅을 밟지 않았다. 또한 그는 항상 흰 두건을 쓰고 다녔으며 죽을 때까지 위나라 벼슬을 마다했다. 그러나 화흠은 부귀영화를 보장해주는 벼슬을 좇아 처음에는 손권을 섬겼고 후에는 조조 밑에 발을 붙이더니 급기야 복황후를 잡아들이는 일까지 하게 됐다.

화흠이 복황후를 끌고 외전으로 나오자 거기에 있던 헌제가 그 모습을 보고 뛰어내려와 복황후를 끌어안고 슬픔에 젖어 통곡했다. 화흠이 헌제를 본체만체하며 황후에게 소리쳤다.

"위공의 명령이오. 빨리 갑시다."

황후가 헌제에게 울며 매달렸다.

"이제 다시는 폐하를 뵐 수 없을 것입니다. 부디 옥체를 보전하소서."

황제도 울면서 대답했다.

"내 목숨의 끝도 알 수가 없습니다. 저의 무능을 용서해주시오."

군사들이 다시 황후를 끌고 가자 황제는 땅을 치며 통곡했다.

"극공, 극공 어떻게 이런 일이 있습니까!"

헌제는 옆에 있던 극려에게 한탄하다가 의식을 잃어버렸다. 극려는 주변에 명해 황제를 궁 안으로 모시게 했다. 화흠이 복황후를 끌고 와 조조 앞에 무릎을 꿇렸다. 조조가 복황후를 보고는 소리쳐 꾸짖었다.

"나는 정성을 다해 너희들을 대했는데 너희들은 무엇 때문에 나를 해치려 한 것이냐? 내가 너를 죽이지 않는다면 네가 나를 죽일 것이 아닌가?"

이렇게 말한 조조는 좌우에 명해 복황후를 몽둥이로 때려죽이게 하고 바로 동궁전으로 들어가 황후가 낳은 두 아들에게도 독을 마시게 하여 죽였다. 이어 황후의 아버지인 복완과 목순의 일가족 200여 명을 모두 시장바닥에 끌고 나와 목을 쳤다. 이 광경을 본 허도의 백성들 중 조조의 참혹한 앙갚음에 두려워 떨지 않는 사람이 없었다. 이때가 건안 19년(서기 214년) 11월이었다.

황후와 아들을 잃은 헌제는 넋 나간 사람처럼 지내면서 며칠 동안 아무 것도 입에 대지 않았다. 조조가 헌제를 찾아와 말했다.

"폐하, 이제 걱정을 거두십시오. 신은 다른 마음을 품고 있는 것이 아닙니다. 신의 딸이 이미 오래전에 폐하의 귀인이 되지 않았습니까? 성정이 어질고 효심이 지극하니 정궁으로 받아주신다면 더 바랄 것이 없겠습니다."

헌제는 기가 막혔으나 조조의 말을 따르지 않을 수 없었다. 복황후가 조조에게 죽임을 당한 두 달 후인 건안 20년 1월 초하루, 조조의 딸 조귀인은 정궁 황후에 책봉되었다. 그러나 이에 대해 누구 하나 입을 떼지 못했다. 딸을 마음대로 황후 자리에 앉힐 정도가 된 조조의 위세는 천하에 따를 자가 없는 듯했다. 그런 조조가 남정을 미룰 리 없었다. 그는 다시 문무관료들을 모아 손권과 유비를 치는 일을 의논했다. 가후가 먼저 입을 열었다.

"하후돈과 조인이 있어야 이 일을 보다 효과적으로 논의할 수 있을 것입니다."

조조는 그날로 사람을 보내 서쪽에 가 있던 하후돈과 조인을 불러들였다. 밤이 깊어진 시각, 조인이 먼저 도착했다. 조인은 밤이 늦었지만 조조가 워낙 급하게 오라고 명한 터라 조조를 만나기 위해 부중으로 들었다. 이때 조조는 술에 취해 잠자리에 들어 있었다. 허저가 칼을 차고 방문 앞을 지키고 있다가 조인이 들어가려 하자 그를 저지했다. 조인은 몹시 불쾌한 표정으로 허저를 꾸짖었다.

"나는 승상과 같은 조씨로 동족인 줄을 모르시오? 왜 막고 나서는 것이오?"

허저가 끄떡도 않고 대답했다.

"그것은 사적인 이야기이고 나는 지금 승상을 경호하는 공무를 수행하는 중이오. 또한 장군은 밖을 지키는 관원이고 나는 궁중 안을 지키는 사람입니다. 주공이 지금 취하셔서 누워 계시니 누구도 들여

보낼 수 없습니다."

조인은 할 말이 없어 그대로 밖에서 대기하며 조조가 깨기를 기다렸다. 나중에 이 사실을 안 조조는 허저가 참으로 충신이라고 여기며 그를 더욱 미더워했다. 며칠 후 하후돈도 허도에 도착했다. 기다리고 있던 조조는 속히 남정을 의논했다. 하후돈이 말했다.

"우리의 최종 목표는 오와 촉이지만 그 전에 먼저 할 일이 한중을 취하는 것입니다. 그곳을 손에 넣고 나면 동오와 서천을 치는 것이 한결 쉬워질 것입니다."

"내 생각도 그렇소."

조조는 곧 서쪽 정벌을 위해 군사를 일으키고 부대를 셋으로 나누었다. 전군은 하후연과 장합이 선봉에 서서 이끌게 하고, 중군은 조조 자신과 여러 장수들이 맡았으며, 후군은 조인과 하후돈에게 맡겨 군량미를 담당하게 했다.

이 소식은 곧 한중에 전해졌다. 장로는 동생 장위와 함께 대책을 협의했다. 장위가 말했다.

"군사력으로는 저놈들을 당해내기 힘드니 우리는 지형을 이용해야 합니다. 우리 한중에서 제일 험한 곳이 양평관陽平關입니다. 우선 그곳으로 군사를 이끌고 가서 양쪽 산에 의지해 10여 개의 진지를 세우겠습니다. 조조가 이곳 지리에 익숙지 못할 것이니 맞아 싸우면 반드시 이길 수 있습니다. 형님은 한녕에 계시면서 군량미와 말먹이 풀을 넉넉하게 대어주십시오."

장로는 장위의 말대로 양평관으로 군을 이동시켰다. 장위는 대장 양앙楊昻·양임楊任과 함께 군사를 이끌고 양평관에 도착해 바로 진지를 세우고 적의 공격에 대비했다. 이어 하후연과 장합도 전군을 거느리고 양평관에 도착했다. 이들은 적이 이미 진을 치고 대비하고 있는 것을 보고 관문에서 15리 떨어진 곳에 진영을 구축하도록 했다.

조조군은 먼 길을 행군하느라 지치고 피로한 상태였으므로 진영이 세워지는 대로 모두 안으로 들어가 휴식을 취했다. 그런데 갑자기 뒤에서 불길이 솟으며 한중 장수 양앙과 양임이 각각 군사를 이끌고 조조의 진을 기습해왔다. 하후연과 장합이 놀라 당황하며 급히 말에 오르는데 이미 한중의 군사들이 들이닥쳐 공격을 퍼붓는 바람에 조조의 군사는 제대로 싸워보지도 못하고 도망쳐버렸다. 하후연과 장합은 어쩔 수 없이 조조가 있는 중군으로 말 머리를 돌렸다.

이들이 첫 싸움부터 패하고 돌아오자 몹시 화가 난 조조가 하후연과 장합을 심하게 문책했다.

"너희 둘은 그렇게 오랫동안 싸웠으면서도 '먼 길을 행군하여 군사가 지쳐 있을 때는 적의 기습에 대비해야 한다'는 병법의 기본도 모르느냐? 왜 미리 대비하지 않았느냐!"

조조가 군법에 따라 당장 둘의 목을 베라고 명령했으나 두 사람은 여러 장수들이 간곡히 말린 덕분에 겨우 죽음만은 면했다. 다음날 조조는 직접 군사를 지휘하며 양평관 가까이 진군해 갔다. 갈수록 산세는 험악해지고 밀림이 빼곡이 들어차 있어 지나온 길조차도 어디가 어딘지 분간할 수 없을 정도였다. 조조는 어느 구석에 복병이 숨어 있을지 알 수 없어 일단 군사를 물려 진으로 돌아갔다. 그는 대책을 마련하기 위해 서황 · 허저 두 장수를 불렀다.

"우리가 이곳 지형을 좀더 면밀히 살핀 후에 오는 것이었는데, 아무래도 선불리 군사를 움직인 것 같소."

그런 조조를 보고 힘을 주듯 허저가 자신감 있게 대답했다.

"이미 우리 군사는 이곳에 진을 쳤으므로 싸워서 반드시 이길 생각만 하십시오."

다음날 조조는 허저 · 서황과 함께 다시 장위의 진으로 출발했다. 이들이 거친 비탈을 타고 계속 전진하자 멀리 장위군의 진지가 보였다. 조조가 채찍을 들어 그곳을 가리키며 말했다.

"진채가 여간 탄탄해 보이지 않는다. 저것을 쳐부수는 것이 쉬운 일은 아니겠다."

그의 말이 끝나기도 전에 등 뒤쪽에서 함성소리가 크게 일더니 화살이 비 오듯 쏟아졌다. 숨어 있던 양앙 · 양임이 두 갈래로 군사를 몰고 달려왔다. 당황한 조조가 달아날 곳을 찾는데 허저가 소리쳤다.

"제가 적을 막겠으니 서장군은 주공을 모십시오."

허저는 조금도 망설이는 기색 없이 칼을 치켜들고 달려나가 두 적장을 상대로 싸웠다. 양앙 · 양임이 함께 허저에게 덤볐으나 그의 용맹을 당해내지 못했다. 두 장수가 허저에게 쫓겨 달아나자 이들을 따라온 한중의 군사들도 뿔뿔이 달아나버렸다.

한편 조조를 호위한 서황이 진지를 향해 산모퉁이를 돌아드는데 앞에서 한 떼의 군사가 몰려왔다. 하후연과 장합이었다. 이들은 달아나는 양앙 · 양임을 물리치고 조조를 구해 본진으로 돌아왔다. 조조는 자신을 위기에서 구한 네 장수들에게 후한 상을 내렸다.

서로의 힘을 탐색한 두 군은 쉽게 나서지 않고 50여 일이 지나도록 대치만 한 상태로 있었다. 그러던 어느 날 문득 조조가 퇴군을 명했다. 그러자 가후는 조조가 내린 명령의 진위를 물었다.

"주공께서 퇴군을 명령하신 것은 적을 교란시키기 위함입니까, 아니면 자신이 없어서입니까?"

"저놈들은 매일 훈련을 하며 철저하게 방비하고 있으니 우리가 이렇게 맞서 있다간 이기기 힘들어져요. 우리가 퇴군을 하면 저들이 어느 정도 풀어질 것이니 그때 군사를 나누어 기습하면 승산이 있을 것이오."

가후가 납득이 가는 표정으로 말했다.

"저도 그런 생각을 하고 있던 참이었습니다."

가후가 동조하자 조조는 더욱 힘을 얻어 하후연과 장합을 불렀다.

"두 장군은 3천 기병을 거느리고 숲이 우거진 작은 길을 타고 양평관 뒤쪽으로 가서 주둔하라. 절대로 적의 눈에 띄어서는 안 된다."

조조군이 진영을 철수하고 퇴군을 서두르고 있다는 보고를 받은 양앙은 양임과 협의했다.

"조조놈은 전쟁의 반은 꾀를 써서 이기는 놈이오. 그러니 퇴군한다고 함부로 추격하면 안 될 것이오."

신중을 기하자는 양임의 말에 양앙은 반기를 들었다. 조조와 싸워 이겼다는 공을 세우고 싶은 욕심이 앞섰던 것이다. 양임이 극구 만류했으나 양앙은 다섯 군데의 진을 거두어 군사를 이끌고 조조의 뒤를 쫓았다. 조조의 방어기지로 가보니 조조군은 거의 철수하고 몇 안 되는 군사들이 남아 그곳을 지키고 있었다.

그날은 온통 안개가 자욱해 앞사람의 얼굴도 제대로 보이지 않을 정도였다. 이곳 지리에 밝은 양앙이었으나 반도 채 못 가서 추격을 멈추고 군사를 쉬게 하며 안개가 걷히기를 기다렸다. 한편 하후연 역시 안개에 갇혀 겨우 산길을 뚫고 나아가고 있었다. 이때 짙게 깔린 안개 속 어디에선가 사람들의 웅성거림이 들렸다. 하후연은 적이 매복해 있는 것으로 알고 급하게 말을 돌려 도망치다가 안개 속에서 길을 잘못 들어 양앙의 진지 앞으로 나아가고 말았다. 진을 지키고 있던 군사들은 양앙이 다시 군사를 돌려 오는 줄 알고 진문을 열어 이들을 들였다.

영문도 모르고 양앙의 진지로 들어선 조조군은 진지가 비어 있는 것을 알아채고 신속하게 이곳저곳에 불을 질렀다. 불길이 하늘로 치솟자 진지를 지키고 있던 양앙의 군사들은 적의 기습을 받았다고 생각하고 모두 달아나기 바빴다. 그 사이에 안개가 걷히고 양임이 진지를 구하기 위해 군사를 몰고 달려오다 하후연과 마주쳐 한판 싸움을 벌였다. 이때 조조군의 장합이 군사를 거느리고 와 가세하는 바람에 양임은 싸움을 포기하고 남정南鄭을 향해 도망쳐버렸다.

한편 조조군을 추적하던 양앙은 짙어지는 안개 때문에 더 이상 진군을 포기하고 진지로 말 머리를 돌렸다. 그러나 진지는 이미 하후연과 장합이 장악하고 있었다. 양앙이 다시 돌아서서 달아나려 하는데 뒤에서 조조가 군사를 몰고 진으로 달려오는 것이 보였다. 앞뒤에서 협공을 당한 양앙은 궁지에서 벗어나기 위해 안간힘을 쓰다 다시 장합과 부딪쳤다. 진지를 빼앗기고 적에게 에워싸인 양앙은 심리적으로 몹시 위축된 상태에서 싸운 탓인지 몇 합을 겨루어보지도 못하고 장합의 칼에 목숨을 잃었다. 양평관을 지키던 군사들은 도망쳐 장위에게 이 사실을 모두 보고했다. 장위는 두 장군이 패하여 양임은 도망치고, 양앙은 죽었으며 진지도 빼앗겼다는 말을 듣고 양평관을 내버려두고 달아났다. 주인을 잃은 양평관은 자연 조조의 손에 떨어졌다.

양평관을 잃은 장위와 양임은 한중으로 돌아갔다. 장로는 전황을 보고받고 몹시 노해 양임의 목을 베라고 명령했다. 양임은 패배의 원인을 양앙에게 돌리며 변명했다.

"저는 조조가 거짓 퇴군한다는 것을 알고 양앙을 말렸으나 그가 제 말을 듣지 않고 추격하는 바람에 일이 이 지경이 되었습니다. 저에게 다시 한번만 기회를 주신다면 적진으로 뛰어들어 조조의 목을 베어 바치겠습니다. 제가 만일 이를 이행치 못한다면 어떤 군령도 달게 받겠습니다."

이 말에 장로는 양임에게 각서를 쓰게 하고 반드시 조조의 목을 가져오라고 명령했다. 이에 양임은 2만 군사를 이끌고 남정으로 가서 진영을 구축했다.

한편 첫 전투에서 이기고 힘을 얻은 조조는 하후연에게 5천 군사를 내주며 남쪽으로 가는 길의 정황을 살피라고 명했다. 조조의 명을 받고 남정으로 가던 하후연은 얼마 가지 않아 양임의 군사와 마주쳤다. 양임이 부장 창기昌奇에게 하후연을 맞아 싸우라고 명하자 창기는 창을 비껴들고 하후연에게로 달려들었다. 하후연의 상대가 되지 못했던 창기는 창을 몇 번 휘둘러보지도 못하고 하후연의 창에 찔려 말에서 떨어져 죽었다.

그것을 본 양임이 바로 창을 들고 하후연에게 달려나갔다. 두 장수는 30여 합을 맞붙어 싸웠으나 승부가 나지 않았다. 하후연은 단도로 승부를 가릴 생각으로 갑자기 몸을 빼서 도망치기 시작했다. 하후연의 계책을 알 리 없는 양임이 그의 뒤를 쫓았다. 순간 도망치던 하후연이 몸을 돌려 양임을 향해 단도를 날렸다. 칼은 정확하게 양임의 목을 맞추었다. 양임이 외마디 비명을 지르며 말에서 굴러떨어지자 양임의 군사들은 모두 달아나버렸다. 양임을 죽인 조조군은 곧바로 남정을 향해 진군했다. 소식을 들은 장로는 발등에 불이 떨어진 상황이라 관료들을 불러 대책을 협의했다. 염포가 일어나 의견을 말했다.

"제가 믿을 만한 장수 한 사람을 추천하겠습니다."

"어서 말해보거라."

"남안南安에 있는 방덕을 모르십니까? 원래 마초의 휘하에 있었으나 마초가 주공께 투항했다가 다시 서천의 유비에게 갈 때, 그는 병을 앓는 바람에 이곳에 남게 됐습니다. 아직 이곳에서 주공의 은혜를 입고 있으니 그를 써보는 것이 어떻겠습니까?"

장로는 기쁜 마음으로 이에 응하고 바로 방덕을 불러 위로하는 말과 함께 상을 내린 후 명을 내렸다.

"장군에게 1만 군사를 내주겠다. 있는 힘을 다해 조조군을 내쫓기 바란다. 만일 공을 이룬다면 장군은 한중의 큰 별이 될 것이다."

장로의 대접에 감화를 받은 방덕은 군사를 이끌고 성을 나갔다. 성 밖으로 10여 리를 진군해 나가자 조조의 군사들이 모습을 드러냈다. 방덕이 군사를 이끌고 진격해오고 있다는 말을 들은 조조가 장수들을 불러 주의를 주었다.

"방덕은 본래 마초 휘하에 있던 장수로 서량이 자랑하는 맹장이었다. 지금 그는 어쩔 수 없어 장로에게 의탁해 있을 것인데 나는 그를 내 장수로 만들고 싶다. 그러니 그대들은 최대한 여유를 가지고 싸우며 그를 생포하도록 하라."

조조의 뜻을 알아들은 장수들은 방덕과 싸우되 그를 상하지 않게 묘기를 부리며 후퇴하는 일을 반복했다. 하후연 · 서황 · 허저 등 조조의 용장들을 차례로 맞아 싸우면서도 방덕은 전혀 지친 기색을 보이지 않았다. 이것을 지켜본 조조의 장수들은 하나같이 방덕을 추켜세웠다. 더욱 방덕이 탐이 난 조조가 참모들을 불러 물었다.

"어떻게 하면 방덕을 투항시킬 수 있겠나?"

미리 생각해둔 바가 있었던지 가후가 바로 계책을 말했다.
"장로의 휘하에 양송이라는 자가 있습니다. 그는 장로의 총애를 받고 있어 장로는 그의 말이라면 앞뒤를 따지지 않고 믿는다고 합니다. 그런데 그 양송이 뇌물을 몹시 밝힌다고 하니 그에게 은밀하게 금은 보석을 건네주고 장로에게 방덕을 헐뜯는 말을 하게 한다면 방덕은 스스로 우리에게 오게 될 것입니다."
조조가 신이 나서 물었다.
"남정에는 어떤 방법으로 들어가지요?"
가후가 다시 말했다.
"내일 방덕과 싸울 때 거짓으로 패한 체하며 진채를 버리고 달아나면 방덕은 분명 우리 진을 차지할 것입니다. 그러면 우리는 밤이 되기를 기다렸다가 사방이 어두워지면 다시 진을 기습 공격합니다. 방덕은 틀림없이 성안으로 도망쳐 들어가겠지요. 그때 우리 쪽의 말 잘하는 군사 하나를 그들 병사로 변장시켜 함께 성안으로 들어가게 하면 됩니다."
조조는 가후의 말에 따라 일을 진행시켰다. 먼저 군사들 중에 특히 언변이 좋은 자를 뽑아 후하게 상을 내리고 할 일을 일러주었다. 그리고 황금으로 심을 넣은 갑옷을 입게 한 후 그 위에 한중 군사의 복장으로 위장하도록 했다. 영락없이 한중 군사가 된 그는 방덕의 군사가 도망쳐갈 길목에 가서 미리 대기하고 있었다.
다음날 조조군이 방덕에게 싸움을 걸었다. 하후연 · 장합은 조조의 명에 따라 멀리까지 나가 미리 매복하고 있었고 서황은 군사를 거느리고 나가 방덕군을 공격했다. 방덕군이 군사를 몰고 와 서황군과 맞붙어 싸우기 시작했다. 서황도 방덕과 어우러져 칼을 휘두르며 싸웠다. 얼마 되지 않아 서황이 패하는 척하며 도망치자 방덕의 군사들이 기세등등하여 쫓아왔다. 조조군은 방덕군에게 몰려 모두 진을 버리고 도망가버렸다. 방덕은 별 어려움 없이 조조의 진을 차지했다. 진지 안에 군량미와 마초들이 가득 쌓여 있는 것을 본 방덕은 몹시 흐뭇하여 이 사실을 장로에게 알리고 진지에 쌓여 있던 군량미를 풀어 잔치를 열고 군사들을 위로했다.

배불리 먹은 군사들이 깊은 잠에 빠져든 밤 11시경, 갑자기 진영 세 곳에서 하늘을 집어삼킬 듯한 불기둥이 치솟더니 가운데로는 서황이, 왼쪽으로는 장합이, 오른쪽으로는 하후연이 일제히 군사를 몰고 와 진지를 급습했다. 별 대비 없이 있던 방덕은 기습을 막아내지 못하고 말을 달려 성안으로 몸을 피했다. 그 뒤를 조조의 군사가 끝을 보겠다는 듯 거세게 추격해왔다. 급해진 방덕은 빨리 성문을 열라고 소리쳐 문이 열리기가 무섭게 안으로 뛰어들었다. 이때 변장을 하고 한중군에 섞여 있던 조조군도 함께 성안으로 들어갔다. 그는 곧바로 양송을 찾아가 조조가 일러준 대로 말했다.

"위공 조승상께서는 오래전부터 공의 덕을 칭송하며 공에 대한 말씀을 자주 해오셨습니다. 비록 적군의 관계이기는 하나 이번 기회에 공을 가까운 곳에서 대할 수 있게 됨을 기뻐하시며 이 황금 갑옷을 신뢰의 표시로 전하라 하셨습니다. 그리고 여기 편지도 함께 주셨습니다."

황금 갑옷을 받은 양송은 기뻐 어쩔 줄 몰라 입을 다물지 못했다. 더구나 조조가 직접 편지까지 보냈다고 하니 지금 당장 장로가 망하더라도 걱정할 것이 없겠다는 생각이 들었다. 양송이 부푼 마음을 달래며 밀서를 읽어 내려갔다. 밀서에는 몇 가지 부탁의 말이 공손함을 곁들여 적혀 있었다. 양송은 당장 조조의 사람이라도 된 양 편지를 가지고 온 군사에게 말했다.

"부탁하신 내용에 대해서는 이 양송이 잘 알아서 처리할 테니 걱정 말고 기다리시라고 전하시오."

양송은 사자를 내보내고 그날 밤 장로를 찾아가 말했다.

"주공, 이번 방덕의 싸움은 도대체 이해되지 않는 부분이 많았습니다. 낮에는 적의 진영을 빼앗았다고 하더니 그날 밤을 넘기지도 못하고 다시 진을 뺏기고 성으로 후퇴해왔습니다. 제가 아무리 생각해도 이해가 되지 않아 뒤를 캐보았더니 방덕이 적에게 뇌물을 받고 진을 내주었다는 사실이 밝혀졌습니다. 이게 말이 되는 소리입니까?"

장로는 진위를 알아보기도 전에 화부터 내며 당장 방덕을 불러들여 목을 베라고 명령했다. 방덕이 타지 사람이었으므로 장로는 쉽게 그를 의심만 하고 양송이 음모를 꾸몄으리라고는 꿈에도 생각지 못했던 것이다. 옆에서 그것을 지켜보고 있던 염포가 극구 만류하자 장로는 화를 가라앉히고 말했다.

"내가 이번 한 번은 용서하겠다. 그러나 내일 출전하여 승리하고 돌아오지 못하면 어김없이 네 목을 벨 것이다."

장로 앞을 물러나오며 방덕은 기가 차고 원통하여 마음을 달랠 수가 없었다. 다음날 또다시 조조군이 공격해왔다. 장로에게 등이 떼밀리다시피 한 방덕이 군사를 몰고 성밖으로 나가 조조군과 맞섰다. 조조는 허저에게 나가 싸우라고 명했다. 허저는 방덕과 몇 합을 겨루더니 말 머리를 돌려 도망쳤다. 방덕은 놓치지 않겠다는 듯 허저를 뒤쫓아갔다. 방덕이 한창 추격을 하며 산마루로 올라가는데 문득 조조가 말을 타고 나타나 소리쳤다.

"방덕은 어째서 항복하지 않는가!"

조조를 본 방덕은 문득 욕심이 생겼다.

'내가 저놈을 사로잡는다면 천하의 명장으로 이름을 높일 것이다.'

방덕은 번개처럼 말을 몰아 조조가 있는 산 위쪽으로 달려갔다. 이때 땅이 갈라지는 듯한 함성이 일더니 사방에서 군마가 몰려나와 방덕을 함정으로 몰아넣었다. 깊은 구덩이에 빠져버린 방덕이 정신을 차리고 위를 바라보니 조조의 군사들이 자신을 내려다보며 밧줄과 쇠갈고리를 던져 꼼짝 못하게 옭아맸다.

방덕은 결박당한 채 조조에게로 끌려갔다. 그런데 조조가 그를 보더니 말에서 내려 군사들을 양쪽으로 물러나게 하고는 방덕 가까이로 다가왔다. 조조는 일일이 포승줄을 풀어주며 말했다.

"그대를 기다린 지 오래요. 공은 이제 나와 함께 일하지 않으시려오?"

방덕은 천박한 장로를 섬기느니 조조를 따르는 것이 낫겠다고 생각하며 항복을 표시했다. 조조는 방덕과 함께 말에 올라 본진으로 돌아왔다. 성 위에서 그 모습을 지켜본 장로의 군사들이 장로에게 가서 보고하자 장로는 지난 밤 양송이 한 말이 맞다고 생각하며 그의 말을 더더욱 믿게 되었다.

다음날, 조조는 성의 세 곳에 사닥다리를 세우고 화살과 투석으로 성에 맹공격을 퍼부었다. 장로는 사태가 불리해지자 동생 장위와 의논했다.

"양곡 창고와 무기고를 모두 불질러버린 다음 남정을 포기하고 파중巴中을 지키는 것이 어떻겠느냐?"

장위가 선뜻 대답을 못하고 머뭇거리고 있는데 옆에 있던 양송이 장로의 눈치를 봐가며 말했다.

"조조의 위세가 워낙 엄청나 당장 옮겨간다 하더라도 오래 버티기 힘들 것 같습니다. 더 이상의 손실을 부를 필요 없이 성문을 열고 항복하는 것이 현명할 듯합니다."

장로는 양송의 말이 일리가 있다고 생각하는지 결정을 내리지 못하고 망설였다. 이때 장위가 독촉했다.

"형님이 처음 말씀하신 대로 불을 지르고 갑시다."

다시 한참을 생각하던 장로가 입을 열었다.

"나는 진작부터 나라에 복종하고 싶었으나 이래저래 실행에 옮기지 못했다. 이제 어쩔 수 없이 성을 버리고 가야 하는 처지가 되었지만 창고의 곡식과 무기들은 모두 나라 재산이니 내가 함부로 불태울 수는 없다."

장로는 이렇게 말하고 창고와 무기고에 모두 자물쇠를 채우게 하고 그날 밤 자정이 넘자 일가족을 데리고 성을 빠져나갔다. 그들이 도망가는 것을 알아챈 조조의 장수들이 장로 일행을 추격하려 했으나 조조는 뒤를 쫓지 말라는 명령을 내렸다. 이윽고 조조는 전군을 이끌고 남정성 안으로 들어갔다. 성안을 둘러보니 양곡을 쌓아놓은 창고와 무기고에 모두 자물쇠가 채워져 있었다.

이 일로 조조는 장로를 다시 보게 되었고 사람을 파중으로 보내 장로에게 항복을 권유했다. 장로는 투항할 마음이 있었으나 동생 장위의 반대에 부딪혀 마음을 돌리고 끝까지 항전할 것을 결심했다. 그런데 이들이 파중으로 달아나던 때에 양송은 밀서를 써서 조조에게 보냈다. 군사를 이끌고 파중으로 오면 내응을 하겠다는 내용이었다.

양송의 밀서를 받은 조조는 곧 군사를 이끌고 파중으로 갔다. 다시 조조군이 쳐들어왔다는 보고를 받은 장로는 장위에게 나가 싸울 것을 지시했다. 장위는 허저를 맞아 싸웠으나 허저가 휘두르는 칼을 피하지 못하고 비명에 갔다. 장위를 잃은 장로의 군사들이 성으로 도망쳐와 그 사실을 알렸다. 장로는 더 이상 나가 싸우는 것은 무모하다고 생각하고 성문을 닫아걸고 움직이지 않았다. 성을 지키고 있는 장로에게 양송이 옆에서 또다시 화를 돋웠다.

"나가서 싸우지 않고 이대로 앉아 성을 지키고만 있는 것은 죽음을 기다리는 것이나 마찬가지입니다. 주공께서 나가셔서 죽기를 각오하고 싸운다면 저들을 물리칠 수도 있습니다."

염포가 이를 말리고 나섰으나 양송에 대한 믿음이 워낙 컸던 장로는 나가 싸우기로 결심하고 군사를 이끌고 성밖으로 나갔다. 그러나 죽음을 각오한 장로의 마음과는 달리 그가 이끌던 군사들은 조조군과 결전을 치르기도 전에 슬금슬금 달아나기 바빴다. 마침내 장로의 후군은 모두 자취를 감추어 군은 마치 몸통과 꼬리를 잘리고 머리만 남은 도마뱀 꼴이 되었다. 군사를 잃은 장로가 어쩔 수 없이 달아나려 할 때 뒤에서 조조군이 몰려오는 것이 보였다. 장로는 정신없이 성으로 달려왔다. 그런데 성문은 굳게 닫혀 마치 장송을 밀어내고 있는 듯했다.

"문을 열어라!"

장로는 있는 힘을 다해 소리쳤지만 성문은 꼼짝하지 않았다. 이미 양송이 문을 걸어잠갔던 것이다. 당황한 장로가 주변을 살피고 있는데 뒤에서 조조가 달려오며 소리쳤다.

"장로는 항복하라!"

어디로도 몸을 뺄 곳이 없었던 장로는 마침내 말에서 내려 투항했다. 장로가 항복해오자 조조는 기쁜 마음으로 그를 받아들였다. 장로가 남정의 양곡 창고와 무기고를 그대로 보존했던 점 등을 높이 산 조조는 그에게 진남장군 벼슬을 내리고 장로 휘하 장수들도 수용해, 염포를 비롯한 여러 장수들을 열후列候에 봉했다.

조조의 이 같은 처사로 한중의 많은 군사와 백성들은 안심하고 조조를 따랐다. 다만 양송만은 개인의 영화를 위해 주인을 팔아먹은 파렴치한 인간이라 하여 시장바닥으로 끌어내 목을 쳤다.

한비를 놓고 싸우는 조조와 손권

한바탕 몸살을 앓은 한중은 시간이 흐르면서 평온을 찾아갔다. 이때 주부로 따라왔던 사마의司馬懿가 조조에게 간했다.

"유비가 촉나라 사람들을 기만하여 유장을 쫓아내고 서촉을 빼앗았으니 서촉의 백성들 중에는 유비를 원망하는 자들이 많을 것입니다. 또한 주공께서 한중을 평정하여 주공의 덕망이 서천 일대에 울려 퍼지고 있습니다. 이런 때 주공께서 다시 군의 사기를 다져 서촉으로 쳐들어간다면 유비 정도는 쉽게 물리칠 수 있을 것입니다. 지혜로운 자는 때를 잘 이용하는 법입니다. 지금이 바로 그때입니다."

조조가 놀랍다는 듯이 물었다.

"온갖 고생을 다해 농서를 얻었는데 다시 또 촉으로 가자는 말인가?"

옆에 있던 유엽이 사마의의 의견에 찬성하며 말했다.

"군사를 다시 일으키려면 힘든 것이 사실이지만 만일 우리가 쉬고 있는 동안 정치에 밝은 제갈량이 재상이 되고, 관우와 장비가 3군을 거느리며 백성들의 민심을 하나로 모아 관문을 굳게 지킨다면 그때는 이미 공격할 시기를 놓치게 될 것입니다."

"여러분도 모르고 하는 말은 아니겠지만 지금 우리 군사는 먼 길을 달려와 전투를 치르고 몹시 지쳐 있는 상태요. 그러니 우선 양병을 하면서 판세가 어떻게 돌아가는지 보는 것이 좋을 듯하오."

조조가 이렇게 마음을 굳히자 사마의의 의견은 뒤로 미뤄졌다.

한편 조조가 한중을 취했다는 소식은 서천의 유비에게도 어김없이 들어갔다. 유비의 걱정은 태산 같았으나 제갈량은 겉으로 태연함을 잃지 않으며 전략을 짜는 데 부심했다. 제갈량이 뭔가 한마디해주기를 바라던 유비는 그에게서 아무 말도 들을 수가 없자 하루는 그를 불러 물었다.

"조조가 한중을 손에 넣었으니 다음 차례는 우리 서천이 아니겠습니까? 어떻게 이 난관을 뛰어넘을 수 있을지 걱정입니다."

제갈량은 유비를 안심시키며 말했다.

"주공은 너무 신경쓰지 마세요. 제게 조조가 스스로 물러가도록 할 계책이 이미 서 있습니다."

유비는 반가운 마음으로 제갈량에게 물었다.

"그 계책이 무엇인지 듣고 싶습니다."

"조조가 계속해서 합비에 군사를 두고 있는 것은 동오의 손권을 크게 의식하기 때문입니다. 이제 우리가 강하 · 장사 · 계양 등 세 개 군을 손권에게 돌려주고 말 잘하는 사람을 보내 이해득실을 따져가며 손권으로 하여금 합비를 치게 한다면, 조조는 놀라서 강남쪽으로 군사를 돌릴 것입니다."

"누구를 보내는 것이 좋겠습니까?"

제갈량은 이적을 추천했고 이적도 꼭 그 일을 해보겠다고 나섰다. 유비는 바로 편지 한 장을 써서 건네주며 먼저 형주의 관우부터 만나서 일의 전말을 설명한 다음 말릉의 손권에게 가라고 말했다. 형주에 들러 관우를 만난 이적은 3군을 돌려주게 된 이유를 설명하고 일이 착오 없이 진행되도록 말을 맞추었다. 그는 다시 서둘러 말릉의 손권에게 가서 자신의 신분을 밝히고 그를 만나기를 청했다. 촉의 사람이 왔다는 말에 손권은 썩 내키지 않은 기분으로 그를 맞아들였다.

"여기엔 무슨 일로 오셨습니까?"

이적이 예의를 갖추어 인사하는 것을 받는 둥 마는 둥하더니 손권이 불퉁하게 물었다. 이적은 전혀 개의치 않고 자기 할 말을 했다.

"지난번에 제갈군사의 형님 되시는 제갈근께서 형주의 3군을 돌려받으러 오셨으나 그때 마침 저희 군사께서 외지에 나가 계시느라 그냥 돌아가셨습니다. 이제 저희 주공께서는 3군을 반환한다는 내용의 편지를 써주시며 공께 전하라 하셨습니다. 아울러 저희 주공께서는 원래 형주 · 남군 · 영릉까지 반환하려 하셨으나 조조가 동천을 쳐서 손에 넣는 바람에 이를 이행치 못하게 되어 죄송하다는 말씀을 전하라 하셨습니다. 형주 전체를 반환 받기를 바라신다면 지금 비어 있는 합비를 공격하십시오. 그러면 조조는 분명히 동천을 비우고 합비로 갈 것입니다. 그 사이에 우리 촉이 동천을 취할 것입니다. 저희가 동천을 얻게 되면 형주의 관우를 동천으로 이동시킬 것이고 그러면 형주는 동오로 돌아올 것입니다."

무슨 일이든 그 자리에서 당장 결정을 내리는 경우가 좀처럼 없었던 손권은 이번에도 예외가 아니었다.

"잘 알아들었으니 공은 역관으로 가서 쉬고 계세요. 의논한 후 연락드리겠습니다."

이적이 역관으로 돌아가자 손권은 참모들을 불러 의논했다. 원로인 장소가 먼저 말했다.

"이것은 생각할 것도 없이, 조조가 서천을 공격할 것이 두려워 유비가 억지로 만들어낸 계책입니다. 그렇다 해도 조조가 동천에 있는 동안 우리가 합비를 취하는 것도 좋은 일입니다."

손권은 장소의 말에 따라 합비를 공격하기로 하고 이적을 통해 답장을 보냈다. 이적이 돌아간 후 손권과 그 휘하 장수들은 합비를 칠 준비에 들어갔다. 손권은 먼저 노숙을 촉의 유비에게 보내 강하 · 장사 · 계양 등 3군을 되돌려받은 다음 육구에 군사를 주둔케 하고, 육구를 지키고 있던 여몽과 감녕을 말릉으로 다시 불러들이고 아울러 능통도 불렀다. 명을 받은 여몽과 감녕이 지체하지 않고 달려왔다. 여몽은 오자마자 미리 구상하고 있었던 듯 합비를 칠 계책을 말했다.

"조조는 여강 태수 주광朱光으로 하여금 환성에 군사를 주둔케 하여 그곳에서 나는 곡식들을 모아 합비로 보내라는 영을 내렸습니다. 그래서 합비는 먼 허도에서 군량미를 보내지 않아도 풍부하게 양곡을 지원 받을 수 있었습니다. 그러니 합비의 젖줄이나 마찬가지인 환성을 손에 넣은 후에 합비를 공격하는 것이 좋겠습니다."

"내 생각도 그것이오."

손권은 즉각 진군할 것을 결정하고 군사를 일으켰다. 여몽 · 감녕을 선봉장으로 세우고 장흠 · 반장은 후군을, 자신은 주태 · 진무 · 동습 · 서성과 중군을 맡아 진군하기로 했다. 이때 정보 · 황개 · 한당은

각 고을로 나가 있었으므로 이 전투에는 참가하지 못했다. 동오군은 장강을 건너 단번에 화주和州를 차지한 다음 신속하게 환성에 도착했다. 여강 태수 주광은 급하게 합비로 사람을 보내 구원을 청하고 자신은 성문을 굳게 닫고 나와 싸우지 않았다.

환성이 움직이지 않자 손권은 직접 군사를 이끌고 성 아래로 가서 성 주변의 상황을 살폈다. 이때 성 위에서 갑자기 화살이 비 오듯 쏟아지더니 그 중 하나가 손권의 일산日傘에 꽂혀 구멍을 냈다. 환성 공략이 생각보다 쉽지 않으리라 여긴 손권은 장수들을 불러 성을 공격할 방법들을 물었다.

동습이 말했다.

"군사들을 동원해서 토성을 높이 쌓아 공격하십시오."

서성도 한마디했다.

"탄탄하게 받침대를 쌓고 그 위에 구름다리를 걸쳐 그곳에서 공격한다면 성을 내려다보고 공격할 수 있어 유리할 것입니다."

듣고 있던 여몽이 고개를 저으며 다른 의견을 말했다.

"그 방법들도 좋긴 하나 둘 다 시간이 너무 걸리므로 그 동안에 지원병이 온다면 헛수고가 되기 십상입니다. 우리 군사는 이제 막 이곳에 도착했기 때문에 사기가 하늘을 찌를 듯합니다. 그 힘을 모아 정면 공격하는 것이 가장 빠른 방법입니다. 내일 아침, 해가 뜰 즈음에 성을 에워싸고 공격한다면 한나절 안에 성을 점령할 것입니다."

손권이 들어보니 여몽의 말이 가장 합당했다.

"내일 오전 6시경에 군사들에게 아침밥을 먹인 후 3군이 함께 환성을 총공격한다."

손권은 이렇게 명령하고 장수들을 각자의 자리로 돌려보냈다. 다음날, 어둠이 채 물러가기도 전에 환성은 군사들이 내지르는 고함소리에 잠을 깨는 듯했다. 동오군이 성을 향해 총공격을 감행하자 성 위에서는 화살과 돌덩이가 무수히 떨어졌다.

그 속을 뚫고 감녕이 쇠방패에 의지해 성 위로 올라오는 것을 본 주광은 감녕을 향해 집중적으로 화살을 날리도록 했다. 감녕은 죽을 힘을 다해 방패로 쏟아지는 화살을 막아내며 성 위로 올라가 쇠방패로 주광의 얼굴을 후려쳤다. 여몽은 스스로 북채를 잡고 북을 두드리며 군사들의 사기를 북돋웠다. 주광이 넘어지자 그의 군사들은 순간적으로 당황하여 갈팡질팡했다. 그 사이에 성 위로 올라온 동오군이 주광을 베어버리자 조조군은 너나 할 것 없이 항복을 했다.

이렇게 하여 동오군이 환성 점령을 끝낸 것은 오전 8시경이었다. 한편 환성을 구하기 위해 달려오던 조조의 장수 장요는 오는 도중에 환성이 함락되었다는 말을 듣고 바로 군사를 돌려 합비로 되돌아갔다.

손권이 환성을 차지하고 얼마 되지 않아 능통도 군사를 이끌고 달려왔다. 손권은 잠시 휴식을 취한 후 잔치를 베풀어 군사들의 노고를 치하하고 여몽 · 감녕 등 여러 장수들에게 상을 내려 그들의 공을 빛내주었다. 승리를 자축하는 이들의 잔치는 해가 질 때까지 계속되었다. 여몽은 감녕에게 다가가 비 오듯 퍼붓는 화살을 뚫고 성에 올라 적장을 죽인 공을 거듭 칭찬했다.

이때 술이 거나하게 취한 능통은 이들의 이야기를 들으며 은근히 분이 치솟았다. 예전에 감녕이 자기 아버지를 죽인 일이 앙금처럼 남아 있는데 여몽이 계속해서 감녕을 추켜세우자, 질투 반 원망 반의 마음이 뒤섞여 능통의 가슴에 불을 지르고 말았다. 여몽과 감녕을 째려보던 능통이 갑자기 칼을 뽑아들고 연회석상으로 뛰어오르더니 좌중을 향해 소리쳤다.

"잔치에 음악과 춤이 없으니 흥이 나지 않습니다. 내가 멋지게 칼춤을 한번 추어 보이겠습니다."

그러자 감녕도 자리에서 일어나 양손에 창을 쥐고 나오며 말했다.

"저라고 흥을 돋우지 말란 법 있겠습니까? 저의 창 다루는 솜씨도 한번 감상해보시지요."

감녕은 이미 능통이 딴마음을 품고 있다는 것을 눈치채고 창을 들고 나온 것이다. 이들을 유심히 지켜보던 여몽이 갑자기 양손에 칼과 방패를 들고 일어서며 말했다.

"두 장군의 솜씨가 천하 일품이라고 할지라도 나를 따르지는 못할 것이오."

여몽은 의도적으로 능통과 감녕을 갈라놓기 위해 흥에 겨운 듯 춤을 추며 둘 사이를 벌려놓았다. 아무래도 분위기가 심상치 않음을 눈치챈 군사 하나가 손권에게 가서 연회장에서 일어나고 있는 일을 일러바쳤다. 손권이 몹시 놀라 성급히 연회장으로 달려가자 세 사람은 모두 무기를 버리고 자리에 곧추섰다. 손권은 능통과 감녕을 보며 꾸짖었다.

"내가 두 사람에게 지난날의 원한은 잊어버리라고 몇 번이나 당부했건만 오늘 또 이게 무슨 일입니까?"

그러자 능통이 참을 수 없었던지 자리에 무릎을 꿇고 앉으며 통곡했다. 손권은 그런 능통의 등을 두드리며 달래주었다. 다음날 손권의 합비 진군이 다시 시작되었다.

환성이 이미 손권의 차지가 되었다는 말을 듣고 합비로 군사를 돌린 장요는 걱정과 부담 때문에 제대로 잠을 이룰 수가 없었다. 이때 조조가 설제薛悌 편에 나무상자 하나를 보내왔다. 장요가 풀어보니 상자에는 조조의 봉인이 찍혀 있었는데 조조가 친필로 쓴 '적이 오면 뜯어보라'는 글이 보였다.

장요는 지원병을 얻은 듯 한편으로 안심이 되었다. 그날 바로 손권이 합비로 쳐들어오고 있다는 보고가 들어왔다. 장요는 급하게 그 상자를 열었다.

> 손권이 공격해오면 장요와 이전은 성밖으로 나가 싸우고 악진은 성을 지키도록 하라.

공격에 대비한 계책을 구체적으로 적어두지는 않았지만 조조의 명에 힘을 얻은 장요는 명령대로 대처하기 위해 악진과 이전을 불렀다. 장요는 조조의 글을 보여주며 말했다.

"주공께서 멀리 나가 계시는 틈을 타서 손권이 합비를 차지하겠다고 쳐들어오고 있습니다. 저놈들은 지금 환성을 손에 넣고 기세가 등등하여 이곳으로 몰려올 것이니 우리가 나가 맞서 싸워 일단 적들의 예기를 꺾어놓은 후에 성을 지켜내는 것이 좋겠습니다."

평소에 장요와 사이가 좋지 않았던 이전이 입을 꾹 다물고 앉아 있었다.

악진이 이전의 눈치를 살피며 말했다.

"적은 우리에 비해 절대적으로 수가 많습니다. 나가서 싸우는 것은 무리이니 성을 지키고 있는 편이 나을 것 같습니다."

장요가 불만스러운 듯 말했다.

"주공께서 친필로 내린 명을 사사로운 판단으로 거역할 수는 없습니다. 나는 죽는 한이 있더라도 성밖으로 나가 적들과 맞서 싸우겠습니다."

장요는 더 말할 것이 없다는 듯 자리에서 벌떡 일어나 주위를 향해 싸울 준비를 하라고 소리쳤다.

"장군의 말씀이 옳습니다. 개인 감정으로 공적인 일을 망칠 수야 없지요. 명령만 내려주십시오."

이전이 이렇게 나오자 장요는 몹시 기뻐하며 대답했다.

"고맙소. 내일 장군은 한 부대의 군사를 이끌고 소요진逍遙津의 북쪽으로 가서 매복해 있다가 손권이 나타나면 소사교小師橋를 끊어버리세요. 그러면 저와 악진 장군이 쳐들어오는 적병을 깨부술 수 있을 것입니다."

이전은 명에 따라 곧 소요진으로 떠났다.

한편 이때 손권은 여몽과 감녕을 선봉에 세우고 자신은 능통과 함께 중군을 이끌고, 다른 장수들은 후군을 맡게 하여 합비로 달려오고 있었다. 환성을 함락하고 합비로 기수를 돌린 이들의 사기는 장요가 걱정한 대로 실로 하늘을 찌를 듯했다.

선봉에 선 감녕이 맨 먼저 만난 조조의 장수는 악진이었다. 감녕은 적의 장수를 보자 바로 말을 달려나가 악진과 맞붙었다. 악진은 칼을 휘두르며 공격과 방어를 하다 몇 번 싸우지 않아 패한 체하며 달아나기 시작했다. 감녕은 여몽과 함께 군사를 몰고 악진을 추격했다.

이때 중군에 있던 손권은 선봉대가 기선을 제압했다는 말을 전해 듣고 군사를 독려해서 소요진 북쪽으로 진격해 들어갔다. 순간 포성이 크게 울리더니 양쪽에서 장요와 이전이 군사를 몰고 뛰쳐나왔다. 손권이 당황해서 여몽 · 감녕에게 원병을 청하기 위해 군사를 보내려는데 장요가 바로 앞까지 와서 총공세를 퍼부었다. 손권과 함께 중군에 있던 능통은 300 기병을 거느리고 있었으나 거세게 몰려오는 조조군을 당해내지 못했다. 능통이 크게 외쳤다.

"주공, 어서 소사교를 건너십시오."

능통의 외침과 동시에 장요가 또다시 군마 2천여 기를 이끌고 내달아왔다. 능통은 장요를 맞아 죽을 힘을 다해 싸웠다. 그 사이에 손권이 소사교를 건너기 위해 말을 달렸다. 그러나 소사교는 이미 온데간데없었다.

몹시 당황한 손권이 어쩔 줄 몰라 머뭇거렸다. 이때 아장 곡리谷利가 큰 소리로 외쳤다.

"주공은 뒤로 말을 물렸다가 힘껏 채찍을 가해 훌쩍 뛰어넘으십시오."

손권은 다른 방법이 없었으므로 곡리의 말을 듣고 재빠르게 뒤로 물러서더니 말에 채찍을 가해 힘껏 달렸다. 실로 곡리의 말대로 손권을 태운 말은 다리가 놓여 있던 곳을 건너뛰었다. 손권이 개울을 넘자 서성과 동습이 맞은편에서 배를 준비하고 있다가 그를 맞았다.

이때 능통과 곡리는 아직도 장요와 힘든 싸움을 견디고 있었다. 여몽과 감녕이 군사를 돌려 손권을 구하러 가자 악진이 그 뒤를 쫓아갔다. 거기에다 이전도 가세하여 동오의 군사는 떼죽음을 당했다. 뿐만 아니라 힘겹게 싸우던 능통도 300여 기의 기병을 모두 잃고 말았다. 능통은 온몸에 부상을 입고 안간힘을 다해 다리 앞에 왔으나 이미 다리가 끊겨 있어 말을 돌려 강을 따라 정신없이 도망쳤다.

그때 배를 타고 도망치던 손권은 문득 동습에게 명해 연안으로 배를 갖다대도록 했다. 그곳에는 피투성이가 된 몸으로 달아나던 능통이 구원을 기다리고 있었다. 손권은 능통을 구해 다시 배를 저었다. 여몽과 감녕 역시 힘든 싸움을 벌이다 간신히 목숨을 구해 하남으로 달아났다.

장요가 이끄는 조조군이 압승을 했다는 소식을 들은 강남 사람들은 이후로 장요의 이름만 들어도 무서워 떨었으며 울던 아이들도 울음을 뚝 그쳤다.

비록 싸움에서 지고 돌아오기는 했으나 손권은 전혀 기가 죽지 않고 목숨을 걸고 자기를 구해준 능통과 곡리에게 큰 상을 내리고 남은 군사들을 위로했다. 이어 군사를 수습해 유수로 돌아가면서 배를 점검하여 물과 육지 양 방면에서 재공격할 준비에 들어갔다.

싸움에 이길수록 다음 준비에 철저한 장요는 이번에도 자만하지 않고 주변 정황을 살폈다. 그는 손권이 유수에서 재침공을 위해 군사를 모으고 일으키는 데 박차를 가하고 있다는 소식을 듣고 급히 사람을 보내 조조에게 원병을 요청했다. 자기가 거느리고 있는 군사로는 손권을 당해낼 수 없다고 판단했기 때문이다. 장요의 요청을 전해들은 조조는 참모들을 불러 물었다.

"우리가 지금 군사를 일으킨다면 서천을 도모할 수 있겠는가?"

유엽이 대답했다.

"촉은 이미 안정을 찾은 상태입니다. 그러니 유비는 우리를 염두에 두고 만반의 준비를 갖추어두고 있을 것입니다. 서천 공격은 시기적으로 맞지 않습니다. 오히려 합비가 위태로우니 합비를 구하는 것이 먼저입니다."

유엽의 말을 들은 조조는 하후연과 장합에게 명령했다.

"하후장군은 한중에 머물러 정군산定軍山 어귀를 지키고 장장군은 몽두암蒙頭巖을 지키시오."

이렇게 한중에 대한 조치를 끝낸 조조는 남은 군사를 이끌고 강남의 유수로 향했다. 이들은 중간에 농우를 손에 넣고 강남으로 진군을 계속했다. 이때 유수에서 군사 훈련에 여념이 없던 손권은 조조가 40만 대군을 이끌고 합비를 구하기 위해 진군해오고 있다는 보고를 들었다. 손권은 작전회의에 들어가기 전에 동습과 서성을 불러 큰 배 50척을 거느리고 유수 어귀에 매복해 있도록 명령하고 진무에게는 말과 군사를 이끌고 강변을 빈틈없이 순시하도록 했다. 그런 다음 참모들을 불러들여 조조를 막을 대책 마련에 들어갔다. 장소가 말했다.

"조조가 먼 길을 행군해와 지쳐 있을 테니 처음부터 그들의 기를 꺾어놓는 것이 중요합니다."

"누가 나가서 적의 예기를 꺾어놓을 텐가?"

능통이 나섰다.

"제가 나가겠습니다."

"얼마의 군사를 원하느냐?"

"3천 군사면 족합니다."

옆에 있던 감녕이 불쑥 끼어들었다.

"무슨 3천이나 필요합니까? 100여 기만 있어도 충분할 일을……."

능통이 가만있을 리 없었다.

"목숨을 내놓고 전장에 나가는 마당에 너는 무슨 헛소리를 하느냐!"

능통이 당장 감녕을 죽일 듯이 칼을 들고 나가 감녕에게 겨누었다. 감녕도 지지 않겠다는 듯이 칼을 빼들었다.

"너는 아직 싸움이 뭔지도 모르는 애송이다. 네게는 3천이 아니라

3만을 주어도 제대로 싸울지 걱정이구나!"

둘이 막 맞붙으려 하자 손권이 중간에 나섰다.

"그만두시오! 지금 조조의 군세는 가볍게 볼 게 아니오."

손권은 능통에게 3천 군사를 주며 유수 어귀에 나가 적의 동정을 살피다가 바로 공격을 퍼부어 기를 꺾어놓으라고 명령했다. 능통이 명을 받들어 군마를 이끌고 유수 쪽으로 가고 있는데 이미 장요가 군사를 이끌고 기다리고 있다가 앞을 막아섰다.

맨 앞에 있던 능통이 장요에게 달려들어 싸움을 걸었다. 이들은 칼과 칼을 부딪치며 50여 합을 싸웠지만 우열이 가려지지 않았다. 능통을 염려한 손권은 여몽을 보내 함께 싸우고 능통을 진영으로 데려오라고 했다. 능통이 별 성과 없이 돌아오자 감녕이 손권에게 청했다.

"저에게 군마 100여 기만 주시면 오늘 밤 조조의 진영을 박살내고 오겠습니다. 우리 쪽에는 군사 한 명, 말 한 필도 손실이 없을 것입니다."

감녕의 용맹을 높이 산 손권이 기뻐하며 100여 명의 정예병을 그에게 내주었다. 아울러 술 50병과 고기 50근도 내려 군사들을 든든히 먹이게 했다. 감녕은 진지로 돌아와 100명의 군사에게 일일이 술을 따라주며 사기를 북돋웠다.

"오늘 밤 나와 너희들은 주공의 명을 받들어 조조의 진지를 초토화시켜야 한다. 모두 마음껏 들고 힘을 다해 쳐들어가자!"

그러나 감녕의 분발에도 불구하고 100명의 군사들은 쉽게 의기가 살아나지 않았다. 조조의 대군을 상대하는 데 100명이 나선다는 것이 이해되지 않았던 것이다. 감녕은 군사들의 사기가 자기만 못하자 칼을 빼들고 소리쳤다.

"나는 상장이면서도 나라를 위한 일에 죽음을 마다하지 않는데 너희들은 뭐가 무서워 쥐새끼 떨듯 하고 있는 것이냐!"

군사들은 감녕의 호통에 다른 말을 못하고 서둘러 대답했다.

"저희들도 죽기를 각오하고 싸우겠습니다."

군사들이 용기를 내자 감녕은 기분이 좋아져 부하들을 편히 쉬도록 했다. 밤 9시가 되자 감녕은 행동에 들어갔다. 그는 흰 거위 깃 100개를 준비하여 군사들의 투구에 꽂아 자기 편을 알아보는 표시로 삼았다. 만반의 준비를 끝낸 감녕은 완전 무장을 하고 말에 올라 나는 듯이 조조의 진영으로 쳐들어갔다. 진지에 도착한 감녕군은 망설임 없이 바로 진의 울타리를 부수고 크게 함성을 지르며 안으로 돌진해 들어갔다.

예상했던 것 이상으로 조조가 있는 중군의 진영은 철통같은 방비를 하고 있었다. 길 중간에 수레를 연결하여 방어벽을 만들어놓은데다 그 사이에 보초병과 말을 세워 지키게 해두었다. 폭포처럼 쏟아져 들어간 감녕군이라 할지라도 계속되는 방어벽을 쉽게 뚫지 못하고 좌충우돌할 뿐 더 나아가지 못했다.

조조군은 조조군대로 야밤에 기습을 받고 적의 규모도 가늠하지 못한 채 아수라장이 되었다.

감녕이 거느린 군사는 적어서 오히려 응집된 힘을 폭발적으로 발휘하는 것 같았다. 이들은 종횡무진 말을 달리며 진영을 부수고 닥치는 대로 조조의 군사들을 찌르고 베었다. 이들이 횃불을 들고 휘몰아가는 곳마다 비명소리가 어둠을 갈라놓고 바닥에는 널브러진 시체들로 넘쳐났다. 실로 가공할 속도요 파괴력이었다.

손권은 너무 적은 수를 이끌고 간 감녕이 걱정되어 주태를 시켜 그를 돕도록 했다. 주태가 한 떼의 군사를 이끌고 조조의 진영을 향해 갈 때 감녕은 이미 한바탕 난리를 치르고 조조 진을 빠져나와 유수로 말을 달리고 있었다. 조조군은 감녕을 추격하고 싶어도 매복이 있을까 두려워 멀어져가는 적을 보고만 있을 수밖에 없었다. 중간에 주태를 만난 감녕은 그들과 함께 손권에게로 돌아왔다.

감녕이 진으로 돌아와 이끌고 갔던 군사들을 살펴보니 과연 군사 한 명, 말 한 필도 축나지 않았다. 감녕이 군사들에게 일제히 만세를 부르게 하고 북을 치며 개선가를 부르자 진영을 지키고 있던 군사들도 일제히 "주공 만세, 동오 만세"를 외쳤다. 손권은 직접 진영으로 나가 감녕을 맞이했다. 손권을 본 감녕이 말에서 내려 땅바닥에 엎드리며 절을 하자 손권이 그를 일으켜세우며 손을 잡고 말했다.

"장군의 이번 기습은 늙은 역적의 간담을 서늘하게 하기에 충분했습니다. 내가 장군을 보낸 것도 장군의 이 같은 담력을 보고 싶었기 때문입니다."

손권은 감녕에게 비단 1천 필과 보검 100자루를 상으로 내렸다. 감녕은 이 하사품을 풀어 자기를 따랐던 군사들에게 모두 나누어주었다. 더욱 힘을 얻은 손권이 장수들에게 자신감 있게 말했다.

"조조에게는 장요가 있으나 내게는 감녕이 있으니 한번 싸워볼 만하다!"

다음날 장요가 싸움을 걸어왔다.

감녕의 공이 심히 배 아팠던 능통이 분연히 나섰다.

"이번에는 저를 보내주십시오."

손권이 이를 응낙하자 능통은 군사 5천을 이끌고 유수를 떠났다. 손권도 감녕을 대동하고 진 밖으로 나와 이들의 싸움을 지켜보았다.

양쪽이 서로 마주치자 각각 둥그렇게 진을 쳤다. 그와 동시에 장요가 좌우에 이전과 악진을 거느리고 말을 달려 치달았다. 능통이 이것을 보고 칼을 치켜들고 나오자 장요는 먼저 악진을 내보냈다. 능통과 악진은 불꽃 튀는 교전을 계속했으나 승부가 나지 않았다.

악진이 능통과 싸우고 있다는 말을 들은 조조는 직접 말을 타고 진문 앞으로 나갔다. 악진이 능통을 맞아 고전하고 있는 모습을 본 조조는 옆에 있던 조휴에게 명령해 몰래 능통에게 화살을 날리라고 했다. 지난 밤 싸움에서 비참하게 당한 마당에 또 질 수는 없었던 것이다. 조휴가 드러나지 않게 조심해서 장요의 등 뒤로 가서 활을 당기자 활은 능통이 타고 있는 말 다리에 가 꽂혔다. 말이 놀라 앞다리를 들며 요동치는 바람에 능통은 땅에 떨어져버렸다. 악진이 얼른 창을 고쳐 들고 능통을 내리찌르려는 순간 공기를 가르는 날카로운 소리와 함께 악진이 두 손으로 얼굴을 감싸고 말에서 나뒹굴었다.

화살이 박힌 악진의 얼굴은 금세 피범벅이 됐다. 이 광경을 본 양쪽 군은 누가 먼저랄 것도 없이 뛰어나가 각기 자기 편 장수를 구해 진으로 돌아갔다. 진으로 돌아온 능통이 손권 앞에 머리를 조아리고 고마움을 표시했다. 그러자 손권이 슬며시 웃으며 말했다.

"그대를 구한 사람은 내가 아니라 감녕 장군이네."

그 말에 놀란 능통이 다시 감녕에게 절을 하며 말했다.

"공께서 저에게 그처럼 은혜를 베푸실 줄은 미처 몰랐습니다. 이제까지 제가 옹졸하게 군 것을 부디 너그러이 봐주시기 바랍니다."

감녕도 고개를 끄덕이며 웃음으로 이를 받아들였다. 이때부터 두 장수는 아옹대는 일 없이 서로 협조하며 지냈다.

한편 진으로 돌아온 조조도 악진의 상처를 치료해주도록 하고 군사들을 위로해 사기를 진작시켰다.

다음날 조조는 다시 유수 공격에 들어갔다. 조조 자신은 직접 중로군을 이끌고 왼쪽의 1로군은 장요가, 2로군은 이전이 이끌게 했다. 또한 서황에게는 오른쪽 1로군을 맡기고 방덕에게는 2로군을 거느리게 했다. 각 부대는 각각 1만의 군사를 거느리고 강변을 끼고 유수로 쳐들어갔다.

이때 동오의 동습과 서성은 배를 타고 다니며 조조군의 동태를 살피고 있었다. 이들은 조조가 다섯 길로 나누어 군사를 몰고 오는 것을 발견했는데 그들의 진군 모습은 상대를 한순간에 제압할 만큼 위압적이었다. 그것을 본 동오군들의 얼굴엔 두려운 기색이 역력했다. 서성이 그 모습을 보고 호통쳤다.

"주공의 녹을 먹고 사는 사람들이 주공을 위해 싸우는 것은 당연한 일인데 무엇이 두려워 그렇게 떨고 있느냐!"

그러고는 날쌘 군사 100여 명을 차출하여 작은 배에 옮겨 타고 강변에 닻을 내려 이전이 이끄는 군사들에게로 돌진했다. 이것을 본 동습이 배에 타고 있던 군사들에게 북을 치고 함성을 지르게 해 서성군의 사기를 북돋워주었다. 이때 갑자기 돌풍이 불더니 집채만한 파도를 일으켜 큰 배 작은 배 할 것 없이 모두 집어삼킬 듯했다. 곧 배가 뒤집힐 듯 요동을 쳐대자 군사들은 살기 위해 먼저 뛰어내리려고 밀고 당기며 난장판을 벌였다. 이를 보다 못한 동습이 칼을 치켜들고 소리쳤다.

"너희들은 주공의 명을 받고 적을 막기 위해 이곳에 왔다. 그런데 왜 배를 버리고 달아나려 하느냐!"

동습은 이렇게 꾸짖으며 군사 10명의 목을 내리쳤다. 그러나 이때 또다시 역풍이 몰아치면서 배가 뒤집혀 동습과 배에 타고 있던 군사들이 파도에 휩쓸려 죽고 말았다. 그 동안 서성은 이전의 군사들과 힘겨운 싸움을 계속하고 있었다. 역시 강변에 있던 진무가 멀리서 군사들이 싸우고 있는 소리를 듣고 서성이 있는 곳으로 달려오다 방덕을 만나 혼전을 치렀다.

유수 진영에 있던 손권은 강변에서 조조군과 일대 혼전이 벌어졌다는 소식을 듣고 직접 군사를 이끌고 주태와 함께 나섰다. 얼마 가지 않아 서성의 군사들이 이전군을 상대로 싸우는 모습이 보였다. 손권은 서성이 불리한 듯 보이자 바로 말을 달려 싸움판으로 뛰어들었다. 그러자 기다렸다는 듯 장요와 서황이 두 갈래로 군사를 이끌고와 손권을 포위했다. 산 위에서 모습을 본 조조는 급히 허저를 보내 확실하게 결딴을 내라고 했다. 허저가 달려가 칼을 빼들자 손권을 비롯한 동오군은 완전히 패전한 듯이 보였다.

한편 주태는 손권이 너무 빨리 서성에게로 달려가는 바람에 그를 시야에서 놓쳐버렸다. 조조군과 싸우던 주태는 오랫동안 손권의 모습이 보이지 않자 걱정이 되어 가까스로 몸을 빼내 강변으로 가보았다. 그러나 손권은 어디에서도 찾을 수가 없었다. 다시 적진으로 돌아와 여기저기를 헤집고 다니던 주태는 자기 편 군사 하나를 발견하고 급하게 물었다.

"주공을 보지 못했느냐?"

군사가 다급하게 한 곳을 가리키며 말했다.

"주공께서는 지금 포위되어 계신데 매우 위험합니다."

주태는 죽을 힘을 다해 포위망을 뚫고 들어가 손권을 찾아내고는 큰 소리로 외쳤다.

"주공, 저를 따르십시오! 제가 길을 열겠습니다!"

주태는 적과 부딪쳐 싸우면서 손권을 뒤에 세우고 사력을 다해 한 발 한 발 포위망을 뚫고 나갔다. 드디어 강변 가까이까지 온 주태가 뒤따라오는 손권을 살피기 위해 뒤를 돌아보았다. 그런데 또다시 손권의 모습이 보이지 않았다. 손권은 주태를 따라나오다 적에게 걸려 다시 그들과 싸우고 있었다.

손권이 되돌아온 주태를 발견하고는 다소 안도하며 소리쳤다.

"화살 때문에 도저히 빠져나갈 수가 없다! 어떻게 하면 좋겠는가!"

주태가 다시 소리쳤다.

"주공이 앞장서십시오. 제가 뒤를 막겠습니다."

손권이 틈을 봐가며 말을 달려 앞으로 나갔다. 주태는 손권이 앞장서서 갈 수 있도록 뒤에서 창과 방패로 공격을 하기도 하고 막아내기도 하며 안간힘을 다해 적진을 탈출해 나왔다. 겨우 포위망을 뚫고 나온 손권과 주태가 강변으로 도망쳐오자 여몽이 수군을 거느리고 와 손권을 배에 태웠다. 배에 오른 손권이 무거운 표정으로 말했다.

"나는 주태 장군이 두 번이나 적진으로 뛰어들어 구해준 덕에 살아올 수 있었소. 그런데 서성은 아직 적과 힘들게 싸우고 있을 것이니 어떻게 하면 좋겠소?"

손권의 걱정을 들은 주태가 부상당한 몸임에도 불구하고 다시 자원했다.

"제가 다시 가서 서성을 구해오겠습니다. 한 번 싸워봤으니 적의 허점을 알고 있습니다."

주태는 손권이 말리기라도 할까봐 잽싸게 몸을 날려 말을 타고 적진으로 달려가버렸다.

얼마 후에 주태는 정말 서성을 구해 강변으로 왔다. 사지를 뚫고 나온 이들은 온몸이 피투성이였다. 여몽은 두 장군이 배가 있는 곳까지 안전하게 오도록 활을 쏘아 따라오는 적들을 쫓아냈다. 배에 있던 군사들이 나가 두 장군을 부축하여 배에 태웠다.

한편 방덕을 맞아 혈전을 벌이고 있던 진무는 원군이 오지 않자 버티지 못하고 곡구谷口까지 밀려갔다. 방덕에게 쫓긴 진무가 계속 달아나다가 알 수 없는 골짜기에 이르렀는데 그곳에는 산림이 워낙 울창해 더 이상 후퇴할 수가 없었다. 궁지에 몰린 진무가 몸을 돌려 방덕에게 반격을 가하려 했다. 그런데 어이없게도 그의 갑옷 소맷자락이 나뭇가지에 걸리는 바람에 몸을 움직일 수가 없었다. 그는 버젓이 눈을 뜨고 날아드는 방덕의 칼에 몸이 잘리고 말았다.

한편 허저를 싸움터에 내보내고 전황을 살피던 조조는 손권이 주태의 도움을 받아 포위를 뚫고 나가는 것을 보고 산을 내려와 직접 손권의 뒤를 추격했다. 손권은 이미 배를 타고 있었으므로 조조는 강변을 따라가며 동오의 배를 향해 화살을 쏘아댔다. 손권을 호위하고 있던 여몽도 군사들을 총집합시켜 조조를 향해 활을 당기게 했다.

이때 한 떼의 군사가 수십 척의 배를 이끌고 손권이 타고 있는 배를 향해 달려왔다. 순간 놀란 손권이 실눈을 뜨고 살펴보니 그 배의 장수는 바로 손책의 사위인 육손陸遜이었다. 그는 10만 군을 거느리고 손권을 구하기 위해 달려왔던 것이다. 손권은 육손이 대병을 이끌고 온 것을 보고 힘을 얻어 다시 육지로 올라와 활을 쏘며 조조를 공격했다. 갑자기 수가 불어난 손권군을 보자 조조는 놀라 달아났다. 손권군은 세를 몰아 조조를 추격해 전투용 말 수천 필을 빼앗았다. 달아나던 조조는 수많은 군사를 잃고 완전히 패전하여 진지로 돌아갔다.

손권은 이번 싸움에서 역전을 거두었으나 진무와 동습을 잃은 슬픔은 승리의 기쁨 못지않게 컸다. 조조의 뒤를 쫓아갔던 군사들이 곡구 숲에서 진무의 시신을 찾아내 운반해오고 강에서 동습의 시체를 건져왔다. 손권은 이들의 주검 앞에 통곡하고 후하게 장사지내 주었다. 이어 중상에도 불구하고 사지에서 자신을 구해준 주태에게 감사의 표시로 큰상을 내리고 잔치도 베풀었다. 손권은 한손으로는 술잔을 들고 다른 한손으로는 주태의 어깨를 다독이며 말했다.

"공은 나를 구하기 위해 두 번이나 적진으로 뛰어들어 온몸이 창으로 난도질당하고 화살이 살을 파고들어 한 곳도 성한 곳이 없었지요. 내가 어떻게 공을 혈육의 정으로 대하지 않을 수 있겠습니까? 이제 나는 공에게 병마의 중심을 맡기려 하니 부디 거절하지 마시기 바랍니다. 공은 나를 죽음에서 구해준 생명의 은인이니 지금부터 항상 이 몸과 함께 하며 영화와 욕됨을 같이하고 기쁨과 슬픔도 함께 나눠야 할 것입니다."

말을 마친 손권이 주태의 옷을 벗겨 몸을 살펴보니 마치 가뭄으로 갈라진 논바닥처럼 상처의 골이 이곳저곳으로 이어져 온몸이 성한 데가 없었다. 손권은 일일이 손으로 짚어가며 어디서 어떻게 난 상처인지를 물었다. 이에 주태는 상처에 얽힌 이야기들을 자세히 설명했다. 손권은 상처 하나에 술 한 잔씩을 주태에게 권하며 위로해주었다. 그날 주태는 기분 좋게 만취했다.

그후 손권은 주태에게 푸른 일산을 내려 궁을 출입할 때는 그것을 받쳐쓰게 했다. 주태에게는 참으로 큰 영광이 아닐 수 없었다. 손권은 자기를 위해 충성을 다한 사람을 이렇듯 극진히 대함으로써 다른 신하들의 충성을 유도하고자 했다.

손권이 유수에 진을 친 지 거의 한 달이 넘었으나 조조와 승부를 내지 못한 채 시간을 보내고 있었다. 이때 장소와 고옹이 손권에게 간했다.

"우리의 방비가 탄탄하기는 하지만 조조 역시 군세가 커서 맞서 싸운다면 단시일 안에 판가름 내기가 힘들 듯합니다. 이렇게 시간만 축내다가는 군사적 손실도 피할 수 없으며 백성들의 민심도 안정되지 못할 것이니 여기서 화친을 맺고 말릉으로 돌아가 민심을 보살피는 것이 상책일 듯합니다."

손권도 그런 생각을 하고 있었으므로 바로 결정을 내리고 보즐을 조조에게 보내 연말 조공을 거두어들일 때까지 화친을 하자는 내용을 전했다. 조조도 이런 상태로는 소득이 없다고 여기고 그 제의에 응하되 강남쪽에서 먼저 군사를 철수하라는 청을 했다. 보즐이 조조의 뜻을 전하자 손권은 장흠과 주태에게 유수를 맡기고 자신은 거느리고 온 대군을 이끌고 말릉으로 돌아갔다.

손권이 돌아갔다는 소식을 듣고 조조도 허도로 군사를 물렸다. 조조가 허도로 돌아오자 조정 신료들 사이에 조조를 위왕으로 추대해야 한다는 소리가 또다시 오갔다. 그러나 그 여론은 어디까지나 부분적일 뿐이어서 이번에도 그 일에 극력 반대하는 사람들이 있었다. 그 중에서도 상서尙書 최염崔琰의 반대가 가장 심했다. 그런 최염을 답답하게 여긴 한 사람이 말했다.

"공은 순욱과 순유의 일을 보지 못했습니까? 대세를 거스르면 죽음을 자초할 뿐입니다."

그러자 최염이 몹시 노해 소리쳤다.

"때가 오고 있어요! 큰일이 벌어진단 말입니다. 누가 그 책임을 지려고 이렇게 방자하게 나서는 것입니까?"

최염의 말은 오래 갈 것도 없이 바로 조조에게 전해졌다. 조조는 겁도 없이 대놓고 자기를 반대하는 최염에게 본때를 보여주고 싶었다.

"최염을 당장 하옥하라!"

옥에 갇힌 최염은 이미 죽기를 각오했는지 조조를 역적이라고 욕하며 조금도 기죽지 않았다. 조조가 옥리를 불러 최염이 어떻게 하고 있는지 물었다. 옥리는 기어들어가는 목소리로 고했다.

"그는 자기를 설득하러 온 사람들에게 승상은 역적이라고 욕하며 모두 쫓아냈습니다."

이 말을 들은 조조는 분을 참지 못하고 최염을 몽둥이로 때려죽이게 했다. 지난번 순욱과 복황후에 이어 최염에 이르기까지 조조를 반대한 사람들이 참혹한 죽임을 당하자 더 이상 어느 누구도 그를 욕하지 못했다.

서기 216년(건안 21년) 5월, 허도의 대소 신료들은 천자께 표문을 올렸다. 사해에 두루 쌓인 조조의 공덕이 이윤이나 주공도 따르지 못할 만큼 크니 그를 마땅히 위왕으로 올려야 한다는 내용이었다.

아무런 힘이 없는 헌제는 한마디 이의도 없이 신하들의 표문에 따랐다. 그는 곧 종요에게 조서를 만들게 하여 조조를 위왕에 올리도록 했다. 조조는 속으로는 흐뭇함을 억누르지 못하면서도 헌제에게 형식적으로 사양하는 글을 세 번이나 올렸다. 헌제는 이를 세 번 다 돌려보내고 조조는 못 이기는 체하며 마침내 위왕에 올랐다.

이후로 조조는 12줄의 황금 면류관을 쓰고 여섯 마리의 말이 끄는 황금 수레를 타고 다녔으며, 의복도 천자와 똑같은 것으로 입었다.

조조가 나다니는 길은 화려함과 위엄으로 만 사람과 차별되었다.

얼마 후 조조는 업군에 왕궁을 세우고 세자 책봉 문제를 신하들과 거론했다. 조조는 본처인 정丁부인 사이에는 소생이 없었으며 첩 유씨에게서 난 조앙趙昂은 완성 전투에서 죽었다. 그에게는 또 다른 첩 변卞씨가 있었는데 그 아래 아들 넷을 두었다. 첫째가 비丕이고 둘째가 창彰, 셋째는 식植, 넷째가 웅熊이었다. 이렇게 하여 조조는 본처 정부인을 제쳐두고 변씨를 왕비에 올렸다.

그런데 자가 자건子建인 셋째 아들 조식은 견줄 자가 없을 만큼 총명했고 문장이 뛰어나 입에서 나오는 것이 그대로 시가 될 정도였다. 조조는 그런 식을 세자에 올리고 싶었다. 조조의 의중을 눈치챈 비는 혹 자기가 세자 책봉에서 밀릴까봐 노심초사하며 어떻게 하면 아버지 조조의 마음에 들 수 있을까 늘 고민했다. 그러던 하루, 비는 가후를 찾아가 대책을 물었다. 가후는 비에게 조용하게 일러주었다.

"바라건대 장군께서는 덕으로 주변 사람을 대하고 앞을 헤아리는 지혜를 밝히는 데 힘을 쏟으십시오. 또한 보통의 선비들이 하는 일을 따라 아침부터 저녁까지 자신의 실력을 쌓고 마음을 수양하는 데 증진할 것이며 아들의 도리를 거스르지 않으면 됩니다. 제가 드릴 말씀은 오직 이것뿐입니다."

비는 가후가 일러준 대로 문과 무를 닦고 연마하는 데 힘을 쏟았다. 뿐만 아니라 조조를 대할 때 지극 정성을 다함으로써 조조로 하여금 자신을 다시 보도록 만들었다. 그러자 조조는 차츰 셋째는 재주로 자신의 마음을 사로잡지만 첫째는 정성으로 자신을 대하고 있다고 생각하기에 이르렀다. 얼마 전까지만 해도 똑똑한 식을 세자로 책봉해야겠다고 마음먹었던 조조의 마음이 흔들리기 시작했다. 그러던 어느 날, 조조는 가후를 불러 상의했다.

"공은 비와 식 중에 누가 세자에 책봉되어야 한다고 봅니까?"

가후는 입을 다물고 아무 말도 하지 않았다. 답답해진 조조가 말하지 않는 이유를 묻자 가후가 마지못한 듯 짧게 대답했다.

"생각하느라 대답을 못했습니다."

"대화 중에 무슨 생각을 그리 골똘히 한단 말입니까?"

"원소 부자와 유표 부자의 일을 떠올리고 있었습니다."

조조는 원소와 유표가 맏아들을 제쳐두고 차남을 세자로 봉했다가 당한 골육상쟁의 분란을 생각하고 가후의 뜻을 알아차렸다. 조조는 한바탕 웃음으로 마음을 정하고 장자 조비를 세자로 세웠다.

그 뒤 다섯 달이 지나고 조조가 살 왕궁이 세워졌다. 자기가 사는 주변을 꾸미는 데 관심이 많았던 조조는 각처에 사람을 보내 온갖 귀한 꽃과 특별하게 가꾸어진 과일나무들을 수집해 왕궁 후원에다 심게 했다. 뿐만 아니라 곳곳에서 특산품을 거둬들여 맛을 보는 것도 조조의 작은 즐거움이었다. 조조는 동오의 명물인 귤을 특별히 좋아해 동오로 사자를 보내 귤을 실어오게 했다. 손권은 조조와 화친을 맺고 있었으므로 가장 맛있는 온주溫州 귤 40여 짝을 마련해 업도로 보냈다. 그런데 귤을 나르던 일꾼들이 길을 가던 도중에 피로하여 산자락에 짐을 풀어놓고 쉬게 되었다. 그때 눈이 한쪽밖에 없고 한 다리를 저는 웬 노인 하나가 등나무로 엮어 만든 관에 초라한 옷차림을 하고 다가와 물었다.

"지나가다 보니 그대들이 짐을 지느라 힘들어 보이는구먼. 내가 한 짐씩 져주고 싶은데 어떤가?"

그러자 짐에서 잠시라도 해방되고 싶었던 짐꾼들이 좋아라 응낙했다. 그 노인은 다리를 절뚝거리며 마치 종이 한 장 들고 가듯 가볍게 5리씩 짐을 져주었다. 따라가던 짐꾼들은 놀라지 않을 수 없었다. 노인은 짐꾼들 중 수송 책임을 맡은 사람에게 말했다.

"나는 위왕 조조와 같은 고향 사람이다. 내 이름은 좌자左慈이니 업도에 도착하면 조조에게 좌자를 만났다고 전해라."

좌자는 어느새 바람처럼 사라져버렸다. 짐꾼들은 무엇에 홀린 듯 한동안 머릿속이 멍했다. 손권이 보낸 귤이 업군의 조조에게로 전해졌다. 강남을 휘어잡고 있는 손권이 정성을 다해 바친 귤이라고 생각하니 조조는 더욱 기분이 좋아져 직접 귤 상자를 열었다. 그 중 하나를 골라 들고 쪼개보니 안이 텅 비어 있었다. 몇 개를 더 집어 갈라봐도 역시 마찬가지였다. 깜짝 놀란 조조가 귤을 운반해온 짐꾼들을 불러 이유를 물었다. 이유를 모르는 짐꾼들은 머뭇거리다 동오에서 업군으로 오던 길에 좌자를 만난 이야기를 상세하게 털어놨다. 조조가 그 황당한 말을 믿을 리 없었다. 이때 밖에서 전갈이 왔다.

"좌자라고 하는 분이 대왕을 뵙기를 청합니다."

조조는 좌자라는 말에 어서 그를 들이라고 했다. 좌자가 들어서자 짐꾼들이 그를 알아보고 조조에게 말했다.

"이 노인이 좌자라고 한 그분입니다."

조조가 불쾌한 얼굴로 좌자를 꾸짖었다.

"너는 무슨 요망한 짓을 하여 이 귀한 귤을 다 먹어버렸느냐?"

좌자가 피식 웃으며 말했다.

"그럴 리가 있겠습니까?"

그러고는 상자 안에 든 귤 하나를 집어 반으로 쪼갰다. 보기만 해도 달콤한 속살이 껍질을 밀어내듯 꽉 차 있었다. 그것을 본 조조가 또 하나를 집어 반으로 갈라보았지만 역시 속이 없었다. 조조는 좌자가 보통 사람이 아니라 생각하고 앉기를 청했다. 그러고는 자신을 찾아온 이유를 물었다. 좌자는 묻는 말에는 대답도 않고 엉뚱한 소리를 했다.

"술과 고기나 좀 내오너라."

조조는 그를 내쳐버릴까 생각하다 분명 무슨 곡절이 있는 것 같아 꾹 참고 술상을 차려오도록 했다. 좌자는 술상 앞에 앉아 끊임없이 먹더니 술 다섯 말과 양 한 마리를 통째로 다 먹었는데도 모자란 듯 입맛을 다셨다. 놀란 조조가 다시 물었다.

"그대는 무슨 일로 나를 찾아왔는가?"

드디어 좌자가 입을 열었다.

"저는 서천의 가릉嘉陵 아미산峨嵋山에서 30년 넘게 도를 닦고 있었습니다. 그런데 어느 날 돌벽 틈에서 제 이름을 부르는 소리가 들려 귀를 기울이고 주변을 둘러봤으나 아무도 없었지요. 그 뒤로도 그런 일이 며칠째 계속 일어나더니 하루는 천지를 갈라놓을 듯한 뇌성번개가 하늘을 울리고 갑자기 돌벽이 갈라지면서 그 안에서 천서天書 세 권이 나왔습니다. 그 책을 보니 『둔갑천서遁甲天書』라고 씌어 있었는데 1권은 「천둔天遁」편이었고 2권은 「지둔地遁」편이었으며 3권은 「인둔人遁」편이었습니다. 천둔의 기술을 익히면 구름을 타고 바람을 가르며 하늘을 날 수 있고, 지둔을 익히면 산과 들을 마음대로 옮겨 다닐 수 있으며, 인둔에 능하면 물 위를 걸어다닐 수 있으며 몸을 없애거나 바꿀 수도 있지요. 이제 대왕의 권력과 지위가 높아질 대로 높아져 있으니 잠시 물러나 쉬시며 저와 함께 아미산으로 들어가 도학을 공부해보는 게 어떻겠소이까? 그렇게 할 의향이 있으면 제가 가진 천서를 드리지요."

조조가 대답했다.

"나도 그러고 싶지만 아직 조정에는 나를 대신할 만한 사람이 없으니 물러날 수가 없어요."

좌자가 소리 없이 웃으며 말했다.

"익주의 유현덕은 황실의 종친일 뿐 아니라 덕망이 높아 사해에 두루 그 아름다운 이름을 떨치고 있소. 그런 분에게 나랏일을 맡기면 될 것이 아니오? 이를 실행치 않으면 내가 칼을 날려 그대의 목을 쳐 버릴 것이오."

뭔가 있는 듯해서 억지로 참으며 좌자의 말을 듣고 있던 조조는 마침내 화가 폭발하여 소리쳤다.

"이놈이 보아하니 나를 우롱하러 보낸 유비의 첩자가 아니냐!"

조조는 주위에 명해 당장 좌자를 끌어내 감옥에 가두라고 했다. 그러자 좌자는 껄껄거리며 조조를 비웃었다. 조조는 더욱 화가 나 좌자를 고문하라고 명령했다. 10여 명의 옥졸들이 좌자를 꽁꽁 묶어놓고 몽둥이로 닥치는 대로 때렸다. 그러나 좌자는 조금도 아픔을 느끼지 않는 듯 코를 골며 잠만 잤다. 이것을 전해들은 조조는 화가 솟구쳐 올랐다. 그는 다시 좌자의 목에 무거운 칼을 씌우고 발에 쇠공이 달린 쇠사슬을 채워 꼼짝 못하게 쇠못으로 박아 가둔 다음 지키게 했다.

얼마 지나 조조는 좌자가 어떻게 하고 있는지 보고하라고 했다. 옥졸들이 급하게 옥으로 가서 좌자를 살펴보았는데 그는 칼과 족쇄를 풀고 아무 일도 없는 듯 바닥에 누워 쉬고 있었다. 조조는 다시 좌자를 완전히 굶기도록 했다. 일주일 동안이나 좌자에게 먹을 것은 물론 마실 것도 주지 않았으나 땅바닥에 반듯하게 앉아 있는 좌자의 얼굴에는 홍조가 돌고 윤기까지 흘렀다.

옥졸이 그와 같은 사실을 조조에게 보고하자 조조는 좌자를 옥에서 끌어내 앉혀놓고 물었다.

"너는 일주일 동안 먹지도, 마시지도 않았는데 어째 그리 멀쩡한 것이냐?"

좌자가 별것 아니라는 표정으로 말했다.

"나야 먹고 마시는 것에 조금도 매이지 않는 사람이니까 그렇지요. 나는 수십 년 동안 아무것도 안 먹어도 살 수 있고 한꺼번에 수백 마리의 양고기를 먹어치울 수도 있소."

조조는 기가 막혀 할말을 잃었다. 좀 쉬어야겠다며 감옥으로 다시 걸어 들어가는 좌자를 보며 조조는 그를 그대로 둔다면 큰 해를 입을지도 모른다는 생각이 들었다. 그는 허저에게 철갑으로 무장한 500명을 데리고 좌자를 꼼짝 못하게 사로잡으라고 명령했다. 허저는 군사들을 동원해 좌자가 들어간 감옥을 에워싸고 안으로 들어갔다. 그러나 감옥 안 어디에서도 좌자의 흔적은 찾을 수가 없었다.

허저가 신속하게 군사들을 이끌고 성밖으로 쫓아가자 멀리서 짚신을 신고 천천히 걸어가고 있는 좌자의 뒷모습이 보였다. 허저는 말에 채찍을 가하며 나는 듯이 말을 몰아갔으나 허저가 가는 만큼 좌자는 다시 멀어져 잡을 수가 없었다. 허저가 좌자를 놓치지 않기 위해 기를 쓰고 달려가자 좌자는 이미 산골짜기로 올라가고 있었다. 허저가 말을 버리고 땀을 뻘뻘 흘리며 따라 올라가보니 산마루에서는 양떼들이 한가롭게 풀을 뜯고 있었다. 그러나 좌자의 모습은 찾을 수 없었다. 약이 오른 허저는 군사들에게 양의 목을 하나도 남기지 말고 모두 치라고 명했다. 양들의 목이 모두 잘린 것을 보고 허저는 산을 내려갔다.

궁으로 돌아온 허저가 조조에게 이 사실을 알렸다. 조조는 죽었는지 살았는지 알 수 없는 좌자의 잔영이 머리를 떠나지 않아 평소에 앓던 편두통이 더 심해졌다.

하루는 머리가 심하게 아파 정무를 중단하고 자신의 방으로 돌아와 잠시 쉬고 있는데 양의 모습을 한 좌자가 다시 나타났다. 조조는 깜짝 놀라 칼을 들고 양의 목을 쳤다. 그런데 바닥에 뒹굴던 양 머리에서 좌자의 목소리가 들려왔다.

"양 머리를 몸뚱이에 갖다붙여라."

조조는 겁에 질려 양 머리를 몸뚱이에다 갖다붙였다. 그러자 양은 다시 좌자가 되어 조조를 노려보고 있었다. 조조는 정신없이 칼을 휘둘렀으나 좌자는 유유히 방 밖으로 빠져나가버렸다. 조조는 전국 각처에 방을 붙여 좌자를 잡아들이게 했다. 그런데 방을 붙인 지 며칠 되지 않아 전국에는 좌자의 모습을 한 자들이 3, 4천 명이나 나다녔다. 조조는 좌자의 모습을 한 사람을 모두 잡아들여 군사훈련장으로 끌고 가 목을 베게 했다. 그러자 목이 떨어진 시체들이 한꺼번에 일어나 하늘로 치솟더니 공중에서 좌자 한 사람으로 변했다. 공중에 떠 있던 좌자는 날아가는 학을 잡아타고 껄껄껄 웃으며 소리쳤다.

"땅을 파고 사는 쥐새끼가 범을 따라가니 간웅이 정월 첫째날 죽는구나!"

"저놈에게 모두 화살을 쏴라!"

조조가 발을 동동 구르며 소리쳤다. 그러자 좌자는 모래바람을 날리며 모습을 감추었고 땅에 뒹굴던 시체들은 모두 일어나 무장한 군사로 변해 조조와 그곳에 있던 장수들을 공격했다. 조조는 모래바람

속에서 시체들의 공격을 받자 어디로 피할지 모른 채 발버둥쳤다. 조조가 정신없이 몸부림치다 눈을 뜨니 온몸이 땀으로 범벅이 되어 있었다. 두통으로 잠시 쉬는 동안 한바탕 해괴한 꿈을 꾸었던 것이다. 주변에 있던 신하가 조조가 괴로워하는 것을 보고 새옷으로 갈아입히고 침상에 들게 하여 안정을 취하도록 했다. 그러나 조조는 이날 이후 알 수 없는 병에 시달리며 식음을 전폐하다시피 했다.

〈7권에 계속〉